Maureen Johnson • Die Schatten von London

DIE AUTORIN

Maureen Johnson kam während eines Schneesturms in Philadelphia zur Welt. Als Einzelkind blieb ihr nichts anderes übrig, als ihre Zeit mit Lesen und Schreiben totzuschlagen, deshalb fasste sie schnell den Entschluss, Schriftstellerin zu werden. Sie studierte Theatrical Dramaturgy und Writing an der Columbia University und schrieb 2004 ihren ersten Roman für Jugendliche. Weitere folgten. Die Autorin lebt in New York, ist oft auf Lesereise in Großbritannien, verbringt aber bewiesenermaßen die meiste Zeit auf Twitter.

Maureen Johnson

Die Schatten von London

Aus dem Englischen
von Anja Galić

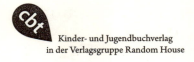 Kinder- und Jugendbuchverlag
in der Verlagsgruppe Random House

Verlagsgruppe Random House FSC® N001967
Das für dieses Buch FSC®-zertifizierte Papier *Super Snowbright*
liefert Hellefoss AS, Hokksund, Norwegen.

1. Auflage
Deutsche Erstausgabe Januar 2015
© 2011 by Maureen Johnson
Die Originalausgabe erschien unter dem Titel
»The Name of the Star«
bei G.P. Putnam's Sons, a division of Penguin Young Readers
Group, New York.
© 2015 für die deutschsprachige Ausgabe by cbt Verlag
in der Verlagsgruppe Random House GmbH, München
Alle deutschsprachigen Rechte vorbehalten
Aus dem Englischen von Anja Galić
Lektorat: Kerstin Kipker
Umschlaggestaltung: init | Kommunikationsdesign,
Bad Oeynhausen
unter Verwendung eines Motivs von
Jacket design by Elizabeth Wood. Jacket photo (man) by
Michael Frost. Jacket photo (girl) by Veronique Thomas and
Rebecca Parker
mg · Herstellung: kw
Satz: Buch-Werksatt GmbH, Bad Aibling
Druck und Bindung: GGP Media GmbH, Pößneck
ISBN: 978-3-570-30943-8
Printed in Germany

www.cbt-buecher.de

Für Amsler.
Danke für die Milch.

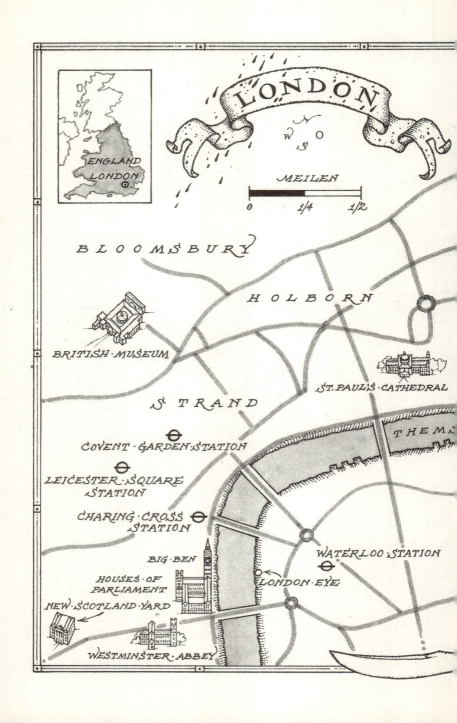

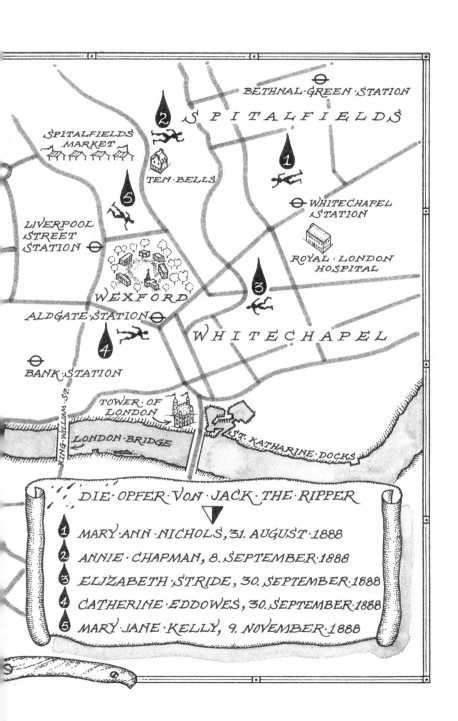

Durward Street, East London
31. August
04:17 Uhr

Londons Augen folgten Claire Jenkins durch die Nacht. Natürlich bekam sie davon nichts mit. Niemand achtete auf die Kameras. Es wurde als gegeben hingenommen, dass London eines der umfangreichsten Überwachungssysteme der Welt besaß. Vorsichtig geschätzt befanden sich eine Million Kameras in der Stadt, die tatsächliche Anzahl war jedoch vermutlich weitaus höher und nahm stetig zu. Die Aufnahmen gingen an die Polizei, Sicherheitsfirmen, den Nachrichtendienst MI5 und an einige Tausend Privatpersonen. Auf diese Weise entstand ein engmaschiges und flächendeckendes Überwachungsnetz, das früher oder später jeden einfing.

Geräuschlos zeichneten die Kameras auf, wie Claire in die Durward Street bog. Es war vier Uhr siebzehn und sie hätte bereits um vier bei der Arbeit sein sollen. Sie hatte vergessen, den Wecker zu stellen, und jetzt musste sie ins Royal London Hospital rennen, damit sich ihre

Verspätung wenigstens noch im Rahmen hielt. Dort würde man schon alle Hände voll mit den üblichen Auswirkungen einer durchzechten Nacht zu tun haben – Alkoholvergiftungen und Verletzungen durch Stürze, Prügeleien, Autounfälle und Messerstechereien. Die Opfer dieser nächtlichen Verfehlungen landeten nämlich für gewöhnlich alle in der Frühschicht.

Es musste in Strömen geregnet haben, überall lauerten tiefe Pfützen. Das einzig Gute an diesem verkorksten Morgen war, dass es mittlerweile nur noch ganz leicht nieselte und sie nicht auch noch klatschnass wurde. Sie holte ihr Handy heraus, um einer ihrer Kolleginnen zu schreiben, dass sie gleich da sein würde. Das Licht des leuchtenden Displays umgab ihre Hand wie ein kleiner Heiligenschein. Es war ziemlich schwierig, im Gehen eine SMS zu tippen, zumindest wenn man nicht über eine Bordsteinkante stolpern oder gegen einen Laternenpfahl laufen wollte. *Verrate mich ...*

Leise vor sich hin fluchend löschte Claire das Geschriebene wieder und fing noch einmal von vorne an, aber auch beim dritten Versuch erschien statt *Verspäte* immer das Wort *Verrate*. Es ging nicht ums Verraten, sondern ums Verspäten, verdammt noch mal. Stehen bleiben und die Nachricht korrigieren wollte sie allerdings auch nicht. Dafür war jetzt wirklich keine Zeit, und die Nachricht würde bestimmt auch so verstanden werden.

... bin in 5 Minuten ...

Sie stolperte. Das Handy flog ihr aus der Hand und schwebte sternschnuppengleich durch die Nacht, bis es auf dem nassen Asphalt aufschlug und sein Schein erlosch.

»Scheiße!«, schimpfte sie. »Nein, nein, nein! Bitte sei nicht kaputt ...«

In ihrer Sorge um das Schicksal ihres Handys bemerkte Claire zunächst nicht, worüber sie gestolpert war. Sie hatte lediglich registriert, dass es groß und schwer war und nachgegeben hatte, als sie mit dem Fuß dagegen gestoßen war. Im dämmrigen Licht der Straßenlaternen sah es aus wie ein seltsam geformter Müllsack – ein weiteres Hindernis, das sich ihr an diesem verflixten Morgen in den Weg stellte.

Sie kniete sich hin und suchte den Boden nach ihrem Handy ab. »Na toll«, murmelte sie, als sie merkte, dass sie sich mitten in eine Pfütze gekniet hatte. Immerhin dauerte es nicht lange, bis sie es hinter einem am Straßenrand stehenden Mülleimer aufgespürt hatte, nur gab es jetzt keinerlei Lebenszeichen mehr von sich. Ohne große Hoffnung drückte sie die Starttaste, als das Handy zu ihrer freudigen Überraschung anging und abermals seinen sanften Heiligenscheinschimmer verbreitete. Erst in dem Moment bemerkte sie etwas Klebriges an ihrer Hand. Die Konsistenz kam ihr extrem vertraut vor, genauso wie der leicht metallische Geruch.

Blut. Ihre Hand war über und über mit Blut beschmiert. *Jeder Menge* Blut. Seine Beschaffenheit erinnerte ganz entfernt an Gelee, was bedeutete, dass die Gerinnung bereits eingesetzt hatte. Und dass es geronnen war, hieß, es konnte sich nicht um ihr eigenes Blut handeln. Claire drehte sich um und benutzte ihr Handy als Taschenlampe, um besser sehen zu können. Sie war über einen Menschen gestolpert. Hastig beugte sie sich über die reglose Gestalt und griff nach ihrer Hand. Sie war kühl, aber nicht kalt.

»Hallo? Können Sie mich hören?«, fragte sie. »Können Sie sprechen?«

Sie ließ den Blick über die verletzte Person wandern, die in einer ledernen Motorradkluft steckte und einen Helm aufhatte, und streckte die Hand aus, um an ihrem Hals nach dem Puls zu fühlen.

Sie griff ins Leere.

Es dauerte einen Moment, bis sie diese Erkenntnis und was sie bedeutete, verarbeitet hatte, dann tastete sie entsetzt die Umrandung des Helms ab, um herauszufinden, wie groß die Wunde war. Sie tastete und tastete, bis ihr schließlich klar wurde, dass der Kopf fast vollständig vom Körper abgetrennt war und die Pfütze, in der sie kniete, mit ziemlicher Sicherheit nicht aus Regenwasser bestand.

Den Augen entging nichts davon.

Die Rückkehr

Dann darf der Totschläger zurückkommen in seine Stadt und in sein Haus, in die Stadt, aus der er geflohen ist.

Buch Josua 20,6

1

Sobald für den Großraum New Orleans ein Hurrikan vorhergesagt wird, bricht die Hölle los. Nicht etwa unter den Anwohnern, sondern in den Medien. Sie beschwören die reinsten Weltuntergangsszenarien herauf, damit wir die Sache nur ja ernst nehmen. Meine Heimatstadt Bénouville – Ben-ah-will ausgesprochen – hat tausendsiebenhundert Einwohner und liegt im US-Bundesstaat Louisiana. Hier wappnet man sich normalerweise mit Bier und Eis (um das Bier zu kühlen, falls der Strom ausfällt) gegen Hurrikans. Unser Nachbar Billy Mack hat außerdem ein Ruderboot startklar auf seinem Verandadach festgezurrt, für den Fall, dass das Wasser steigen sollte – aber Billy hat in seiner Garage auch seine eigene Religion gegründet und hält dort Messen ab, für ihn geht es also um weit mehr als nur um seine persönliche Sicherheit.

Jedenfalls ist Bénouville ohnehin kein besonders sicherer Ort, weil es nämlich mitten in einem Sumpfgebiet errichtet wurde. Eine ziemlich blöde Idee, wie jedem hier klar ist, aber da nun mal nichts mehr daran zu ändern ist, müssen wir einfach damit leben. Ungefähr alle fünfzig Jahre fallen mit schöner Regelmäßigkeit sämtliche Gebäude entweder einer Überschwemmung oder einem Hurrikan zum Opfer. Nur das alte Hotel bleibt seltsamerweise immer verschont. Wenn der ganze Spuk dann vorbei ist, kehren die Leute – verrückt wie sie nun mal sind – zurück und bauen alles wieder neu auf. Meine Familie, die Deveaux, lebt schon seit Generationen im wunderschönen Ortskern von Bénouville, was wohl hauptsächlich daran liegt, dass man hier nirgendwo anders wohnen kann. Nicht dass mich jemand falsch versteht – ich liebe meine kleine Heimatstadt. Aber wenn man sein ganzes Leben hier verbringt und nie auch mal etwas anderes kennenlernt, wird man früher oder später unweigerlich zum Kauz.

Meine Eltern sind die Einzigen in unserer Familie, die schon einmal eine Zeit lang woanders gelebt haben. Sie waren auf dem College, studierten danach an der juristischen Fakultät und arbeiteten anschließend beide als Juraprofessoren an der Tulane University, einer privaten Universität in New Orleans. Schon damals fassten sie den Entschluss, irgendwann einmal für eine Weile aus Louisiana fortzugehen, weil sie der Meinung waren, dass es uns dreien guttun würde. Vor vier Jahren, kurz bevor ich auf die Highschool wechseln sollte, beantragten sie schließlich ein Sabbatjahr und bewarben sich an der Universität von Bristol als Dozenten für amerikanisches Recht. Jetzt war es so weit, und ich durfte mir aussuchen, wo in England ich zur Schule gehen und meinen Abschluss machen wollte. Ich entschied mich für ein Internat in London.

Bristol und London sind sehr weit voneinander entfernt – zumindest für englische Maßstäbe. Bristol liegt im Westen Englands und die Hauptstadt London tief im Süden. Was der Engländer jedoch unter »sehr weit voneinander entfernt« versteht, nämlich eine Zugfahrt von ein paar Stunden, ist für einen Amerikaner ein Witz. Aber London ist eben London, und so hatte ich mich für Wexford entschieden, ein Internat im Londoner East End. Bevor in England das Schuljahr und in Bristol die Vorlesungen an der Universität beginnen würden, wollten meine Eltern und ich gemeinsam nach London fliegen, um uns die Stadt anzusehen. Anschließend würden meine Eltern nach Bristol weiterreisen, wo ich sie in regelmäßigen Abständen an den Wochenenden besuchen wollte.

Doch dann gab es für New Orleans eine Hurrikan-Warnung und die Fluggesellschaft strich aus Sicherheitsgründen erst einmal sämtliche Flüge. Der Hurrikan entschied sich zwar letztlich anders und nahm einen Umweg über den Golfstrom, wo er sich in mittelschweren Regenstürmen entlud, aber die Entwarnung kam leider zu spät. Unser Flug war bereits gecancelt worden, und am Flughafen herrschte ein paar Tage lang völliges Chaos. Schlussendlich bot uns die Airline einen Flug nach London mit Zwischenstopp in New York an. Allerdings nur für eine Person. Da mein Schuljahr in Wexford früher begann als die Vorlesungen meiner Eltern in Bristol, erhielt ich das Ticket. Und so kam es, dass ich schließlich ganz allein nach London flog.

Was ich gar nicht so schlimm fand. Die Reise dauerte zwar ewig – drei Stunden bis nach New York, wo ich zwei Stunden Aufenthalt hatte, bevor mein sechsstündiger Anschlussflug nach London ging –, aber alles war so aufregend und neu, dass ich jede Minute davon genoss. Ich blieb die ganze Nacht während des Flugs wach, schaute englisches Fernsehen oder lauschte dem fremden britischen Akzent der anderen Passagiere.

Nachdem ich es in London durch den Zoll geschafft hatte, musste ich mir erst einmal einen Weg durch den Duty-Free-Bereich bahnen, wo man überall in Versuchung geführt wurde, auf den letzten Drücker noch steuerfrei Unmengen an Parfüm und Zigaretten zu kaufen. Am Ausgang wurde ich von einem Mann mit schlohweißem Schopf empfangen, der ein Polohemd mit dem *Wexford*-Emblem auf der Brusttasche trug. Aus seinem geöffneten Hemdkragen lugten drahtige weiße Brusthaare hervor, und als ich vor ihm stehen blieb, schlug mir eine dicke Wolke Aftershave entgegen.

Er sah mich fragend an. »Aurora?«

»Rory«, bat ich ihn lächelnd. Meine Urgroßmutter hieß Aurora und ich habe den Namen sozusagen von ihr geerbt, aber weder ich selbst noch meine Eltern haben mich je so genannt.

»Ich bin Mr Franks und bringe dich nach Wexford. Warte, ich helfe dir mit dem Gepäck.«

Ich hatte zwei fast schon absurd riesige Koffer dabei, von denen jeder allein schon mehr wog als ich und die mit großen orangefarbenen Etiketten versehen waren, auf denen ACHTUNG SCHWER stand. Neun Monate waren schließlich eine lange Zeit, die ich zudem an einem ziemlich kalten und nassen Ort verbringen würde, da kam nun mal einiges an Klamotten und persönlichen Dingen zusammen. Ich hielt meine beiden Monsterkoffer also für absolut unentbehrlich, und trotzdem widerstrebte es mir, sie von jemandem schleppen zu lassen, der aussah, als könne er mein Großvater sein. Aber Mr Franks bestand darauf.

»Du hast dir vielleicht einen Tag für deine Ankunft ausgesucht, das muss ich schon sagen«, ächzte er, während er meine Koffer hinter sich her zerrte. »Heute Morgen stand überall auf den Titelblättern, dass in der Stadt ein Irrer einen auf Jack the Ripper macht.«

Ich nahm an, dass es sich bei »einen auf Jack the Ripper machen« um eine typisch englische Redewendung handelte, die ich noch nicht kannte. Ich hatte schon einige im Internet recherchiert, um den Durchblick zu behalten, wenn zum Beispiel von »Quid« (umgangssprachliche Bezeichnung für ein englisches Pfund) oder »Jammy Dodgers« (beliebte britische Kekssorte) und solchen Dingen die Rede war. Der Jack-the-Ripper-Spruch war mir allerdings neu. Deswegen nickte ich nur höflich lächelnd, während ich mich mit ihm zu der Menschentraube gesellte, die vor den Aufzügen wartete.

Auf dem offenen Parkdeck blies uns ein kühler Wind entgegen. Die Londoner Luft war überraschend frisch und klar, auch wenn sie leicht metallisch roch. Der Himmel spannte sich wie eine dicke graue Decke über uns, und ich fand es unglaublich kalt für August. Trotzdem war alle Welt in Shorts und T-Shirt unterwegs. Ich trug zwar ebenfalls nur Jeans und T-Shirt, fror mir darin aber den Hintern ab. Am meisten verfluchte ich meine Flip-Flops, die ich nur angezogen hatte, weil es auf einer Reisewebsite empfohlen worden war – angeblich aus Gründen der Flugsicherheit. Da hatte aber nirgends gestanden, dass man in den Dingern während des Fluges Eisklötze an den Füße bekommt oder dass man in England unter »Sommer« etwas völlig anderes versteht als im Rest der Welt.

Als wir den Kleintransporter des Internats erreicht hatten, wuchtete Mr Franks keuchend mein Gepäck in den Kofferraum und lehnte dabei entschieden jede Hilfe von mir ab. Also ließ ich ihn machen, obwohl ich insgeheim befürchtete, dass er von der Anstrengung einen Herzinfarkt erleiden könnte, was jedoch zum Glück nicht eintrat.

»Rein mit dir«, sagte er, nachdem er die Koffer verstaut hatte. »Die Tür ist offen.«

Gerade noch rechtzeitig fiel mir ein, auf der linken Wagenseite einzusteigen, und ich fand mich ziemlich ausgeschlafen für jemanden, der seit vierundzwanzig Stunden kein Auge zugetan hatte. Nachdem Mr Franks sich ans Steuer gesetzt hatte, verschnaufte er erst einmal, bevor er den Motor startete und ich mein Fenster ein Stück hinunterlassen konnte, um in seiner Rasierwasserwolke nicht zu ersticken.

»In den Nachrichten wird von nichts anderem mehr gesprochen«, fuhr er übergangslos und immer noch ein bisschen außer Atem fort. »Es ist in der Nähe der Whitechapel Road passiert, gleich um die Ecke des Royal Hospital – ausgerechnet!

Wexford liegt mitten in den ehemaligen Jagdgründen des Rippers. Die ganze Stadt ist deswegen in Aufruhr. Na ja, zumindest die Touristen mögen den guten alten Jack.«

Er schaltete das Radio ein, und ich lauschte den Nachrichten, während er die gewundene Flughafen-Ausfahrt entlangfuhr.

»… *die einunddreißigjährige Werbefilmerin Rachel Belanger, deren Studio sich auf der Whitechapel Road befindet. Den Behörden zufolge erinnert die Art, wie sie getötet wurde, an den ersten Mord von Jack the Ripper im Jahr 1888* …«

Immerhin wusste ich jetzt, was »einen auf Jack the Ripper machen« bedeutete.

»… *Leiche wurde heute Morgen kurz nach vier in der Durward Street gefunden, die 1888 noch Bucks Row hieß, und zwar an derselben Stelle, in gleicher Position und mit ähnlichen Verletzungen wie damals Mary Ann Nichols, dem ersten Opfer von Jack the Ripper. Obwohl die Ähnlichkeiten zwischen diesem und dem am 31. August 1888 begangenen Mord geradezu frappierend sind, hält Detective Chief Inspector Simon Cole von Scotland Yard derartige Vergleiche jedoch für verfrüht und geht davon aus, dass es sich lediglich um zufällige Übereinstimmungen handelt. Für weitere Informationen zu diesem Fall schalten wir nun zu unserem Chefredakteur Lois Carlisle* …«

Mr Franks fuhr gefährlich dicht an den Parkhauswänden vorbei, während er den Wagen die serpentinenartige Ausfahrt entlangsteuerte.

»… *Jack the Ripper schlug 1888 insgesamt viermal zu. Am 31. August, am 8. September, am 30. September – wobei es sich hier um eine Art Doppelmord handelt, weil an jenem Tag zwei Morde verübt wurden, und zwar in einem Zeitraum von weniger als einer Stunde – und zuletzt am 9. November. Niemand weiß, was aus Jack the Ripper wurde oder warum er mit dem Morden aufhörte ... «*

»Schlimme Sache«, brummte Mr Franks, als wir das Ende der Ausfahrt erreichten. »Wexford liegt nur fünf Minuten von der Whitechapel Road entfernt und damit wie gesagt mitten im Revier des Rippers. Deswegen pilgern täglich etliche Touristen an unserem Internat vorbei, und jetzt werden es mit Sicherheit noch mehr werden.«

Mittlerweile waren wir auf einer Schnellstraße, bis wir uns nach einer Weile plötzlich in einem belebten Viertel mit langen Häuserzeilen, indischen Restaurants und Imbissbuden wiederfanden. Anscheinend hatten wir die Stadt erreicht, ohne dass ich es mitbekommen hatte. Nachdem wir ein Stück am südlichen Themseufer entlanggefahren waren, überquerten wir eine der Brücken und waren auf einmal mitten im Herzen von London.

Ich weiß nicht mehr, wie oft ich mir schon die Fotos von Wexford auf der Website des Internats angeschaut hatte, und ich wusste so ziemlich alles, was es über seine Geschichte zu wissen gab. Mitte des neunzehnten Jahrhunderts gehörte das Londoner East End zu den ärmsten Vierteln der Stadt. Es ging dort ungefähr so zu, wie es in den Büchern von Charles Dickens beschrieben wird. Überall lauerten Taschendiebe und anderes Gesindel, und es gab sogar Eltern, die in ihrer Not die eigenen Kinder für ein Stück Brot verkauften. Wexford war damals mithilfe wohltätiger Spenden errichtet worden. Rund um einen hübschen, von Bäumen bestandenen Platz wurden ein Wohnheim für Frauen, eines für Männer und eine kleine Kirche im neugotischen Stil gebaut – alles, was nötig war, um bedürftigen Menschen Unterkunft, Verpflegung und geistlichen Beistand zu bieten. Das Ganze geschah allerdings nicht nur aus reiner Nächstenliebe. Wer dort wohnte – egal, ob Mann, Frau oder Kind – musste täglich fünfzehn Stunden in den Fabriken und Arbeitshäusern schuften, die man in weiser Voraussicht ebenfalls rings um den Platz errichtet hatte. Anfang der 1920er-Jahre stellte man dann fest, wie menschenunwürdig das alles war, und der gesamte Gebäudekomplex mit seinen beeindruckenden Bauwerken im gotischen und georgianischen Stil wurde verkauft und zu einer Schule umfunktioniert. In den Arbeitshäusern entstanden Unterrichtsräume und die kleine Kirche wurde in einen Speisesaal umgewandelt. Die Wohnheime – wunderschöne Sand- und Backsteinhäuser mit hohen Fenstern, spitzen Dachgiebeln und Kaminen, deren Silhouetten sich malerisch gegen den Himmel abhoben – dienten fortan als Unterkunft für die Internatszöglinge.

»In dem Gebäude dort ist dein Zimmer.« Mr Franks deutete auf eines der Backsteinhäuser, während das Auto über Kopfsteinpflaster rumpelte. Das war also Hawthorne, das Mädchenwohnheim. Über dem Eingangsportal war das Wort »FRAUEN« in den Stein gemeißelt. Darunter stand – wie als lebender Beweis – eine Frau. Sie war klein, vielleicht höchstens einen Meter fünfundfünfzig, hatte dafür aber einen beeindruckenden Körperumfang, ein tiefrot leuchtendes Gesicht und bemerkenswert große Hände, bei deren Anblick man sich lebhaft vorstellen konnte, wie sie damit besonders dicke Frikadellen formte oder die Luft aus Autoreifen quetschte. Sie trug ein Kleid aus kariertem Wollstoff und ihre Haare waren zu einem so kompakten Bob geschnitten, dass er fast schon quadratisch wirkte. Irgendwie erweckte sie den Eindruck, als würde sie in ihrer Freizeit bevorzugt Steine klopfen oder mit Bären kämpfen.

Als ich aus dem Wagen stieg, schmetterte sie mir ein ohrenbetäubendes »Aurora!« entgegen. Ich war mir fast sicher, dass sie mit dieser Stimme einen kleinen Vogel tot vom Himmel stürzen lassen könnte.

»Ich bin Claudia«, dröhnte sie. »Die Hausvorsteherin von Hawthorne. Herzlich Willkommen in Wexford.«

»Vielen Dank.« Mir klingelten immer noch die Ohren von ihrem gewaltigen Stimmorgan. »Aber nennen Sie mich doch bitte Rory.«

»Rory. Natürlich. Wie war dein Flug? Hat alles geklappt?«

»Bestens, danke.« Ich beeilte mich, Mr Franks zuvorzukommen und mein Gepäck selbst aus dem Kofferraum zu holen, bevor er sich noch das Rückgrat dabei brach. Flip-Flops und Kopfsteinpflaster waren allerdings keine wirklich gute Kombination, erst recht nicht, wenn es kurz zuvor geregnet hatte und die Steine mit einem glitschigen Film überzogen waren. Wie auf Eiern tanzend schlitterte ich über das Pflaster und erreichte den Kofferraum erst, als Mr Franks bereits ächzend meine Koffer aus dem Wagen hievte.

»Mr Franks bringt deine Sachen ins Haus«, sagte Claudia.
»Stellen Sie das Gepäck bitte in Zimmer siebenundzwanzig ab, Mr Franks.«

»Wird erledigt«, keuchte er.

Als Claudia mir die Eingangstür aufhielt und ich zum ersten Mal mein neues Zuhause betrat, setzte feiner Nieselregen ein.

2

Ich fand mich in einer Eingangshalle mit Mosaikfußboden und dunklen holzgetäfelten Wänden wieder. Über der Tür hing ein breites Banner mit den Worten »Herzlich willkommen in Wexford«. Gewundene Holztreppen führten hinauf zu den Zimmern – zumindest nahm ich an, dass sie dorthin führten. An einer Wand hing ein großes Schwarzes Brett mit Flyern, die über diverse Sport- und Theater-AGs informierten.

»Hier entlang«, sagte Claudia und lotste mich einen links von der Halle abgehenden Flur entlang, der zu einem Büro führte. Der Raum war in einem tiefen Weinrot gestrichen und auf dem Boden lag ein dicker Perserteppich. Die Wände und Regale waren mit Bildern, Medaillen und Pokalen bestückt, die alle etwas mit Hockey zu tun hatten. Auf einigen der Auszeichnungen standen der Name der Schule und die dazugehörigen Jahreszahlen, woraus ich ziemlich verblüfft schloss, dass Claudia offensichtlich erst Anfang dreißig war. Dabei sah sie älter aus als Granny Deveaux. Fairerweise sollte ich jedoch vielleicht hinzufügen, dass meine Großmutter extrem auf ihr Äußeres bedacht war, nie ungeschminkt das Haus verließ und Jeans in Size zero trug. Claudia hingegen war stämmig und robust, und zog es offensichtlich vor, sich bei Wind und Wetter im Freien aufzuhalten. Ich argwöhnte sogar, dass sie gern körperliche Gewalt ausübte – natürlich alles in Maßen und im Namen des Sports. Jedenfalls konnte ich mir gut vorstellen, wie sie einen Schlachtruf brüllend und mit erhobenem Hockeyschläger über einen matschigen Rasen rannte. Hoffentlich würde mich dieses Bild heute Nacht nicht bis in meine Träume verfolgen.

»Das hier ist mein Reich«, erklärte sie und fasste mit einer ausholenden Geste das Büro und eine geschlossene Tür neben der Fensterwand ein. »Falls du irgendetwas brauchst oder einfach ein bisschen plaudern willst – ich bin jeden Abend bis neun für meine Schützlinge da. In dringenden Fällen natürlich rund um die Uhr. Aber jetzt lass uns erst einmal über ein paar grundlegende Dinge sprechen. Du bist dieses Jahr die einzige Schülerin aus dem Ausland, und wie du vermutlich schon weißt, unterscheidet sich das englische Schulsystem erheblich vom amerikanischen. Hier müssen die Schüler zum Beispiel mit ungefähr sechzehn Jahren die sogenannte GCSE-Prüfung ablegen ...«

Natürlich wusste ich darüber Bescheid. Schließlich hatte ich mich gewissenhaft auf meine Zeit in diesem Internat vorbereitet. Das GCSE – General Certificate of Secondary Education – gilt in England als die wichtigste Abschlussprüfung. Die Prüfungen werden in so ziemlich jedem Fach absolviert, das man jemals belegt hat – das hieß für gewöhnlich in fünf bis zehn Fächern (was vermutlich davon abhing, wie gern man Tests schrieb). Wie man beim GCSE abschneidet, entscheidet darüber, ob man anschließend eine weiterführende Schule besuchen darf und sich dort auf bestimmte Fächer spezialisieren kann, um die Qualifikation für ein Studium zu erwerben. Wexford war eine eher seltene Schulform, nämlich ein privates College nur für die Oberstufe, das für Schüler gedacht war, die sich die komplette Schulzeit auf einer teuren Eliteschule nicht leisten konnten – oder ihre bisherige Schule hassten oder unbedingt in London leben wollten. Da man Wexford nur für die Dauer von zwei Jahren besuchte, hatte man es hier nicht mit eingeschworenen Cliquen zu tun, deren Mitglieder sich alle schon seit Ewigkeiten kannten, sondern meine neuen Mitschüler würden selbst erst seit höchstens einem Jahr hier sein.

»Bei uns in Wexford«, fuhr Claudia fort, »belegen die Schüler pro Jahr vier oder fünf Fächer. Darin bereiten sie sich auf die A-Levels, also den Hochschulabschluss, vor, die sie am Ende des zweiten Jahres absolvieren. Es steht dir selbstverständlich frei, ebenfalls Kurse für die A-Levels zu belegen, aber da du diesen Abschluss in Amerika nicht benötigst, sind wir gern bereit, ein spezielles Benotungssystem für dich auszuarbeiten. Wie ich hier sehe, möchtest du fünf Kurse belegen, und zwar in Englischer Literatur, Geschichte, Französisch, Kunstgeschichte und Höherer Mathematik. Hier ist dein Stundenplan.«

Sie reichte mir ein Blatt Papier mit einer ellenlangen, unübersichtlichen Tabelle. Es war kein klar strukturierter Stundenplan mit einer Einteilung nach Tagen, wie ich es gewohnt war, sondern ein Zwei-Wochen-Programm, voll gepackt mit Doppelstunden und einigen wenigen Freistunden. Entmutigt starrte ich auf das Kurs-Wirrwarr, von dem ich mir sicher war, es mir niemals merken zu können.

»Frühstück ist um sieben«, erklärte Claudia, »der Unterricht beginnt um Viertel nach acht und Mittagspause ist um halb zwölf. Um Viertel vor drei wird sich für den Sportunterricht umgezogen, der von drei bis vier stattfindet. Anschließend wird geduscht und von Viertel nach vier bis Viertel nach fünf ist noch einmal Unterricht. Abendessen ist von sechs bis sieben, danach kann man sich diversen Arbeitsgruppen anschließen, trainieren oder die Zeit für Hausaufgaben nutzen. Apropos – hast du dich schon für eine Sportart entschieden? Wie wäre es zum Beispiel mit Hockey? Ich leite das Hockeyteam der Mädchen und könnte mir dich gut in unserer Mannschaft vorstellen.«

Das war der Moment, vor dem ich mich am meisten gefürchtet hatte. Ich bin nämlich nicht gerade das, was man eine Sportskanone nennt. Dort, wo ich herkomme, ist es viel zu heiß, um sich körperlich zu ertüchtigen, sodass auch an der Schule kein gesteigerter Wert darauf gelegt wird. Und sieht man in Bénouville mal jemanden *rennen*, dann ist es ratsam, ebenfalls die Beine in die Hand zu nehmen, weil er mit ziemlicher Wahrscheinlichkeit gerade vor irgendeiner Katastrophe davonläuft.

In Wexford dagegen gehörte Sport zum *täglichen* Pflichtprogramm. Zur Auswahl standen Fußball (was permanentes Rennen über riesige Rasenflächen bedeutete), Schwimmen (nie im Leben), Hockey (und zwar kein Eis-, sondern Feldhockey, was anstrengungstechnisch für mich jedoch keinen wirklichen Unterschied machte) oder Korbball. Ich verabscheue jede Art von Sport, kenne mich aber zumindest ein bisschen mit Basketball aus. Und so wie Softball die Mädchenvariante von Baseball ist, müsste Korbball sozusagen die Softballversion von Basketball sein, oder?

»Ich dachte eher an Korbball«, sagte ich.

»Korbball, verstehe. Hast du denn schon mal Hockey gespielt?«

Ich ließ den Blick über die im ganzen Raum verteilten Hockeyauszeichnungen wandern. »Nein, noch nie. Ich kenne nur Basketball, und Korbball ist ja ...«

»... etwas völlig anderes«, winkte sie ab. »Bei unserem Hockeytraining hättest du die Möglichkeit, den Sport von der Pike auf zu lernen. Wieso versuchen wir's nicht einfach, was meinst du?«

Claudia lehnte sich lächelnd über den Schreibtisch und knetete ihre fleischigen Finger.

»Klar, warum nicht.« Kaum waren die Worte draußen, hätte ich sie am liebsten wieder zurückgenommen, aber Claudia hatte bereits ihren Stift gezückt und kritzelte zufrieden murmelnd etwas auf einen Zettel. »Ausgezeichnet, ausgezeichnet. Die Hockeyausrüstung bekommst du von der Schule gestellt und ... Oh, das hätte ich fast vergessen – das hier brauchst du natürlich auch noch ...«

Sie schob einen Schlüssel und eine Ausweiskarte über den Tisch. Als ich mein Bild darauf sah, stöhnte ich innerlich enttäuscht auf. Ich hatte mindestens fünfzig Fotos von mir gemacht, bis endlich eines dabei gewesen war, auf dem ich halbwegs passabel aussah. Aber eingeschweißt in dem Plastik hatte mein Gesicht auf dem Ausweis einen violetten Schimmer und wirkte merkwürdig aufgedunsen und meine dunklen Haare hatten einen Grünstich.

»Den Ausweis brauchst du für die Eingangstür. Halte ihn einfach an das Lesegerät. Ach ja, und du darfst ihn unter keinen Umständen an jemand anders weitergeben, in Ordnung? Okay, dann machen wir jetzt noch einen kleinen Rundgang durchs Haus.«

Claudia führte mich zurück in die Eingangshalle und zeigte im Vorbeigehen auf eine Wand mit Postfächern und dem großen Schwarzen Brett, das ich schon bei meiner Ankunft gesehen hatte, und das jetzt schon Unmengen von Informationen und Änderungen zu sämtlichen Kursen enthielt, obwohl das Schuljahr noch nicht einmal begonnen hatte. Außerdem hingen überall Zettel mit Ermahnungen, sich rechtzeitig um eine Oyster-Card – die elektronische Fahrkarte für die Londoner U-Bahn – zu kümmern, und mit Hinweisen, welche Bücher benötigt wurden und wie man sich in der Bibliothek zurechtfand.

Claudia blieb vor einer großen Flügeltür stehen und öffnete sie. »Der Gemeinschaftsraum«, erklärte sie. »Hier wirst du wahrscheinlich eine Menge Zeit verbringen.«

In dem riesigen Raum standen mehrere Sofas und Tische mit Stühlen, es gab einen Flachbildfernseher und sogar einen Kamin, vor dem gemütliche Sitzkissen auf dem Boden verstreut lagen. An den Gemeinschaftsraum grenzten unterschiedlich eingerichtete Arbeitszimmer, die sich je nach Größe für ganze Lerngruppen eigneten oder gerade genug Platz für eine Einzelperson boten.

Von dort ging es weiter in den zweiten Stock, den wir über einen gewundenen Treppenaufgang mit knarzenden Holzstufen erklommen und auf dem sich mein Zimmer befand. Es hatte die Nummer siebenundzwanzig und war mit seiner hohen Decke und den viel Licht hereinlassenden Bogenfenstern größer, als ich erwartet hätte. Auf dem Dielenboden lag ein dünner hellbrauner Teppich und von der Decke hing ein riesiger, siebenarmiger Leuchter mit dicken Silberkugeln. Doch das Beste von allem war der kleine Kamin. Er machte zwar nicht den Eindruck, als würde er noch funktionieren, sah aber mit dem schmiedeeisernen Gitter, den dunkelblauen Kacheln und dem breiten Kaminsims, über dem ein Spiegel hing, einfach wunderschön aus.

Was mich allerdings ein bisschen verwunderte, war die Tatsache, dass in dem Zimmer alles dreimal vorhanden war – drei Betten, drei Schreibtische, drei Schränke und drei Bücherregale.

»Das ist ein Dreibettzimmer«, sprach ich meine Beobachtung laut aus. »In dem Infoschreiben stand aber nur etwas von *einer* Mitbewohnerin.«

»Ganz richtig. Du teilst dir das Zimmer mit Julianne Benton. Sie ist Schwimmerin.«

In ihrem letzten Satz schwang ein Hauch von Verachtung mit, womit noch einmal deutlich wurde, was die Hockey-Trainerin von anderen Sportarten hielt. Sie führte mich zu einer winzigen Küche am Ende des Gangs, in der ein Wasserspender mit einer Heißwasserfunktion (»ihr benötigt also keinen Wasserkocher in euren Zimmern«), ein kleiner Geschirrspüler und ein Mini-Kühlschrank standen.

»Der Kühlschrank wird täglich mit frischer Milch und Sojamilch aufgefüllt«, erklärte Claudia. »Er ist ausschließlich für Getränke vorgesehen. Am besten beschriftest du deine Sachen. Dafür sind die zweihundert Aufkleber auf der Schulbedarfsliste gedacht. Außerdem stehen hier immer frisches Obst und Müsli bereit, falls jemand zwischendurch Hunger bekommt.«

Anschließend zeigte sie mir das Badezimmer – ein imposanter Saal im viktorianischen Stil mit schwarzweißen Bodenfliesen, Marmorwänden, einer langen Spiegelfläche über aneinandergereihten Waschbecken und Holzfächern für Handtücher und Waschutensilien. Mir wurde ein bisschen mulmig zumute, als ich mir vorstellte, wie ich hier mit meinen zukünftigen Mitschülerinnen plaudernd unter der Dusche stehen würde oder wir uns gemeinschaftlich die Zähne putzten. Wir würden einander nackt oder nur in Handtücher gewickelt sehen und uns jeden Morgen ungeschminkt über den Weg laufen. Darüber hatte ich bisher noch gar nicht nachgedacht. Manchmal muss man offensichtlich erst einen Blick ins Bad werfen, um sich der erbarmungslosen Realität klar zu werden.

Auf dem Weg zurück in mein Zimmer rasselte Claudia weitere gefühlte hundert Regeln herunter, und ich versuchte, mir zumindest die wichtigsten zu merken: Das Licht musste um dreiundzwanzig Uhr gelöscht werden, aber wir durften danach noch unsere Computer benutzen oder im Schein unserer Nachttischlampen lesen, vorausgesetzt unsere Zimmergenossinnen fühlten sich dadurch nicht gestört. Es war uns gestattet, Bilder an die Wand zu hängen, aber nur, wenn wir dazu etwas benutzten, das »Blu-Tack« hieß (und ebenfalls auf der Schulbedarfsliste stand). Während der Unterrichtsstunden, zu offiziellen Versammlungen und beim Abendessen mussten wir die Schuluniform tragen, zum Frühstück und zum Mittagessen durften wir in unserer eigenen Kleidung erscheinen.

»Heute findet das Abendessen ausnahmsweise schon um drei statt, weil im Moment nur du und die Aufsichtsschüler anwesend sind. Charlotte wird dich abholen und in den Speisesaal begleiten. Sie ist die Schulsprecherin der Mädchen.«

Eine Aufsichtsschülerin also. Ich hatte schon davon gelesen. Sie gehörten der Schülermitverwaltung an und besaßen gewisse Sonderrechte. Zum Beispiel, dass ihren Anweisungen Folge zu leisten war. Und die Schulsprecher waren sozusagen die Anführer der Aufsichtsschüler.

Nachdem Claudia das Zimmer verlassen und dabei schwungvoll die Tür hinter sich zugeschlagen hatte, schaute ich mich ein bisschen verloren in meinem neuen Zuhause um. Ich war allein. Allein in dem großen Zimmer. Allein in London.

Mein Blick fiel auf acht am Boden stehende Kartons, auf denen mein Name prangte. Ich öffnete sie und fand darin meine komplette Schulgarderobe: zehn weiße Hemdblusen, drei dunkelgraue Röcke, ein grauweiß gestreifter Blazer, eine bordeauxrote Krawatte, ein grauer Pullover mit aufgesticktem Schulwappen und zwölf Paar graue Kniestrümpfe. Außerdem zwei dunkelgraue Trainingshosen mit weißen Streifen an der Seite, drei kurze Sporthosen derselben Machart, fünf hellgraue T-Shirts mit dem *Wexford*-Schriftzug quer über der Brust, eine bordeauxrote Fleece-Trainingsjacke mit dem Schulwappen, zehn Paar weiße Sportsocken und ein Paar Schuhe – dicke, klobige Dinger, die aussahen, als wären sie für Frankensteins Monster designt worden.

Da vermutlich von mir erwartet wurde, dass ich nachher in Schuluniform zum Essen erschien, machte ich mich ans Auspacken. Die Sachen waren vom langen Liegen im Karton ganz steif und knittrig. Ich zog die Nadeln aus den Blusenkragen, entfernte die Etiketten von den Röcken und dem Blazer und begann mich umzuziehen. Als ich fertig war – auf Kniestrümpfe und Schuhe hatte ich vorerst verzichtet –, steckte ich mir die Kopfhörer meines MP3-Players ins Ohr. Ich finde nämlich, dass man sich mit vertrauter Musik auch an einem fremden Ort gleich ein bisschen wie zu Hause fühlt.

Der einzige Spiegel im Zimmer war der über dem Kamin. Darin konnte ich mich aber bloß zur Hälfte anschauen und ich wollte mich in meinem neuen Outfit unbedingt ganz sehen. Ich stellte mich auf das Fußende des mittleren Bettes, das aber zu weit vom Spiegel entfernt war. Also zog ich es in die Mitte des Raums und versuchte es erneut. Diesmal klappte es und ich konnte mein Spiegelbild von Kopf bis Fuß betrachten. Der Gesamteindruck war viel weniger grau, als ich befürchtet hatte. Meine Haare, die eigentlich dunkelbraun sind, wirkten im Kontrast zum Blazer fast schwarz. Das gefiel mir. Was mir an meiner Uniform jedoch mit Abstand am besten gefiel, war die Krawatte. Ich hatte schon immer ein Faible für Krawatten, aber weil man damit als Mädchen extrem auffiel – vor allem, wenn man aus Louisiana kam –, hatte ich mich nie getraut, eine zu tragen. Hier dagegen gehörte sie quasi zum guten Ton.

Ich war ganz darin versunken, sämtliche Spielarten meines neuen Lieblingsaccessoires auszuprobieren – locker sitzender Knoten, zur Seite gezogen, um den Kopf gewickelt –, als plötzlich die Tür aufging. Mir entfuhr ein erschrockener Schrei und ich riss mir die Hörer aus den Ohren, sodass die Musik leise durchs Zimmer schallte. Ein hochgewachsenes schlankes Mädchen stand in der Tür. Sie hatte kastanienrote Haare, die kunstvoll nachlässig hochgesteckt waren und ihren Porzellanteint betonten, der mit kleinen goldbraunen Sommersprossen gesprenkelt war. Am bemerkenswertesten war jedoch ihre Haltung. Das perfekt geschnittene Kinn anmutig erhoben schien sie zu den Mädchen zu gehören, für die ein stolzer aufrechter Gang das Normalste auf der Welt war. Außerdem fiel mir auf, dass sie keine Uniform anhatte, sondern ein dünnes graues Shirt über einem blau-rosa gestreiften Rock trug und sich einen hellrosafarbenen Baumwollschal lose um den Hals geschlungen hatte.

»Bist du Aurora?«, fragte sie und fügte ohne meine Antwort abzuwarten hinzu: »Ich bin Charlotte. Ich wollte dich zum Essen abholen.«

»Soll ich mich vielleicht lieber ...«, ich zupfte unsicher an meiner Uniform herum, »... umziehen?«

»Ach was, nicht nötig«, winkte sie ab. »Wir sind sowieso nur eine Handvoll Leute.«

Sie schaute mir zu, wie ich umständlich vom Bett kletterte, nach meinem Ausweis und dem Schlüssel griff und in meine Flip-Flops schlüpfte.

3

»Und?«, flötete Charlotte, während ich neben ihr über das nasse Kopfsteinpflaster schlitterte. »Woher kommst du?«

Ich weiß, man soll Leute nicht nach dem ersten Eindruck beurteilen – aber manchmal verhalten sie sich so, dass man nicht anders kann. Zum Beispiel musterte Charlotte immer wieder mit verstohlenen Blicken meine Uniform, dabei hätte sie mir vorhin im Zimmer einfach anbieten können, mich noch schnell umzuziehen. Auf den Gedanken, sie darum zu bitten, war ich gar nicht erst gekommen. Dafür hatte mich wohl ihr Status als Schulsprecherin zu sehr eingeschüchtert. Außerdem erzählte sie mir, kaum dass wir die Treppe erreicht hatten, von ihrem Vorhaben, sich in Cambridge zu bewerben. Und wenn jemand, noch bevor er sich mit Nachnamen vorstellt, von seinen ehrgeizigen Zukunftsplänen berichtet, dann ist meiner Meinung nach Vorsicht geboten. Ich habe mich mal bei Walmart in der Schlange vor der Kasse mit einem Mädchen unterhalten, das mir erzählte, sie würde bald bei *America's Next Top Model* mitmachen. Als ich sie das nächste Mal sah – wieder bei Walmart – sammelte sie draußen auf dem Parkplatz stehen gebliebene Einkaufswagen ein und rollte sie in ihre Station zurück. Die Menschen sind nicht immer das, wofür sie sich ausgeben. Man muss nur gründlich genug hinschauen.

Für einen Augenblick hatte ich Angst, dass womöglich alle hier so wie Charlotte waren, aber dann beruhigte ich mich mit dem Gedanken, dass vermutlich nur ein bestimmter Typ Mädchen danach strebte, Schulsprecherin zu werden. Ich beschloss, ihrer Überheblichkeit Paroli zu bieten, indem ich auf ihre Frage in typischer Südstaatenmanier antwortete – sehr umständlich und sehr ausführlich. Wir in Louisiana wissen nämlich, wie man etwas in die Länge zieht. Bringe einen Südstaatler gegen dich auf und er wird dir das Leben mit seinem endlosen Geschwafel so gründlich versauen, bis du nur noch ein Schatten deiner selbst bist.

»Ich bin aus New Orleans«, begann ich. »Na ja, nicht direkt aus New Orleans, aber aus der Gegend, ungefähr eine Stunde von New Orleans entfernt. Meine Heimatstadt ist ziemlich klein und liegt mitten in einem Sumpfgebiet. Das musste damals natürlich erst einmal trockengelegt werden, bevor es bebaut werden konnte, was aber ein ziemlich sinnloses Unterfangen ist, weil man Sümpfe nicht wirklich trockenlegen kann. Man kann einen Sumpf so viel und so oft trockenlegen, wie man will, es ist und bleibt ein Sumpf. Das Einzige, was noch schlimmer ist, als eine Stadt in einem Sumpfgebiet zu bauen, ist, eine Stadt auf einer alten indianischen Begräbnisstätte zu errichten. *Gäbe* es eine alte indianische Begräbnisstätte in unserer Gegend, dann hätten diese geldgierigen Idioten, die unsere Stadt hochgezogen haben, innerhalb kürzester Zeit bestimmt auch alle Grabstätten aufgekauft und bebaut.«

»Aha«, war alles, was sie darauf erwiderte. Dann deutete sie auf meine Flip-Flops, die auf dem Kopfsteinpflaster schmatzende Geräusche von sich gaben, und säuselte: »Du musst in den Dingern ziemlich kalte Füße haben.«

Offensichtlich hatte meine ausführliche Antwort ihre Überheblichkeit nur noch verstärkt.

»Hab ich auch«, gab ich zurück.

Und damit war unsere Unterhaltung beendet.

Der Speisesaal befand sich, wie schon erwähnt, in der ehemaligen alten Kirche. In Bénouville gibt es insgesamt drei Kirchen, allesamt in Fertigbauweise errichtet, und anstatt auf Holzbänken sitzt man darin auf Plastikstühlen. Aber das hier war eine *echte* Kirche. Sie war zwar nicht besonders groß, dafür jedoch – wie es sich für eine anständige Kirche gehört – aus Stein errichtet, mit Gewölbepfeilern, einem kleinen Glockenturm und hohen schmalen Buntglasfenstern. Das Innere wurde von mehreren tief von der Decke hängenden, runden, schmiedeeisernen Lüster erhellt. Als Sitzgelegenheit dienten drei lange Reihen mit Holztischen und Sitzbänken, und auf einer Art Podium, wo sich früher vermutlich der Altar befunden hatte, stand ein weiterer Tisch. An der Seite war außerdem eine Kanzel mit Wendeltreppe.

Vorne im Saal saß bereits eine kleine Gruppe von Schülern. Wahrscheinlich unnötig zu erwähnen, dass keiner von ihnen eine Schuluniform trug. Als sie das schmatzende Geräusch meiner Flip-Flops vernahmen, das von den heiligen Wänden widerhallte, hoben alle Versammelten den Kopf.

»Hört mal alle kurz zu«, sagte Charlotte. »Das hier ist Aurora. Sie kommt aus Amerika.«

»Rory«, beeilte ich mich, sie zu korrigieren. »Alle nennen mich nur Rory. Und ich finde meine neue Schuluniform so toll, dass ich beschlossen habe, sie nie wieder auszuziehen.«

»Also«, überging Charlotte meinen kleinen Scherz, bevor er bei den anderen sacken konnte, »das sind Jane, Clarissa, Andrew, Jerome und Paul. Andrew ist Schulsprecher der Jungs.«

Alle Aufsichtsschüler waren lässig, aber extrem stylish angezogen. Die Mädchen trugen wie Charlotte Röcke, denen man die Herkunft aus teuren Designerläden ansah, und die Jungs Poloshirts oder T-Shirts mit Markenlabels, die mir nichts sagten. Sie sahen aus, als kämen sie gerade von einem Fashion-Shooting für ein Lifestyle-Magazin. Jerome machte noch den entspanntesten und coolsten Eindruck. Mit seinen zerzausten rotbraunen Locken, dem hübsch geschwungenen Mund und der markanten Nase erinnerte er mich ein bisschen an Doug Davenport, in den ich in der Vierten verliebt gewesen war. Jerome verströmte eine unbekümmerte Gelassenheit und machte den Eindruck, als würde er viel und gern lachen.

»Komm mit, Rory«, flötete Charlotte. »Hier entlang.«

Mittlerweile empfand ich schon fast jedes Wort, das sie von

sich gab, als Zumutung. Ich konnte es gar nicht leiden, wie ein Haustier herumkommandiert zu werden. Da ich jedoch kaum eine andere Wahl hatte, folgte ich ihr zähneknirschend.

Die Essensausgabe war in einem Raum hinter der Kanzel, in dem sich früher wahrscheinlich die Sakristei befunden hatte. Jetzt war darin eine moderne Kantinenküche untergebracht, mit dampfenden Reihen von Wasserbadbehältern, in denen das Essen warm gehalten wurde. Heute gab es Hühnerragout, vegetarischen Sheperd's Pie, Bratkartoffeln und grüne Bohnen. Abgesehen von den Brötchen, die man sich aus einem Korb nehmen konnte, waren sämtliche Gerichte mit einer dünnen goldfarbenen Fettschicht überzogen, wogegen ich nicht das Geringste einzuwenden hatte. Ich hatte den ganzen Tag noch nichts gegessen und abgesehen davon, hatte ich einen sehr robusten Magen, der mit so ziemlich jeder Menge Fett klarkam, die ich ihm zuführte.

Nachdem ich mir von allem ein bisschen genommen hatte, musterte Charlotte mit hochgezogener Braue meinen Teller. Ich begegnete ihrem Blick mit einem entwaffnenden Lächeln.

Als wir zum Tisch zurückkehrten, waren die anderen in eine angeregte Unterhaltung vertieft. Sie erzählten sich gerade, wie sie die Sommerferien verbracht hatten. Es fielen die Worte »Kenia« und »Segeln«. Ich kannte niemanden, der in den Ferien nach Kenia reiste oder Segeln ging – obwohl es bei mir zu Hause genügend Leute gab, die ein Boot hatten. Trotzdem schienen meine Tischnachbarn nicht stinkreich zu sein. Zumindest nicht auf eine Weise, mit der ich »stinkreich« assoziierte, nämlich mit protzigen Autos, absurd riesigen Villen oder megagroßen Partys am sechzehnten Geburtstag, zu denen man in einer Limousine nach New Orleans chauffiert wurde, wo es jede Menge alkoholfreie Cocktails gab, die man dann im Badezimmer in echte Cocktails ummixte, bis man schließlich so betrunken war, dass man alles in hohem Bogen wieder auskotzte.

Zugegeben, ich dachte in diesem Zusammenhang an jemand ganz Spezielles, aber so war nun mal meine bisherige Vorstellung von »stinkreich« zustande gekommen. Dagegen wirkten die jungen Leute an diesem Tisch hier ungewohnt erwachsen und reif auf mich. Fast schon *gravitätisch,* um eine Vokabel aus einem SAT-Übungstest zu benutzen.

»Du kommst also aus New Orleans?«, riss Jerome mich aus meinen Gedanken.

Ich nickte und kaute hastig zu Ende, bevor ich hinzufügte: »Zumindest aus der Gegend.«

Er setzte zu einer Erwiderung an, doch Charlotte kam ihm zuvor. »Wir haben gleich eine Aufsichtsschülerbesprechung«, ließ sie mich wissen. »Hier, im Speisesaal.«

Die Botschaft war angekommen. Ich sollte verschwinden. Ich hatte zwar meinen Nachtisch noch nicht ganz aufgegessen, wollte ihr aber auf keinen Fall die Genugtuung gönnen, mir meinen Ärger über ihr unhöfliches Verhalten anmerken zu lassen.

»Dann bis später«, sagte ich achselzuckend, legte meinen Löffel hin und ging.

Zurück in meinem Zimmer, grübelte ich darüber nach, für welches der Betten ich mich entscheiden sollte. Das in der Mitte schied definitiv aus, ich brauchte unbedingt einen Schlafplatz an der Wand. Die Frage war nur, sollte ich mir einfach selbst die Nächste sein und mir das Bett neben dem fantastischen Kamin unter den Nagel reißen (und damit gleichzeitig den genialen Kaminsims für mich beanspruchen, um meine Sachen darauf abzustellen), oder sollte ich den nobleren und selbstlosen Weg wählen und mich mit dem Bett auf der gegenüberliegenden Seite begnügen?

Nachdem ich ungefähr fünf Minuten lang sämtliche Für und Wider abgewägt hatte, kam ich zu dem Schluss, dass es in Ordnung wäre, mich für das Bett am Kamin zu entscheiden, solange ich den Kaminsims nicht *sofort* für mich beanspruchte. Ich würde zunächst lediglich das Bett belegen und den Sims erst einmal überhaupt nicht beachten. Bis er irgendwann, ganz allmählich, mir gehören würde.

Nachdem ich diesen heiklen Punkt zu meiner Zufriedenheit geklärt hatte, setzte ich mir wieder meine Musik auf die Ohren und begann meine Sachen auszupacken. Als Erstes machte ich mich an die Kiste, die ich mir von zu Hause hierher hatte schicken lassen und in der Bettlaken, mein Kopfkissen, meine Decke und Handtücher waren. Es war seltsam, diese vertrauten Alltagsgegenstände hier in diesem altehrwürdigen Gebäude mitten in London zu haben. Als ich mein Bett bezogen hatte, nahm ich die beiden Monsterkoffer in Angriff und räumte meine Klamotten in den Schrank und in die Schubladen der Kommode. Anschließend hing ich über meinem Schreibtisch Fotos von meinen Freunden, meinen Eltern, von Onkel Bick und meiner Cousine Diane auf und stellte meinen heiß geliebten, wie ein Schmollmund geformten Aschenbecher – den ich irgendwann mal in unserem Stammgrilllokal »BIG JIM'S PIT OF LOVE« hatte mitgehen lassen – darunter. Die bunten Perlenketten und aufgefädelten Blechmünzen, die ich auf den Mardi-Gras-Paraden gesammelt hatte, hängte ich um den Bettpfosten am Fußende meines Bettes. Zu guter Letzt stellte ich noch meinen Laptop auf den Tisch und verstaute meine drei kostbaren Dosen »Cheez-Whiz«, dem genialsten Käsedip der Welt, im Regal.

Es war halb sieben.

Ich kniete mich aufs Bett und schaute aus dem Fenster. Es war immer noch hell und der Himmel leuchtete jetzt strahlendblau.

Um mir die Zeit zu vertreiben, beschloss ich, mich ein bisschen im Wohnheim umzusehen, solange ich es praktisch noch für mich allein hatte. Als ich irgendwann im Gemeinschaftsraum landete, ließ ich mich aufs Sofa fallen und schaltete den Fernseher ein. Das würde mit Sicherheit die einzige Gelegenheit sein, mich völlig ungestört in diesem Raum aufzuhalten. Es lief eine Nachrichtensendung auf BBC One, und das Erste, was mir ins Auge stach, war der breite Nachrichtenticker am unteren Bildrand: **Neuauflage der Ripper-Morde im East End.** Mit halb geschlossenen Lidern schaute ich mir die Aufnahmen des abgesperrten Fundorts der Leiche an, der zusätzlich von

Polizisten in neongelben Warnwesten vor aufdringlichen Kamerateams gesichert wurde. Nach dem kleinen Einspieler wurde zurück ins Studio geschaltet, wo der Nachrichtensprecher den Bericht fortsetzte.

»*Obwohl sozusagen direkt auf den Tatort eine Überwachungskamera gerichtet war, konnten keine brauchbaren Aufnahmen des Tathergangs sichergestellt werden. Behördlichen Aussagen zufolge war die Kamera defekt. Es wurden bereits erste Fragen laut hinsichtlich der Wartung des Überwachungssystems …*«

Irgendwo im Haus knarzte es, dann war wieder nur das Gurren der Tauben vor dem Fenster zu hören. Ich ließ meine Hand über den dicken blauen, leicht kratzigen Sofastoff gleiten und schaute an den in die Wand eingelassenen, bis unter die Decke reichenden Bücherregalen hoch. Da war ich also. In London. Ich hatte mir so oft vorgestellt, wie es sein würde, hier zu sein, dass ich jetzt, wo ich tatsächlich hier war, gar nicht richtig wusste, wie ich mit meinem Wirklichkeit gewordenen Traum umgehen und die vielen fremden Eindrücke verarbeiten sollte.

Vor mir auf dem Bildschirm wurden die Worte **Neuer Ripper?** eingeblendet, im Hintergrund waren der Big Ben und das Parlament zu sehen. Es schien fast so, als wollten mir die Nachrichten bestätigen, dass ich wirklich und wahrhaftig in London angekommen war. Sogar Jack the Ripper war wiederauferstanden und gehörte meinem Begrüßungskomitee an.

4

Als ich am nächsten Morgen aufwachte, standen zwei Fremde im Zimmer – ein Mädchen mit langen honigblonden Haaren, das einen grauen Kaschmirpulli und Jeans trug, und eine Frau, die wie ihre Mutter aussah. Ich rieb mir die Augen und tastete unauffällig meinen Körper ab, um herauszufinden, ob ich überhaupt etwas anhatte. Die Leibesvisitation ergab, dass ich in meiner Schuluniform geschlafen hatte. Dabei konnte ich mich noch nicht einmal daran erinnern, ins Bett gegangen zu sein. Ich hatte bloß für einen klitzekleinen Moment die Augen zugemacht und auf einmal war es Morgen. Wahrscheinlich litt ich noch unter Jetlag.

Ich zog mir die Decke bis unters Kinn und gab einen krächzenden Ton von mir, den man mit etwas gutem Willen als ein »Hallo« interpretieren konnte.

»Oh nein, haben wir dich geweckt?«, fragte das Mädchen erschrocken. »Wir haben versucht, leise zu sein.«

Erst jetzt fiel mir auf, dass im Zimmer bereits vier Koffer, zwei Waschkörbe, drei Kisten und ein Cello standen. Wie es schien, waren die beiden schon eine ganze Weile höflich um meinen schlafenden, uniformierten Körper herumgeschlichen und hatten versucht, möglichst geräuschlos die ganzen Sachen hier abzuladen. Plötzlich nahm ich auch das Getöse draußen auf dem Gang wahr. Es war das Geräusch Dutzender, in ihre Zimmer ziehender Schülerinnen.

»Keine Sorge«, sagte das Mädchen, »mein Vater ist nicht mit reingekommen, falls du dich das gefragt hast. Wir wollten dich nicht stören und dachten, wir lassen dich einfach weiterschlafen. Du bist Aurora, oder?«

»Rory«, antwortete ich und schaute an mir hinunter. »Ich bin wohl in meiner … «

Ich sprach den Satz nicht zu Ende. Wozu noch Worte über das verlieren, was sowieso schon offensichtlich war?

»Mach dir nichts draus. Das war sicher nicht das letzte Mal, glaub mir. Ich bin Julianne, aber alle nennen mich Jazza.«

Nachdem ich mich noch kurz Jazzas Mutter vorgestellt hatte, machte ich mich auf den Weg zum Waschraum, um mir die Zähne zu putzen und mich insgesamt tageslichttauglicher zu machen.

Auf dem Flur ging es zu wie in einem Bienenstock. Es war mir ein absolutes Rätsel, wie ich bei dem Lärm hatte schlafen können. Es wurde vor Wiedersehenfreude laut gekreischt, sich lachend umarmt und schmatzend Luftküsse zugeworfen. Die Eltern bemühten sich derweil mit zusammengepressten Lip-

pen, zum Abschied keine peinliche Szene zu machen. Trotzdem gab es viele Tränen und heftige Gefühlsausbrüche. Während ich den Flur entlangtappte, hörte ich Claudias Stimme aus dem Erdgeschoss durch alle drei Etagen dröhnen. »Ich bin Claudia! Wie war die Reise? Ausgezeichnet, ausgezeichnet ...«
Im Waschraum schaute ich als Erstes aus einem der Fenster. Es war ein heller, klarer Morgen. Unten vor dem Wohnheim drängte sich ein Wagen an den nächsten. Da es dort so gut wie keine Parkmöglichkeiten gab, musste jedes Auto so schnell wie möglich ausgeladen und wieder weggefahren werden, um dem bereits ungeduldig wartenden Nachfolger Platz zu machen. Das gleiche Szenario spielte sich auf der gegenüberliegenden Seite vor dem Jungenwohnheim ab.

Irgendwie hatte ich mir meinen Einstieg hier ganz anders vorgestellt. Stundenlang hatte ich überlegt, wie ich mich meinen neuen Mitschülern am besten präsentieren könnte, hatte vor dem Spiegel immer wieder »Hi, ich bin Rory« geübt und war noch einmal meine witzigsten Anekdoten durchgegangen. Aber wie es aussah, hätte ich mir die Mühe sparen können. Ich putzte mir die Zähne, wusch mir das Gesicht mit kaltem Wasser und fuhr mir mit den Fingern durch die Haare. Das musste zur Begrüßung meiner neuen Mitbewohnerin erst mal reichen.

Da sie aus England kam und mit dem Auto angereist war, hatte Jazza viel mehr – sehr viel mehr – Sachen mitgebracht als ich. Als ich zurückkam, war ihre Mutter immer noch damit beschäftigt, den Inhalt der Koffer auf dem Bett zu stapeln. Es warteten außerdem noch kistenweise Bücher, ungefähr drei Dutzend

Dekokissen, ein Tennisschläger und mehrere Regenschirme darauf, verräumt zu werden. Ihre Bettwäsche, Handtücher und Decken waren alle viel hübscher als meine. Jazza hatte sogar eigene Vorhänge mitgebracht – und ihr Cello. Nicht zu vergessen, die Bücher – es waren geschätzte zweihundert, wenn nicht mehr. Mein Blick wanderte zu meinen eigenen wenigen Habseligkeiten: Da waren die Pappkartons, ein paar bunte Perlenketten, ein Schmollmund-Aschenbecher und ein paar Bücher, die auf einem einzigen Regalfach Platz fanden.

»Kann ich dir vielleicht bei irgendwas helfen?«, fragte ich.

»Oh …« Jazza wirbelte herum und schaute sich im Zimmer um. »Das ist lieb, aber ich glaube, jetzt haben wir alles reingetragen«, antwortete sie lächelnd, dann hob sie kurz die Hand und sagte: »Ich bin mal kurz draußen bei meinen Eltern und verabschiede mich. Sie haben noch eine ziemlich lange Rückfahrt vor sich.«

Als sie nach ungefähr zwanzig Minuten zurückkam, hatte sie gerötete Augen und zog leise schniefend die Nase hoch. Sie machte sich wieder ans Auspacken, und ich überlegte einen Moment lang unschlüssig, ob ich ihr noch mal meine Hilfe anbieten sollte. Schließlich kannte ich sie nicht und konnte nicht beurteilen, ob sie es vielleicht als unangenehm empfand, wenn jemand Fremdes ihre persönlichen Sachen anfasste. Aber dann tat ich es doch und sie nahm das Angebot dankbar an. Wie ich ziemlich bald feststellte, war Jazza ganz anders als Charlotte. Bei fast jedem Teil, das ich in der Hand hatte und für sie verstaute, sagte sie, dass ich es mir jederzeit gern leihen könne und mir überhaupt alles von ihr nehmen dürfe, was ich brauchte. Außerdem erklärte sie mir all die Dinge, die Claudia ausgelassen hatte. Zum Beispiel wann und wo es uns erlaubt war, mit dem Handy zu telefonieren (nur im Wohnheim oder draußen) und was man während der Freistunden so machte (lernen, entweder in der Bibliothek oder im Wohnheim).

»Hast du dir im vergangenen Jahr das Zimmer mit Charlotte geteilt?«, fragte ich Jazza, während ich einen schweren Quilt über ihr Bett warf und ihn glatt strich.

»Ach, hast du sie schon kennengelernt? Charlotte hat jetzt ein eigenes Zimmer, weil sie Schulsprecherin ist.«

»Ich war gestern mit ihr zusammen beim Essen«, sagte ich. »Sie wirkt ein bisschen ... unlocker.«

Jazza griff nach einem Kissenbezug. »Sie hat es nicht leicht. Ihre Familie setzt sie ziemlich unter Druck, damit sie es auch ja nach Cambridge schafft. Ich fände es schrecklich, wenn meine Eltern so wären. Sie erwarten von mir nur, dass ich mein Bestes gebe. Für welche Uni ich mich entscheide, überlassen sie mir. Da habe ich wirklich Glück.«

Wir packten so lange weiter aus, bis es Zeit wurde, sich fürs Abendessen umzuziehen. Das Willkommensdinner hatte nichts mit der kleinen gemütlichen Runde von gestern Nachmittag gemeinsam. Heute Abend war der Speisesaal brechend voll, und diesmal war ich nicht die Einzige in Schuluniform. Graue Blazer und bordeauxfarbene Krawatten so weit das Auge reichte. Der Speisesaal, der mir gestern noch riesig vorgekommen war, schien beträchtlich geschrumpft zu sein. Die Warteschlange an der Essensausgabe zog sich bis zur Eingangstür, und auf den Sitzbänken musste man schon sehr eng zusammenrücken, damit jeder einen Platz fand. Dafür war die Essensauswahl heute umso größer: Es gab Roastbeef, Linsenauflauf, Kartoffeln und viele verschiedene Sorten Gemüse. Erfreut stellte ich fest, dass auch diesmal wieder alles von einer dünnen goldgelben Fettschicht überzogen war.

Als Jazza und ich mit unseren Tabletts von der Essensausgabe zurückkamen, stand Charlotte auf und winkte uns zu sich an den Tisch, an dem sie mit denselben Leuten zusammensaß wie gestern. Sie küsste Jazza zur Begrüßung rechts und links auf die Wange – genauer gesagt küsste sie die Luft neben Jazzas Wangen, was meiner Meinung nach extrem viel über einen Menschen aussagte –, und forderte uns auf, uns zu setzen. Jerome rückte ein Stück zur Seite, um uns neben sich Platz zu machen, und unsere Hintern hatten kaum die Bank berührt, als Charlotte auch schon ihr Fragenfeuerwerk entzündete.

»Wie sieht dieses Jahr dein Stundenplan aus, Jaz?«

»Gut, danke«, antwortete Jazza.

»Ich belege dieses Jahr vier A-Level-Kurse. Das College in Cambridge verlangt außerdem einen S-Level-Kurs und ich muss in die Oxbridge-Vorbereitungskurse, um mich für die mündlichen Prüfungen fit zu machen. Ich werde also ziemlich viel zu tun haben. Belegst du auch einen Oxbridge-Vorbereitungskurs?«

Jazza schüttelte den Kopf. »Nein.«

»Verstehe. Na ja, ist ja auch nicht zwingend notwendig. An welchen Unis willst du dich bewerben?«

Jazzas Rehaugen wurden schmal. »Ich denke noch darüber nach«, sagte sie und stach ihre Gabel mit Nachdruck in den Linsenauflauf.

Ich spürte, wie Jerome mich neugierig von der Seite musterte. »Du bist wohl nicht besonders gesprächig, was?«, fragte er. Ha! Das hatte wirklich noch nie jemand zu mir gesagt.

»Du kennst mich nur noch nicht«, gab ich zurück.

»Rory hat erzählt, dass sie aus einem Sumpfgebiet kommt«, sagte Charlotte.

»Stimmt«, erwiderte ich und fügte in breitem Südstaatenslang hinzu: »Und ich trage heute zum ersten Mal in meinem Leben Schuhe. Ist ganz schön unbequem, wenn man's nicht gewohnt ist. Hab auch schon mächtig Blasen an den Zehen.«

Jerome gab ein amüsiertes Prusten von sich und Charlotte lächelte säuerlich und wandte sich wieder ihrem offensichtlichen Lieblingsthema Cambridge zu, von dem sie regelrecht besessen zu sein schien. Während die anderen sich weiter über A-Level-Kurse austauschten, beschränkte ich mich darauf, zu essen und meine Umgebung zu beobachten.

Nach einer Weile erhob sich der Schuldirektor Dr. Everest (der wegen seiner Größe von gut zwei Metern von allen nur Mount Everest genannt wurde, wie ich sofort aufgeklärt wurde), von seinem erhöhten Platz auf dem Podium, um ein paar wohlmeinende Begrüßungsworte an uns zu richten. Im Wesentlichen beschränkte sich seine Rede darauf, dass es inzwischen Herbst war und wir uns alle wieder in Wexford eingefunden hatten, und dass er darüber genauso erfreut sei wie wir, wir jedoch nicht übermütig werden und uns danebenbenehmen sollten, weil er die Übeltäter nämlich sonst höchstpersönlich um die Ecke bringen würde. Das war natürlich nicht der genaue Wortlaut, aber die unterschwellige Botschaft.

»Droht er uns etwa?«, flüsterte ich Jerome zu.

Er warf mir einen kurzen Blick von der Seite zu und fischte unauffällig einen Stift aus seiner Hosentasche. Dann schrieb er ohne hinzusehen auf seinen Handrücken: *Ist frisch geschieden und hasst uns Schüler.*

Ich nickte wissend.

»Wie ihr vermutlich bereits mitbekommen habt«, schwadronierte Everest weiter, »hat ganz in der Nähe unserer Schule ein Mord stattgefunden. Das ist jedoch zunächst einmal kein Grund zur Beunruhigung für uns, auch wenn manche Leute sich sofort bemüßigt gesehen haben, in diesem Zusammenhang von einem neuen Ripper zu sprechen. Dennoch hat die Polizei die Schulleitung gebeten, die Schüler zu besonderer Vorsicht anzuhalten, wenn sie das Schulgelände verlassen. Was ich hiermit getan habe, und ich hoffe, dass das Thema damit abgeschlossen ist.«

»Wie herzlich und einfühlsam er ist«, raunte ich Jerome zu. »Da kann sich sogar der Weihnachtsmann noch eine Scheibe von abschneiden.«

Everest wandte kurz den Blick in unsere Richtung und wir täuschten wieder konzentrierte Aufmerksamkeit vor. Zum Abschluss ermahnte er uns noch, die nächtliche Ausgangssperre einzuhalten und im Schulgebäude, oder wenn wir unsere Uniform trugen, nicht zu rauchen, und warnte uns außerdem vor *exzessivem* Alkoholgenuss. *Gemäßigter* Alkoholgenuss schien demnach toleriert zu werden. Die Gesetze diesbezüglich waren hier nicht so streng wie in den USA. In England durfte man offiziell zwar erst ab achtzehn Alkohol trinken, es gab jedoch eine seltsame Ausnahmeregelung, laut der im Beisein eines Erwachsenen schon mit sechzehn Jahren zum Essen etwas Wein oder Bier erlaubt war. Ich grübelte noch über diesen Widerspruch nach, als plötzlich alle vom Tisch aufstanden und ihre Tabletts zur Geschirrrückgabe trugen.

Den restlichen Abend verbrachte ich damit, Jazza dabei zuzusehen, wie sie ihre Hälfte des Zimmers dekorierte. Als sie die hübsch gerahmten Fotos von ihrer Familie und ihren Hunden, das Poster einer Band, die ich nicht kannte, einen wunderschönen Kunstdruck der im Fluss ertrinkenden Ophelia und eine riesige Korkpinnwand mit Blu-Tack an der Wand befestigt hatte, half ich ihr, die Vorhänge anzubringen. Das Ergebnis konnte sich sehen lassen, nur dass meine Ecke jetzt im Gegensatz zu ihrer ziemlich kahl und unpersönlich wirkte, sodass ich mir vornahm, sobald wie möglich etwas daran zu ändern.

Als Jazza eine ganze Kiste mit Schwimmmedaillen auf ihrem Schreibtisch abstellte, entfuhr mir ein ehrfürchtiges »Wow, fließt in deinen Adern vielleicht Fischblut oder so?«.

»Oh … ähm, na ja, ich schwimme quasi schon mein ganzes Leben lang.«

»Ich schwimme quasi auch schon mein ganzes Leben lang, aber Medaillen hab ich dafür nie bekommen. Im Ernst, du musst ein absolutes Schwimm-Ass sein.«

Sie zuckte ein bisschen verlegen mit den Schultern. »Die habe ich letztes Jahr gewonnen. Eigentlich wollte ich sie gar nicht mitbringen ... aber dann ... keine Ahnung, habe ich sie eben doch eingepackt.«

Zu meinem Erstaunen hängte sie die Medaillen nicht auf, sondern verstaute sie in einer der Schreibtischschubladen.

»Treibst du auch Sport?«, fragte sie.

»Nicht wirklich«, antwortete ich, was ich jedoch eigentlich damit sagen wollte, war: »Scheiße, nein!« Statt sich mit einem Gegner in schweißtreibenden, sportlichen Wettkämpfen zu messen, zog die Familie Deveaux es vor, ihn bis zur Bewusstlosigkeit vollzuquatschen.

Während ich Jazza weiter beim Auspacken zusah, wurde mir plötzlich etwas klar: Von jetzt an würden wir neun Monate lang jeden Abend gemeinsam hier in diesem Zimmer verbringen. Natürlich hatte ich vorher gewusst, dass meine Privatsphäre im Internat eingeschränkt sein würde, aber was das tatsächlich bedeutete, war mir nicht wirklich klar gewesen. Jazza würde alle meine Eigenheiten und Angewohnheiten mitbekommen, und im Gegensatz zu mir wirkte sie extrem geradlinig und ausgeglichen. Was, wenn ich ein Freak war und es bislang nur noch nicht bemerkt hatte, weil bei mir zu Hause alle irgendwie Freaks waren? Was, wenn ich im Schlaf seltsame Dinge tat?

Schnell schob ich diese beunruhigenden Gedanken wieder beiseite.

5

Das Leben in Wexford begann um Punkt sechs Uhr am Montagmorgen, als Jazzas Wecker kurz vor meinem losging. Nur einen Augenblick später klopfte es laut an unsere Zimmertür und das Hämmern setzte sich den Flur hinunter an den anderen Türen fort.

»Schnell«, rief Jazza und sprang mit einer Geschwindigkeit aus dem Bett, die um so eine Uhrzeit sowohl beängstigend als auch inakzeptabel war.

Ich rieb mir gähnend die Augen. »So früh morgens gibt es bei mir kein ›schnell‹.«

Jazza zog sich bereits den Morgenmantel über und griff nach Handtuch und Kulturbeutel.

»Jetzt mach schon, Rory!«, sagte sie hektisch.

»Was soll ich machen?«

»Steh endlich auf!«

Jazza trat ungeduldig von einem Bein aufs andere, während ich mich widerwillig aus dem Bett schälte und mich ausgiebig streckte.

»Kalt hier morgens«, brummte ich und schlüpfte in meinen Morgenmantel. In unserem Zimmer herrschten mindestens zehn Grad weniger als noch am Abend zuvor.

»Rory ...«

»Sorry, bin gleich so weit«, seufzte ich und fing an, meine Waschsachen zusammenzusuchen.

Und das war nicht gerade wenig. Meine langen und extrem dicken Haare können nämlich nur mithilfe einer umfangreichen Produktpalette an speziellen Haarpflegemitteln gezähmt werden. Ich gebe es zwar nicht gern zu, aber eine meiner größten Sorgen wegen meines Aufenthalts hier in England war gewesen, dass ich mir neue Haarprodukte würde suchen müssen. Ganz schön beschämend, ich weiß, aber es hat mich Jahre gekostet, ein Pflegesystem zu entwickeln, mit dem meine Haare wie Haare aussehen. Ohne dieses System zurren sie sich je nach Witterung und Luftfeuchtigkeit immer weiter zusammen, bis sie mir schließlich nach allen Richtungen kraus vom Kopf abstehen. Wenn ich es nicht besser wüsste, würde ich sagen, dass sie nicht nur ein Eigenleben führen, sondern dass ein Fluch auf ihnen liegt. Nachdem das Haarlaborköfferchen endlich gepackt war, warf ich noch mein Duschgel, meinen Ladyshaver (übers Rasieren in Gemeinschaftsduschen hatte ich mir bisher noch keine Gedanken gemacht) und meinen Gesichtsreiniger in den Kulturbeutel, schnappte mir meine Flip-Flops (über Fußpilz, den man sich in Gemeinschaftsduschen holen konnte, hatte ich mir Gedanken gemacht) und raste dann hinter Jazza über den Flur. Der war jedoch wie ausgestorben, und ich fing gerade an, mich zu fragen, warum wir uns eigentlich so abhetzten, als wir die Tür zum Waschraum öffneten.

»Oh mein Gott«, stöhnte ich.

Der Waschraum war brechend voll. Jetzt kapierte ich, warum Jazza es so eilig gehabt hatte – das komplette Stockwerk war bereits hier versammelt, sämtliche Duschkabinen waren besetzt und vor jeder warteten ungefähr drei, vier weitere Mädchen.

»Tja«, seufzte Jazza. »Genau das passiert, wenn man sich nicht beeilt.«

Wie ich an diesem Morgen herausfand, gibt es kaum etwas Nervtötenderes, als herumzustehen und darauf zu warten, dass andere Leute mit Duschen fertig sind. Man missgönnt ihnen jede einzelne Sekunde, die sie darunter verbringen, fragt sich, was verdammt noch mal sie eigentlich dort treiben, dass es so ewig dauert, und stellt Berechnungen darüber an, wie lange sie wohl noch brauchen werden. Ich kam auf eine durchschnittliche Duschzeit von zehn Minuten pro Mädchen. Was bedeutete, dass ich über eine halbe Stunde warten musste, bis ich endlich an der Reihe war. Ich war so sauer über das Schneckentempo der anderen, dass ich im Stillen jeden meiner Handgriffe unter der Dusche exakt vorausgeplant hatte. Seltsamerweise brauchte ich genau wie alle anderen zehn Minuten und verließ den Waschraum als eine der Letzten.

Jazza war schon längst wieder im Zimmer und fast fertig angezogen, als ich mit tropfnassen Haaren durch die Tür stolperte.

»Wie lange brauchst du noch?«, fragte sie, während sie sich die Schuhe zuband. Wobei diese scheußlichen schwarzen Ungetüme mit der dicken rutschfesten Profilsohle das Wort Schuhe eigentlich gar nicht verdient hatten. Meine Großmutter hätte so etwas niemals getragen. Andererseits war meine Großmutter 1963 und 1964, also gleich zwei Mal in Folge, zur Miss Bénouville gekürt worden – ein Titel, der nur der am stilvollsten und schicksten gekleideten Teilnehmerin verliehen wurde. Wobei die Definition von *stilvoll* und *schick* in Bénouville in den Sechzigerjahren äußerst fragwürdig war. Ich sage nur Seidennegligés und rosa Pantöffelchen mit Absatz. Granny Deveaux mag es auch zu Hause *stilvoll* und *schick*. Sie hatte mir sogar ein paar Seidennegligés für meinen Aufenthalt hier im Internat geschenkt, dich ich jedoch lieber zu Hause gelassen hatte, weil sie leicht durchsichtig waren.

Eigentlich hätte ich Jazza das alles total gern erzählt, aber sie machte nicht gerade den Eindruck, als wäre sie in Plauderstimmung.

»Wie viel Zeit hab ich noch?«, fragte ich, während ich meine Sachen zusammensuchte.

»In zwanzig Minuten gibt es Frühstück.«

»Bis dahin bin ich fertig, kein Problem.«

Am Ende war es doch ein Problem, keine Ahnung, warum. Jedenfalls dauerte es schon eine kleine Ewigkeit, bis ich die einzelnen Bestandteile meiner Uniform angezogen hatte, dann kämpfte ich damit, mir die Krawatte ordentlich zu binden, und als ich mich noch ein bisschen schminken wollte, stellte ich fest, dass der Spiegel nicht genügend beleuchtet war. Außerdem hatte ich es verpasst, mir am Abend zuvor die Bücher rauszulegen, die ich für meine Kurse heute brauchte, sodass sich das Ganze noch mehr in die Länge zog.

Währenddessen saß Jazza auf ihrem Bett und wartete, dass ich endlich fertig wurde. Ihre Anspannung wurde zwar von Minute zu Minute größer, aber sie beschwerte sich mit keinem Wort und schlug auch nicht vor, schon mal allein vorzugehen. Als wir schließlich gemeinsam das Zimmer verließen, war es exakt sieben Uhr dreizehn.

Wie nicht anders zu erwarten, war auch im Speisesaal die Hölle los. Diesmal hatte unsere Verspätung allerdings den Vorteil, dass die meisten sich bereits ihr Frühstück geholt hatten und wir an der Essensausgabe nur eine Handvoll Jungs vor uns hatten, die sich Nachschlag besorgten. Ich schenkte mir als Erstes eine Tasse Kaffee ein und goss einen Schluck lauwarmen Saft in ein geradezu absurd winziges Glas. Jazza entschied sich für Joghurt, Obst und Vollkornbrot. Ich dagegen hatte an diesem Morgen keine Lust auf gesund und vernünftig und lud mir Würstchen und einen Schokodonut auf den Teller.

»Nur als kleine Stärkung für den ersten Tag«, erklärte ich Jazza, als ich ihren leicht entsetzten Blick bemerkte.

Während wir uns mit unseren Tabletts auf der Suche nach einem freien Platz zwischen den Tischen hindurchquetschten, fiel mir plötzlich auf, dass ich mich die ganze Zeit nach Jerome umschaute. Ich entdeckte ihn schließlich im hinteren Teil des Speisesaals, wo er gerade in ein Gespräch mit zwei Mädchen vertieft war. Nachdem wir am Tisch gegenüber einen Platz gefunden und uns gesetzt hatten, widmete ich mich erst mal den

Kalorienbomben auf meinem Teller. Wahrscheinlich erfüllte ich damit das Klischee einer typischen Amerikanerin, aber das war mir ziemlich egal. Ich hatte gerade zwei Mal von meinem Donut abgebissen, als Mount Everests Stimme durch den Saal hallte und uns mitteilte, dass die Frühstückszeit gleich beendet war. Eilig wurden sich überall noch letzte Toastbissen in den Mund geschoben und Saftreste hinuntergeschluckt.

»Viel Glück für deinen ersten Tag«, wünschte mir Jazza und stand auf. »Wir sehen uns dann beim Abendessen.«

Besagter erster Tag entpuppte sich als Albtraum.

Anscheinend diente er in Wexford allein dazu, die Neuen zu demoralisieren. Mein erster Kurs an diesem Morgen war eine Doppelstunde »Höhere Mathematik«. Danach fühlte ich mich wie das Kaninchen vor der Schlange – ich war starr vor Angst. Zum Glück hatte ich gleich im Anschluss zwei Freistunden, über die ich mich zuvor noch lustig gemacht hatte, die ich jetzt aber dringend benötigte, um die kniffligen Matheaufgaben zu lösen, die wir aufbekommen hatten.

Um Viertel vor drei musste ich dann auf unser Zimmer zurückhetzen, um mich für den Sportunterricht umzuziehen. Als ich mich schließlich in voller Montur – Shorts, darüber Jogginghose, T-Shirt, Trainingsjacke, Schienbeinschoner und Spikeschuhe – auf den Weg zum Hockeyplatz machte, den wir uns mit einer Universität teilten und der ungefähr drei Straßen weiter lag, fand ich heraus, dass man mit Spikeschuhen noch schlechter auf Kopfsteinpflaster vorankommt als mit

Flip-Flops. Dass ich mir das Ganze auch einfacher hätte machen können, merkte ich erst, als ich das Hockeyfeld endlich erreicht hatte. Die anderen trugen nämlich nur Shorts und T-Shirt und zogen ihre Spikes und Schienbeinschoner klugerweise erst vor Ort an. Leise vor mich hin fluchend schälte ich mich aus der Jogginghose und der Fleecejacke, legte mir anschließend wieder die absurd dick gepolsterten Schienbeinschoner an und schlüpfte in die Spikes.

Zu meinem Entsetzen spielte Charlotte ebenfalls im Hockeyteam. Genau wie unsere Flurnachbarin Eloise. Eloise bewohnte gleich gegenüber von Jazza und mir das einzige Einzelzimmer auf unserem Stock. Sie hatte pechschwarze Haare, die zu einem Pixie-Cut geschnitten waren, und ihr rechter Arm war von oben bis unten tätowiert. In ihrem Zimmer stand ein riesiger Luftfilter, für den sie eine Ausnahmegenehmigung bekommen haben musste, da wir dort ja eigentlich keine eigenen Elektrogeräte benutzen durften. Vermutlich hatte sie irgendeinen Arzt dazu gebracht, ihr eine schlimme Allergie zu bescheinigen, die dringend einen Luftfilter und ein eigenes Zimmer erforderte. In Wirklichkeit brauchte sie den Luftfilter, um zu verheimlichen, dass sie Kettenraucherin war. Weil sie jedes Jahr einige Monate in Frankreich verbrachte, sprach Eloise fließend französisch und benahm sich überhaupt *très français*. Deswegen vermutlich auch das Rauchen. Jedenfalls schien Eloise von Hockey genauso wenig zu halten wie ich, wohingegen die anderen grimmige Entschlossenheit an den Tag legten.

»Herzlich willkommen beim Hockeytraining!«, dröhnte

Claudia, als wir uns mit unseren Hockeyschlägern in einer Reihe aufgestellt hatten. »Die meisten von euch haben ja schon mal Hockey gespielt. Wir gehen aber sicherheitshalber noch einmal kurz die Regeln und einige Grundübungen durch, damit auch wirklich jede auf dem Laufenden ist.«

Ziemlich schnell wurde mir klar, dass die Aussage »die meisten von euch haben schon mal Hockey gespielt« so viel hieß wie »alle außer Rory haben schon mal Hockey gespielt«. Denn außer mir benötigte niemand eine Einführung darüber, wie man den Schläger hielt oder mit welcher Seite man den Ball schlug (mit der flachen, nicht mit der abgerundeten). Diesen für mich nicht ganz unwichtigen Erstlektionen wurden ganze fünf Minuten gewidmet. Anschließend marschierte Claudia die Reihe ab und unterzog uns einer gründlichen Musterung, um sicherzugehen, dass wir ordnungsgemäß gekleidet und geschützt waren. Vor mir blieb sie stehen.

»Wo ist dein Mundschutz, Aurora?«

Der Mundschutz. Dieses komische hufeisenförmige Plastikding, das sie mir heute Morgen vor die Zimmertür gelegt hatte. Ich hatte es völlig vergessen.

»Dann spielst du eben erst morgen mit und schaust heute nur zu«, sagte sie, nachdem ich eine zerknirschte Entschuldigung gemurmelt hatte.

Während ich mich etwas abseits ins Gras setzte, steckten sich die anderen ihre pinken oder neonblauen Plastikhufeisen in den Mund, was ehrlich gesagt ziemlich dämlich aussah. Anschließend liefen die Mädchen den Rasenplatz hoch und runter, spielten sich dabei den Ball zu und setzten die Kommandos um, die Claudia ihnen vom Spielfeldrand aus zubrüllte, ich jedoch nicht verstand. Von meinem Platz aus sah das Hin- und Herspielen des Balls gar nicht so schwer aus, aber solche ersten Eindrücke täuschten erfahrungsgemäß.

»Dann bis morgen«, sagte Claudia, als sie am Ende des Trainings an mir vorbeiging. »Und vergiss deinen Mundschutz nicht. Ich glaube, wir stellen dich fürs Erste am besten ins Tor.« Dass sie mich erst mal nur ins Tor stellen wollte, hörte sich für mich nach Sonderbehandlung an. Ich wollte aber keine Sonderbehandlung, außer wenn sie darin bestand, in warme Decken eingehüllt am Spielfeldrand zu sitzen.

Der Rückweg ins Wohnheim glich einem Wettlauf. Schließlich galt hier das Motto: Wer zuerst ankommt, duscht zuerst. Zu meiner Überraschung war Jazza schon mit allem fertig, sprich trocken und angezogen, als ich endlich aus dem Waschraum zurückkehrte. Offensichtlich verfügte das Schwimmbad über eigene sanitäre Anlagen.

Die Abendessenauswahl bestand heute aus Suppe, Folienkartoffeln mit Gemüse und einem Rindfleisch-Kartoffel-Eintopf. Ich entschied mich für den deftigen Eintopf und setzte mich zu Jazza und den anderen an den Tisch. Es war dasselbe Grüppchen wie schon gestern Abend und so ganz allmählich kapierte ich, wie die Verhältnisse unter ihnen waren: Jerome, Andrew, Charlotte und Jazza waren schon im vergangenen Jahr befreundet gewesen. Außer Jazza war jeder von ihnen Aufsichtsschüler geworden. Und mir war inzwischen auch aufgefallen, dass Charlotte und Jazza, obwohl sie ja Zimmergenossinnen gewesen waren, nicht besonders gut miteinander klarkamen. Das Gespräch plätscherte dahin, aber ich versuchte vergeblich, mich daran zu beteiligen – die angeschnittenen Themen waren mir einfach zu fremd. Erst als die Sprache auf Jack the Ripper kam, klinkte ich mich mit einer kleinen Familienanekdote in die Unterhaltung ein.

»Es gibt ja Menschen«, begann ich, »die total fasziniert sind von Mördern. Meine Cousine Diane zum Beispiel, die hatte mal einen Freund, der in Texas im Todestrakt saß. Das heißt, ich bin nicht sicher, ob er wirklich ihr Freund war, ich meine, mit allem Drum und Dran und so, aber sie schrieb ihm ständig Briefe und redete die ganze Zeit davon, dass sie sich lieben würden und heiraten wollten. Irgendwann stellte sich allerdings heraus, dass er außer ihr noch sechs andere Brieffreundinnen hatte. Also machte meine Cousine Diane mit ihm Schluss und eröffnete kurz darauf ihr ›Haus der Heilenden Engel‹ …«

Jetzt hatte ich sie. Alle kauten langsamer und hingen wie gebannt an meinen Lippen.

»Und seitdem«, erzählte ich weiter, »hält meine Cousine Diane in ihrem Wohnzimmer und in ihrem Garten so was wie Engeltherapiestunden ab. Sie hat insgesamt hunderteinundsechzig Engelstatuen im Garten stehen und eine Sammlung von achthundertfünfundsiebzig Engelfigürchen, Engelpuppen und Engelbildern im Haus. Die Leute kommen zu ihr, um die Engel um Rat zu bitten.«

»Engeltherapiestunden?«, wiederholte Jazza.

»Jep. Dazu lässt sie New-Age-Musik laufen und ruft die Engel um Hilfe an. Das nennt man *Channeling*. Sie kann dir die Namen der Engel nennen und welche Farbe ihre Aura hat und was die Engel dir mitteilen wollen.«

»Ist deine Cousine irgendwie ... verrückt?«, wollte Jerome wissen.

»Nein, eigentlich nicht«, antwortete ich und rührte in meinem Eintopf. »Als ich mal bei ihr zu Hause war und mir langweilig wurde, habe ich auch versucht, Engel anzurufen. Das geht ungefähr so ...«

Ich holte tief Luft, um mich auf meine Engelstimme vorzubereiten. Blöderweise hatte ich mir gerade einen Löffel Eintopf in den Mund geschoben und beim Einatmen rutschte mir ein Stückchen Fleisch in den Hals und blieb dort stecken. Ich versuchte mich zu räuspern, aber es ging nicht. Ich versuchte zu husten, das ging auch nicht. Ich versuchte zu sprechen, wieder Fehlanzeige. Die anderen beobachteten mich erwartungsvoll. Wahrscheinlich dachten sie, das alles wäre Teil der Vorstellung. Ich spürte wie ich langsam Atemnot bekam und rückte ein Stück vom Tisch ab und versuchte noch einmal mit aller Kraft zu husten, aber ich brachte noch nicht einmal ein Krächzen zustande. Meine Kehle war wie verstopft. Tränen stiegen mir in die Augen, bis ich alles nur noch verschwommen sah. Dann spürte ich einen heißen Adrenalinstoß durch meinen Körper schießen ... und plötzlich verschwand der Speisesaal und alles um mich herum verwandelte sich in ein endloses weißes Nichts. Ich konnte immer noch fühlen und hören, schien aber an einem komplett anderen Ort zu sein, einem Ort, wo es keine Luft gab und alles nur aus gleißend hellem Licht bestand. Irgendjemand schrie, dass ich im Begriff sei zu ersticken, aber die Worte drangen wie aus weiter Ferne zu mir.

Auf einmal spürte ich, wie ich einen Hieb in den Rücken bekam und sich Arme um meine Taille schlangen. Dann wurde ich immer wieder abrupt hochgerissen, bis sich schließlich ruckartig etwas löste. Der Speisesaal nahm vor meinen Augen wieder Gestalt an, gleichzeitig katapultierte sich das Fleischstück wie von selbst aus meiner Kehle, schoss aus meinem Mund und segelte in Richtung der untergehenden Abendsonne. Gierig sog ich die Luft in meine Lungen.

»Alles in Ordnung?«, fragte jemand. »Kannst du sprechen?«

»Ich …«

Ich konnte sprechen, fühlte mich im Moment jedoch nicht in der Lage, mehr zu sagen. Erschöpft ließ ich mich wieder auf die Bank fallen und legte den Kopf auf den Tisch. Das Blut rauschte mir in den Ohren, während ich auf die Holzmaserung im Tisch und das nur wenige Zentimeter vor meiner Nase liegende Besteck stierte. Mein Gesicht war tränenüberströmt, obwohl ich mich nicht erinnern konnte, geweint zu haben. Im Speisesaal herrschte Totenstille. Jedenfalls kam es mir so vor, da ich nichts anderes hörte als meinen dröhnenden Herzschlag. Dann drang eine Stimme an mein Ohr, die den anderen befahl, zurückzutreten, und einen Moment später half mir jemand von der Bank hoch. Ein Lehrer stand vor mir (jedenfalls glaube ich, dass es ein Lehrer war) und Charlottes Rotschopf schob sich in mein Blickfeld.

»Ich bin okay«, krächzte ich heiser. Aber ich war überhaupt nicht okay. Ich wollte nur noch weg von hier, mich irgendwo in eine Ecke werfen und heulen. Ich hörte, wie der Lehrer sagte: »Charlotte, bring sie in den Sani.« Charlotte legte sich meinen rechten Arm um die Schulter, Jazza den linken.

»Ich mache das schon«, sagte Charlotte kühl zu Jazza. »Du kannst ruhig weiteressen.«

»Ich komme mit«, gab Jazza genauso kühl zurück.

»Ich kann allein laufen«, presste ich mühsam hervor. Meine Kehle fühlte sich immer noch an, als hätte ich Schmirgelpapier geschluckt.

Doch keine der beiden lockerte ihren Griff, was sich letztlich zu meinem Besten herausstellte, da sich meine Beine in Gummi verwandelt zu haben schienen. Als Jazza und Charlotte mich unter den neugierigen Blicken der anderen den Mittelgang der ehemaligen Kirche entlangführten, kam ich mir wie bei einer bizarren Hochzeitszeremonie vor, an deren Ende ich von meinen beiden Bräuten zum Ausgang geschleift wurde.

6

Mit »Sani« war der Sanitätsraum gemeint. Jede Schule hatte einen, da Wexford aber ein Internat war, gab es dort gleich eine ganze Krankenstation, einschließlich eines Mehrbettzimmers für die langwierigeren Fälle. Die diensthabende Schwester Miss Jenkins unterzog mich einer kleinen Untersuchung. Sie nahm meinen Puls, hörte meine Bronchien ab und versicherte mir immer wieder, dass ich nicht erstickt sei. Anschließend trug sie Charlotte auf, mich ins Wohnheim zurückzubringen und dafür zu sorgen, dass ich mich bei einer schönen Tasse Tee erholen konnte. Kaum waren wir im Zimmer, gab Jazza Charlotte deutlich zu verstehen, dass sie nicht mehr gebraucht werden würde, worauf diese einer beleidigten Diva gleich mit hoch erhobenem Kopf ihren Abgang inszenierte. Sie schien darin einige Übung zu haben.

Ich streifte mir die Schuhe von den Füßen und rollte mich auf meinem Bett zusammen. Obwohl dieses dämliche Stück Fleisch längst aus meinem Hals verschwunden war, hatte ich ständig das Bedürfnis, mir über die Stelle zu reiben, wo es stecken geblieben war. Das schreckliche Gefühl, keine Luft mehr zu bekommen und nicht sprechen zu können, verfolgte mich wie ein Phantomschmerz.

»Ich mache dir einen Tee«, sagte Jazza und ging in die Küche.

Ich blieb, wo ich war, und betastete weiter meinen Hals. Obwohl sich mein Herzschlag mittlerweile beruhigt hatte, zitterte ich immer noch am ganzen Körper. Als ich nach meinem Handy greifen wollte, um meine Eltern anzurufen, schossen mir beim Gedanken an ihre liebevollen Stimmen sofort die Tränen in die Augen. Also schob ich das Handy unter die Bettdecke und atmete ein paarmal tief durch, um mich wieder in den Griff zu bekommen. Es war alles in Ordnung. Mir ging es gut. Es war nichts Schlimmes passiert. Nachdem ich die Sätze immer wieder mantraartig leise vor mich hin gemurmelt hatte, brachte ich sogar schon wieder so etwas wie ein Lächeln zustande, als Jazza aus der Küche zurückkam und mir einen dampfenden Becher reichte. Während ich auf den heißen Tee pustete, ging sie zu ihrem Schreibtisch, holte etwas aus einer der Schubladen und setzte sich damit vor meinem Bett auf den Boden.

»Wenn es mir schlecht geht«, sagte sie, »schaue ich mir immer meine Hunde an.«

Sie zeigte mir ein Foto, auf dem sie einen wunderschönen Golden Retriever und einen großen schwarzen Labrador an sich drückte. Im Hintergrund sah man eine grüne Hügellandschaft und eine großes weißes Landhaus. Es wirkte so idyllisch, dass man fast nicht glauben konnte, dass tatsächlich jemand dort wohnte.

»Das hier ist Belle«, sie deutete zuerst auf den Golden Retriever und anschließend auf den Labrador, »und das hier Wiggy. Wiggy schläft nachts immer in meinem Bett. Und das da ist unser Haus.«

»Wo in England ist das?«

»In einem kleinen Dorf in Cornwall, in der Nähe von St. Austell. Du musst unbedingt irgendwann mal mitkommen. Es ist wirklich wunderschön dort.«

Ich nippte vorsichtig an meinem Tee. Die ersten Schlucke brannten noch in der Kehle, aber dann tat das warme Getränk gut. Einer spontanen Eingebung folgend holte ich meinen Laptop vom Schreibtisch und öffnete den Ordner, in dem meine Bilder gespeichert waren. Als Erstes zeigte ich Jazza ein Foto von meiner Cousine Diane, da ich ja vorhin noch von ihr und den Engeln erzählt hatte. Darauf stand sie inmitten ihrer Engelsfiguren im Wohnzimmer.

»Wow, sind das viele!« Jazza lehnte sich an die Bettkante, um besser sehen zu können. »Und ich dachte schon, du hättest ein bisschen geflunkert, als du meintest, sie hätte Hunderte von den Engelfigürchen.«

»Wieso hätte ich denn lügen sollen«, entgegnete ich und klickte als Nächstes ein Foto von Onkel Bick an.

»Ihr seht euch ziemlich ähnlich«, fand Jazza.

Es stimmte. Onkel Bick und ich hatten die gleichen dunklen

Haare und Augen und ein ziemlich rundes Gesicht. Abgesehen davon, dass ich ein Mädchen mit ganz schön großen Brüsten und ausladenden Hüften bin und er ein Mann Mitte Dreißig mit Bart, sahen wir uns von allen Familienmitgliedern am ähnlichsten. Würde ich mir einen falschen schwarzen Bart ankleben und eine Baseballkappe mit der Aufschrift »SPATZENHIRN« aufsetzen, könnte man uns vielleicht sogar für Zwillinge halten.

»Er sieht noch total jung aus.«

»Das ist ein älteres Foto von ihm«, sagte ich. »Ich glaube, es wurde ungefähr zu der Zeit aufgenommen, als ich geboren wurde. Aber es ist sein Lieblingsfoto, und er wollte unbedingt, dass ich das nehme, als ich mir für meinen Aufenthalt hier Bilder auf den Rechner geladen habe.«

»Das ist sein Lieblingsfoto? Ist das nicht bloß ein Schnappschuss in einem Supermarkt?«

»Siehst du die Frau da, die versucht, sich hinter dem Konservenstapel zu verstecken?«, fragte ich. »Das ist Miss Gina. Ihr gehört der Lebensmittelladen in unserer Stadt. Onkel Bick macht ihr schon seit neunzehn Jahren den Hof, und das hier ist das einzige Foto, auf dem sie beide zusammen zu sehen sind. Deshalb mag er es so gern.«

»Was meinst du mit, ›er macht ihr schon seit neunzehn Jahren den Hof‹?«, fragte Jazza verblüfft.

»Na ja. Onkel Bick ist wirklich ein super netter Kerl. Er hat eine Zoohandlung für exotische Vögel, die ›Der Spatz in der Hand‹ heißt. Sein ganzes Leben dreht sich eigentlich hauptsächlich um Vögel. Jedenfalls ist er schon seit der Highschool in Miss Gina verliebt, aber er ist ziemlich schüchtern und hat, was Frauen angeht, echt keine Ahnung. Und weil er es nicht schafft, sie anzusprechen, versucht er eben ständig in ihrer Nähe zu sein.«

»Nennt man so was nicht Stalking?«, sagte Jazza.

Ich schüttelte den Kopf. »Rechtlich gesehen nicht, nein. Ich habe meinen Eltern vor ein paar Jahren mal die gleiche Frage gestellt. Sein Verhalten wirkt auf andere vielleicht ganz schön merkwürdig oder auch ein bisschen unheimlich, aber Onkel Bick ist ein absolut friedliebender Typ. Ich glaube, das Schlimmste, was er mal gemacht hat, war, dass er ihr eine Collage aus Vogelfedern hinter die Scheibenwischer geklemmt hat ...«

»Hat sie denn keine Angst vor ihm?«

»Miss Gina?« Ich lachte. »Bestimmt nicht. Die weiß sich schon zu wehren, und notfalls verpasst sie ihm mit ihrer Flinte eine Ladung Schrot in den Hintern.«

Das hatte ich nur so aus Spaß gesagt. Ich glaube nämlich nicht, dass Miss Gina eine Schrotflinte hat. Obwohl es natürlich denkbar wäre. Es gibt einige Leute in Bénouville, die eine Waffe besitzen. Nur ist es schwierig, jemandem, der Onkel Bick nicht kennt, verständlich zu machen, dass er völlig harmlos ist. Man braucht ihn nur mit einem seiner Zwergpapageien zu sehen und weiß sofort, dass dieser Mann keiner Fliege etwas zuleide tun könnte. Außerdem würde meine Mom auf der Stelle etwas unternehmen, wenn sie das Gefühl hätte, er könne irgendjemandem gefährlich werden.

»Ich komme mir wie eine totale Langweilerin neben dir vor«, seufzte Jazza.

»Eine Langweilerin? Du?«, rief ich. »Aber du bist doch Engländerin!«

»Was in England nicht wirklich was Besonderes ist«, lachte Jazza.

»Aber ... du hast ein Cello! Und Hunde! Und du wohnst in einer absoluten Postkartenidylle.«

»Was ist daran schon spannend? Ich meine, ich liebe unser Dorf und das alles, aber wir sind alle ziemlich ... normal.«

»In unserer Stadt«, entgegnete ich feierlich, »wärst du damit so etwas wie eine Gottheit.«

Sie kicherte.

»Das ist mein voller Ernst«, sagte ich. »Wir, also meine Mom, mein Dad und ich, wir sind dort die einzigen normalen Menschen. Mein Onkel Will zum Beispiel, ja? Der besitzt insgesamt acht Gefrierschränke.«

»Das finde ich jetzt nicht so furchtbar ungewöhnlich.«

»Vielleicht wenn man als Großfamilie in einem Riesenhaus lebt. Aber Onkel Will hat sieben von den Dingern in einem eigenen Zimmer im zweiten Stock seines Häuschens stehen. Außerdem hält er nicht viel von Banken und bewahrt sein Geld lieber im Wandschrank in Marmeladengläsern auf. Als ich noch klein war, hat er mir öfter solche Gläser geschenkt, damit ich sie als Spardose benutzen und durch das Glas beobachten konnte, wie das Geld immer mehr wird.«

»Okay«, sagte Jazza lächelnd, »das *ist* verschroben.«

»Oder unser Nachbar Billy Mack, der hat in seiner Garage seine eigene Religion gegründet. Die ›Vereinigungskirche aller Menschen‹. Und meine Großmutter, die eigentlich ziemlich normal ist, lässt sich jedes Jahr in einem gewagten Outfit ablichten und verschickt das Foto anschließend an ihre Freunde und die gesamte Familie. Sogar an meinen Vater, ihren Sohn, der den Umschlag jedes Mal ungeöffnet und mitsamt dem Foto in den Shredder steckt.«

Jazza war einen Moment lang seltsam still. »Ich würde eure Stadt wahnsinnig gern mal besuchen«, sagte sie schließlich leise. »Hier bin ich immer nur die blöde Langweilerin.« Sie schien sich wirklich für den uninteressantesten Menschen der Welt zu halten.

»Ich finde dich kein bisschen langweilig«, widersprach ich energisch.

»Du kennst mich ja auch noch nicht wirklich. Ich habe absolut nichts von all dem.« Sie deutete mit einer ausholenden Geste auf meinen Laptop, womit sie vermutlich mein ganzes Leben einfassen wollte.

»Dafür hast du das alles«, gab ich zurück und machte nun meinerseits mit beiden Armen eine ausholende Geste, mit der ich ihr ganzes Leben hier in England einfassen wollte. Allerdings befürchtete ich, dass ich dabei so aussah, als würde ich mit unsichtbaren Cheerleader-Pompons herumwedeln.

Ich nahm noch einen Schluck von dem Tee. Mein Hals fühlte sich schon viel besser an, trotzdem würde ich in nächster Zeit bestimmt oft daran denken müssen, wie grauenhaft es sich angefühlt hatte, keine Luft mehr zu bekommen und von diesem seltsamen grellen weißen Nichts verschluckt zu werden …

»Du magst Charlotte nicht besonders, oder?«, wechselte ich abrupt das Thema, um die düsteren Gedanken zu vertreiben. Jazza verzog kaum merklich den Mund. »Sie ist extrem leistungsorientiert.«

»Ich finde, das ist eine sehr höfliche Umschreibung für ihr Verhalten. Ist sie deshalb Schulsprecherin geworden?«

»Na ja …« Jazza zupfte den Bezug meiner Bettdecke zurecht. »Die Hausvorsteher entscheiden, wer Schulsprecher wird. Genauso ist es mit den Aufsichtsschülern. Und wenn Claudia Charlotte zur Schulsprecherin der Mädchen ernannt hat, hat sie das vermutlich auch verdient …«

»Hast du dich auch dafür beworben?«, fragte ich.

»Dafür bewirbt man sich nicht, man wird dazu auserkoren. Ich will mich auch gar nicht beschweren. Ich meine, Jane ist Aufsichtsschülerin, und sie mag ich zum Beispiel total gern. Und mit Jerome und Andrew bin ich ziemlich gut befreundet. Aber Charlotte … keine Ahnung … sie muss sich ständig mit anderen messen. Wer büffelt am meisten für die Schule. Wer erzielt die besten Ergebnisse in Sport. Wer ist wessen Freund.«

Jazza gehörte nicht nur zu den seltenen Menschen, die beim Lästern das Wörtchen »wessen« korrekt benutzten, sie schien auch extrem ungern schlecht über andere Leute zu sprechen. Während sie redete, ballte sie immer wieder die Hände zu Fäusten, als wäre das bisschen Tratsch ein unglaublicher Kraftakt für sie.

»Letztes Jahr war ich eine Zeit lang mit Andrew zusammen«, erzählte sie weiter. »Charlotte hatte sich bis dahin überhaupt nicht für ihn interessiert, aber als sie merkte, dass ich ihn gut fand, stand sie plötzlich auch auf ihn. Tja, und als Andrew und ich Schluss gemacht hatten, hat sie ihn sich dann gekrallt, nur um sich kurz darauf wieder von ihm zu trennen. Irgendwie muss sie anderen ständig beweisen, dass sie … keine Ahnung. Spielt ja sowieso keine Rolle mehr. Ich muss zum Glück nicht mehr das Zimmer mit ihr teilen, sondern wohne jetzt mit dir zusammen.« Jazza seufzte so erleichtert, als wäre sie von sämtlichen bösen Dämonen befreit.

»Hast du zurzeit einen Freund?«, fragte ich.

»Nein. Ich … nein. Ich will mich dieses Jahr ganz auf die Schule und die Prüfungen konzentrieren. Später vielleicht, wenn ich an der Uni bin. Und du, bist du mit jemandem zusammen?«

In Gedanken blätterte ich durch die kurze und unspektakuläre Geschichte meines Bénouviller Liebeslebens. Im Moment drehte sich auch bei mir alles nur um die Schule. Es war nicht einfach gewesen, in Wexford angenommen zu werden, und ich hatte Blut und Wasser geschwitzt, um die Aufnahmeprüfung zu bestehen. Außerdem war ich mir nicht ganz sicher, ob man die Knutschereien im Walmart-Parkhaus wirklich als echte Beziehungen bezeichnen konnte. Als ich jetzt so darüber nachdachte, fiel mir auf, dass ich auch gar nicht wirklich auf der Suche nach einer Beziehung gewesen war, sondern gewartet hatte. Darauf gewartet hatte, hier zu sein. So als hätte ich mich unbewusst darauf vorbereitet, in Wexford meiner großen Liebe zu begegnen. Was ich mir nach meinem Auftritt heute Abend wahrscheinlich abschminken konnte. Es sei denn, englische Jungs stehen auf Mädchen, die ihr Essen in Höchstgeschwindigkeit aus ihrem Hals herauskatapultieren können.

»Mir geht's wie dir«, sagte ich. »Dieses Jahr steht die Schule für mich an erster Stelle.«

Klar meinten wir es beide so, wie wir es gesagt hatten. Ich war hier, um einen guten Abschluss zu machen und danach studieren zu können. Dazu würde ich sämtliche Bücher lesen, die in meinem Regal standen, und mich mit Feuereifer in meine Kurse hier stürzen, auch wenn ich jetzt schon das Gefühl hatte, dass sie meinen sicheren Tod bedeuteten. Aber das war nur die halbe Wahrheit, und wir wussten beide, dass es so war. Als wir uns jetzt ansahen, herrschte zwischen uns stillschweigendes Einvernehmen über unsere kleine Unaufrichtigkeit. Jazza und ich verstanden uns offensichtlich auch ohne Worte.

Vielleicht sollte ich hier nicht meine große Liebe finden, sondern eine beste Freundin.

7

Am nächsten Tag regnete es.
Diesmal begann mein Unterricht mit einer Doppelstunde Französisch. Zu Hause gehörte Französisch zu meinen stärksten Fächern, denn dank der französischen Wurzeln Louisianas werden dort auch heute noch jede Menge französischer Ausdrücke und Redewendungen benutzt. Ich ging also davon aus, dass es auch hier mein bestes Fach sein würde. Diese Illusion zerschlug sich exakt in dem Moment, als unsere Lehrerin, Madame Loos, in die Klasse kam und wie eine übellaunige Pariserin auf Französisch losratterte. Ich verstand kaum ein Wort. Gleich im Anschluss hatte ich eine Doppelstunde Englische Literatur, in der wir die Zeit von 1711 bis 1847 durchnehmen würden. Was mich daran ein bisschen beunruhigte, war die Detailversessenheit, mit der hier in Wexford an die Unterrichtsthemen herangegangen wurde. Dabei fand ich nicht unbedingt, dass die Themen inhaltlich schwieri-

ger waren als in meiner Schule zu Hause. Mich verunsicherte vielmehr, dass hier alle so erwachsen und ernst damit umgingen. Die Lehrer behandelten uns, als seien wir bereits ausgebildete Akademiker, und dementsprechend verhielten sich auch die Schüler. Die Werke, die wir lesen würden, waren von Alexander Pope, Jonathan Swift, Samuel Pepys, Henry Fielding, Samuel Taylor Coleridge, William Wordsworth, John Richardson, Jane Austen, den Brontë-Schwestern, Charles Dickens ... die Bücherliste für Englische Literatur war schier endlos.

Als endlich Mittagspause war, regnete es immer noch. Nach dem Essen hatte ich eine Freistunde, die ich mit einer Panikattacke auf dem Zimmer verbrachte.

Ich war mir eigentlich sicher, dass die Hockeystunde wortwörtlich ins Wasser fallen würde, aber als ich eines der Mädchen fragte, was man hier machte, wenn die Sportstunde wegen schlechten Wetters ausfiel, lachte sie, als hätte ich einen Mörderwitz gerissen. Also trabte ich bei strömendem Regen in Shorts und Fleecejacke zum Hockeyfeld. Diesmal natürlich mit Mundschutz, den ich am Abend zuvor in heißes Wasser gelegt hatte, damit er weich wurde und sich meinem Gebiss anpasste, wenn ich ihn in den Mund schob. Es machte das Tragen um einiges angenehmer. Als ich auf dem Feld ankam, wurde ich erst einmal mit einer kompletten Torhüterausrüstung ausgestattet. Keine Ahnung, wer sich die ausgedacht hat, aber es muss jemand gewesen sein, der ein extrem hohes Sicherheitsbedürfnis und zugleich einen makabren Sinn für Humor hat. Sie setzte sich zusammen aus absurd dick gepolsterten Beinschonern, Armschonern, die wie gigantische Schwimmflügel aussahen, einem Brust- und Schulterschutz, der Hulk gepasst hätte, cartoonmäßigen Klumpschuhen und einem Kopfschutz, der aus einem vergitterten Helm bestand. Das Ganze sah aus wie einer dieser monströsen Bodysuits, mit denen man sich als Sumo-Ringer verkleiden kann, nur dass so ein Sumo-Kostüm gegen meine Schutzausrüstung geradezu filigran und elegant wirkte. Ich brauchte eine gute Viertelstunde, bis ich endlich alles angezogen hatte, wobei das noch das kleinere Problem war. Bedeutend mehr Sorge bereitete mir die Frage, wie ich mich in dem Ding fortbewegen sollte. Die andere Torfrau, ein Mädchen namens Philippa, hatte ihre Ausrüstung in der Hälfte der Zeit angezogen und stakste bereits breitbeinig übers Spielfeld, während ich noch dabei war, mir die Klumpschuhe anzuziehen.

Als ich schließlich endlich im Tor stand, wurde es sogar noch übler, denn mein Job als Keeper schien ausschließlich daraus zu besehen, mich von den anderen Spielerinnen mit dem Hockeyball beschießen zu lassen, wobei mir der Sinn und Zweck der zuvor noch von mir belächelten Schutzkleidung jetzt voll und ganz einleuchtete. Claudia brüllte mir in einem fort zu, dass ich gefälligst Beine, Füße und Arme benutzen sollte, um die Angriffe zu parieren, aber ich konnte mich in der Kluft kaum bewegen, sodass ich bloß dastand und eine hervorragende Zielscheibe für den Ball abgab. Und während der ganzen Zeit prasselte der Regen auf meinen Helm und rann mir in Strömen übers Gesicht. Als der Schlusspfiff ertönte und ich die Tortur endlich hinter mir hatte und gerade versuchte, mich aus meiner Polsterung zu schälen, kam Charlotte auf mich zu.

»Wenn du willst«, sagte sie, »können wir ja mal außer der Reihe ein bisschen zusammen trainieren. Ich spiele schon super lange Hockey und zeig dir gern ein paar Tricks und Kniffe.« Das Schlimme daran war, dass sie es tatsächlich ernst zu meinen schien.

Zu Hause war ich die Drittbeste in meiner Klasse und Literatur war absolut mein Ding. Ich beschloss also, als Erstes die Hausaufgaben für Englisch anzugehen und das Essay »Ein Versuch über die Kritik« von Alexander Pope zu lesen.

Die erste große Herausforderung bestand darin, dass dieses Essay in Wirklichkeit ein sehr langes Gedicht war, verfasst in einem Reimschema, das sich »Heroic Couplet« nennt. Ich las mir das Ganze zwei Mal durch, und ein paar Zeilen stachen mir dabei besonders ins Auge, wie zum Beispiel »For fools rush in where angels fear to tread«, was frei übersetzt wohl so viel heißt wie »Blinder Eifer schadet nur«. Immerhin kannte ich jetzt den Ursprung dieser Redewendung. Den Sinn des Ganzen verstand ich trotzdem nicht. Zunächst versuchte ich, online zu recherchieren, aber ich merkte bald, dass ich damit nicht weiterkam und beschloss, in der Bibliothek weiterzusuchen.

Die Schulbibliothek bei mir zu Hause in Bénouville war ein fensterloser Aluminiumbunker mit einer pfeifenden Klimaanlage. Die in Wexford dagegen entsprach genau dem Bild, das man von so einem Ort der Gelehrsamkeit hatte – Schachbrettmuster-Steinfliesen, meterlange, deckenhohe Regalwände aus Echtholz und ein großer, heller Lesesaal mit modern eingerichteten Leseecken. Die langen, sich gegenüberstehenden Tische waren mit Trennwänden versehen, sodass jeder, der dort arbeitete, eine eigene, blickgeschützte Nische hatte, die mit einem Regalbrett, einer Lampe, Anschlüssen für Laptops und einer mit Kork verkleideten Frontseite ausgestattet war, an die man beim Lernen Notizen festpinnen konnte. Die Wissbegier überfiel einen hier fast wie von selbst, und zum ersten Mal seit meiner Ankunft hatte ich das Gefühl, wirklich in Wexford angekommen zu sein und dazuzugehören. Zumindest konnte ich hier so tun als ob, bis daraus vielleicht irgendwann Realität werden würde.

Ich setzte mich an einen freien Platz, installierte meinen Laptop, heftete meinen Stundenplan an die Pinnwand und starrte ihn dann eine Weile untätig an. Alle anderen im Saal waren in ihre Arbeit vertieft. Niemand wirkte überfordert und einem Nervenzusammenbruch nahe. Also sollte mir das ja wohl auch gelingen. Schließlich war ich nicht bloß in Wexford angenommen worden, weil sich die Schulleitung auf meine Kosten einen kleinen Scherz erlauben wollte. Das hoffte ich jedenfalls.

Beherzt machte ich mich auf den Weg zu den Buchstaben »Ol–Pr«, die sich im Obergeschoss der Bibliothek befanden, um nach Werken von und über Alexander Pope zu suchen. Als ich den entsprechenden Abschnitt gefunden hatte und mit Blick auf die Buchrücken die Regelreihen entlangging, wäre ich beinahe über einen Typen gestolpert, der mitten im Gang auf dem Boden fläzte und las. Er trug einen Trenchcoat über seiner Schuluniform, der ihm viel zu groß war, hatte blond gefärbte, kunstvoll zu Stacheln gestylte Haare und trällerte ein Lied vor sich hin.

> »Panic on the streets of London,
> Panic on the streets of Birmingham ...«

Vielleicht lag ja irgendeine verborgene Romantik darin, mit exzentrischer Frisur und Trenchcoat in der Literaturabteilung auf dem Boden herumzuliegen. Aber warum lag er im Dunkeln? Die Lichtschalter der Regalreihen hatten Zeitschaltuhren. Wenn man einen Gang betrat und das Licht anmachte, ging es nach ungefähr zehn Minuten automatisch wieder aus. Der Typ hatte sich nicht die Mühe gemacht, es wieder einzuschalten, und las in dem spärlichen Licht, das durch das Fenster am Ende des Gangs fiel. Meine Anwesenheit ließ ihn völlig unbeeindruckt, und er rührte sich selbst dann nicht von der Stelle oder schaute zumindest kurz auf, als ich unmittelbar neben ihm stand und mich über ihn beugen musste, um die Buchtitel zu entziffern. Es gab ungefähr zehn Bücher mit gesammelten Werken von Alexander Pope, die mir jedoch alle nicht weiterhalfen. Um einen Aufsatz über dieses Gedicht schreiben zu können, brauchte ich ein Buch, in dem erklärt wurde, was verdammt noch mal es überhaupt bedeuten sollte. Daneben fand ich zwar auch noch einige Abhandlungen über Alexander Pope, aber ich hatte keine Ahnung, für welches ich mich entscheiden sollte, zumal sie alle ziemliche Wälzer waren. Der Typ sang derweil unverdrossen weiter.

*»I wonder to myself,
Could life ever be sane again?«*

»Sorry, aber könntest du mir vielleicht kurz Platz machen?«, fragte ich.

Er setzte sich auf und schaute mich verwirrt blinzelnd an. »Redest du mit mir?«

Bei seinem Anblick verstand ich plötzlich, was mit dem Begriff »blaublütig« gemeint war. Seine Haut war so hell, dass man dahinter fast die blauen Äderchen erahnen konnte. Er war der blasseste Mensch, dem ich je begegnet war.

»Was singst du denn da?«, fragte ich und hoffte, er würde es als ein »Bitte hör auf damit« verstehen.

»Das ist ›Panic‹ von den Smiths. Im Moment herrscht doch überall Panik in London. Wegen dem Ripper und so. Morrissey ist ein Prophet.«

»Aha.«

»Was suchst du denn?«

»Ein Buch über Alexander Pope, und ich …«

»Wozu?«

»Ich muss ›Ein Versuch über die Kritik‹ lesen. Das heißt, gelesen hab ich es schon, aber ich hab es einfach nicht … na ja, ist auch egal. Jedenfalls suche ich was, in dem das Essay besprochen und erklärt wird.«

»Dann bist du in der Abteilung hier falsch«, meinte er und deutete auf das Regal hinter ihm. »Das da sind bloß Biografien mit ein bisschen Beiwerk. Alles Schrott. Du brauchst etwas, das Popes Essay, in dem er über die Bedeutung einer guten Kritik geschrieben hat, in einen Zusammenhang stellt – und diese Bücher stehen woanders.«

Er stand so langsam und umständlich auf, als sei es eine unglaubliche Anstrengung. Dann zog er seinen Mantel enger um sich und wich ein Stück vor mir zurück, bevor er mir mit einer knappen Bewegung seines Stachelkopfs bedeutete, ihm zu folgen. Zielstrebig führte er mich durch düstere Regalreihen, in denen ich das Licht jedes Mal selbst anmachen musste, weil er sich offensichtlich auch so in diesem Labyrinth zurechtfand und zur Orientierung noch nicht einmal die Hinweisschilder brauchte. Irgendwann bog er abrupt ab, blieb nach zwei Schritten stehen und deutete auf einen roten Buchrücken.

»Das hier. Es ist von Carter und behandelt Popes Einfluss auf die Gestaltung der zeitgemäßen Kritik. Und dieses hier«, er deutete auf ein grünes Buch zwei Regalreihen weiter unten, »ist von Dillard. Das ist vielleicht ein bisschen simpler gehalten, aber wenn der Bereich ›Literaturkritik‹ Neuland für dich ist, dann solltest du es unbedingt lesen.«

Ich beschloss, ihm seine Unterstellung, keine Ahnung von Literaturkritik zu haben, nicht übel zu nehmen.

»Du bist Amerikanerin.« Es war eine Feststellung, keine Frage. »Kriegen wir hier nur selten. Schüler aus den Staaten, meine ich.«

»Tja, jetzt habt ihr mich gekriegt.«

Er erwiderte darauf nichts, sondern sah mich nur unverwandt an, während ich verlegen mit dem Buch in der Hand dastand. Weil mir nichts anderes einfiel, schlug ich es auf und überflog das Inhaltsverzeichnis. Tatsächlich gab es ein zwanzigseitiges Kapitel zu »Ein Versuch über die Kritik«. Zwanzig Seiten, die mich hoffentlich klüger machen würden.

»Ich heiße übrigens Rory«, stellte ich mich vor, nachdem ich das Buch wieder zugeklappt hatte.

»Alistair.«

»Danke«, sagte ich, mit dem Buch wedelnd.

Statt einer Entgegnung setzte er sich wieder auf den Boden, verschränkte die Arme vor der Brust und blickte schweigend zu mir auf.

Als ich ging, schaltete das Licht sich automatisch aus, doch er rührte sich nicht vom Fleck.

Es würde wohl noch eine ganz Weile dauern, bis ich Wexford und seine Gepflogenheiten in ihrer ganzen Komplexität verstand.

8

In einem Internat kommt man sich innerhalb kürzester Zeit sehr nah. Es gibt kein Entrinnen. Man isst zusammen, steht zusammen im Waschraum für die Duschen an und schläft zusammen in einem Zimmer. Der gemeinsame Alltag bringt etliche Details ans Licht, die einem verborgen bleiben, wenn man nur während der Unterrichtsstunden zusammen ist. Das alles wirkte sich auch auf mein Zeitgefühl aus, sodass es mir nach meiner ersten Woche in Wexford so vorkam, als hätte ich bereits einen ganzen Monat dort verbracht.

Es gab noch etwas, das neu für mich war – nämlich die Tatsache, dass mein Aufenthalt in England mir Vergleichsmöglichkeiten verschaffte. Zum Beispiel wurde mir hier klar, dass ich zu Hause in Bénouville beliebt war. Nicht unbedingt wie eine Homecoming Queen, dazu musste man schon Schönheitsköniginnenpotenzial haben, aber ich kam aus einer alteingesessenen, angesehen Familie, und dieses Ansehen färbte automatisch auch auf mich ab. Ich fühlte mich nie fehl am Platz. Ich hatte einen großen Freundeskreis. Ich hatte nie ein Problem damit, im Unterricht vor allen anderen den Mund aufzumachen. In Bénouville gehörte ich dazu. Ich war dort zu Hause.

Hier nicht. Hier war ich weder zu Hause noch beliebt oder unbeliebt. Ich war einfach da. Und auch wenn ich in Wexford nicht zu den Besten gehörte, schlug ich mich insgesamt doch ganz gut. Allerdings musste ich dafür härter arbeiten als jemals zuvor. Hinzu kam, dass ich oft nicht verstand, worum es ging, wenn die anderen sich unterhielten, oder ihre Witze nicht kapierte, weil mir die kulturellen Feinheiten nicht vertraut genug waren. Und meine Stimme klang hier manchmal viel zu laut und fremd. Im Übrigen hatte ich überall blaue Flecken, nicht nur von den Hockeybällen, sondern vielmehr noch von der Torwartausrüstung, die ich täglich trug.

Doch ich lernte auch ständig neue und interessante Dinge dazu. Hier ein kleiner Auszug:

Walisisch ist eine eigene Sprache und nicht bloß ein Dialekt. Das brachten mir unsere Zimmernachbarinnen Angela und Gaenor bei, die beide aus Wales kamen und sich oft in dieser mystisch klingenden Sprache unterhielten.

Engländer sind total verrückt nach gebackenen Bohnen. Egal, ob zum Frühstück, auf Toast oder zu Bratkartoffeln.

Die Geschichte der Vereinigten Staaten ist nur in den Vereinigten Staaten ein großes Thema.

England und Großbritannien und das Vereinigte Königreich

sind nicht (!) ein und dasselbe. England ist nämlich »nur« ein Landesteil von Großbritannien, so wie Schottland und Wales. Großbritannien wiederum ist der Name für die ganze Insel, also für England, Schottland und Wales zusammen. Das Vereinigte Königreich ist die offizielle Bezeichnung für die gemeinsame politische Einheit von England, Schottland, Wales *und* Nordirland. Bringt man irgendetwas davon durcheinander, wird man auf der Stelle korrigiert, und zwar so lange, bis man es endlich kapiert hat.

Engländer spielen bei jedem Wetter Hockey, egal, ob es blitzt, donnert oder die Erde bebt. Es gibt absolut nichts, was einen Engländer vom Hockeyspielen abhalten könnte. Man versucht also besser gar nicht erst, dagegen anzukämpfen, weil man dabei immer, wirklich immer, den Kürzeren zieht.

Das zweite Mal schlug Jack the Ripper am frühen Morgen des 8. September 1888 zu.

Diese letzte Information wurde einem auf ungefähr siebzehntausend verschiedene Arten eingebläut. Obwohl ich keine Nachrichten schaute, konnte ich ihnen nicht entkommen. Den Medien war es ein echtes Anliegen, uns über den 8. September aufzuklären. Der 8. September war ein Samstag, und samstags hatte ich Kunstgeschichte, was für mein Leben von weitaus größerer Bedeutung war als Jack the Ripper. Ich hatte in meinem ganzen Leben noch nie samstags Unterricht gehabt und bisher immer geglaubt, dass die Wochenenden heilig seien, und dies auf der ganzen Welt respektiert würde. In Wexford sah man das anders.

Da der Samstagsunterricht jedoch aus sogenannten »Kunst- und Enrichment-Kursen« bestand, die der Förderung bereits vorhandener besonderer Begabungen dienen sollten, war er einen Hauch weniger qualvoll als der unter der Woche. Vorausgesetzt, man interessierte sich für Kunst und verfügte über eine bereits vorhandene besondere Begabung. Solche Menschen soll es ja geben.

Obwohl Jazza versuchte, mich zu wecken, bevor sie duschen ging, und noch einmal, bevor sie zum Frühstück verschwand, bekam sie mich erst wach, als sie aus dem Speisesaal zurückkam, um ihr Cello für den Musikunterricht zu holen. Ich fiel fast aus dem Bett bei dem Getöse, das sie veranstaltete, als sie ihren riesigen schwarzen Cellokoffer aus dem Zimmer wuchtete.

Ich war nicht die einzige Spätzünderin an diesem Samstag. Mittlerweile hatte ich es mir zur Gewohnheit gemacht, vor dem Schlafengehen meinen Rock und meinen Blazer über das Fußende des Betts zu hängen, sodass ich morgens nur nach einer frischen Bluse zu greifen brauchte, Rock, Blazer und Schuhe anziehen und meine Haare in einen halbwegs passablen Zustand bringen musste. Das Duschen erledigte ich jetzt immer schon abends und verzichtete inzwischen genau wie Jazza darauf, mich zu schminken. Meine Großmutter wäre entsetzt gewesen.

Jedenfalls benötigte ich auch an diesem Morgen nur fünf Minuten, bis ich fertig war, und raste anschließend über das Kopfsteinpflaster zum Schulgebäude. Das Kunstgeschichtsseminar fand in großen hellen Atelierräumen statt. Ich setzte mich an einen der Arbeitstische und rieb mir gerade den letzten Schlaf aus den Augen, als Jerome auftauchte und sich auf den Platz neben mir fallen ließ. Es war der erste Kurs, den ich gemeinsam mit einem Freund hatte, was in Anbetracht der Tatsache, dass sich die Anzahl meiner Freunde zu diesem Zeitpunkt auf exakt zwei belief, nicht weiter verwunderlich war. Jerome wirkte in seiner Schuluniform immer irgendwie verkleidet, besonders im Gegensatz zu den anderen Aufsichtsschülern. Seine grau-weiß gestreifte Krawatte (nur wir »Normalos« trugen bordeauxfarbene) war viel zu locker gebunden und saß völlig schief. Die Taschen seines Blazers waren ausgebeult von dem ganzen Kram – Handy, Stifte, Notizzettel –, den er ständig bei sich trug. Seine ihm bis zu den Ohrläppchen reichenden und wild in alle Richtungen abstehenden Locken machten stets den Eindruck, als würden sie mit Kamm und Bürste auf Kriegsfuß stehen. Und seine klugen Augen tasteten unermüdlich ihre Umgebung ab, als sei er permanent auf der Suche nach neuen Informationen. Mir gefiel das alles.

»Hast du schon gehört?«, raunte er mir zur Begrüßung zu. »Heute Morgen ist schon wieder eine Leiche gefunden worden. So gegen neun. Das war definitiv der Ripper.«

»Guten Morgen«, gab ich gähnend zurück.

»Morgen. Hör dir das an: 1888 wurde das zweite Ripper-Opfer morgens um Viertel vor sechs neben dem Treppenaufgang im Hinterhof eines Hauses in der Hanbury Street gefunden. Das Haus steht heute zwar nicht mehr, aber das neue Opfer wurde hinter einem Pub namens ›Flowers and Archers‹ entdeckt, der einen Hinterhof hat, der mit dem in der Hanbury Street, wo 1888 der Mord geschehen ist, fast identisch ist. Das damalige Opfer war eine Frau namens Annie *Chapman*. Das heutige Opfer heißt Fiona *Chapman*. Sie weist die gleichen Verletzungen auf wie Annie Chapman damals. Der Mörder hat ihr die Kehle und den Unterleib aufgeschlitzt und sie komplett ausgeweidet. Ihre Gedärme waren ihr über die eine Schulter gelegt worden und ihr Magen über die andere. Die Blase war auch entnommen und die ...«

Unser Lehrer kam herein. Von allen Lehrkräften, die ich bisher kennengelernt hatte, machte er den nettesten Eindruck. Normalerweise trugen die Lehrer Jackett und Krawatte und die Lehrerinnen entweder Kleider oder konservative Röcke und Blusen. Mark, wie er sich uns vorstellte, war ungefähr Mitte Dreißig, trug eine coole Hornbrille und einen blauen Kapuzenpulli und Jeans.

»Die Polizei versucht nicht einmal mehr, es zu dementieren«, erzählte Jerome im Flüsterton weiter. »Hier geht gerade definitiv ein neuer Ripper um.«

Weiter kam er nicht, denn in dem Moment begann Mark mit dem Unterricht. Eigentlich arbeitete er hauptberuflich als Restaurator in der National Gallery, dem berühmten Londoner Kunstmuseum. Trotzdem würde er jeden Samstag nach Wexford kommen, um uns in Kunstgeschichte zu unterrichten. Beginnen würden wir, so ließ er uns wissen, mit den Gemälden aus dem Goldenen Zeitalter der Niederlande. Er teilte einige Lehrbücher aus, von denen jedes ungefähr so schwer war wie ein menschlicher Schädel (der Vergleich drängte sich mir förmlich auf, vermutlich, weil zuvor mal wieder die Rede von Jack the Ripper gewesen war und meine Gedanken noch um menschliche Körperteile kreisten).

Schnell wurde klar, dass dieser dreistündige Unterricht in Kunstgeschichte, auch wenn er samstags stattfand und als »Seminar« bezeichnet wurde, nicht nur dazu diente, Zeit totzuschlagen, die man ebenso gut hätte verschlafen können. Der Unterricht war genauso fordernd wie alle anderen Fächer, da einige Schüler ihre A-Level-Prüfungen in Kunstgeschichte absolvieren wollten. Also würde auch hier ein erbitterter Konkurrenzkampf toben.

Das Gute daran war jedoch, dass wir an mehreren Samstagen die National Gallery besuchen würden, um die Gemälde aus nächster Nähe zu betrachten. Aber nicht heute. Heute würden wir uns einen Diavortrag anschauen. Drei Stunden Diavortrag sind gar nicht so schlimm, wie es sich vielleicht anhört. Zumindest nicht, wenn der Vortrag von jemandem gehalten wird, dem anzumerken ist, wie sehr er das Thema liebt, über das er spricht. Und ich für meinen Teil liebe Kunst ebenfalls.

Jerome schrieb fleißig mit. Er hatte sich in seinem Stuhl zurückgelehnt und machte sich mit ausgestrecktem Arm entspannt Notizen. Dabei huschten seine Augen ständig zwischen den Dias und seinen Aufzeichnungen hin und her. Ich begann, es ihm gleichzutun. Hin und wieder stieß er mit seinem Ellbogen versehentlich gegen meinen Arm, worauf er jedes Mal kurz zu mir rübersah. Nach dem Unterricht schlenderten wir gemeinsam über den Campus und er knüpfte an unser Gespräch von vorhin an.

»Das ›Flowers and Archers‹ ist hier ganz in der Nähe«, meinte er. »Wir sollten dem Pub mal einen Besuch abstatten.«

»Sollten wir?«

Ich wusste ja, dass viele Schüler in Wexford offiziell Alkohol trinken durften, weil sie schon achtzehn waren, und Pubs sozusagen englisches Kulturgut waren und hier zum Leben dazugehörten. Aber ich hatte nicht damit gerechnet, in eines eingeladen zu werden, schon gar nicht von einem Aufsichtsschüler. Und war das jetzt so etwas wie ein Date? Galten hier andere Dating-Regeln, laut denen man jemanden auch zum Schauplatz eines Mordes einladen konnte? Mein Herz begann vor Aufregung schneller zu schlagen, beruhigte sich bei Jeromes nächstem Satz aber gleich wieder.

»Klar ... Du, Jazza und ich«, antwortete er. »Du musst Jazza irgendwie dazu bringen, mitzukommen, sonst hängt sie wieder die ganze Zeit nur in ihrem Zimmer herum. Du bist jetzt nämlich ihre Aufpasserin.«

»Oh ... okay.« Ich versuchte, nicht enttäuscht zu klingen.

»Ich hab bis zum Abendessen in der Bibliothek Aufsicht, aber danach können wir sofort los. Was meinst du?«

»Sicher«, antwortete ich. »Ich ... also, ich meine, ich hab heute Abend noch nichts vor.«

Er vergrub die Hände in den Jacketttaschen und wandte sich

zum Gehen. »Ich muss los. Und sag Jazza bloß nicht, wo wir hinwollen. Sag einfach wir gehen ins Pub, okay?«

»Okay«, erwiderte ich.

Jerome deutete eine Verbeugung an und verschwand dann Richtung Bibliothek.

9

Man musste kein Hellseher sein, um zu wissen, dass Jazza mit Sicherheit keine Lust haben würde, an diesem Abend den Tatort eines Verbrechens aufzusuchen. Schließlich war sie ein herrlich normal tickender Mensch, wie wir bereits festgestellt hatten. Als ich in unser Zimmer zurückkam, saß sie an ihrem Schreibtisch und aß ein Sandwich.

»Entschuldige«, sagte sie und drehte sich zu mir um. »Mein Cello-Unterricht hat länger gedauert, und ich hatte danach keine Lust mehr, in den Speisesaal zu gehen. Samstags belohne ich mich manchmal gern selbst mit einem Sandwich und einem Stück Kuchen.«

»Sich selbst belohnen« war ein typischer *Jazza-ismus,* den ich liebte. Sie hatte die wunderbare Gabe, auch die kleinsten Dinge zu zelebrieren, sodass selbst ein einzelner Keks oder eine Tasse heiße Schokolade zu etwas ganz Besonderem wurde. Dank ihr war mein »Cheez Wiz«-Käsedip sogar noch kostbarer geworden.

Von meinem Bett drangen plötzlich seltsame Pieptöne, die ich erst mit leichter Verzögerung meinem Handy zuordnen konnte. Ich hatte mich noch nicht an den ungewohnten Klingelton meines englischen Mobiltelefons gewöhnt, das ich so gut wie nie bei mir trug, weil außer meinen Eltern wahrscheinlich sowieso niemand versuchen würde, mich zu erreichen.

Und auch diesmal war es meine Mutter, die mich wissen lassen wollte, dass sie heute Morgen endlich in Bristol angekommen waren. In ihrer Stimme lag jedoch ein besorgter Unterton.

»Wir möchten, dass du die Wochenenden bei uns verbringst«, sagte sie, nachdem sie mir ihr Haus in Bristol und die Umgebung beschrieben hatte und wir uns gegenseitig auf den neuesten Stand gebracht hatten. »Zumindest bis dieser Ripper gefasst ist.«

So anstrengend und tückisch das Leben in Wexford sein konnte, wollte ich definitiv lieber hierbleiben. Ich war mir nämlich sicher, dass ich sonst zu viel verpassen würde und es dadurch womöglich noch länger dauern könnte, bis ich mich eingewöhnt hätte.

»Ich weiß nicht, ob das so eine gute Idee ist, Mom«, antwortete ich deshalb zögernd. »Ich hab samstags den ganzen Vormittag Unterricht und könnte erst nach dem Mittagessen losfahren, sodass ich frühestens am Abend bei euch wäre und schon am Sonntagmittag wieder zurückmüsste – genau die Zeit brauche ich eigentlich zum Lernen. Außerdem könnte ich dann nicht ins Hockeytraining, und ich bin sowieso schon die Schlechteste, weil ich darin die totale Anfängerin bin, und ...«

Jazza schaute kein einziges Mal auf, während ich mit meiner Mutter telefonierte, aber ich war mir sicher, dass sie jedes Wort davon mithörte. Nach ungefähr zehn Minuten hatte ich meine Eltern schließlich davon überzeugt, mich in Wexford bleiben zu lassen, und wir vereinbarten, dass ich sie erst Mitte November besuchen würde, wenn unser erstes langes, unterrichtsfreies Wochenende anstand. Allerdings musste ich ihnen hoch und heilig versprechen, vorsichtig zu sein, und nie, wirklich nie, etwas auf eigene Faust zu unternehmen.

»Deine Eltern machen sich wohl ziemliche Sorgen?«, sagte Jazza, nachdem ich aufgelegt hatte.

Ich nickte und setzte mich auf den Boden.

Sie seufzte. »Ich glaube, meinen Eltern wäre es auch lieber, wenn ich nach Hause kommen würde, aber gesagt haben sie bis jetzt noch nichts. Die Fahrt nach Cornwall würde sowieso zu lange dauern, genau wie nach Bristol.«

Dass sie meine Bedenken bestätigte, erleichterte mich. So musste ich nicht das Gefühl haben, ich hätte meinen Eltern nur etwas vorgemacht.

»Hast du heute Abend schon was vor?«, fragte ich.

»Ich wollte eigentlich hierbleiben und an meinem Deutschaufsatz arbeiten. Außerdem muss ich unbedingt noch ein paar Stunden Cello üben. Ich war heute Morgen richtig mies.«

»Schade«, sagte ich. »Ich dachte, wir könnten vielleicht ausgehen. In ein Pub. Mit Jerome.«

Jazza kaute nachdenklich auf einer Haarsträhne herum.

»In ein Pub? Mit Jerome?«

»Er hat mich vorhin gebeten, dich zu fragen, ob du mitkommst.«

»Jerome hat dich gebeten, mich zu fragen, ob ich mit ins Pub komme?«

»Ja. Er meinte, ich soll dich unbedingt dazu bringen, mitzukommen.«

Jazza grinste. »Ich *wusste* es«, sagte sie und drehte sich in ihrem Schreibtischstuhl einmal im Kreis.

Tja, wie es aussah, lief irgendetwas zwischen Jazza und Jerome, und ich sollte jetzt wohl als Alibi für ihr erstes Date dienen. Wenn das die mir zugedachte Rolle war, musste ich mich wohl oder übel damit abfinden. Oder zumindest gute Miene zum bösen Spiel machen.

»So, so«, sagte ich. »Du und Jerome?«

Jazza neigte wie ein vorwitziges Vögelchen den Kopf und fing dann an zu prusten. »Ich und Jerome? Niemals! Ich meine, ich mag Jerome total, aber wir sind nur gute Freunde. Nein, er will mit *dir* ausgehen«.

»Weil er mit mir ausgehen will, bittet er mich, dich dazu zu bringen mitzukommen?«

»Genau.«

»Wäre es nicht einfacher gewesen, wenn er nur mich gefragt hätte?«

»Du kennst Jerome nicht«, lachte Jazza. »Er geht nie den einfachen Weg.«

Meine Laune besserte sich schlagartig wieder.

»Und?«, fragte ich. »Kommst du mit ... ?«

»Mir bleibt wohl nichts anderes übrig. Sonst bekommt er vielleicht Panik und macht einen Rückzieher. Er braucht mich als moralische Unterstützung.«

»Das ist aber ganz schön kompliziert«, fand ich. »Sind alle Engländer so?«

Sie schüttelte den Kopf und strahlte dann von einem Ohr zum anderen. »Oh, ich wusste es!«, rief sie. »Ich wusste es einfach. Das ist absolut perfekt.«

Ich liebte es, wie sie *perfek*t sagte. *Peeer-fekt.* Es klang schlicht *peeer-fekt.*

Um ruhigen Gewissens ausgehen zu können, arbeitete Jazza den ganzen Nachmittag durch. Ich saß ebenfalls an meinem Schreibtisch und versuchte zu lernen, aber meine Gedanken schweiften ständig ab. Schließlich kapitulierte ich und recherchierte fast zwei Stunden lang im Netz, was man bei einem Besuch im Pub so anzog. Leider ist das Internet in solchen Fragen keine besonders große Hilfe. Amerikanische Online-Reiseratgeber rieten mir zu knitterfreier und regenfester Outdoor-Garderobe, und auf englischen Seiten wurde sich darüber empört, dass Mädchen in Pubs meist viel zu kurze Röcke und viel zu hohe High Heels trugen, auf denen sie nach dem Pubbesuch betrunken durch die Straßen stöckelten – woraufhin ich wütend eine weitere halbe Stunde im Netz verbrachte und mich über Frauenfeindlichkeit und Frauenrechte informierte, weil ich bei solchen Parolen immer stinksauer werde.

Leider lösten sich während dieser Zeit weder meine Matheaufgaben von selbst, noch paukte sich mein Lesestoff von alleine. Ich versuchte mir einzureden, dass ich bei meinen Recherchen ja auch etwas über die englische Kultur lernte, kaufte mir die Story aber selbst nicht ab. Und plötzlich war es fünf, und Jazza murmelte etwas, von wegen es sei an der Zeit sich umzuziehen. Samstags mussten wir zum Abendessen nicht in der Schuluniform erscheinen, sondern durften tragen, was wir wollten. Ich würde also heute Abend zum ersten Mal vor ganz Wexford in richtigen Klamotten erscheinen.

Weil ich immer noch nicht wusste, was ich anziehen sollte, trödelte ich vor mich hin, hörte Musik, beobachtete dabei verstohlen, für welche Sachen Jazza sich entschied, und machte es ihr dann einfach nach. Sie schlüpfte in eine Jeans, ich schlüpfte in eine Jeans. Sie zog eine schlichte Bluse an, ich ein T-Shirt. Sie steckte sich die Haare hoch, ich steckte mir die Haare hoch. Nur in einem Punkt wich ich von ihrem Schema ab – sie verzichtete darauf, sich zu schminken, ich nicht. Ich rundete mein Outfit mit einer schwarzen Samtjacke ab, die ein Geschenk meiner Großmutter und eines der wenigen Teile war, die ich ohne mich der Lächerlichkeit preiszugeben, in der Öffentlichkeit tragen konnte. Der tiefschwarze Samt unterstrich auf beinahe dramatische Weise meinen hellen Teint, den ich der großzügigen Verwendung von Sonnencreme sowie den blutrünstigen Sumpfmoskitos, die mich langsam hatten ausbluten lassen, verdankte. Dann legte ich noch ein bisschen roten Lippenstift auf, von dem ich erst dachte, dass es vielleicht ein bisschen zu viel des Guten war, bis Jazza mir glaubhaft versicherte, dass es total hübsch aussähe, und zog eine Kette mit einem Sternenanhänger an, die ein Geschenk meiner Cousine Diane war.

Der Speisesaal war nicht besonders voll, mindestens ein Drittel der Schüler fehlte. Es gab nämlich einige, die das Abendessen samstags ausfallen ließen, um sich so früh wie möglich ins Londoner Nachtleben stürzen zu können, wie Jazza mir erklärte. Ich studierte die Kleidung der Anwesenden und beglückwünschte mich im Stillen dazu, mich an Jazzas Dresscode gehalten zu haben. Niemand hatte sich übertrieben aufgestylt, alle trugen Jeans, Röcke und schlichte Oberteile. Jerome hatte eine Jeans und ein braunes Kapuzenshirt an. Wir beeilten uns mit dem Essen und machten uns anschließend sofort auf den Weg. Es war mittlerweile kurz nach sieben, aber immer noch hell. Mir war trotz meiner Samtjacke kalt, Jazza und Jerome dagegen hatten ihre Jacken noch nicht einmal mitgenommen. Während wir nebeneinanderher schlenderten, unterhielten sich die beiden über Dinge, von denen ich entweder keine Ahnung hatte oder die ich nicht verstand. Irgendwann ging Jazza langsamer und blickte sich verwirrt um.

»Ich dachte, wir gehen ins Pub«, sagte sie.

»Tun wir doch auch«, entgegnete Jerome.

»Dann müssen wir aber da lang.« Sie zeigte in die entgegengesetzte Richtung. »Oder in welches wolltest du?«

»Ins ›Flowers and Archers‹.«

»Ins ›Flowers and ...‹ Nein! Auf keinen Fall.«

»Komm schon, Jazzy«, sagte Jerome. »Es ist quasi unsere Pflicht, deiner Mitbewohnerin ein bisschen was von der Gegend hier zu zeigen.«

»Da gibt es aber nettere Orte als den Schauplatz eines grausamen Verbrechens. Außerdem können wir nicht einfach so an einem Tatort herumspazieren.«

Sie hatte den Satz kaum zu Ende gesprochen, als wir auch schon sahen, was vor dem Pub los war. Mindestens zwei Dutzend Übertragungswagen unterschiedlicher Fernsehsender parkten am Straßenrand, vor denen die Reporter in Kameras sprachen. Dazu kamen Streifenwagen, Transporter der Spurensicherung und unzählige Schaulustige, die hinter der Absperrung neugierig die Hälse reckten und Fotos machten. Wir gingen rüber und blieben hinter der Menschenmenge stehen.

»Ich will bloß auch ein paar Fotos machen, dann hauen wir wieder ab und gehen woanders hin«, rief Jerome und schob sich auch schon zwischen den Leuten hindurch.

Ich stellte mich auf die Zehenspitzen, um einen Blick auf das »Flowers and Archers« zu erhaschen. Es war ein ganz gewöhnliches Pub mit großen dunklen Fenstern, bunten Holzwappen über der Tür und einer das Tagesgericht anpreisenden Schiefertafel. Wären die vielen Polizisten nicht gewesen, die wie Ameisen um das Pub herumwuselten, hätte nichts auf den grausamen Mord, der sich hier ereignet hatte, hingewiesen. Auf einmal überkam mich ein unbehagliches Gefühl und mir lief es kalt den Rücken hinunter.

Ich zupfte Jazza am Ärmel. »Hey, lass uns lieber etwas mehr Abstand halten.«

Als wir uns umdrehten, wäre ich beinahe mit einem Mann zusammengestoßen, der hinter uns stand. Er trug einen grauen

Anzug, der ihm ein bisschen zu groß war, war völlig kahl und hatte große, fiebrig glänzende Augen, die durch seine Glatze noch betont wurden. Sein Blick nahm einen seltsam verblüfften Ausdruck an, als ich mich bei ihm entschuldigte.

»Keine Ursache«, entgegnete er. »Ist ja nichts passiert.«

Er trat einen Schritt beiseite, um mich vorbeizulassen, und lächelte mich dabei seltsam verzückt an.

»Die halten das Ganze anscheinend für eine Riesenparty!« Jazza betrachtete stirnrunzelnd die Leute, die lachend und plaudernd mit Bierflaschen in der Hand herumstanden, mit ihren Handys Fotos machten oder Videokameras hochhielten.

»Tut mir leid«, sagte ich zerknirscht. »Jerome wollte nicht, dass ich dir davon erzähle. Und nachdem du mir die Sache mit dem ›wer wen warum und wie auf ein Date einlädt‹ erklärt hast, habe ich einfach nicht mehr daran gedacht.«

»Ist schon okay«, meinte sie. »Ich hätte es wissen müssen.«

Kurz darauf trabte Jerome freudenstrahlend zu uns zurück. »Ich habe es bis ganz nach vorne zur Absperrung geschafft. Okay, lasst uns was trinken gehen.«

Wir gingen in ein Pub, das näher an Wexford lag. Ich wurde nicht enttäuscht. Hier gab es alles, was das Internet versprochen hatte: eine große langen Holztheke, eine angemessene Zahl von Gästen und literweise Bier in typisch englischen Pints. Jerome war als Einziger von uns schon achtzehn, und weil Jazza fand, er schulde uns etwas dafür, dass er uns an den Schauplatz eines Mordes genötigt hatte, musste er uns einladen. Jazza wollte ein Glas Wein und ich ein Bier. Da alle Sitzgelegenheiten im Pub besetzt waren, gingen wir, nachdem Jerome unsere Getränke organisiert hatte, nach draußen und stellten uns unter einem Heizstrahler an einen kleinen runden Stehtisch, wo uns die Heizsonne schon bald rot glühende Wangen bescherte. Jazza nippte ein paarmal an ihrem Wein und das Glas war leer, während ich mit meinem knappen halben Liter Bier einiges zu tun hatte. Ich war jedoch fest entschlossen, es bis auf den letzten Tropfen auszutrinken.

Jerome versorgte uns derweil mit weiteren Informationen zu den Geschehnissen des Tages. »Die getötete Frau«, berichtete er, »hatte nicht nur denselben Nachnamen wie das Mordopfer von 1888, sie war auch genauso alt – siebenundvierzig. Sie arbeitete für eine Bank in der City of London und kam aus Hampstead. Es muss den Mörder ganz schön viel Mühe gekostet haben, das alles herauszufinden, und sie dann um fünf Uhr morgens zu einem Pub zu locken, das über einen Kilometer von ihrer Arbeitsstätte und noch weiter entfernt von ihrer Wohnung liegt. Es heißt nämlich, dass sie weder gefesselt noch gewaltsam dorthin gebracht wurde.«

»Jerome will Journalist werden«, erklärte Jazza mir mit hochgezogenen Brauen seinen Feuereifer für das Thema.

Jerome winkte bloß unwillig ab und deutete anschließend auf das Vordach über der Eingangstür. »Seht ihr die Überwachungskamera da oben? Fast alle Pubs haben so eine. Allein auf dem Weg vom ›Flowers and Archers‹ bis hierher habe ich fünf von den Dingern gezählt, und auf der Durward Street, wo das Opfer entlanggegangen ist, gibt es mindestens sechs. Aber angeblich liefert keine einzige von ihnen auch nur eine brauchbare Aufnahme des Rippers. Da fragt man sich, was mit dem viel gerühmten Überwachungssystem Londons los ist.«

»Jerome will Journalist werden«, wiederholte Jazza, die schon einen leicht beschwipsten Eindruck machte und zum Takt der Musik mitwippte, die aus dem Pub drang.

»Ich bin bestimmt nicht der Einzige, dem das aufgefallen ist. Dafür muss man nicht Journalist werden wollen.«

Ich schaute zu der langen, schmalen Kamera hoch, deren Linse direkt auf uns gerichtet war. Eine zweite Kamera unmittelbar daneben zeigte in die entgegengesetzte Richtung, sodass der gesamte Außenbereich des Pubs überwacht wurde.

»Ich bin keine Aufsichtsschülerin«, sagte Jazza plötzlich.

»Komm schon, Jazzy«, entgegnete Jerome beschwichtigend und stupste sie mit dem Arm an.

»*Sie* schon.«

Jazza sprach offensichtlich von Charlotte.

»Und was ist sie noch?«, fragte Jerome.

Als Jazza nicht antwortete, meinte ich: »Eine Streberzicke?«

»Eine Streberzicke!« Jazzas Miene hellte sich schlagartig wieder auf. »Sie ist eine Streberzicke! Ich liebe meine neue Mitbewohnerin.«

»Sie ist nicht besonders trinkfest«, erklärte Jerome grinsend. »Und halte sie bloß von Gin fern.«

»Gin böse«, nuschelte Jazza. »Von Gin muss Jazza kotzen.«

Auf dem Heimweg wurde Jazza ziemlich schnell wieder nüchtern, dafür stieg mir jetzt der Alkohol zu Kopf und ich textete Jerome mit Geschichten von Onkel Bick, Miss Gina, Billy Mack und Onkel Will zu. Als er sich von uns vor dem Eingang des Mädchenwohnheims verabschiedete, lag ein seltsamer Ausdruck in seinen Augen, den ich nicht deuten konnte.

Charlotte saß an dem Pult in der Eingangshalle, eine Kontrollliste und ein Lateinbuch vor sich. »Schönen Abend gehabt?«, fragte sie, als wir durch die Tür traten.

»Superschön«, antwortete Jazza eine Spur zu laut. »Und du?«

Als ich an dem Abend die knarzende alte Holztreppe hinaufstieg, hatte ich zum ersten Mal das Gefühl, nach Hause zu kommen. Ich blickte den langen, verwinkelten Flur mit seinen Notausgängen hinunter und auf einmal kam mir alles unglaublich vertraut und genau richtig vor.

Der Rest des Abends verlief ruhig und gemütlich. Jazza setzte sich an ihre Deutschhausaufgaben und ich beantwortete ein paar E-Mails von zu Hause. Anschließend surfte ich eine Weile im Internet und beschloss dann, noch ein bisschen Französisch zu machen. Nichts störte meinen inneren Frieden. Bis zu dem Moment, als es Zeit war, schlafen zu gehen und ich die Vorhänge zuzog. Dabei registrierte ich mit einer kleinen Verzögerung irgendetwas aus dem Augenwinkel, das mich unbehaglich stutzen ließ. Ich riss die Vorhänge wieder zurück und spähte nach draußen. Es hatte zu regnen begonnen, aber außer ein paar tropfenden Bäumen und dem nass glänzenden Kopfsteinpflaster konnte ich nichts entdecken. Stirnrunzelnd starrte ich in die Dunkelheit und grübelte darüber nach, was ich wohl gesehen hatte. Etwas war dort unten gewesen – genauer gesagt, jemand. Und dieser jemand hatte direkt vor dem Gebäude des Mädchenwohnheims gestanden. Andererseits standen ständig irgendwelche Leute davor herum, es war also nichts Ungewöhnliches.

»Was ist los?«, fragte Jazza.

»Ach, nichts«, antwortete ich und machte die Vorhänge wieder zu. »Ich dachte nur, ich hätte was gesehen.«

»Genau das ist das Problem mit den reißerischen Medienberichten über den Ripper. Es versetzt die Leute in Angst und Schrecken.«

Sie hatte recht. Natürlich hatte sie recht. Trotzdem zog sie die Vorhänge auf ihrer Seite genauso gewissenhaft zu.

Goulston Street, East London
8. September
21:20 Uhr

Veronica Atkins saß in ihrem Dachgeschossapartment mit Blick auf das »Flowers and Archers« am Schreibtisch. Ein Bein angezogen, drehte sie sich langsam auf dem Bürostuhl hin und her und tastete dabei ohne hinzusehen durch das Durcheinander von Flaschen, Dosen und schmutzigen Tassen nach ihrem Becher mit heißem Tee. Sie war freie IT-Beraterin und Grafikdesignerin und arbeitete von zu Hause aus.

Gerade saß sie an ihrem größten und lukrativsten Auftrag des Jahres und die Deadline für die Fertigstellung der Website war ausgerechnet jetzt. Dass der Ripper in ihrem Lieblingspub auf der anderen Straßenseite zugeschlagen hatte, würde leider keinerlei Einfluss auf den vertraglich festgelegten Abgabetermin haben.

Sie selbst war es gewesen, die im »Flowers and Archers« die Überwachungskameras installiert hatte, nachdem das Pub im vergangenen Jahr überfallen und ausgeraubt worden war. Weil sie mit dem Besitzer befreundet war, hatte sie ihm kaum etwas dafür berechnet, wofür er sie im Gegenzug mit kostenlosen Drinks versorgte. Und heute Vormittag hatte sie hilflos mitansehen müssen, wie die Polizei die Kameras abgebaut und mitgenommen hatte. Sie würden sich die Ergebnisse *ihrer* Arbeit anschauen …

Spielte sowieso keine Rolle. Genauso wenig wie das ständige Sirenengeheul, der Lärm der stetig wachsenden Anzahl von Beamten, die in dem vor dem Haus geparkten Laborwagen ein- und ausgingen, das Dröhnen des unentwegt über ihrem Viertel kreisenden Hubschraubers oder die Beamten, die bei ihr geklingelt hatten, um sie zu fragen, ob sie etwas gesehen hatte. Nichts davon änderte irgendetwas an ihrem Abgabetermin.

Normalerweise traute sie sich auch in Hausschuhen, ausgeleierter Jogginghose, verwaschenem ›TALK NERDY TO ME‹-T-Shirt und mithilfe eines Kabelbinders zu einem unordentlichen Knoten hochgebundenen Haaren auf die Straße, um sich bei »Wakey Wakey!« an der Ecke schnell einen doppelten Espresso zu holen. Heute dagegen wagte sie sich noch nicht einmal einen Fußbreit aus dem Haus, weil sich praktisch direkt vor ihrer Tür die gesamte Weltpresse versammelt hatte und die ganze Straße für Normalsterbliche abgeriegelt war.

Nein, es half alles nichts. Entweder sie wurde heute mit der Website fertig oder sie konnte sich ihr Honorar in die pinkblond gefärbten Haare schmieren.

Als Zugeständnis an die aktuellen Ereignisse hatte sie einen Nachrichtensender laufen – allerdings ohne Ton –, und jedes Mal, wenn sie einen Blick auf den Fernseher warf, wurde ihr

Wohnhaus gerade aus der Vogelperspektive oder in der Totalen eingeblendet. Einmal sah sie sich sogar flüchtig selbst am Fenster stehen. Die etlichen auf ihrem Anrufbeantworter hinterlassenen Nachrichten von Freunden und ihrer Familie, die offenbar ebenfalls Nachrichten schauten und aus erster Hand wissen wollten, was los war, ignorierte sie geflissentlich.

Bis schließlich doch etwas ihre Aufmerksamkeit erregte. Es war das Laufband am unteren Bildschirmrand: **Erneutes Versagen des Überwachungssystems.** Schnell drehte sie den Ton lauter, gerade noch rechtzeitig, um die Kernaussage des Berichts mitzubekommen:

»*... wie schon beim ersten Mord in der Durward Street. Das erneute Kameraversagen, aufgrund dessen auch diesmal keine verwertbaren Aufnahmen des sogenannten neuen Rippers vorliegen, stellt die Effektivität des gesamten Londoner Überwachungssystems infrage*«

»Kameraversagen?«, rief Veronica empört.

Augenblicklich rückte die dringende Fertigstellung der Website in den Hintergrund.

Nein, ausgeschlossen. Sie hatte die Kameras eigenhändig installiert und legte ihre Hand dafür ins Feuer, dass sie einwandfrei funktioniert hatten. In ihrem Kopf begann es fieberhaft zu arbeiten. Auf dem Onlineserver musste sich eine Sicherungskopie der Aufnahmen befinden. Wo hatte sie bloß die dazugehörigen Unterlagen? Sie suchte den Aktenordner heraus, in dem sie die Bedienungsanleitungen und Garantiescheine für ihre Geräte aufbewahrte, und blätterte ihn durch. Toaster, Wasserkocher, Fernseher ...

Schließlich fand sie, was sie suchte. Die Unterlagen zu den Kameras, auf denen sie per Hand die Zugangscodes notiert hatte.

Bevor sie sich die Aufnahmen ansah, ging sie in die Küche und holte den guten Whiskey aus dem Schrank, den sie mal von ihrem schottischen Exfreund zum Geburtstag geschenkt bekommen hatte und der besonderen Anlässen vorbehalten war. Sie schenkte sich großzügig in ein Wasserglas ein und leerte es in einem Zug. Dann zog sie die Vorhänge zu, setzte sich wieder an den Computer, öffnete die entsprechende Seite und gab die Passwörter ein. Der Zugriff wurde ihr gewährt und sie klickte sich durch die Einstellungen bis zur Wiedergabe-Option.

Den Nachrichten zufolge war der Mord zwischen halb sechs und sechs Uhr morgens erfolgt. Sie holte tief Luft, gab als Wiedergabezeitpunkt 06:05 ein, klickte auf Start und Rückwärtslauf. Die Aufnahmen waren im Nachtsichtmodus gemacht worden, wodurch alles in ein gespenstisches Grün getaucht war. Das Erste, was sie sah, war die Leiche. Sie lag auf dem asphaltierten Innenhof neben dem Zaun und sah seltsam friedvoll aus – sofern man die klaffende Wunde im Bauchraum und die dunkle Pfütze um den Körper ignorierte. Veronica schluckte hart und spürte, wie ihr Pulsschlag sich beschleunigte. Von wegen Kameraversagen.

Sie hätte hier und jetzt aufhören und sofort die Polizei verständigen sollen, aber sie konnte einfach nicht den Blick von den Aufnahmen lösen. So schrecklich es war, doch gegen die Versuchung, den Mörder als Erste zu sehen, kam sie nicht an. Er (oder sie) musste auf den Bildern zu erkennen sein.

Sie würde als Heldin in die Geschichte eingehen, als diejenige, die Jack the Ripper auf Film gebannt und zur Strecke gebracht hatte.

Veronica verlangsamte den Rückwärtslauf und sah schaudernd zu, wie das Blut in die Leiche zurückfloss, die heraushängenden Eingeweide an ihren angestammten Platz in der klaffenden Bauchwunde zurückkehrten und diese anschließend mit einem aufblitzenden Messer sorgfältig wieder verschlossen wurde. Dann setzte die Frau sich ruckartig auf und erhob sich unnatürlich steif vom Boden. Das Messer blitzte erneut auf und verschloss eine Wunde an ihrem Hals. Als Nächstes krachte sie in den Zaun, schlug wild um sich und verließ daraufhin rückwärts den Garten.

Veronica klickte auf Pause. Der Timer stand auf 05:36 h.

Die Kameras hatten keineswegs versagt, aber was sie aufgezeichnet hatten, ergab absolut keinen Sinn. Nachdem ihr Gehirn aufgehört hatte, sich gegen diese Erkenntnis zu wehren, erfasste sie eine seltsame Ruhe und sie spulte die Aufnahme zurück und schaute sie sich noch einmal in der richtigen Reihenfolge an. Dann ging sie in die Küche, stürzte ein weiteres Glas Whiskey hinunter, übergab sich in die Spüle, spülte ihren Mund aus und trank ein Glas Wasser.

Sie konnte ihr Wissen unmöglich für sich behalten. Sonst würde sie durchdrehen.

Fortdauernde Energie

Statt einen »Geist« als ein totes Individuum zu beschreiben, dem es möglich ist, mit den Lebenden zu kommunizieren, sollten wir ihn als eine Manifestation fortdauernder Energie definieren.

Frederick William Henry Myers
»Proceedings of the Society
for Psychical Research 6«, 1889

10

Der Herbst des Jahres 1888 ging als »Herbst des Schreckens« in die Geschichte ein. Damals lauerte Jack the Ripper mit seinem Messer irgendwo im Nebel seinen Opfern auf, und niemand hatte auch nur die leiseste Ahnung, wann und wo er das nächste Mal zuschlagen würde. Es konnte jederzeit und überall geschehen. Im jetzigen Herbst war es anders. Jeder wusste genau über den Zeitpunkt der nächsten Tat Bescheid, sofern der Ripper seinem bisherigen Muster treu blieb. Heute war der 30. September. In jener Nacht des Jahres 1888 hatte Jack the Ripper zwei Morde begangen, und dieser Doppelmord war einer der Gründe, warum er den Menschen eine derartige Furcht einflößte. Er hatte die grausamen – und zudem komplexen – Morde praktisch direkt vor den Augen der Polizei begangen, und niemand hatte etwas gesehen.

In diesem Punkt waren die Ereignisse von damals und heute absolut identisch.

Da die Polizei bisher nichts in der Hand hatte, fühlten sich unzählige Leute dazu berufen, sich als Amateurdetektive zu betätigen, und reisten aus allen Ecken der Welt nach London, um auf eigene Faust zu ermitteln. Medienberichten zufolge stieg die Zahl der Touristen im September um insgesamt fünfundzwanzig Prozent und die Hotels konnten sich vor Reservierungsanfragen kaum noch retten. Und tagtäglich suchten all diese Menschen das Londoner East End Millimeter für Millimeter nach Spuren ab. Auf Schritt und Tritt stolperte man über fotografierende oder filmende Touristen und vor dem »Ten Bells«, dem Pub, in dem die damaligen Opfer des Rippers zu ihren Lebzeiten verkehrt hatten und das es – nur ein paar Straßenecken von Wexford entfernt – nach wie vor gab, standen die Leute bis ans andere Ende der Straße Schlange. Horden von Menschen pilgerten im Rahmen der geführten Jack-the-Ripper-Touren, von denen es insgesamt zehn verschiedene gab, über das Schulgelände und an unseren Unterrichtsräumen vorbei (bis Mount Everest sich bei der Stadtverwaltung beschwerte und die Führungen um den Campus herum geleitet wurden).

Und auch sonst beeinträchtigte der Ripper das Internatsleben. Die Schulleitung versicherte den besorgten Eltern in schriftlichen Mitteilungen, dass wir uns unter ständiger Aufsicht befänden und alle nötigen Vorkehrungen getroffen worden seien, um uns vor jedweden Gefahren zu schützen. Es wurde ausdrücklich betont, dass Wexford der sicherste Ort sei, den man sich überhaupt vorstellen könne, und es für alle das Beste wäre, den normalen Schulbetrieb aufrechtzuerhalten und den

Unterricht wie gewohnt weiterzuführen, damit keinem Schüler irgendein Nachteil aus der Situation entstand.

Nachdem der zweite Mord passiert war, wurden die Vorschriften verschärft und eine Ausgangssperre ab zwanzig Uhr verhängt, die auch an den Wochenenden galt. Jeden Abend um Punkt acht wurde unsere Anwesenheit überprüft und wir durften uns nur noch in den Wohnheimen oder der Bibliothek aufhalten, wo mit Klemmbrettern und Namenslisten bewaffnete Aufsichtsschüler unser Kommen und Gehen protokollierten. Die strikten Maßnahmen schränkten das soziale Leben extrem ein und sorgten für ziemlichen Aufruhr unter den Schülern, die es gewohnt waren, am Wochenende ins Pub oder auf Partys zu gehen. Als Gegenmaßnahme fingen die Leute an, jede Menge Alkohol in ihren Zimmern zu bunkern, bis die Schulleitung Wind davon bekam und die Aufsichtsschüler dazu ermächtigte, in unseren Zimmern unangemeldete Kontrollen durchzuführen. Dabei wurden Unmengen alkoholischer Getränke konfisziert, und so manch einer fragte sich, was Mount Everest wohl mit dem ganzen Stoff anstellte. Irgendwo auf dem Schulgelände musste jetzt ein Geheimversteck existieren, das bis unter die Decke mit Hochprozentigem voll gestopft war.

In der nun sehr kostbar gewordenen Zeit zwischen Abendessen und zwanzig Uhr rasten alle los, um sich vor der Sperrstunde mit allem, was das Schülerherz so begehrte, einzudecken. Manche holten sich noch einen Kaffee oder was zu essen, andere hetzten zum Drogeriemarkt, um Shampoo oder Zahnpasta zu kaufen, und wieder andere stürmten ins nächste Pub und kippten in Rekordgeschwindigkeit ein paar Gläser Bier oder Wein hinunter. Es gab auch welche, die komplett von der Bildfläche verschwanden, um wenigstens eine Stunde lang ungestört rummachen zu können. Und jeden Abend um fünf vor acht bog dann eine ganze Karawane von Schülern um die Ecke, um auch ja pünktlich wieder in Wexford zu sein.

Es gab nur zwei Schülerinnen, die sich nicht über die neuen Vorschriften beschwerten: die Bewohnerinnen von Zimmer siebenundzwanzig. Für Jazza, die sowieso ziemlich häuslich veranlagt war und es mochte, wenn sie über ihren Büchern sitzen und gemütlich vor sich hin arbeiten konnte, war dieser Zustand ganz normaler Alltag. Und obwohl ich mir zwischendurch die Nase an der Fensterscheibe platt drückte und sehnsüchtig nach draußen schaute, wusste auch ich die neuen Vorschriften zu schätzen, die nämlich einen überraschend positiven Nebeneffekt hatten – die Ausgangssperre sorgte dafür, dass wir plötzlich alle im selben Boot saßen und enger zusammenrückten. Es wurde sich nicht mehr darüber abgegrenzt, wer zu welcher Party, in welchen Pub oder Club ging. Wir gehörten alle Wexford an. Während dieser Wochen wurde das Internat endgültig zu meinem Zuhause.

In der Zwischenzeit entwickelten Jazza und ich gemeinsame Rituale. Zum Beispiel stellte ich vor dem Abendessen jetzt immer meinen »Cheez-Whiz«-Dip auf die Heizung – ein super Trick, auf den ich ganz zufällig gekommen war – und gegen neun, wenn der Käse genau die richtige Konsistenz hatte und schön warm und angeschmolzen war, machten wir uns mit Crackern und Reischips genüsslich darüber her.

Mit meiner Mitbewohnerin hatte ich das große Los gezogen. Jazza mit ihren großen Rehaugen, ihrer liebenswerten Besonnenheit, ihrer wunderbaren Gabe, selbst die kleinsten Dinge zu zelebrieren, ihrem unermüdlichen Streben danach, jedem so nett und unvoreingenommen wie möglich zu begegnen. Sie vermisste ihre Hunde und lange und heiß zu baden, und sie versprach mir, mich so bald wie möglich zu sich nach Hause einzuladen und mir ihr geliebtes Cornwall zu zeigen. Sie lag gern schon gegen halb elf mit einer Tasse Tee im Bett und las Jane Austen, hatte aber absolut kein Problem damit, wenn ich bis drei Uhr nachts im Internet surfte, verzweifelt versuchte, englische Literatur in mein Hirn zu stopfen, oder mich mit Französischaufsätzen quälte.

Wahrscheinlich retteten die neuen Vorschriften sogar meine Noten. Schließlich gab es außer Lernen nichts weiter zu tun. Freitag- und samstagabends tranken wir uns mit billigem Rotwein (mit dem uns Gaenor und Angela versorgten, die ihre Alkoholvorräte immer so gut versteckten, dass sie nie gefunden wurden) einen Schwips an und zogen anschließend kichernd von Zimmer zu Zimmer.

So verstrich der September. Ende des Monats wusste jeder auf unserem Stock über meine Cousine Diane, Onkel Bick und Billy Mack Bescheid und hatte mindestens einmal die Bilder meiner Großmutter im Negligé bestaunt. Ich dagegen erfuhr, dass Gaenor auf einem Ohr taub war, Eloise einmal in Paris auf der Straße überfallen worden war, Angela eine so empfindliche Haut hatte, dass sie ständig unter Ausschlag litt, und Chloé sich nicht für etwas Besseres hielt, sondern sich nur deswegen meistens lieber in ihr Zimmer am Ende des Flurs zurückzog, weil vor Kurzem ihr Vater gestorben war. Und wenn Jazza ein bisschen zu viel getrunken hatte, fing sie an, komplizierte Tanznummern mit ihrem Cello oder irgendeinem anderen Gegenstand zu performen.

Je näher der 30. September rückte, desto mehr wuchs der Unmut im Internat wegen der Ausgangssperre. Der Aufruf der Polizei an die Bevölkerung, entweder zu Hause zu bleiben oder nur in Gruppen auf die Straße zu gehen, führte nämlich dazu, dass die Stadt sich in eine einzige Partylocation verwandelte. Pubs boten zwei Getränke zum Preis von einem an, Wettbüros nahmen Wetten auf den Fundort der nächsten Leichen an. Der Fernsehsender BBC One ersetzte sein normales Abend- und Nachtprogramm durch Sondernachrichtensendungen, und auch die anderen Sender überboten sich gegenseitig darin, alles aus ihren Filmarchiven auszugraben, was mit Jack the Ripper und anderen Serienkillern zu tun hatte. Die Leute liebten es und veranstalteten zu Hause Fernsehpartys. Die Nacht des Doppelmordes entwickelte sich zu einem noch größeren Ereignis als Silvester. Alle fieberten ihr entgegen, alle würden dabei sein. Nur wir nicht.

Der Morgen des 29. September war wolkenverhangen und sah nach Regen aus. Ich trottete zum Speisesaal hinüber und humpelte ein bisschen, weil meine Hüfte bei einer der seltenen Gelegenheiten, in denen ich statt in meinem gepolsterten Ganzkörperkondom das Tor zu hüten auf dem Feld mitspielen durfte, eine kurze, aber heftige Begegnung mit einem fliegenden Hockeyball gehabt hatte. Wegen Jack the Ripper hatte ich mir bis dahin eigentlich keine besonders großen Sorgen gemacht. Für mich war er eher so etwas wie eine makabre Touristenattraktion, die nun mal zu London dazugehörte. Aber an diesem Tag bekam ich zum ersten Mal einen Eindruck davon, wie groß die Angst der Leute vor ihm tatsächlich war. Zum Beispiel hörte ich zufällig, wie eine Schülerin sagte, sie würde heute keinen Fuß vor die Tür setzen, und zwei andere Schülerinnen fuhren sogar für ein paar Tage nach Hause.

»Die Leute nehmen das Ganze ja richtig ernst«, meinte ich verblüfft zu Jazza.

»Da draußen läuft ein Serienmörder frei herum«, antwortete sie. »Natürlich nehmen die Leute das ernst.«

»Ja, schon. Aber mal ehrlich, wie hoch ist die Wahrscheinlichkeit, dass es ausgerechnet jemand von uns erwischt?«

»Ich wette, das haben die Opfer auch alle gedacht.«

»Trotzdem, was denkst du, wie hoch die Wahrscheinlichkeit ist?«

»Keine Ahnung. Eins zu mehreren Millionen?«

»Ein bisschen größer ist die Wahrscheinlichkeit schon«, sagte Jerome, der plötzlich hinter uns aufgetaucht war. »Es betrifft immerhin nur ein Viertel von London und nicht die ganze Stadt. Kann schon sein, dass in diesem Gebiet mehr als eine Million Menschen leben, aber der Ripper tötet nur Frauen, zumindest waren alle damaligen Opfer Frauen. Also halbiert sich ...«

»Du brauchst wirklich dringend ein neues Hobby«, unterbrach Jazza ihn und öffnete die Tür zum Speisesaal.

»Ich habe schon genügend Hobbys. Jedenfalls gehören Kinder oder Leute in unserem Alter nicht zur Zielgruppe des Rippers, deswegen bin ich mir ziemlich sicher, dass wir nichts zu befürchten haben. Bist du jetzt beruhigt?«

»Nicht wirklich«, antwortete Jazza.

»Tja, einen Versuch war es wert.«

Jerome trat zur Seite, um mir den Vortritt zu lassen. Wir reihten uns in die Schlange vor der Essensausgabe und hatten uns gerade mit unseren Tabletts hingesetzt und zu essen begonnen, als Mount Everest mit Claudia und Derek – dem Hausvorsteher von Aldshot – in den Speisesaal gestürmt kam.

»Welche Laus ist denen denn über die Leber gelaufen?«, raunte Jerome.

Die drei sahen tatsächlich ganz schön mitgenommen aus. Sie eilten zum Lehrertisch auf dem Podium und bauten sich davor auf – Everest in der Mitte, flankiert von Claudia und Derek, die wie Bodyguards die Arme vor der Brust verschränkt hatten.

»Ruhe, bitte!«, rief der Schuldirektor und klatschte in die Hände. »Ich habe euch etwas mitzuteilen.«

Es dauerte eine Weile, bis jeder im Speisesaal kapiert hatte, dass er den Mund halten sollte.

»Wie ihr sicherlich wisst«, begann er, »wird es heute Abend aufgrund der Ripper-Morde ein großes Polizeiaufgebot in London geben. Wir haben deshalb beschlossen, den Tagesablauf zu ändern und den Unterricht bereits um vier Uhr heute Nachmittag zu beenden, damit die Lehrer früher nach Hause kommen.«

Allgemeiner Jubel brach aus.

Everest hob die Hände und bat erneut um Ruhe. »Das Abendessen wird auf fünf Uhr vorverlegt«, fuhr er fort, »damit auch das Küchenpersonal rechtzeitig vor Einbruch der Dunkelheit den Weg nach Hause schafft. Nach dem Abendessen kehrt jeder von euch unverzüglich in sein Wohnheim zurück und bleibt dort. Alle anderen Gebäude auf dem Schulgelände sind tabu und werden abgeschlossen, auch die Bibliothek.«

Ein leises Aufstöhnen ging durch den Saal.

»Ich möchte, dass ihr euch über den Ernst der Lage im Klaren seid«, fügte Everest hinzu. »Jeder, der die Ausgangssperre missachtet und versucht, das Schulgelände zu verlassen, riskiert damit einen Schulverweis. Habt ihr mich verstanden?«

Er wartete, bis er ein widerwilliges, im Chor gebrummtes Ja zu hören bekam, und forderte anschließend die Aufsichtsschüler auf, sich sofort in seinem Büro einzufinden.

Jerome schob sich noch schnell einen letzten Bissen in den Mund, bevor er aufstand, und ich sah, wie auch Charlotte am anderen Ende des Tisches aufsprang.

»Ha!«, rief ich und stupste Jazza in die Seite. »Das heißt, dass heute Nachmittag das Hockeytraining ausfällt.« Ich sang euphorisch »Hockey fällt aus, Hockey fällt aus« und schlug mit meinem Löffel einen Trommelwirbel auf den Tisch.

Jazza schien meine Freude allerdings nicht teilen zu können.

»Ich wünschte, ich wäre auch nach Hause gefahren«, sagte sie und stocherte lustlos in ihrem Essen herum.

»Hey, das wird absolut super.« Ich griff nach ihrer Hand und schwenkte sie übermütig hin und her. »Kein Hockey! Außerdem bin ich mir sicher, dass heute eine neue Ladung ›Cheez-Whiz‹ eintrifft.«

Das war keine leere Versprechung. Ich hatte nämlich allen meinen Freunden zu Hause Bescheid gegeben, dass ich Nachschub brauchte, und rechnete fest damit, heute Nachmittag eine große Lieferung des köstlichen Käsedips in meinem Postfach vorzufinden. Aber nicht einmal die Aussicht auf »Cheez-Whiz« konnte die Sorgenfalten auf Jazzas Stirn glätten.

»Mir ist das alles irgendwie unheimlich«, sagte sie und rieb sich schaudernd die Arme. »Ich meine, ganz London befindet sich quasi im Ausnahmezustand, weil ein einzelner Mann die gesamte Stadt in Angst und Schrecken versetzt.«

Es war nichts zu machen. Jazza konnte der Sache einfach nichts Positives abgewinnen. Also aß ich schweigend meine Würstchen weiter und freute mich im Stillen über meinen hockeyfreien Nachmittag. Ein Glücksgefühl, das Jazza als leidenschaftliche Schwimmerin wahrscheinlich nie nachempfinden können würde.

11

Die Polizei bittet die Londoner Bürger, heute Abend besondere Vorsicht walten zu lassen. Es wird dringend empfohlen, sich möglichst nur zu zweit oder in Gruppen in der Öffentlichkeit zu bewegen und schwach beleuchtete Örtlichkeiten zu meiden. Vor allem sollten Sie nicht in Panik ausbrechen. Gestalten Sie Ihren Alltag so normal wie möglich und verhalten Sie sich nach der im Zweiten Weltkrieg ausgegebenen Parole >Ruhe bewahren und weitermachen< ...«

Wie vermutlich so ziemlich jeder in London – und wahrscheinlich dem Rest Welt – hatten wir uns vor dem Fernseher versammelt. Der Gemeinschaftsraum war gerammelt voll. Die meisten Schüler hockten über irgendwelchen Hausaufgaben oder hatten ihre Laptops auf den Knien und surften im Netz. Es würde mit Sicherheit noch Stunden dauern, bis die Nachrichtensendungen etwas Neues zu berichten hatten, also überbrückten sie die Zeit, indem sie immer wieder die Warnungen und Ratschläge der Polizei wiederholten.

Der Zeitplan des Rippers war zum Glück bekannt. Jeder wusste, wann er sozusagen die Stechuhr drücken und mit seinem grausigen Werk beginnen würde. Am 30. September 1888, in der Nacht des Doppelmordes, schlug er das erste Mal frühmorgens gegen Viertel vor eins in einer dunklen Gasse namens Berner Street zu, der heutigen Henriques Street. Das damalige Opfer hieß Elizabeth Stride, auch »Long Liz« genannt. Ihr war die Kehle durchgeschnitten worden, im Gegensatz zu den anderen Opfern war sie jedoch nicht ausgeweidet worden. Aus irgendeinem Grund hatte der Ripper vorzeitig von der Toten abgelassen und war zum mehr als einen Kilometer entfernten Mitre Square weitergeeilt. Dort ermordete er eine Frau namens Catharine Eddowes und verstümmelte sie schwer, und zwar innerhalb einer Zeitspanne von höchstens fünf oder zehn Minuten. Das wusste man deshalb so genau, weil um halb zwei ein Polizist den Mitre Square überquert und dabei nichts Ungewöhnliches festgestellt hatte. Erst als er eine Viertelstunde später denselben Weg wieder zurückging, stieß er auf den grausigen Fund.

Der Mitre Square lag nur ungefähr zehn Minuten zu Fuß von Wexford entfernt.

Allmählich begann die Furcht vor dem Ripper auch mich zu packen. Heute Nacht würden in unmittelbarer Nähe von mir zwei Menschen sterben. Und die ganze Welt, einschließlich uns, würde vor dem Fernseher sitzen und zusehen.

Die ersten Meldungen erreichten die Sender um 0:57 Uhr. Obwohl wir alle gewusst hatten, dass es so kommen würde, hielten wir entsetzt den Atem an, als der Nachrichtensprecher sich ans Ohr fasste und einen Moment lang schweigend der Regieanweisung lauschte.

»Soeben erreichen uns neue Informationen … *Auf der Davenant Street, einer Seitenstraße der Whitechapel Road, wurde vor wenigen Minuten die Leiche einer Frau gefunden. Wir warten noch auf genauere Einzelheiten, doch ersten, allerdings noch unbestätigten Berichten zufolge, lag die Tote auf einem Parkplatz. Die Polizei sucht die unmittelbare Umgebung derzeit in einem Umkreis von zwei Kilometern ab. Insgesamt zweitausend Polizei- und Kriminalbeamte sind im Moment in East London im Einsatz.*«

Es wurde eine interaktive Karte des Tatorts und seiner näheren Umgebung eingeblendet. Das betroffene Gebiet war rot eingekreist. Exakt in der Mitte dieses Kreises lag unsere Schule. Im Gemeinschaftsraum wurde es totenstill. Alle hielten inne und starrten entsetzt auf die Karte.

»*Wir können nun bestätigen, dass die Leiche in der Davenant Street auf einem kleinen Privatparkplatz aufgefunden wurde. Allerdings handelt es sich bei dem Opfer um einen Mann. Augenzeugen berichten, dass der Tote eine klaffende Halswunde aufwies. Auch wenn uns noch keine weiteren Details zu dem Fall vorliegen, kann zumindest festgehalten werden, dass dies mit der Vorgehensweise des Rippers übereinstimmt. Neben mir im Studio steht nun Dr. Harold Parker, Professor der Psychologie an der Universität London und beratender Mitarbeiter bei Scotland Yard.*«

Die Kamera schwenkte zu einem bärtigen Mann.

»*Dr. Parker, wie lautet Ihre erste Einschätzung zu den eben genannten Informationen?*«, fragte der Nachrichtensprecher.

»Nun«, begann Dr. Parker, »*auffällig ist natürlich, dass es sich bei dem Opfer um einen Mann handelt. Im Jahr 1888 waren die Opfer des Rippers ausnahmslos weibliche Prostituierte. Allerdings wies Elizabeth Stride, das dritte Opfer, als Einzige bis auf die durchschnittene Kehle keine weiteren Verstümmelungen auf. Sollte es sich bei dem heutigen Mord um eine Tat des neuen Ripper handeln, so deutet dies auf ein abweichendes Verhaltensmuster hin. Dieser Ripper schert sich nicht um Geschlecht oder Beruf seiner Opfer, sondern wählt …* «

»Ich kann mir das nicht länger anschauen«, sagte Jazza. »Ich gehe hoch aufs Zimmer.«

Sie sprang aus ihrem Sessel und stieg über die auf dem Boden sitzenden Schülerinnen. Ich wäre zwar gern noch ein bisschen sitzen geblieben, aber sie wirkte so aufgelöst, dass ich sie nicht allein lassen wollte.

»Einfach ekelhaft, wie die Medien sich auf die Sache stürzen«, schimpfte sie, während wir die Treppe hochstiegen. »Dabei geht es hier um ein grausames Verbrechen, aber alle führen sich auf, als wäre das Ganze nichts weiter als eine spannende Realityshow.«

»Mit den Berichten will man doch nur die Leute informieren und auf dem Laufenden halten«, entgegnete ich beschwichtigend.

»Deswegen muss ich mir den Mist trotzdem nicht anschauen.«

Meine sehnsüchtig erwartete »Cheez-Whiz«-Lieferung war leider noch nicht eingetroffen. Ich bot Jazza an, ihr einen Tee zu machen, aber sie lehnte dankend ab. Stattdessen setzte sie sich aufs Bett und begann, ihre Wäsche neu zu falten. Sie hatte da ihr ganz eigenes Prinzip und legte ihre Sachen lieber selbst noch einmal zusammen, wenn sie vom Wäschedienst, den das Internat einmal pro Woche zur Verfügung stellte, gebügelt und gefaltet zurückkamen. Ich setzte mich ebenfalls aufs Bett, holte meinen Laptop heraus und wollte ihn gerade aufklappen, als mein Handy klingelte. Jerome. Es war das erste Mal, das er mich anrief, seit ich ihm neulich in Kunstgeschichte meine Nummer gegeben hatte, damit wir uns für eine Projektarbeit verabreden konnten.

»Hey, ihr müsst unbedingt rüberkommen«, rief er aufgekratzt, kaum dass ich mich gemeldet hatte.

»Rüberkommen wohin?«

»Nach Aldshot. Wohin sonst? Wir schauen uns das ganze Spektakel vom Dach aus an.«

»Was?«

»Komm schon«, drängte er. »Von da oben hat man einen absolut genialen Blick.«

»Du bist total verrückt«, stöhnte ich.

»Wer ist dran?«, fragte Jazza.

Ich legte meine Hand über das Handy. »Jerome. Er will, dass wir nach Aldshot rüberkommen und mit ihm aufs Dach gehen.«

Sie seufzte »Du hast recht. Er *ist* total verrückt.«

»Jazza sagt, du bist ... «

»Ich hab's gehört. Aber ich bin nicht verrückt. Kommt zum

Hintereingang von Aldshot. Und keine Sorge, es kann euch niemand erwischen. Nach dem Abendessen haben sich alle im Wohnheim zurückgemeldet und sitzen jetzt in den Gemeinschaftsräumen vor der Glotze.«

Ich wiederholte, was er gesagt hatte. Jazza blickte kurz auf und legte dann kopfschüttelnd ihre Wäsche weiter zusammen. Sie hielt offensichtlich immer noch nicht sonderlich viel von dem Vorschlag. Ich teilte Jerome meine Beobachtung mit.

»Okay, hör zu«, entgegnete er. »Du sagst ihr jetzt Folgendes: ›Das traut sie dir nie im Leben zu, und genau deshalb solltest du ihr das Gegenteil beweisen.‹«

»Und was soll das heißen?«, fragte ich.

»Sag es einfach.«

Also tat ich ihm den Gefallen und hielt anschließend verblüfft inne. Die Worte hatten einen geradezu magischen Effekt auf Jazza. Durch ihren Körper ging ein Ruck und in ihre Augen trat ein entschlossenes Funkeln.

»Ich muss noch mal kurz weg«, hörte ich Jerome am anderen Ende der Leitung sagen. »Schick mir eine SMS, wann ihr kommt. So eine Gelegenheit bietet sich nur einmal im Leben. Wir können von da oben alles sehen, und niemand wird irgendwas davon erfahren, versprochen.«

Nachdem er aufgelegt hatte, schaute ich wieder zu Jazza rüber. Sie sah immer noch so aus, als würde sie unter einem Bann stehen.

»Was für eine Art von Voodoo-Zauber war das denn?«, fragte ich. »Wem sollst du was beweisen?«

»Charlotte«, antwortete Jazza. »Er wollte mir damit sagen, dass sie mich für einen Feigling hält und mir nie zutrauen würde, den Geheimausstieg zu benutzen.«

»Den Geheimausstieg?«

»Es gibt eine Möglichkeit, wie man unbemerkt das Wohnheim verlassen kann. Die Fenster in der Toilette unten sind vergittert, aber bei einem sind die Schrauben, die das Gitter halten, so locker, dass man nur ein bisschen daran drehen muss, um sie aus der Fassung zu lösen. Danach kann man das Gitter einfach zurückdrücken und rausklettern. Charlotte ist letztes Jahr auf die Idee gekommen und hat die Schrauben gelockert. Aber das können wir auf keinen Fall machen. Wir würden in hohem Bogen von der Schule fliegen.«

»Würden wir nicht«, entgegnete ich. »Mount Everest hat gesagt, dass jeder, der dabei erwischt wird, wie er das *Schulgelände* verlässt, einen Verweis riskiert. Wir haben aber überhaupt nicht vor, das Schulgelände zu verlassen.«

»Okay, er hat aber auch gesagt, dass wir in unseren Wohnheimen bleiben sollen und alle anderen Gebäude für uns tabu sind«, erwiderte Jazza, die die Stimme mittlerweile zu einem hektischen Flüstern gesenkt hatte. »Wenn sie uns dabei erwischen würden, wie wir nach Aldshot rüberschleichen, wäre das also genauso schlimm. Na ja, vielleicht nicht unbedingt genauso schlimm, aber immer noch schlimm genug ...«

Keine Ahnung, warum ich so versessen darauf war, gegen die Vorschriften zu verstoßen. Möglicherweise lag es ja daran, dass es irgendwie unbefriedigend war, den weiten Weg von Amerika nach England geflogen zu sein und dann einen Monat lang im Internat eingesperrt zu werden. Außerdem drängte alles in mir danach, Jerome zu sehen. Jerome mit seinen zerzausten Locken und seiner albernen Ripper-Besessenheit.

Jazza tigerte nervös zwischen Kommode und Schrank auf und ab. Ich spürte, dass sie kurz davor war zu kapitulieren, und beschloss noch ein bisschen nachzuhelfen.

»Wem würde unser Verschwinden am ehesten auffallen?«, fragte ich mit vielsagend hochgezogenen Augenbrauen. »Genau. Charlotte. Und sie wird ja wohl kaum so dumm sein, uns zu verpetzen. Schließlich ist sie diejenige gewesen, die das Gitter manipuliert hat, durch das wir rausschlüpfen wollen. Sie würde sich also gleich selbst mit ans Messer liefern.«

»Ihr trau ich alles zu«, meinte Jazza. »Außerdem müsste man ihr erst mal beweisen, dass sie die Schrauben gelockert hat.«

»Okay, da ist was dran. Aber trotzdem, Jaz. Du weißt doch, wie sie ist. Sie wird kochen vor Wut, wenn sie erfährt, dass du dich getraut hast, den Geheimausstieg zu benutzen, und sie nicht. Das ist deine Chance, allen zu beweisen, was du wirklich drauf hast.«

Jazza war hin- und hergerissen. Sie stand auf und starrte mit geballten Fäusten auf die Bücher in ihrem Regal.

»Na schön«, seufzte sie schließlich. »Ich bin dabei. Aber wir gehen sofort los, bevor ich es mir noch mal anders überlege. Schreib Jerome, dass wir in einer Viertelstunde da sind.«

Nachdem ich die SMS an ihn getippt hatte, zogen wir uns eilig um. Ich sprang in meinen Wexford-Jogginganzug, Jazza in ihre schwarze Yoga-Hose und einen dunklen Kapuzenpulli, dann banden wir unsere Haare zusammen und schlüpften in unsere Sneakers. Ich kam mir wie ein Feuerwehrmann vor, der zu einem Einsatz gerufen wurde.

»Warte«, sagte Jazza, als wir gerade das Zimmer verlassen wollten. »Wenn uns jemand in dem Aufzug sieht, weiß er sofort, dass wir irgendwas im Schilde führen. Lass uns lieber wieder unsere Pyjamas anziehen und uns unten auf der Toilette umziehen.«

Hektisch rissen wir uns die Sportsachen vom Leib, stopften sie in eine Tasche – mit einer Tasche gesehen zu werden war nicht weiter verdächtig, da wir hier ständig unsere Bücher und Laptops mit uns herumschleppten – und schlüpften wieder in die Pyjamas. Obwohl es nicht verboten war, eine Treppe hinunterzugehen, schlichen wir auf Zehenspitzen durchs Treppenhaus. Was völlig überflüssig war, denn das gesamte Wohnheim, einschließlich Claudia, saß wie gebannt vor dem Fernseher, sodass wir es schafften, unbemerkt an der Tür des Gemeinschaftsraumes vorbeizukommen und uns auf die Toilette am Ende des Flurs zu stehlen, die zum Glück nicht besetzt war. Wir zogen uns eilig in dem kleinen Vorraum um. Dann trat Jazza in die WC-Kabine, öffnete das Fenster und kletterte auf den Toilettendeckel, um im richtigen Winkel durch das Gitter greifen und die Schrauben lösen zu können.

»Ich hab sie«, flüsterte sie. »Okay, ich fang jetzt an sie rauszudrehen.«

Sie verzog vor Anstrengung das Gesicht. Einen Augenblick später hörte ich ein leises, kaum wahrnehmbares *Pling*, als die Schraube draußen zu Boden fiel.

»Die erste hätten wir.« Jazza verlagerte vorsichtig das Gewicht auf dem Klodeckel und nahm die zweite Schraube in Angriff. Das nächste *Pling* ertönte. Anschließend drückte sie den unteren Teil des Gitters so weit vom Fenster weg, bis die Öffnung groß genug für uns war, um uns hindurchzuquetschen.

Sie drehte sich zu mir um. »Bist du bereit?«

Ich nickte.

»Okay. Du zuerst.« Jazza stieg vom Klodeckel herunter. »Schließlich wolltest du unbedingt gegen die Regeln verstoßen.«

Ich kletterte auf den Deckel, steckte meinen Kopf nach draußen und atmete tief die kalte Londoner Nachtluft ein. Wenn ich jetzt aus diesem Fenster kletterte, riskierte ich, von der Schule geworfen zu werden. Aber wie hieß es so schön – *no risk, no fun*. Und wen interessierte schon, was wir trieben, wenn dort draußen ein Serienkiller umging? Wir würden außerdem nur schnell zum Jungenwohnheim rüberhuschen.

Während ich in Gedanken schon mal unsere »Aber wir haben das Schulgelände doch gar nicht verlassen«-Verteidigungsrede probte, kletterte ich auf die Fensterbank, schob meine Beine durch die Gitteröffnung und sprang. Der Sprung war kaum der Rede wert, es ging höchstens einen Meter in die Tiefe. Einen Augenblick lang fürchtete ich, Jazza würde einen Rückzieher machen, doch dann tauchte sie ebenfalls auf dem Sims auf und sprang mir hinterher.

Wir waren draußen.

12

Es war eine kühle, sternenklare Herbstnacht. Die Luft duftete herrlich frisch nach feuchtem Laub und Kaminholz. Es gab nur ein Problem: Wenn wir über den kleinen Platz zu Aldshot rüberlaufen würden, riskierten wir, von jemandem, der vielleicht gerade aus dem Fenster schaute, gesehen zu werden. Und die einzige andere Möglichkeit, um zum Hintereingang des Jungenwohnheims zu gelangen, war, die Straße zu benutzen, die außerhalb des Schulgeländes entlangführte und ein Umweg von etwa zehn Minuten bedeutete. Wir würden also doch massiv gegen die Vorschriften verstoßen müssen. Da wir aber nun mal schon so weit gekommen waren, beschlossen wir, die Sache bis zum Ende durchzuziehen.

Sobald wir Hawthorne hinter uns gelassen hatten und um die Ecke gebogen waren, verfielen wir in einen schnellen Laufschritt.

»Rory«, flüsterte Jazza ein bisschen außer Atem, »ist

das nicht total bescheuert, was wir hier machen? Nicht wegen der Schulvorschriften, die wir gerade brechen, sondern wegen dem Ripper. Was, wenn er genau in diesem Moment irgendwo hier draußen seinem nächsten Opfer auflauert?«

»Und wenn schon.« Ich blies in meine eiskalten Hände, um sie zu wärmen. »Wir gehen doch bloß kurz um die Ecke. Und wir sind zu zweit.«

»Es ist trotzdem nicht besonders klug, oder?«

»Denk einfach daran, dass du gerade etwas unglaublich Aufregendes erlebst – und Charlotte nicht. Wenn wir wirklich erwischt werden, behaupte ich einfach, ich hätte dich gezwungen. Mit vorgehaltener Waffe. Das kauft mir hier jeder ab. Schließlich bin ich Amerikanerin, und wir sind dafür bekannt, dass wir ständig eine Knarre mit uns rumschleppen.«

Wir liefen ein bisschen schneller und gingen eine kleine Wohnstraße entlang, die an das Schulgelände grenzte. Die meisten Fenster waren hell erleuchtet und durch manche sah man kleine Grüppchen von Leuten, die sich angeregt unterhielten und lachend zuprosteten. Fast überall lief der Fernseher und warf flackernd das mittlerweile vertraute leuchtend rotweiße Logo der BBC-Nachrichten in die Dunkelheit hinaus. Bei einem kleinen Schusterladen an der nächsten Ecke bogen wir links ab und legten die letzten Meter zum Hintereingang von Aldshot im Sprint zurück.

Bis auf das über dem Eingangsportal in den Stein gemeißelte »MÄNNER« unterschied sich das Jungenwohnheim in nichts von dem der Mädchen. Aber auch ohne diesen Hinweis hätte man sofort gewusst, dass das Gebäude von Jungs bewohnt wurde. In Hawthorne hingen in vielen Fenstern hübsche, von zu Hause mitgebrachte Vorhänge und auf den Simsen sah man vereinzelt Pflanzen oder sonstige Dekogegenstände stehen. Selbst das Licht, das dort aus den Fenstern schimmerte, sah anders aus, weil die Mädchen eigene Lampen aufgestellt hatten oder die Schirme mit farbigen Tüchern oder buntem Papier verschönert hatten. In Aldshot hingen ausnahmslos graue Vorhänge, die zur Ausstattung des Internats gehörten, und die Fensterbänke dienten als Sammellager für leere Flaschen und Dosen oder bestenfalls als Regalbrett für Bücher. Seltsam, dass zwei völlig identische Gebäude so verschieden aussehen konnten.

Ein paar Meter vor uns kam der Hintereingang in Sicht, der gleichzeitig einer der Notausgänge des Wohnheims war. Wir huschten über die Straße und schlichen an der Fassade entlang geduckt unter den Fenstern im Erdgeschoss vorbei. Die Feuerschutztür stand einen Spaltbreit offen, aufgehalten durch ein schmales Buch, das zwischen Tür und Rahmen klemmte.

»Wir haben es geschafft«, flüsterte Jazza, als wir im kalten, neonbeleuchteten Treppenhaus standen.

»Sieht so aus«, flüsterte ich zurück und schloss leise die Tür hinter uns.

»Und was jetzt?«

»Jetzt warten wir auf Jerome.«

»Ist aber kein besonders gutes Versteck hier.«

»Seh ich genauso.«

Leise näherten wir uns der Tür, die in die Eingangshalle von Aldshot führte. Von der anderen Seite drangen Fernsehergeräusche und Stimmen. Jazza und ich rückten ein bisschen enger zusammen, unschlüssig, was wir als Nächstes tun sollten, als sich ein Stockwerk über uns eine Tür öffnete und Jeromes Lockenkopf über dem Geländer auftauchte.

»Ich habe die Alarmanlage ausgeschaltet«, raunte er und winkte uns zu sich. »Eines der Privilegien, die man als Aufsichtsschüler genießt. Die anderen sitzen alle unten vor dem Fernseher.«

Er führte uns zwei Stockwerke höher zu einer weiteren Tür, die mit einem massiven Stahlriegel versehen war und an der ein großes rotes Warnschild hing, auf dem ACHTUNG ALARMGESICHERTE TÜR! stand. Jerome schob mit einem kräftigen Ruck den Riegel zurück und drückte die Tür auf. Das befürchtete Sirenengeheul blieb aus. Stattdessen standen wir auf dem großzügigen Dach des Jungenwohnheims in der klirrenden Kälte, über uns nichts als der sternenglitzernde Nachthimmel.

»Wahnsinn.« Jazza machte ein paar zögernde Schritte und schaute sich um. »Wir sind wirklich hier. Wir haben es tatsächlich getan.«

Einen Moment lang ließen wir uns von dem Freiheitsgefühl, das einen hier oben überkam, berauschen. Jazza hielt sich weiter in der Nähe der Tür auf, während Jerome und ich uns an den Rand des Dachs stellten und nach unten schauten. Wir hatten einen atemberaubenden Blick über den kleinen Platz, die Gebäude und die umliegenden Straßen. Überall brannte Licht.

Jede Straßenlampe, jedes Fenster, jedes Geschäft war hell erleuchtet. Die Hochhäuser der City of London, dem Londoner Bankenviertel in unserer unmittelbaren Nachbarschaft, wirkten wie Leuchttürme, die ihre Strahlen in die Nacht aussandten. Ganz London hielt Wache.

»Absolut genial, oder?«, sagte Jerome.

Ich nickte glücklich, und auf einmal wurde mir klar, dass ich genau aus diesem Grund hier war. Um Momente wie diesen zu erleben. Alles war einfach perfekt – die Aussicht, das warme Gefühl, etwas Außergewöhnliches mit meinen neuen Freunden zu teilen, die prickelnde, abenteuerverheißende Nachtluft.

»Ich gehe mal davon aus, dass wir hier oben sicher sind.« Jazza kam näher und schlang fröstelnd die Arme um sich. »Das Gebäude ist abgeschlossen und man kann nicht so einfach hier raufkommen. Außerdem sind überall Polizisten und Hubschrauber unterwegs.«

Sie deutete auf die Helikopter, die wie gigantische Libellen hoch über unseren Köpfen schwebten und mit ihren Scheinwerfern die Gegend absuchten. Die Schleppnetzfahndung war in vollem Gange.

»Das ist so ziemlich der sicherste Ort in ganz London«, bestätigte Jerome. »Vorausgesetzt, wir fallen nicht vom Dach.«

Ängstlich wich Jazza ein paar Schritte zurück. Ich lugte vorsichtig über die Dachkante. Jep. Wer hier hinunterstürzte, würde den Aufprall auf dem Kopfsteinpflaster wohl nicht überleben. Als ich mich wieder aufrichtete, steuerte Jazza gerade die andere Seite des Dachs an, und ich war allein mit Jerome.

»Und, hat es sich gelohnt?«, fragte er lächelnd.

»Bis jetzt schon.«

Er lachte leise. Dann trat er ein paar Schritte zurück, setzte sich und bedeutete mir, es ihm gleichzutun. »Nicht dass uns noch jemand hier oben sieht«, sagte er. »Außerdem ist es bald so weit.«

Ich hockte mich neben ihn auf den kalten Boden. Er war für alles gerüstet und hatte bereits mehrere Fenster auf seinem Laptop geöffnet, um die diversen Nachrichtenseiten über den Ripper im Auge behalten zu können.

»Du bist wirklich total angefixt von der Sache, oder?«, fragte ich.

Er dachte einen Augenblick nach, bevor er antwortete. »Ich finde es schrecklich, dass dabei Menschen bestialisch ermordet werden, aber ... dieser Fall wird definitiv in die Geschichte eingehen, und wenn mich später mal jemand fragt, wo ich damals gewesen bin, als das alles passierte, werde ich mich auf jeden Fall an diesen Moment zurückerinnern und erzählen können, dass ich an einem richtig coolen Ort gewesen bin. Nämlich hier auf dem Dach.«

Wie er so neben mir saß, den Wind in den Haaren, das Spiel von Licht und Schatten auf seinem Profil, sah ich ihn plötzlich mit neuen Augen. Ich hatte ihn als netten, leicht durchgeknallten Typen kennengelernt, aber er war viel mehr. Er war klug, er war abenteuerlustig, und er war Aufsichtsschüler, was schließlich etwas heißen musste. Ich mochte ihn. Und hatte das Gefühl, aus *mögen* wurde gerade mehr.

Jazza kam wieder zu uns rüber. »Was machen wir jetzt?«, fragte sie und setzte sich zu uns.

»Warten«, antwortete Jerome. »Catherine Eddowes wurde damals irgendwann in den frühen Morgenstunden zwischen zwanzig und viertel vor zwei umgebracht. Es kann also nicht mehr lange dauern.«

Es wurde 1:45 Uhr, 1:46, 1:47, 1:48, 1:49 ...

Die Nachrichtensprecher fingen an, sich in ihren Äußerungen zu wiederholen, die Einspieler zeigten die immer selben Aufnahmen von durch die Straßen patrouillierenden Streifenwagen. Es hatte etwas ziemlich Makaberes, wie wir hier saßen und darauf warteten, dass jemand starb. Als den Nachrichtenleuten die Synonyme für »Derzeit liegen uns keine weiteren Erkenntnisse vor« ausgingen, verlegten sie sich darauf, noch einmal den möglichen Tathergang und die Verletzungen des dritten Opfers zu beschreiben, die laut vorangegangenen, bestätigten Berichten eindeutig die Handschrift des Rippers trugen – auch wenn es sich in diesem Fall »nur« um eine durchschnittene Kehle handelte.

Es wurde zwei Uhr. Fünf nach zwei. Um zehn nach zwei stand Jazza auf, wippte auf den Zehenballen auf und ab und rieb sich fröstelnd die Arme. Mit jeder Minute, die verstrich, verflog auch der freudige Stolz darüber, dass sie sich getraut hatte, etwas Verbotenes zu tun.

»Ich will wieder zurück«, sagte sie schließlich. »Ich halte es hier oben nicht mehr länger aus.«

Jerome sah erst sie an, dann mich.

»Was ist mit dir? Bleibst du noch oder ...?«

»Nein.« Ich schüttelte bedauernd den Kopf, weil ich ehrlich gesagt gerne noch ein bisschen mit ihm auf dem Dach geblieben wäre, Jazza aber auf keinen Fall allein zurückgehen lassen wollte. »Wir machen uns lieber zusammen auf den Weg.«

»Tja, wird wohl das Beste sein.« In seiner Stimme schwang ein trauriger Unterton mit, der ein glückliches Kribbeln in meinem Bauch auslöste.

»Seid vorsichtig«, sagte er, als wir uns an der Feuerschutztür verabschiedeten. »Und schick mir eine SMS, wenn ihr gut angekommen seid.«

Ich musste lächeln. »Mach ich.«

Ein paar Sekunden später fiel die Tür hinter uns ins Schloss und wir standen wieder auf der Rückseite des Jungenwohnheims. Diesmal wollte ich auf keinen Fall den langen Umweg außerhalb des Schulgeländes nehmen. Nicht zuletzt aufgrund der Tatsache, dass sich der Ripper gerade irgendwo hier in East London herumtrieb. Der schnellste und sicherste Weg war der über den Platz. In unserem speziellen Fall war es aber auch der riskanteste, denn er erhöhte die Gefahr, dass wir erwischt wurden. Trotzdem glaubte ich, dass wir eine reelle Chance hatten.

Der Platz war zwar von Laternen beleuchtet, wenn wir uns jedoch im Schutz der Schatten werfenden Bäume nach Hawthorne rüberschlichen, könnten wir es schaffen. Selbst wenn Claudia in dem Moment aus dem Fenster schauen sollte, bräuchte sie schon eine Nachtsichtbrille, um uns im Dunkel der Bäume zu entdecken. Tatsächlich traute ich es Claudia sogar zu, dass sie eine Nachtsichtbrille besaß, aber sie war garantiert noch immer mit den anderen im Gemeinschaftsraum – der zudem nach hinten raus lag – und schaute Nachrichten.

Jazza starrte ebenfalls zum Platz hinüber und schien dieselben Überlegungen anzustellen wie ich.

»Sollen wir wirklich?«, fragte sie.

»Es sind höchstens fünfzehn Meter. Los, komm. Von Baum zu Baum, wie Spione!«

»Ich glaube nicht, dass echte Spione so vorgehen würden«, entgegnete sie skeptisch, folgte mir aber in Richtung des Platzes. Laub raschelte unter unseren Schuhen, als wir bizarre Haken schlagend geduckt von Busch zu Busch und Baum zu Baum huschten, bis wir die gegenüberliegende Seite erreicht hatten. Jetzt waren es nur noch ein paar Meter bis zum Wohnheim, und nachdem wir auch diese unbemerkt zurückgelegt hatten, schlichen wir unter den Fenstern entlang zur Rückseite des Gebäudes. Das Licht in der Erdgeschosstoilette war aus, was bedeutete, dass in der Zwischenzeit jemand dort gewesen sein musste, weil wir es angelassen hatten. Das lose Gitter vor dem Fenster schien jedoch niemandem aufgefallen zu sein, es ließ sich immer noch problemlos anheben. Ich machte eine Räuberleiter für Jazza und half ihr, sich unter dem Gitter hindurch am Fenstersims hochzuziehen und nach drinnen zu klettern. Ich wollte es ihr gerade gleichtun, als plötzlich jemand neben mir stand. Ein kahlköpfiger Mann in einem grauen Anzug, der ihm ein bisschen zu groß war.

»Sind Sie sicher, dass das eine gute Idee ist, was Sie da gerade tun?«, fragte er höflich.

Ich unterdrückte einen erschrockenen Aufschrei. »Oh ... also ... ähm«, stotterte ich, »das ist schon okay. Wir gehören zum Internat.«

»Aber eigentlich sollten Sie sich nicht hier draußen aufhalten, nehme ich an?«

Der Mann kam mir irgendwie bekannt vor. Ich wusste nur nicht, woher. Da war irgendwas an seinen Augen, der Glatze und seiner Kleidung. Und er hatte etwas Unheimliches an sich. Andererseits – welcher Mann, der plötzlich wie aus dem Nichts mitten in der Nacht neben einem siebzehnjährigen Mädchen steht und sie von der Seite anquatscht, wäre nicht unheimlich? Das war quasi die Definition von unheimlich.

Jazza erschien am Fenster.

»Wo bleibst du denn!«, wisperte sie und hielt mir ihre Hand hin.

»Gute Nacht, die Damen«, sagte der Mann und spazierte davon.

Ich schürfte mir beim Hochklettern das Knie an der Backsteinfassade auf und ließ mich – nachdem ich es auf den Sims geschafft hatte – leise stöhnend in die Kabine fallen. Dann setzten wir das Gitter an Ort und Stelle zurück, schlossen das Fenster und zogen uns eilig um. Ein paar Minuten später traten wir im Pyjama in die Eingangshalle hinaus und schlenderten mit unschuldigen Engelsmienen am Gemeinschaftsraum vorbei, in dem immer noch jede Menge Leute vor dem Fernseher saßen. Als ich einen kurzen Blick auf den Bildschirm warf, wurde am unteren Rand gerade **Bisher keine vierte Leiche gefunden** eingeblendet. Ich wollte Jazza, die auf ihren flauschigen Socken lautlos neben mir herglitt, gerade darauf aufmerksam machen, als eine laute Stimme zu uns rüberdröhnte.

»Na? Geht ihr schlafen?« Claudia stand am Schwarzen Brett und pinnte gerade einen Infozettel daran fest.

»Jep«, gab ich betont lässig zurück und täuschte ein Gähnen vor.

Jazza beschleunigte jedoch panisch den Schritt und machte Anstalten, die Treppe hochzurennen. Ich hielt sie unauffällig an ihrem Pyjamaoberteil zurück und raunte ihr ein »Cool bleiben« zu. Im Zimmer angekommen, tastete sich jede von uns im Dunkeln zu ihrem Bett, als würden wir verbotenerweise immer noch irgendwo draußen herumschleichen.

»Ich glaube ... es hat geklappt, keiner hat was gemerkt.« Ich warf mich aufs Bett, kroch unter die Decke und streckte dann die Beine in die Luft, sodass ich wie unter einem Zelt lag.

Auf Jazzas Zimmerseite war es mucksmäuschenstill. Plötzlich wurden meine Beine von einem Kissen getroffen und mein Zelt brach in sich zusammen. Jazza hatte einen starken Wurfarm. Ich hörte sie unterdrückt kichern und mit den Füßen strampeln. Sofort warf ich das Kissen zurück und sie kreischte leise auf, als es bei ihr landete.

»Ich bin tatsächlich auf diesem Dach gewesen«, flüsterte sie glücklich. »Ich hoffe, Charlotte erfährt es. Oh Mann, und wie ich es hoffe. Ich hoffe, sie erfährt es und erstickt daran.«

Auch ohne Licht wusste ich, dass sie lächelte. Ich kramte mein Handy hervor und schickte Jerome eine SMS.

Der Adler ist gelandet, schrieb ich. **Einsatz erfolgreich.**

Seine Antwort kam umgehend: **Roger.**

Dann schrieb er: **Immer noch keine Leiche.**

Gefolgt von: **Ist wohl gut versteckt.**

Und schließlich: **Wir sehen uns morgen.**

Was absolut überflüssig war, weil wir uns natürlich morgen sehen würden. So wie jeden Tag. Es war eine von diesen Floskeln, die man benutzte, um das Ende einer Unterhaltung hinauszuziehen. Ich beschloss, mich so zu verhalten, wie es gern in Flirttipps in Zeitschriften empfohlen wird – ich antwortete nicht darauf.

»Mit wem hast du eigentlich geredet, als wir vorhin durchs Toilettenfenster geklettert sind?«, fragte Jazza, während ich in Gedanken immer noch bei Jeromes SMS und meinem cleveren Schachzug war und dämlich vor mich hin grinste.

»Mit so einem Mann«, antwortete ich.

»Mit was für einem Mann?« Jazza richtete sich alarmiert im Bett auf.

»Na, mit dem Mann, der uns eine Gute Nacht gewünscht hat.«

»Seltsam. Ich habe da draußen niemanden gesehen oder gehört.«

Das war tatsächlich seltsam. Jazza hätte ihn auch bemerkt haben müssen.

»Wer war der Typ?«, hakte sie nach. »Jemand von der Schule?«

Ich zuckte mit den Achseln. »Keine Ahnung. Er stand einfach plötzlich neben mir.«

»Willst du mich auf den Arm nehmen? Mit so was macht man keine Scherze.«

»Tu ich auch nicht«, versicherte ich ihr und fügte, um sie zu beruhigen, hinzu: »Der Typ war total harmlos und ist wahrscheinlich einfach nur gerade zufällig da vorbeigegangen.«

Sie entspannte sich wieder und lehnte sich ins Kissen zurück. Dann fragte sie mit schelmischem Unterton: »Und du und Jerome?«

»Was meinst du?« Ich betrachtete die langen rechteckigen Lichtstreifen, die durch das Fenster an die Wand geworfen wurden. Wir hatten uns nicht die Mühe gemacht, die Vorhänge zuzuziehen.

»Du weißt genau, was ich meine. Bist du in ihn verliebt?«

»Er hat keine Annäherungsversuche gemacht.«

»Du lenkst ab, Rory.« Ich hörte förmlich, wie sie grinste. »Jetzt sag schon.«

»Ich denke noch darüber nach«, brummte ich.

»Denk lieber nicht zu lange darüber nach.« Sie warf kichernd das nächste Kissen in meine Richtung. Es prallte gegen die Wand über mir und landete auf meinem Gesicht.

»Keine Sorge«, klang meine Stimme dumpf unter dem Kissen hervor. »Die Gefahr besteht bei mir nicht.«

13

Am nächsten Morgen wurden wir brutal aus dem Schlaf gerissen, als jemand gegen unsere Tür hämmerte.

»Mach du auf«, nuschelte ich in mein Kissen. »Ich kann meine Beine nicht bewegen.«

Jazza kletterte stöhnend aus dem Bett und tapste Verwünschungen brummend zur Tür. Dort stand Charlotte, die in einen flauschigen blauen Bademantel gehüllt und hellwach war.

»Um sechs findet im Speisesaal eine Schulversammlung statt«, sagte sie. »Ihr habt zwanzig Minuten.«

»Eine Schulversammlung?«, wiederholte ich fassungslos.

»Ihr müsst nicht in Uniform erscheinen, nur pünktlich sein.«

Eine Schulversammlung in zwanzig Minuten, um sechs Uhr morgens, demnach war es jetzt ... Rechnen am Morgen, bringt Kummer und Sorgen ... fünf Uhr vierzig. Draußen hatte es gerade mal angefangen zu dämmern, und wir lagen erst seit drei oder vier Stunden im Bett.

»Was hat das zu bedeuten?« Ich suchte schlaftrunken nach meinen Schuhen.

»Keine Ahnung«, sagte Jazza und setzte, um Zeit zu sparen, ihre Brille auf, statt sich ihre Kontaktlinsen in die Augen zu fummeln.

»Also wenn du mich fragst, verstößt es gegen die Menschenrechte, um sechs Uhr morgens eine Versammlung abzuhalten«, schimpfte ich.

»Es muss irgendwas passiert sein.« Sie hielt erschrocken inne. »Oh Gott, Rory! Was, wenn sie herausgefunden haben, was wir gestern Abend gemacht haben?

»Komm schon, Jaz. Die halten doch nicht um sechs Uhr morgens eine Versammlung ab, nur um uns die Leviten zu lesen.«

»Bei denen kann man nie wissen.«

In der Eingangshalle sah es aus wie auf einem Zombietreffen. Alle schlurften mit triefenden Augen und leerem, verwirrtem Blick Richtung Ausgang. Ein paar Mädchen trugen ihre Uniform, aber die meisten waren in Jogginghose oder Pyjama unterwegs. Jazza und ich gehörten zur Pyjamafraktion. Um nicht zu erfrieren, hatten wir uns noch unsere Fleecejacken übergeworfen. Draußen herrschte die typisch englische nasskalte Witterung, an die ich mich inzwischen gewöhnt hatte und die heute sogar dazu beitrug, dass ich ein bisschen munterer wurde. So richtig wach wurde ich aber erst beim Anblick des Polizeiaufgebotes auf dem Schulgelände und dem weißen, von grellen Scheinwerfern umstellten Pavillon, der mitten auf der kleinen Grünfläche neben dem Platz stand und in dem Leute in weißen Schutzanzügen ein und aus gingen.

»Oh Gott.« Jazza griff nach meinem Arm. »Rory, das ist ... «

Offenbar handelte es sich bei dem weißen Pavillon um ein gerichtsmedizinisches Zelt, wie man es aus Krimis und den Nachrichten kennt. Die Erkenntnis traf uns alle wie ein Keulenschlag. Ein entsetztes Keuchen ging durch die Menge und als das Ganze in Hysterie umzuschlagen drohte, griff Claudia ein und dirigierte uns wie ein Fluglotse mit den Armen rudernd zum Speisesaal hinüber.

»Kommt schon, Mädchen«, rief sie, »geht weiter. Hier entlang!«

Gehorsam ließen wir uns von Claudia in die ehemalige Kirche führen, in der bereits großes Gedränge herrschte. Allen war die Bestürzung deutlich anzusehen. Es wurde laut durcheinandergeredet, hektisch hin und her gelaufen, viele der Schüler telefonierten mit ihren Handys oder tippten fieberhaft SMS. Fast das gesamte Lehrerkollegium war anwesend und saß bereits geschlossen und mit bedrückter Miene am Tisch auf dem Podium. Sobald alle im Saal versammelt waren, wurde die Eingangstür laut und vernehmlich geschlossen und Mount Everest versuchte sich mit beschwichtigenden Gesten und einigen »Ruhe bitte!« Gehör zu verschaffen, allerdings nur mit mäßigem Erfolg.

»Das ist Detective Chief Inspector Simon Cole«, rief er

über den Lärm hinweg. »Er hat euch etwas mitzuteilen, und ich möchte, dass ihr ihm eure ungeteilte Aufmerksamkeit schenkt!«

Der Mann in dem dunklen Anzug, der sich auf dem Podium nach vorn stellte, und mit ernstem Gesicht in die Runde blickte, war uns bereits aus den Medien bekannt. Er trug Zivil, wurde aber von zwei Polizisten in Uniform flankiert. Ihr Anblick sorgte augenblicklich für Ruhe. Das hier war keine Nachrichtensendung, sondern das echte Leben.

»Heute Morgen um Viertel nach zwei«, begann Chief Inspector Cole in nüchternem Tonfall, »wurde auf der Grünfläche des Schulgeländes eine Leiche aufgefunden. Wir gehen davon aus, dass die Tat im Zusammenhang mit den laufenden Ermittlungen steht, von denen Sie sicherlich schon gehört haben ...«

Er nahm das Wort »Ripper« nicht in den Mund. Das war auch nicht nötig. Eine Schockwelle ging durch den Raum. Jeder hielt kurz die Luft an, dann setzte leises Gemurmel ein, verstärkt vom Knarzen der Bänke, als die Schüler sich zueinander umdrehten und entsetzt ansahen.

»Ist das Opfer jemand aus Wexford?«, rief ein Junge.

»Nein«, antwortete der Chief Inspector. »Es ist niemand, der dem Internat angehörte. Aber das Schulgelände ist jetzt ein Tatort, deswegen muss ich Sie dringend bitten, den Platz und die angrenzende Grünfläche nicht zu betreten, solange die Spurensicherung und die gerichtsmedizinischen Untersuchungen laufen, was sicher noch einige Tage dauern wird.

Meine Kollegen und ich werden uns im Anschluss an diese Versammlung in der Bibliothek zur Verfügung halten, damit jeder von Ihnen, dem in der vergangenen Nacht irgendetwas Ungewöhnliches aufgefallen ist, seine Aussage bei uns machen kann. Berichten Sie uns alles, was Sie gehört oder gesehen haben, egal wie unbedeutend es Ihnen erscheinen mag. Leute, die Ihnen aus irgendeinem Grund aufgefallen sind, seltsame Geräusche – alles kann für unsere Ermittlungen von Bedeutung sein.«

An dieser Stelle meldete sich Mount Everest noch einmal zu Wort.

»Sollte jemand von euch heute Nacht gegen die Vorschriften verstoßen haben und sich deshalb nicht trauen, eine Aussage zu machen, so können wir ihm versichern, dass wir in diesem besonderen Fall von der sonstigen Vorgehensweise abweichen und der Verstoß keinerlei Konsequenzen nach sich ziehen wird. Ich habe der Polizei unsere vollste Unterstützung zugesichert, und erwarte, dass jeder von euch, der irgendetwas gesehen oder gehört hat, sein Wissen an die Polizei weitergibt. Das Schulgelände darf bis auf Weiteres nicht verlassen werden. Und damit die Beamten auf dem Platz draußen so ungestört wie möglich ihrer Arbeit nachgehen können, wird das Frühstück heute nicht im Speisesaal, sondern in den Wohnheimen eingenommen. Das Mittagessen findet dann wieder wie gewohnt hier statt. Und noch mal, niemand hat irgendetwas zu befürchten, wenn er mit der Polizei spricht und dafür zugeben muss, dass er gestern Nacht gegen die Schulvorschriften verstoßen hat.«

Wir waren entlassen. Leises und verwirrtes Gemurmel setzte ein, statt dem üblichen Gekicher und dem Sprücheklopfen, wie es sonst nach Schulversammlungen der Fall war. Es waren nur wenige Minuten vergangen, und doch war plötzlich alles anders. An der Tür zum Speisesaal hatten sich mittlerweile ein paar Polizeibeamte postiert, die uns beim Verlassen des Gebäudes aufmerksam musterten.

Dass ich von oben bis unten zitterte, merkte ich erst, als wir wieder in Hawthorne auf unserem Zimmer waren. Zuerst dachte ich, mir wäre kalt, aber es hörte einfach nicht auf, selbst dann nicht, als ich mich vor die Heizung setzte. Jazza ging es genauso. Sie hockte mit dem Rücken an den Heizkörper gelehnt auf ihrer Seite des Zimmers und hatte so eng wie möglich die Knie an die Brust gezogen.

»Was soll ich denn jetzt machen – wegen dem Typen von gestern Nacht, meine ich?«, fragte ich Jazza schließlich, nachdem wir eine Weile stumm vor uns hin gebrütet hatten.

Sie sah mich an, als überlegte sie, ob ich es tatsächlich ernst meinte.

»Jaz, der Mann stand direkt hinter mir und hat uns eine Gute Nacht gewünscht. Bist du sicher, dass du ihn nicht gesehen oder wenigstens gehört hast?«

»Ganz sicher«, antwortete sie. »Sonst würde ich es dir doch sagen.«

Ich biss mir auf die Lippe und ging die seltsame Begegnung noch einmal bis ins Detail in Gedanken durch. Nein. Es konnte eigentlich nicht sein, dass Jazza den Mann weder gesehen noch gehört hatte. Und ich war mir absolut sicher, dass ich mir das Ganze nicht bloß eingebildet hatte.

»Wahrscheinlich ist er mir einfach nicht aufgefallen, weil ich so nervös war und nur auf dich geachtet habe«, sagte sie nach einer Weile. »Wenn du das Gefühl hast, du solltest ... «

Sie verstummte. Vermutlich weil ihr bewusst geworden war, welche Konsequenzen das hätte. Dann schüttelte sie energisch den Kopf.

»Wenn du glaubst, dass das irgendwie wichtig ist, dann geh und sprich mit der Polizei, Rory«, fuhr sie fort. »Auch wenn das bedeutet ... «

»Sie haben versprochen, dass wir keine Schwierigkeiten bekommen.«

»Ja, schon, aber selbst wenn es so wäre, solltest du das nicht für dich behalten.«

Es dauerte ganze zehn Minuten, bis ich endlich genügend Mut zusammen hatte und in die Eingangshalle hinunterging. Bevor ich das Gebäude verlassen durfte, musste ich mich bei Claudia abmelden. Sie saß in ihrem Büro und unterhielt sich am Telefon lautstark mit einer Freundin über die Ereignisse der vergangenen Nacht.

»Ja, Aurora?«

»Ich ... ich habe etwas gesehen.«

Claudia sah mich einen Moment lang verständnislos an. »Du meinst, letzte Nacht?«, sagte sie schließlich.

»Genau.« Ich nickte unbehaglich.

»Tja«, meinte sie und bedachte mich mit einem unergründlichen Blick. »Dann solltest du wohl am besten gleich in die Bibliothek rübergehen.«

Draußen herrschte immer noch hektische Betriebsamkeit. Polizisten in neongrünen Warnwesten waren überall auf dem Gelände damit beschäftigt, blau-weißes Absperrband anzubringen und akribisch den Bereich um den Tatort nach Spuren abzusuchen. Vor dem Eingang der Bibliothek waren zwei uniformierte Polizisten stationiert, die mich an die Kollegen im Lesesaal verwiesen. Dort ging es zu wie in einer Einsatzsatzzentrale. An den Arbeitstischen saßen jede Menge Beamte in Zivil, Headsets an den Ohren und aufgeklappte Laptops vor sich. Ich wurde an einen der Tische geführt und gebeten, Platz zu nehmen. Kurz darauf erschien eine große schwarze Frau mit extrem kurzen Haaren und randloser Brille und setzte sich mir gegenüber. Ich schätzte sie auf ungefähr Mitte, Ende zwanzig, auch wenn der dunkelblaue Hosenanzug und die strenge weiße Bluse sie älter wirken ließen. Sie legte einen Stift und einige Formulare vor sich auf den Tisch.

»Ich bin Detective Inspector Young«, stellte sie sich höflich vor. »Und Sie sind?«

Ich nannte ihr meinen Namen.

»Amerikanerin oder Kanadierin?«, hakte sie nach.

»Amerikanerin.«

»Und Sie haben letzte Nacht etwas gesehen beziehungsweise gehört, das wichtig sein könnte?«

»Ich habe einen Mann gesehen«, antwortete ich.

Sie nahm ein Formular, befestigte es auf einem Klemmbrett

und hielt es so, dass ich nicht lesen konnte, was sie sich notierte.

»Einen Mann«, wiederholte sie. »Wann und wo war das?«

»Ich glaube, es war so kurz nach zwei Uhr ... vielleicht Viertel nach zwei. Als alle noch auf der Suche nach der vierten Leiche waren. Der vierte Mord hätte ja eigentlich so gegen Viertel vor zwei passieren sollen, oder? Jedenfalls haben wir noch ein paar Minuten gewartet, bevor wir uns auf den Rückweg gemacht haben ...«

»Auf den Rückweg? Von wo?«

»Wir hatten uns rausgeschlichen. Um kurz nach Aldshot rüberzugehen.«

»Wer ist wir? Wer war noch bei Ihnen?«

»Das Mädchen, mit dem ich mir das Zimmer teile.«

»Ihr Name?«

»Julianne Benton.«

DI Young machte sich erneut eine Notiz.

»Sie und Ihre Mitbewohnerin haben sich also aus dem Mädchenwohnheim geschlichen ...«

Ich hätte sie gern gebeten, etwas leiser zu sprechen, damit nicht gleich jeder mitbekam, was wir angestellt hatten. Aber um so etwas konnte man eine Polizeibeamtin wohl schlecht bitten.

»... und Sie haben kurz nach zwei Uhr morgens einen Mann gesehen. Ist das so richtig?«

»Ja.«

Wieder huschte ihr Stift über das Formular auf dem Klemmbrett.

»Und Sie sind sich ganz sicher, was die Uhrzeit angeht?«

»Ziemlich sicher«, sagte ich. »In den Nachrichten wurde ja ständig wiederholt, dass das vierte Opfer im Jahr 1888 um Viertel vor zwei aufgefunden worden war. Wir waren auf dem Dach und haben auf Jeromes Laptop die Nachrichten geschaut ...«

Sie runzelte die Stirn. »Jerome?«

Großartig. Jetzt hatte ich Jerome auch noch in die Sache mit hineingezogen.

»Jerome«, nickte ich. »Er wohnt in Aldshot.«

»Zu wievielt waren Sie denn nun genau?«

»Wir waren zu dritt«, sagte ich. »Jazza, Jerome und ich. Wir haben Jerome im Jungenwohnheim besucht und danach sind Jazza und ich wieder nach Hawthorne zurück.«

Das Notizenmachen ging weiter.

»Und um Viertel vor zwei haben Sie sich die Nachrichten angeschaut?«

»Richtig. Und als Sie ... ich meine ... als die Polizei gegen zwei immer noch keine Leiche gefunden hatte, haben wir vielleicht noch so zehn Minuten abgewartet, und dann wollte Jazza wieder nach Hawthorne, weil ihr das alles irgendwie nicht geheuer war. Also sind wir über den Platz zurückgelaufen und ...«

»Sie sind gegen zwei Uhr morgens über den Platz gelaufen?«

»Ja, Ma'am.« Ich schrumpfte auf meinem Stuhl zusammen.

Detective Inspector Youngs Gesicht nahm einen noch ernsteren Ausdruck an. Sie rückte enger an den Tisch heran und bedeutete mir mit einem Nicken fortzufahren.

»Wir waren gerade dabei, durch das Toilettenfenster ins

Wohnheim zurückzuklettern, als ein Mann um die Ecke kam und mich fragte, ob ich das, was wir da machten, für eine gute Idee halten würde – also durch das Fenster zu klettern. Und ich habe geantwortet, dass das schon okay sei, weil wir zum Internat gehörten. Er war irgendwie unheimlich.«

»Unheimlich? Inwiefern?«

Je mehr ich darüber nachdachte, desto weniger konnte ich erklären, was genau eigentlich an dem Mann so unheimlich gewesen war – abgesehen davon, dass er sich mitten in der Nacht auf dem Schulgelände aufgehalten hatte und so plötzlich neben mir aufgetaucht war. Irgendetwas an ihm hatte mich extrem irritiert und sofort den Gedanken in mir ausgelöst, dass er gar nicht hätte dort sein dürfen, dass mit ihm etwas nicht stimmte ... aber das war nur so ein Instinkt oder Gefühl und keine richtige Erklärung.

Von meinen Eltern wusste ich, dass Zeugenaussagen nicht immer unbedingt zuverlässig sind. Sobald einem Zeugen klar wird, dass er eventuell etwas beobachtet hat, das zur Aufklärung eines Verbrechens beitragen könnte, packt sein Gehirn die Buntstifte aus und fängt an, die Dinge in den schillerndsten Farben auszumalen. Es kreiert Verdachtsmomente und misst Dingen eine Bedeutung bei, die sie möglicherweise gar nicht haben. Die nächtliche Fehlzündung eines Autos wird zu einem Schuss umgedeutet. Der Typ, den man im Laden dabei beobachtet hat, wie er morgens um zwei Müllsäcke kauft, mutiert auf einmal zum potenziellen Mörder, der in seiner Badewanne eine Leiche zerstückelt hat, die er nun unbedingt loswerden muss.

Plötzlich glaubt man sich zu erinnern, wie verschwitzt und nervös er gewirkt hatte. Und waren auf seiner Hose nicht sogar frische Blutspritzer gewesen? Wenn sich solche Aussagen dann als falsch erweisen, kann man den Zeugen noch nicht einmal einen Vorwurf machen oder sie als Lügner bezeichnen, denn das alles geschieht völlig unbewusst. Das Unterbewusstsein passt unsere Erinnerungen ständig neuen Gegebenheiten an. Deshalb haken Polizisten und Anwälte auch so oft nach und pflücken jedes Detail auseinander – um sicherzustellen, dass der Zeuge sich ausschließlich an die Fakten hält.

Um es kurz zu machen, ich hatte das Gefühl, als Zeugin komplett zu versagen. Und das, obwohl ich als Tochter zweier Anwälte praktisch dafür geschult war. Was ich tatsächlich gesehen hatte, war ein Mann, der am Toilettenfenster vorbeiging. Punkt. Ob er etwas mit der Sache zu tun hatte oder nicht – keine Ahnung. Ja, er war mir unheimlich gewesen. Vielleicht sogar ein bisschen eklig. Fehl am Platz. Irgendwie falsch. Aber das entsprach alles nur meiner subjektiven Wahrnehmung.

Ich sah DI Young an und zuckte entschuldigend mit den Achseln. »Einfach nur … unheimlich.«

»Und was passierte dann?«, fragte sie.

»Er sagte noch irgendetwas von wegen, dass wir eigentlich gar nicht draußen sein dürften, und dann kam Jazza ans Fenster und half mir beim Reinklettern.«

»Und der Mann?«

»Ging weg.«

»Wie hat er ausgesehen?«, fragte sie.

»Ich weiß nicht … er war …«

Wie beschreibt man jemanden? Plötzlich wusste ich noch nicht einmal mehr das.

»Er trug einen Anzug, einen grauen Anzug. Und der war irgendwie komisch …«

»Was meinen Sie mit komisch?«

»Keine Ahnung. Er wirkte alt und …«

»Der Mann war also schon etwas älter?«

»Nein«, sagte ich hastig, »ich meinte seinen Anzug. Er sah irgendwie alt … modisch aus.«

»Das heißt, der Anzug war abgetragen?«

»Auch nicht.« Ich schüttelte den Kopf. »Er wirkte neu, aber trotzdem alt. So als ob … Tut mir leid, ich kenne mich nicht besonders gut mit Anzügen aus. Er sah jetzt nicht aus wie aus dem letzten Jahrhundert oder so, sondern eher wie die Dinger, die die Darsteller in *Frasier* oder *Seinfeld* anhatten. Sie wissen schon, diese Sitcoms aus den Neunzigern. Das Jackett war ziemlich lang und wirkte irgendwie, als ob es ihm zu groß wäre.«

Sie zögerte kurz, bevor sie die Aussage notierte.

»Okay, und wie alt würden Sie den Mann schätzen?«, fuhr sie geduldig fort.

Ich stellte mir Onkel Bick ohne Bart und zwanzig Kilo leichter vor. Das könnte ungefähr hinkommen. Onkel Bick war achtunddreißig oder neununddreißig.

»So Mitte, Ende dreißig vielleicht?«

»Und welche Haarfarbe?«

»Gar keine Haare, er hatte eine Glatze.«

Sie erkundigte sich nach jedem Detail. War er groß oder klein? Dick oder dünn? Trug er eine Brille? Hatte er einen Bart? Bis ich schließlich das Porträt eines glatzköpfigen Mannes mittleren Alters ohne Bart oder sonstiger besonderer Merkmale, von durchschnittlicher Größe und Gewicht, in einem altmodischen Anzug gezeichnet hatte. Und weil es zudem dunkel gewesen war und »verrückt« keine Augenfarbe ist, war meine Beschreibung wahrscheinlich nicht wirklich hilfreich.

»Bitte warten Sie hier einen Moment«, bat mich Detective Inspector Young und verschwand.

Ich schaute mich verstohlen um. Ein paar der Beamten, die in der Bücherei ihr Lager aufgeschlagen hatten, sahen interessiert zu mir rüber. Anscheinend war außer mir niemand gekommen, um eine Aussage zu machen. Als DI Young zurückkehrte, trug sie einen Regenmantel und hatte Detective Chief Inspector Cole im Schlepptau. Vorhin im Speisesaal, als er auf dem Podium stand, hatte er viel jünger gewirkt. Aus der Nähe betrachtet, konnte man viele kleine Fältchen um seine Augen sehen. Sein Blick war ruhig und fest.

»Wir möchten Sie bitten, uns die Stelle zu zeigen, an der Sie den Mann gesehen haben«, sagte DI Young.

Zwei Minuten später standen wir hinter dem Wohnheim und schauten zum Toilettenfenster hoch. Die Schrauben lagen immer noch auf dem Boden. Erst jetzt ging mir auf, dass wir das Gebäude damit für jedermann zugänglich hinterlassen hatten. Mir wurde ein bisschen mulmig.

»Okay«, sagte DI Young. »Dann zeigen Sie uns doch bitte ganz genau, wo Sie gestanden haben.«

Ich stellte mich unter das Fenster.

»Und wo war der Mann?«

»Ungefähr da, wo Sie jetzt stehen«, sagte ich.

»Ziemlich nah also. Höchstens drei Meter entfernt.«

»Ja.«

»Und wo befand sich Ihre Mitbewohnerin?« Es war das erste Mal, dass DCI Cole das Wort an mich richtete. Die Hände tief in seinen Manteltaschen vergraben musterte er mich aufmerksam.

»Sie war dort oben.« Ich zeigte auf das Fenster.

»Dann hat sie ihn also auch gesehen.«

»Nein«, antwortete ich. Das mulmige Gefühl verstärkte sich.

»Sie hat ihn nicht gesehen? Aber sie sagten doch gerade, dass sie direkt am Fenster stand?«

»Wahrscheinlich hat sie nur auf mich geachtet.«

DCI Cole nagte nachdenklich an seiner Oberlippe und blickte zwischen mir und dem Fenster hin und her. Dann nahm er DI Young ein Stück zur Seite, unterhielt sich einen Moment lang leise mit ihr und ging anschließend ohne ein weiteres Wort davon.

»Lassen Sie uns in die Bibliothek zurückkehren und das Ganze noch einmal durchgehen«, sagte Young.

Nachdem wir uns wieder gesetzt hatten, brachte mir jemand einen Kaffee und ein uniformierter Beamte, der mir nicht vorgestellt wurde, setzte sich zu uns und tippte alles, was ich sagte, in seinen Laptop. Diesmal gingen die Fragen noch mehr ins

Detail als zuvor. Wie waren wir aus dem Gebäude hinausgekommen? Hatten wir etwas getrunken? Hatte uns jemand hinausgehen sehen?

»Wir würden gern ein digitales Fahndungsfoto erstellen«, sagte DI Young schließlich. »Wissen Sie, was das ist?«

Ich schüttelte müde den Kopf.

»Das ist ein modernes Phantombild eines Verdächtigen, das mithilfe einer Zeugenaussage digital erstellt wird. Sie haben so etwas bestimmt schon einmal in den Nachrichten gesehen. Dazu gehen wir Ihre Aussage jetzt noch einmal Stück für Stück durch, und Sie berichten uns jede Einzelheit, an die Sie sich erinnern. Die Daten geben wir in den Computer ein, und das Programm konstruiert daraus das digitale Bild eines Gesichts. Anschließend wird es so lange bearbeitet und nachgebessert, bis es dem Mann ähnelt, den Sie gesehen zu haben glauben. In Ordnung?«

Mich störte die Formulierung »gesehen zu haben glauben«, aber ich nickte. Auch wenn ich mir sicher war, dass mir der Kopf platzen würde, wenn wir das Ganze noch mal durchkauen würden. Je länger ich darüber redete, desto unwirklicher erschien mir alles. Es war jedoch klar, dass sie mich erst gehen lassen würden, wenn auch dieser Punkt abgehakt war. Also gingen wir es ein drittes Mal durch und konzentrierten uns diesmal ausschließlich auf das Aussehen des Mannes. Sie wollten alles bis ins letzte Detail wissen – wie groß seine Augen waren (normal groß), wie sein Blick wirkte (durchdringend), ob er Falten hatte (nein), die Größe seines Mundes (normal), die Form seiner Augenbrauen (leicht geschwungen), sein Gewicht (normal, eher zu dünn). Erst als es um seine Hautfarbe (hell) ging, fiel mir etwas Ungewöhnliches ein.

»Er hatte eine ... gräuliche Gesichtsfarbe. Irgendwie blass, so als wäre er krank.«

»Also ein weißer Mann von auffallend blasser Hautfarbe?«

Das traf es nicht ganz. Seine Haut und seine Augen hatten irgendwie nicht zusammengepasst ... oder anders ausgedrückt, seine Augen waren so hell und klar aus seinem Gesicht herausgestochen, dass alles andere an ihm in den Hintergrund gerückt war.

Als das Phantombild schließlich fertig war, starrte uns vom Bildschirm ein erwachsener, ziemlich böse dreinblickender Charlie Brown an.

»Ich denke, das reicht für heute«, seufzte DI Young resigniert. »Sie können ins Wohnheim zurück, ich muss Sie jedoch bitten, sich zu unserer Verfügung zu halten und das Schulgelände auf keinen Fall zu verlassen.«

Draußen war es mittlerweile helllichter Tag. Auf dem Gelände drängten sich mehrere Übertragungswagen von diversen Fernsehsendern, dazwischen liefen Polizisten in neonfarbenen Windjacken hin und her, forderten die Fahrer zum sofortigen Verlassen des Grundstücks auf und scheuchten immer wieder die Kamerateams vom Platz. Als eine Reporterin mich entdeckte, kam sie geradewegs auf mich zugerannt und hielt mir ihr Mikro unter die Nase.

»Haben Sie gerade mit der Polizei gesprochen? Haben Sie

etwas gesehen, das zur Aufklärung des Falls beitragen könnte?«, schoss sie ihre Fragen auf mich ab.

»Ich hab bloß einen Mann gesehen«, murmelte ich.

»Sie haben jemanden gesehen?«

»Ich ... «

»Was genau haben Sie gesehen?«

Plötzlich wurden zwei Kameras auf mich gerichtet und als ich gerade zu einer Antwort ansetzen wollte, kamen zwei Polizistinnen auf uns zugeeilt.

»Schluss damit!«, fuhr eine der beiden das Filmteam an und verdeckte die Kameralinsen mit ihren Händen. »Sie hören jetzt sofort auf zu filmen und händigen uns die Aufnahmen aus ... «

»Es ist unser Recht ... «

»Und Sie«, sagte die andere Polizistin an mich gewandt, »gehen auf der Stelle in Ihr Wohnheim zurück.«

Ich floh förmlich in Richtung Hawthorne, doch die Kameras blieben mir auf den Fersen und die Reporterin rief mir hinterher: »Wie ist Ihr Name? Sagen Sie uns doch bitte, wie Sie heißen!«

Ich antwortete nicht. Claudia erwartete mich schon an der Eingangstür und diesmal war ich sogar froh, sie zu sehen. Ich rettete mich ins Innere des Gebäudes und versuchte mir lieber nicht vorzustellen, wie die auf mich gerichteten Fernsehkameras meinen in einem Alligator-Pyjama steckenden Hintern für die Nachwelt festhielten.

14

Jazza tigerte unruhig in unserem Zimmer auf und ab, als ich zurückkam. Sie umklammerte ihre schweinchenrosafarbene Miss-Piggy-Tasse, die sie nur in extremen Stresssituationen hervorholte.

»Da bist du ja endlich!«, rief sie. »Wie ist es gelaufen?«

»Ganz okay«, antwortete ich. »Die haben nur jede Menge Fragen gestellt.«

Jazza hakte nicht nach, ob ich der Polizei auch von ihr erzählt hatte, sondern winkte mich stattdessen zu sich ans Fenster.

»Schau dir an, was da draußen los ist. Ich kann es immer noch nicht fassen.«

Wir knieten uns auf das unbenutzte dritte Bett, das wir unter das mittlere Fenster geschoben hatten und als Sofa benutzten, und beobachteten durch die regennasse Scheibe das hektische Treiben auf dem Platz unten. Vor dem weißen Zelt herrschte reges Kommen und Gehen, noch mehr Scheinwerfer waren aufgestellt, noch mehr Absperrband war angebracht worden.

Die nächsten Stunden verbrachten wir damit, das Geschehen zu verfolgen und machten zwischendurch immer wieder eine kleine Teepause. Weil man von unserem Zimmer den besten Blick auf den Platz hatte, kam ständig jemand von den anderen Mädchen herein und drückte sich ebenfalls die Nase am Fenster platt. Wir waren sozusagen live dabei, was natürlich tausendmal interessanter war, als im Gemeinschaftsraum zu hocken und die Ereignisse in den Nachrichten zu verfolgen. Bis die Polizei dem Ganzen schließlich ein Ende bereitete, die Medienmeute des Platzes verwies und das Schulgelände großräumig absperrte. Das Internat verwandelte sich in eine von Kamerateams belagerte Festung.

Irgendwann zogen wir doch in den Gemeinschaftsraum um und drängten uns mit den anderen vor dem Fernseher. Die Nachrichten setzten uns über einige neue Fakten ins Bild. Beim letzten Opfer handelte es sich erneut um eine Frau. Ihr Name war Catherine Lord. Sie hatte in einem Pub in der City gearbeitet und war zuletzt gesehen worden, als das Lokal gegen Mitternacht schloss. Ein Kollege hatte sie noch zu ihrem Wagen begleitet. Die Aufnahmen diverser Überwachungskameras zeigten, wie sie statt sofort nach Hause zu fahren, den Tatort des vierten Mordes ansteuerte. Sie hatte ihr Auto drei Straßen von Wexford entfernt abgestellt, doch obwohl die Kameras sie beim Verlassen ihres Wagens gefilmt hatten, konnte sich niemand erklären, was sie vorgehabt hatte oder was ihr Ziel gewesen war. Es wurde ein Foto von ihr eingeblendet, das vor der Tat am frühen Abend aufgenommen worden war. Catherine Lord war eine Schönheit mit glänzenden rotblonden Haaren gewesen, die auf dem Bild nicht viel älter aussah als wir. Sie hatte ein weißes Kleid im viktorianischen Stil getragen, mit einem engen Mieder und jeder Menge Spitzenbesatz, da das Pub, in dem sie arbeitete, an dem Abend eine Ripper-Nacht veranstaltet und seine Mitarbeiter mit entsprechenden Kostümen ausgestattet hatte. Die Nachrichten konnten dieses Detail nicht oft genug hervorheben – ein hübsches junges Mädchen in einem viktorianischen Kleid als perfektes Opfer.

Und dieses junge Mädchen war direkt vor unserer Tür gestorben. Möglicherweise lag sie immer noch da unten in dem weißen Zelt. Nur dass das Kleid nun bestimmt nicht mehr weiß war.

»Julianne«, Claudia tauchte plötzlich in der Tür auf, »kannst du bitte mal kurz kommen?«

Jazza warf mir einen fragenden Blick zu, bevor sie das Zimmer verließ. Als wir einen Moment später zum Essen in den Speisesaal geführt wurden, war sie immer noch nicht zurück. Draußen goss es in Strömen, was jedoch nichts an der Geschäftigkeit auf dem Schulgelände änderte. Die von der Polizei verscheuchten Presseleute standen jetzt dicht gedrängt am Ende der Straße und wurden von ein paar Beamten in Schach gehalten. Als sie uns vor die Tür treten sahen, machten sie durch eifriges Winken auf sich aufmerksam und baten uns, näher zu kommen. Die Schulleitung hatte offensichtlich mit so etwas gerechnet und ein paar Lehrer draußen postiert, die darauf aufpassten, dass niemand von uns, der vielleicht mit einem Fernsehauftritt liebäugelte, ausbüxste. Es war uns lediglich gestattet, vom Wohnheim aus den Speisesaal oder die Bibliothek aufzusuchen. Jeder Versuch, eine andere Richtung einzuschlagen, wurde mit rudernden Armbewegungen und einem strengen »Hier geblieben!« unterbunden.

Das Küchenpersonal hatte sich ganz besonders ins Zeug gelegt und nicht nur für uns Schüler und die Lehrer gekocht, sondern auch für die polizeilichen Einsatzkräfte. Kannen mit Tee und Kaffee und Tabletts mit Muffins und Sandwichs standen zusätzlich zum normalen Mittagessen bereit. Das bestand heute aus verkochten Nudeln in einer rosafarbenen Soße, einer Art Eintopf mit Lammfleisch und Erbsen und einem Riesenberg Hamburgern. Lustlos legte ich mir einen auf den Teller, nur um etwas auf dem Tablett zu haben. Als ich mich damit auf die Suche nach einem freien Platz machte, entdeckte ich Andrew und Jerome, die bereits im hinteren Teil des Speisesaals saßen und mich zu sich winkten.

»Wo ist Jazza?«, wollte Andrew wissen.

»Claudia hat sie, kurz bevor wir zum Essen abgeholt wurden, zu sich gebeten.«

Jerome, der mich sonst immer wegen meines vollen Tabletts aufzog, warf einen stirnrunzelnden Blick auf den unberührten Hamburger und sah mich dann prüfend an. Bestimmt war er längst zu dem Schluss gekommen, dass wir genau zu dem Zeitpunkt den Platz überquert haben mussten, als der Mord geschehen war. Dass mir darüber hinaus noch etwas anderes zusetzte, ließ sich wohl an meiner offensichtlichen Appetitlosigkeit ablesen.

Einen Augenblick später stieß auch Jazza zu uns.

»Alles klar?«, fragte Jerome.

»Sicher«, antwortete sie mit gespielter Unbekümmertheit. »Alles bestens.«

Als die Mittagspause zu Ende war, wurden wir wie eine Schafherde in unsere Wohnheime zurückgetrieben, und zwar die Mädchen zuerst. Draußen war die Situation unverändert. Die Spurensicherung schien Verstärkung bekommen zu haben, denn mittlerweile parkte noch ein dritter Laborwagen auf dem Gelände. Außerdem suchten ungefähr dreißig Polizisten in Regenjacken, die eine lange Reihe gebildet hatten, Schritt für Schritt die Grünfläche ab, den Blick konzentriert zu Boden gerichtet.

Jazza und ich eilten hinter den anderen her auf Hawthorne zu, als plötzlich ein uniformierter Polizist vor uns auftauchte. Er war groß, trug eine schwarze stylishe Brille, hatte ein schmales Gesicht mit hohen Wangenknochen und sah extrem jung aus. So als wäre der Polizeihelm, die leuchtend grüne Warnweste und alles, was ihn sonst noch als Polizisten auswies, nur eine Verkleidung. Seine bis über die Ohren reichenden schwarzen Haare, das jugendliche, unverbrauchte Gesicht und die leichte Nervosität, die er ausstrahlte, verstärkten den Eindruck noch.

»Miss Deveaux?« Seine Stimme war überraschend tief, und er betonte meinen Namen an genau der richtigen Stelle, als spräche er französisch. Aus seinem Mund klang er sogar tausendmal eleganter als aus meinem.

»Ähm ... « Offensichtlich hatte ich einiges an Wortgewandtheit eingebüßt, seit ich heute Morgen das Bett verlassen hatte. Meine Antwort schien ihn allerdings ohnehin nicht zu interessieren, denn er wusste anscheinend genau, wer ich war, und schob sofort die nächste Frage hinterher.

»Und Sie sind Julianne Benton? Ihre Mitbewohnerin?«

Jazza nickte eingeschüchtert.

»Sie waren letzte Nacht gegen zwei Uhr auf dem Schulgelände unterwegs, ist das richtig?«

»Ja«, antworteten Jazza und ich gleichzeitig.

Sein Blick wanderte wieder zu mir. »Und Sie haben dort einen Mann gesehen?«

»Ja, aber das habe ich doch schon ...«

»Und Sie nicht«, sagte er an Jazza gewandt. Es war keine Frage, sondern eine Feststellung. »Sind Sie sich sicher, dass Sie ihn nicht gesehen haben?«

»Ich ... ähm ... ja, ganz sicher.«

»Obwohl er direkt vor Ihnen stand?«

»Ich ... nein, ich habe ... nein ...«, stammelte Jazza verunsichert. Der Typ redete mit ihr, als wäre sie gerade durch eine wichtige Prüfung gefallen.

»Sprechen Sie auf keinen Fall mit den Medien darüber. Sollte jemand von der Presse versuchen, sich Ihnen zu nähern, dann gehen Sie einfach weg. Nennen Sie auf keinen Fall Ihren Namen. Und erzählen Sie nichts von dem, was Sie heute Morgen bei der Polizei ausgesagt haben. Wenn Sie Hilfe brauchen, rufen Sie diese Nummer hier an.«

Er gab mir eine Karte mit einer Handynummer.

»Sie erreichen uns Tag und Nacht«, sagte er. »Und kontaktieren Sie uns bitte umgehend, sollten Sie den Mann noch mal sehen, selbst dann, wenn Sie sich nicht sicher sind, ob er es wirklich ist.«

Nachdem er sich mit einem Nicken von uns verabschiedet hatte, liefen Jazza und ich ins Wohnheim und rannten schnurstracks auf unser Zimmer.

»Was war los? Warum hat Claudia dich zu sich gebeten?«, fragte ich, sobald ich die Tür hinter uns geschlossen hatte.

»Die Polizei wollte auch mit mir über gestern Nacht sprechen und wissen, was wir gemacht haben. Ich habe ihnen erzählt, wie wir uns zum Jungenwohnheim geschlichen haben und hoch aufs Dach sind, aber das hat sie im Grunde überhaupt nicht interessiert. Es ging ihnen bloß darum, alles über diesen Mann zu erfahren, nur, den habe ich ja nicht gesehen ... Ich weiß doch selbst nicht, wie das sein kann, aber was anderes konnte ich ihnen nun mal nicht sagen. Sie haben trotzdem immer weiter gebohrt und ... Oh Gott, das ist alles so schrecklich.« Das Gesicht in den Händen vergraben ließ sie sich auf ihr Bett fallen.

»Hey, ist schon okay.« Ich setzte mich neben sie und strich ihr beruhigend über den Rücken. »Du hast alles richtig gemacht. Außerdem haben sie uns versprochen, dass wir keine Schwierigkeiten bekommen werden.«

»Das ist mir mittlerweile total egal. Aber ich verstehe einfach nicht, wieso ich ihn nicht gesehen habe. Und was hatte es mit diesem komischen Typen von vorhin auf sich? Dem Polizisten, meine ich. Hast du den nicht auch total seltsam gefunden? Der sah gar nicht aus wie ein Polizist und war vielleicht höchstens zwei, drei Jahre älter als wir. Kann man in dem Alter überhaupt schon Polizist sein?«

Jazza hatte recht. Er hatte tatsächlich noch ziemlich grün hinter den Ohren gewirkt und mit seiner coolen Designerbrille und der gepflegten Gesamterscheinung ganz und gar nicht wie ein Polizist ausgehen. Polizisten sahen ... keine Ahnung ... einfach anders aus.

Jazza nahm mir die Karte mit der Telefonnummer aus der Hand und betrachtete sie nachdenklich.

»Eine Handynummer«, murmelte sie. »Müsste auf der Visitenkarte eines Polizisten nicht auch eine Festnetznummer stehen oder die der Telefonzentrale? Außerdem, wenn man dringend Hilfe braucht, kann man doch auch gleich die 999 wählen. Ich wette, der Typ ist in Wirklichkeit Reporter und hat sich als Polizist verkleidet, um an uns ranzukommen.«

Das mulmige Gefühl in meinem Bauch wurde immer stärker und ich begann, nervös auf und ab zu gehen.

»Ich glaube, du solltest noch mal in die Bibliothek gehen und erzählen, was gerade passiert ist«, sagte Jazza.

»Ich will jetzt aber nicht schon wieder da raus«, stöhnte ich.

Wir grübelten eine Weile schweigend vor uns hin, bis Jazza schließlich mit entschlossener Miene vom Bett aufstand.

»Wenn Claudia uns im Verdacht hat, ausgebüxt zu sein, hat sie garantiert ihrem Liebling Charlotte davon erzählt.«

»Und? Charlotte weiß doch nicht, dass wir uns aus dem Wohnheim geschlichen haben.«

»Aber sie weiß über das lose Gitter vor dem Toilettenfenster Bescheid, ist immerhin ihre Idee gewesen. Los, komm mit.«

Ich folgte Jazza die Treppe hinunter, wo sie die kleine Toilette in der Eingangshalle anstrebte. Dabei huschte sie auf Zehenspitzen voran und blickte sich ständig nervös nach allen Seiten um. Vermutlich wollte sie sich besonders vorsichtig anschleichen, aber ihre Bewegungen erinnerten eher an ein ängstliches, Haken schlagendes Kaninchen auf der Flucht. Nachdem sie sich vergewissert hatte, dass niemand auf der Toilette war, schlüpfte sie hinein, steuerte geradewegs auf das Fenster in der Kabine zu, öffnete es und rüttelte am Gitter. Es rührte sich nicht von der Stelle.

»Ich hasse sie«, zischte Jazza, während sie das Fenster wieder zumachte.

Ich hatte so meine Zweifel, ob es wirklich Charlotte gewesen war, die das lose Gitter entdeckt und die Schrauben wieder festgezogen hatte. Aber Jazza brauchte Charlotte irgendwie als Sündenbock, um ihr inneres Gleichgewicht wieder herzustellen. Sie wollte jemandem die Schuld geben können, falls wir wegen der Sache doch noch Schwierigkeiten bekommen würden, und ich war froh, dass nicht ich diejenige war.

»So«, sagte sie plötzlich wieder die Ruhe selbst, »statt uns aufzuregen, trinken wir jetzt erst mal eine schöne Tasse Tee.«

Als wir wieder im Zimmer waren, griff Jazza sich zwei Teebecher aus dem Regal über ihrem Schreibtisch und fischte zwei Teebeutel aus ihrer Dose mit dem Tee für besondere Anlässe. Ich ließ sie machen, kuschelte mich, angezogen wie ich war, in meinen Morgenmantel und stellte mich ans Fenster. Die Polizisten suchten immer noch akribisch die Grünfläche und den Bereich um das weiße Zelt ab und schienen dabei jeden einzelnen Grashalm unter die Lupe zu nehmen.

Mir kam es vor, als läge die vergangene Nacht bereits Jahre zurück.

Ich ließ den Blick weiterschweifen und da sah ich auf einmal den seltsamen jungen Polizisten vor unserem Wohnheim stehen und zu unserem Fenster hochstarren. Jazza hatte recht. Der Typ war nie und nimmer Polizist. Und trotzdem stand er völlig unbehelligt inmitten des riesigen Polizeiaufgebotes auf dem Schulgelände herum. Dabei hätte man doch denken müssen, dass es den anderen auffallen würde, wenn sich ein Hochstapler unter ihnen befand. Ich schaute ihm direkt in die Augen. Er sollte wissen, dass ich ihn gesehen hatte. Ertappt drehte er sich um und ging eilig davon.

15

Das weiße Zelt blieb auch den ganzen Sonntag über auf dem Platz stehen. Abends wurde es vom gleißenden Licht Dutzender Scheinwerfer angestrahlt und leuchtete in der Dämmerung wie ein Mahnmal. Die Pressemeute lauerte ebenfalls nach wie vor auf ihrem Beobachtungsposten hinter der Absperrung und verfolgte mit Argusaugen jede Bewegung auf dem Gelände. Die Schulleitung hatte in einer Rund-Mail noch einmal versichert, dass das Internat weiterhin der sicherste Ort der Welt sei, auch wenn dort gerade eine Mordermittlung im Gang war, und dass man dafür gesorgt hätte, dass jeder, den die Situation emotional zu sehr mitnahm, psychologische Hilfe in Anspruch nehmen könnte.

Die Schüler waren zum Teil tatsächlich ganz schön durch den Wind, aber ihr Umgang damit war ziemlich merkwürdig. Zu Hause in Louisiana wäre man sich immer wieder weinend in die Arme gefallen und hätte sich gegenseitig getröstet. Hier in Wexford dagegen war man geradezu hartnäckig darauf bedacht so zu tun, als sei nichts passiert. Eloise zum Beispiel saß die ganze Zeit kettenrauchend in ihrem Zimmer und las französische Romane. Charlotte patrouillierte wie ein Wachhund über den Flur und steckte immer wieder ihren aufgetürmten roten Haarschopf in die Zimmer. Angela und Gaenor plünderten ihre heimlichen Alkoholvorräte und kamen zwischendurch mit ihren weingefüllten Teebechern in unser Zimmer geschwankt. Seit ihrem letzten Besuch hing von unserer Deckenlampe ein pinkfarbener BH. Weil er hübsch war, hatten wir ihn einfach hängen lassen.

Das nervöse Geplapper der Mädchen hallte bis tief in die Nacht über die Flure. Niemand konnte wirklich schlafen, also redeten alle ständig. In Aldshot ging es wahrscheinlich ganz ähnlich zu. Die meisten Jungs erschienen mit gerädertem Blick und dunklen Augenringen zum Frühstück, vermutlich weil sie entweder zu lange gelesen oder zu viel gebechert hatten.

Meine Eltern hätten mich am liebsten sofort in den Zug nach Bristol gesetzt, aber ich bestand darauf, in Wexford zu bleiben, und beteuerte, dass wir hier vollkommen in Sicherheit waren. Was ja auch absolut der Wahrheit entsprach. Schließlich wurde jede unserer Bewegungen von einer ganzen Armee von Polizisten und unzähligen Kameras überwacht. Am Ende gaben sie nach, riefen mich aber ungefähr alle zwei Stunden an, um zu hören, ob es mir gut ging. Und nicht nur sie erkundigten sich nach mir, sondern auch Onkel Bick und meine Cousine Diane. Sogar Miss Gina rief einmal an. Außerdem gingen praktisch minütlich Mails bei mir ein. Ganz Bénouville wollte die Geschichte aus erster Hand erfahren. So verbrachte ich also den Sonntag. Mit der einen Hand tippte ich Mails und mit der anderen hielt ich das Handy ans Ohr. Aber ich erzählte niemandem, dass ich den mutmaßlichen Mörder gesehen hatte. Was mich verflucht viel Selbstdisziplin kostete. Ich meine, da verfügte ich über die so ziemlich schlagzeilenträchtigste Information überhaupt und durfte nicht darüber reden. Da ich nach wie vor die einzige Zeugin in dem Fall war, konnte jeden Moment Scotland Yard vor der Tür stehen und mich zu einem stundenlangen Verhör schleppen. Dann würde alle Welt wissen, wer ich war, und mein Bild würde durch sämtliche Medien gehen.

Doch es kam weder jemand, um mir noch mehr Fragen zu stellen, noch wurde in den Nachrichten ein Zeuge erwähnt. Und auch Claudia ließ mit keinem Wort durchblicken, ob sie wusste, was wir in der Mordnacht angestellt hatten, oder nicht. Wexford hielt sein Versprechen. Unser Regelverstoß würde nicht geahndet werden.

Am Montagmorgen fiel der Unterricht aus. Zu dem Zeitpunkt herrschte in Hawthorne langsam buchstäblich dicke Luft. Ich will nicht unbedingt sagen, dass es im Wohnheim stank, aber im ganzen Haus war es total stickig, weil sämtliche Heizkörper voll aufgedreht waren, und über allem hing der leicht säuerliche Geruch freigesetzter Angst- und Stresshormone.

Am Nachmittag wurde uns dann schließlich erlaubt, zum Unterricht und in die Bibliothek zu gehen, allerdings wurde weiterhin jeder unserer Schritte strengstens kontrolliert. Wir durften nur die ausgewiesenen Wege benutzen, um von A nach

B zu gelangen, und das weiße Zelt wurde mittlerweile von einem ringsherum errichteten blickdichten Sichtschutz abgeschirmt. Von den Fenstern im zweiten Stock hatte man aber immer noch einen ziemlich guten Blick darauf.

Ich hatte eine Freistunde und beschloss, in die Bibliothek rüberzugehen, einfach nur, um endlich mal wieder vor die Tür zu kommen. Als ich in den Lesesaal trat, stellte ich überrascht fest, dass die Polizei ihre provisorische Einsatzzentrale bereits wieder abgebaut, dabei aber seltsamerweise alle Tische und Stühle mitgenommen zu haben schien. Der Raum war praktisch leer. Ich stand noch einen Moment lang unschlüssig herum, dann kam mir plötzlich eine Idee, und ich lief in die Literaturabteilung hoch. Es dauerte eine Weile, bis ich Alistair in einem der Gänge gefunden hatte. Wie schon beim letzten Mal hatte er sich die Haare zu Stacheln hochgegelt, trug seinen zu großen Trenchcoat und Springerstiefel von Doc Martens. Allerdings fläzte er nicht mehr zwischen den Bücherregalen auf dem Boden, sondern saß im Dämmerlicht auf einer Fensterbank.

»Stört es dich, wenn ich mich zu dir setze?«, fragte ich. »Unten sind alle Tische und Stühle weg.«

»Tu dir keinen Zwang an«, antwortete er, ohne aufzuschauen.

Ich drückte auf den Lichtschalter am Ende des Ganges und hockte mich auf den kalten Boden. Es war nicht gerade das gemütlichste Plätzchen, aber wenigstens war ich jetzt nicht mehr allein. Zehn Minuten später ging das Licht aus und ich schaute zu Alistair rüber, um zu sehen, ob er aufstehen und es wieder anmachen würde, aber er las einfach weiter.

»Im Dunkeln lesen ist schlecht für die Augen«, sagte ich, nachdem ich das Licht wieder angeknipst hatte. Alistair stieß ein belustigtes Schnauben aus. Keine Ahnung, warum. Mit Sehstörungen war schließlich nicht zu spaßen. Plötzlich näherten sich eilige Schritte und kurz darauf bog Jerome mit seinem Laptop unterm Arm um die Ecke.

»Da bist du!«, rief er. »Jazza hat mir gesagt, dass du in die Bibliothek wolltest. Hast du kurz Zeit? Ich muss dir unbedingt was zeigen.«

Er war so aufgeregt, dass er Alistair gar nicht bemerkte.

Ich folgte ihm in den ersten Stock, wo sich mehrere kleine Arbeitsräume befanden, in die man sich zurückziehen konnte, wenn man ungestört lernen wollte. Sie waren alle belegt. Also setzte Jerome kurzerhand drei Jungs vor die Tür, die in einem der Zimmer gerade in ein Videospiel vertieft waren.

»Raus mit euch«, sagte er und fügte auf ihr Protestgeheul hinzu: »Wir brauchen den Raum. Außerdem darf er nur zum Lernen benutzt werden.«

Ich sah ihn mit hochgezogenen Brauen an. »Missbraucht da etwa gerade jemand seine Befugnisse als Aufsichtsschüler?«, raunte ich spöttisch, als sich die drei Jungs fluchend an uns vorbeischoben. Einer von ihnen war um einiges größer als Jerome und warf ihm im Vorbeigehen einen vernichtenden Blick zu, aber das ließ ihn völlig kalt.

Er stöpselte seinen Laptop ein. »Mach die Tür zu und setz dich.«

In dem winzigen Raum hatten gerade mal drei Stühle und

ein kleiner Tisch Platz. Ich quetschte mich auf den Stuhl neben Jerome und schaute zu, wie er sich einloggte und eine Website aufrief.

»Okay, hör zu«, sagte er. »Was ich dir jetzt zeige, ist keine leichte Kost. Aber du solltest es dir trotzdem anschauen. Nicht mehr lange und es wird sowieso jeder sehen.«

Die Seite, die er aufgerufen hatte, hieß »Ripperfiles.com« und enthielt eine Videodatei. Er sah mich noch einmal prüfend an, und als ich nickte, klickte er auf »Play«.

Die Aufnahmen waren anscheinend im Nachtsichtmodus gemacht worden, da alles in dieses typische grünliche Licht getaucht war. Ein paar leere Tische und Stühle kamen ins Bild, und mir war sofort klar, dass es sich um den Biergarten des »Flowers and Archers« handeln musste. Nachdem ungefähr dreißig Sekunden nichts passiert war, ging schließlich das kleine Eingangstor auf und eine Person betrat die Szene. Es war eine Frau. Sie trug einen Mantel, unter dem ein Rock hervorblitzte. Ihre Haltung wirkte extrem aufrecht und ihre Bewegungen waren unnatürlich steif. Sie ging von links nach rechts durch das Bild, bis sie ziemlich genau im Fokus der Kamera stand, und drehte sich dann langsam um.

In ihren weit aufgerissenen Augen, die durch den Nachtsichtmodus gespenstisch weiß leuchteten, spiegelte sich grenzenloses Entsetzen. Die Frau rührte sich nicht von der Stelle, lediglich das panische Heben und Senken ihrer Brust deutete auf das Grauen hin, das sie empfinden musste. Ihre Aufmerksamkeit schien auf etwas vor ihr gerichtet zu sein, das außerhalb des Kamerablickwinkels lag. Auf einmal warf sie sich zur Seite, schlug gegen den Zaun, der den Biergarten einfasste, und stürzte zu Boden. Sie begann wild um sich zu schlagen, als versuchte sie, einen Angreifer abzuwehren. Und in dem Moment begriff ich. Wer oder was auch immer die Frau in Angst und Schrecken versetzte, stand gar nicht außerhalb der Kamerareichweite, sondern war schlicht und ergreifend nicht zu sehen. Sie schlug in die Luft, hieb ins Leere, als kämpfte sie mit einem unsichtbaren Gegner. Plötzlich blitzte etwas auf, zuckte quer über den Bildschirm, dann lag die Frau regungslos auf dem Boden. Eine Sekunde später ruckten ihre Beine hoch, sodass sie mit aufgestellten Füßen dalag, und als Nächstes wurden ihr die Knie auseinandergerückt und das Aufblitzen war wieder zu sehen.

An dieser Stelle klickte Jerome auf Pause.

»Was jetzt kommt, möchtest du nicht sehen«, meinte er. »Ich hätte es mir jedenfalls lieber nicht angeschaut.«

»Ich verstehe das nicht«, sagte ich. »Was war das?«

»Die Aufnahmen der Überwachungskamera aus dem Pub. Die Kamera war gar nicht defekt.«

»Was?«, rief ich.

»Du hast richtig gehört. Das Filmmaterial stammt direkt vom Backupserver und die Betreiber dieser Seite haben die Sicherungskopie davon ins Netz gestellt.«

»Aber da wird doch gerade ganz klar ein Verbrechen begangen.«

»Unfassbar, ich weiß«, seufzte er. »Aber die Aufnahmen sind wirklich echt. Und diese Website ist absolut seriös. Anscheinend wurden die Aufnahmen so bearbeitet, dass der Angreifer darauf nicht zu sehen ist, aber keiner kann sich erklären, wie das überhaupt gehen soll. Etliche Experten haben das Bildmaterial schon untersucht, aber alle stehen vor demselben Rätsel. Und dieses Video wird bestimmt um die ganze Welt gehen und sämtliche Verschwörungstheoretiker komplett ausrasten lassen.«

Unwillkürlich wanderte mein Blick zu der auf dem Rücken liegenden Frau auf dem Standbild zurück. Ich rieb mir schaudernd über die Arme, worauf Jerome den Laptop halb zuklappte.

»Neulich Nacht«, sagte ich leise, »als wir uns ins Wohnheim zurückgeschlichen haben, da habe ich jemanden gesehen.«

Jerome sah mich mit großen Augen an. »Heißt das, du hast den Mörder gesehen?«

»Ja ... Nein ... Keine Ahnung. Jedenfalls habe ich eine Aussage gemacht und dabei geholfen, ein digitales Fahndungsfoto zu erstellen.«

»Wow.«

Ich erzählte ihm von dem Mann, der plötzlich um die Ecke gekommen war und mich dabei erwischt hatte, wie ich durch das Toilettenfenster klettern wollte. Jerome blieb vor Staunen der Mund offen stehen – sein hübscher Mund, mit dem er innerhalb kürzester Zeit Berge von Essen vertilgen und hinreißend lächeln konnte und der nur selten stillstand. Wir hatten bestimmt schon öfter so eng nebeneinander gesessen, wenn es zum Beispiel im Speisesaal hoch herging und wir auf den Bänken zusammenrücken mussten. Aber hier, in diesem winzigen

Arbeitszimmer, waren wir ganz allein. Und so nah wie jetzt waren wir uns noch nie. Als ich mir das Video angeschaut hatte, musste ich unbewusst enger an ihn herangerutscht sein.

»Merkwürdig ist nur«, schloss ich meine Erzählung, »dass Jazza den Mann nicht gesehen hat. Sie war schon drinnen, als er mich angesprochen hat, trotzdem hätte sie ihn eigentlich bemerken müssen. Die Polizei scheint derselben Meinung zu sein, jedenfalls haben sie sich nicht mehr bei mir gemeldet, um mich ein zweites Mal zu befragen oder so. Wahrscheinlich halten sie mich für verrückt oder denken, dass ich mich nur wichtigmachen wollte.«

»Ich bin mir sicher, dass sie dich zu einer Gegenüberstellung einbestellen, sobald sie den Kerl geschnappt haben«, sagte er. »Du bist schließlich die Einzige, die ihn identifizieren kann.«

Das klang plausibel. Ich hatte ihnen alles gesagt, was ich wusste. Vermutlich hatten sie fürs Erste einfach keine weiteren Fragen an mich.

Wir saßen jetzt so dicht nebeneinander, dass ich mich nicht traute, ihm in die Augen zu sehen. Plötzlich wurde mir überdeutlich klar, wie heiß es in dem winzigen Zimmer war, und mir dämmerte allmählich, dass er mich vielleicht nicht nur hierher gebracht hatte, um mir das Video zu zeigen.

Ehrlich gesagt, weiß ich nicht mehr, wer von uns beiden den ersten Schritt machte. Aber als ich es endlich schaffte, den Blick von seinem Mund zu lösen und ihm in die Augen zu sehen, passierte es wie von selbst.

BBC Television Centre
Shepherds Bush, West London
2. Oktober
13:45 Uhr

Der Umgang mit Freaks und durchgeknallten Spinnern gehört zum Alltag der BBC. Bombendrohungen sind keine Seltenheit. Auch James Goode, der Moderator von *Goode Evening*, dem allabendlichen Nachrichtenüberblick mit anschließender Talkshow, erhielt regelmäßig Post dieser Art. Erst kürzlich war James Goode im Rahmen einer Meinungsumfrage, die eine renommierte Tageszeitung abgehalten hatte, unter die fünfzehn bekanntesten Persönlichkeiten Großbritanniens gewählt worden. Außerdem stand er auf Platz drei der nervigsten und unsympathischsten Promis und nahm unter den Berühmtheiten, mit denen man sich auf gar keinen Fall privat treffen wollen würde, unangefochten Platz eins ein. Schätzungsweise zweiundvierzig Prozent der Zuschauer schalteten seine Sendung nur ein, weil sie ihn hassten. Tatsächlich trug er sogar selbst aktiv dazu dabei, diesen Hass zu schüren.

Als der Co-Produzent von *Goode Evening* aus der Mittagspause zurückkam und auf seinem Schreibtisch ein in braunes Papier gewickeltes Päckchen vorfand, war er also verständlicherweise ziemlich verunsichert. Erst recht als sich herausstellte, dass keiner seiner Mitarbeiter das Päckchen entgegengenommen hatte. Auch in der Poststelle hatte niemand den Empfang quittiert. Und obwohl das Büro die ganze Zeit besetzt gewesen war, konnte kein Mensch sagen, wer das Päckchen dort abgeliefert hatte. Es hatte plötzlich einfach so auf dem Schreibtisch gelegen, mit schwarzem Edding in ungelenker Schrift adressiert an »Mr James Goode, BBC Centre«. Es klebten weder Briefmarken darauf, noch war es mit einem Barcode oder einer Trackingnummer versehen, mit der man es hätte zurückverfolgen können. Das Päckchen war völlig anonym.

Das bedeutete ein gravierender Verstoß gegen die Sicherheitsvorschriften. Der Co-Produzent wollte gerade nach dem Telefonhörer greifen, als James Goode höchstpersönlich ins Büro stolziert kam.

»Wir haben ein Problem«, sagte der Co-Produzent. »Ein Verstoß gegen die Sicherheitsvorschriften. Ich befürchte, wir müssen das Büro evakuieren lassen.«

»Wie bitte?«, fragte James Goode in einem Ton, in dem man sonst Beleidigungen à la »Hast du noch alle Tassen im Schrank?« von sich gab. Aber daran war der Co-Produzent gewöhnt.

»Es geht um diese Lieferung hier.« Er zeigte auf das Päckchen. »Niemand hat gesehen, wer es gebracht hat. Auch die Poststelle weiß von nichts. Wir müssen ...«

»Das ist doch albern«, schnaubte James Goode und griff nach dem Päckchen.

»James ... «

»Papperlapapp.«

»Im Ernst, James, wir ... «

Doch James bearbeitete das Paketklebeband bereits mit der Schere. Behutsam legte der Co-Produzent den Hörer wieder auf, schloss die Augen und schickte ein stummes Stoßgebet gen Himmel, nicht innerhalb der nächsten Sekunden in die Luft zu fliegen.

»Ich möchte nicht, dass wegen jeder Winzigkeit sofort der Sicherheitsdienst gerufen wird«, fuhr James Goode fort. »Das ist genau die Art von Verhalten, die ich ... «

Er hielt mitten im Satz inne und verfiel in Schweigen – was absolut untypisch für ihn war. Der Produzent öffnete die Augen und sah, wie Goode auf einen gelben Zettel starrte.

»James?«

»Schscht!«, zischte der, während er vorsichtig in das Päckchen griff und Verpackungsmaterial zur Seite schob. Er zuckte kurz zusammen und drückte dann die Seitenklappen des Kartons hinunter, die den Inhalt verbargen.

»Hör zu«, sagte Goode jetzt hochkonzentriert. »Ruf sofort die Nachrichtenredaktion an und sag ihnen, sie sollen mit einer Kamera kommen und dafür sorgen, dass ich in einer Viertelstunde auf Sendung sein kann.«

»Was? Wieso denn? Was hast du vor?«

»Ich habe hier das nächste Kapitel der Ripper-Story. Und

kein Wort zu niemandem – sag ihnen das! Schließ die Tür ab. Außer uns darf niemand dieses Büro betreten.«

Fünfzehn Minuten später, nach einer nervenaufreibenden Diskussion mit der Nachrichtenredaktion, standen eine Kamera und ein im Stakkato in sein Headset sprechender Nachrichtenredakteur im *Goode Evening* Büro. James saß an seinem Schreibtisch. Seine diversen Auszeichnungen zierten medienwirksam die Fensterbank hinter ihm. Das Päckchen stand vor ihm auf dem Tisch.

»Sind Sie endlich so weit?«, fuhr er den Mann mit dem Headset an. »Was ist denn so verdammt schwierig daran, diese Idioten dazu zu bringen, mal für zwei Minuten die Klappe zu halten? Die Story, die ich ihnen liefere, ist Gold wert, also sagen Sie ihnen, sie sollen das verfluchte Wetter gefälligst verschieben und …«

»Wir sind in zehn Sekunden auf Sendung«, unterbrach ihn der Redakteur. »Noch neun, acht, sieben …«

James strich sein Jackett glatt, nahm Haltung an, räusperte sich und blickte bei eins mit bedeutungsschwerer Miene in die Kamera.

»Meine Damen und Herren«, begann er. »Heute Nachmittag, kurz nach vierzehn Uhr, wurde mir in mein Büro im BBC Centre dieses Päckchen hier zugestellt.«

Er zeigte auf den Karton und hielt den gelben Zettel hoch.

»Darin befand sich dieser Zettel mit – wie Sie gleich hören werden – der Aufforderung, Ihnen die darauf enthaltene Nachricht vorzulesen. Ich folge dieser Anweisung in der Hoffnung, dadurch Menschenleben retten zu können ...«

Er begann vorzulesen.

Aus der Hölle.

Mr Goode, ich schike ihnen ein halbe Nire, die ich für sie aufgehoben hab, das andere Stük hab ich gepraten und aufgegesen, war sehr leker. Wenn sie noch warten, kan ich auch das blutige Meser schiken, mit dem ich sie rausgeholt hab.

Die Kamera schwenkte auf das Päckchen. Darin lag – sorgfältig in Luftpolsterfolie eingebettet – ein rotbraunes Etwas in einem Gefrierbeutel mit Zippverschluss. Es hatte ungefähr die Größe einer Faust und stellte ohne Zweifel ein menschliches Organ dar.

Die Kamera schwenkte zurück auf James, der mit dem zweiten Teil der Nachricht fortfuhr.

Ich hab schon jemand neues ausgewält. Am 9. November gehts weiter. Hab jetz schon hunger und kans kaum erwarten. Bitte zeigen sie die hüpsche Nire in ihrer Show Mr Goode und lesen sie mein Zettel vor, oder ich mus früher komen und noch mehr ...

Plötzlich wurde die Liveübertragung aus dem Goode'schen Büro unterbrochen und ins Nachrichtenstudio umgeschaltet, wo sich ein Sprecher für die soeben gezeigten verstörenden Bilder entschuldigte.

Unterdessen las James Goode ahnungslos weiter die Nachricht von dem Zettel ab. Das Wichtigste stand im Schlusssatz. Es würde einschlagen wie eine Bombe. Deswegen hatte er ihn besonders sorgfältig eingeübt, um ihn jetzt Wort für Wort zitieren und währenddessen in die Kamera schauen zu können. Dieser Satz, das wusste er, würde sich für immer in das kollektive Gedächtnis einprägen. Das hier war sein großer Moment.

Er wusste immer noch nicht, dass niemand außer ihm und den anderen beiden Personen in seinem Büro diesen Satz hören konnte, als er ihn vorlas.

The Star That Kills

In our lifetime those who kill
the newsworld hands them stardom
and these are the ways
on which I was raised.

> *Morrissey*
> *»The Last of the Famous*
> *International Playboys«*

16

Am Mittwochmorgen stellte die Polizei ihre Ermittlungen auf dem Schulgelände ein und packte zusammen. Kaum war das weiße Zelt abgebaut, verschwanden auch die Reporter. Was das Video anging, behielt Jerome recht. Es wurde bis zum Nachmittag weltweit auf sämtlichen Nachrichtensendern gezeigt und man konnte es auf jeder erdenklichen Website anklicken. Auch wenn Falschmeldungen durchaus an der Tagesordnung waren, konnten diese Aufnahmen schwerlich als Fälschung abgetan werden. Namhafte Experten hatten sie überprüft und ihre Echtheit bestätigt. Außerdem hatte man mithilfe von Gesichtserkennungsprogrammen eindeutig festgestellt, dass es sich bei dem Opfer um Fiona Chapman handelte. Allerdings gab es immer noch keine plausible Erklärung dafür, warum der Täter auf dem Video nicht zu sehen war. Es widersprach jedem physikalischen Gesetz, und man kam zu dem Schluss, dass es ihm irgendwie gelungen sein musste, sowohl die Originalaufnahme als auch die Sicherheitskopie so zu manipulieren, dass er auf den Aufnahmen unsichtbar blieb. Manche vermuteten sogar, dass er über eine besondere militärische Tarnvorrichtung verfügte.

Inzwischen waren bereits drei Schüler von ihren Eltern aus dem Internat genommen worden, und die Lehrer bestanden darauf, vor Einbruch der Dunkelheit nach Hause gehen zu können, was bedeutete, dass ab fünf Uhr nachmittags kein Unterricht mehr stattfand. In ganz Wexford lag Angst in der Luft.

Was meine heftige Knutscherei mit Jerome betraf, so wusste ich nicht genau, was ich davon halten sollte. Gut möglich, dass unsere Küsse bloß ein Ventil für die nervöse Anspannung, unter der wir alle litten, gewesen waren. Dass wir einfach nur Stress abbauen mussten. Aber wenn man jemanden leidenschaftlich geküsst hat, dem man täglich auf dem Schulcampus begegnet, dann gibt es eigentlich nur zwei Möglichkeiten, damit umzugehen. Entweder lässt man durchblicken, wie sehr man es genossen hat und dass man die Sache am liebsten bei jeder sich bietenden Gelegenheit wiederholen würde (so wie Gaenor und ihr Freund Paul, die sogar während des Essens herumknutschten), oder man tut so, als wäre nichts passiert und ignoriert die gegenseitige Anziehungskraft einfach. Es gibt nichts dazwischen, zumindest nicht auf einem Internat. Ich hatte niemandem davon erzählt – abgesehen von Jazza natürlich. Auch Jerome schien seinen Mund gehalten zu haben. Ich war mir fast sicher, dass nicht einmal Andrew Bescheid wusste.

An diesem Mittwochabend saßen Jazza und ich auf unseren Betten und machten Hausaufgaben, während auf meinem Computer die Nachrichten liefen. Seit der Veröffentlichung des Videos gehörte Nachrichtenschauen quasi zu unserem täglichen Pflichtprogramm. Auch heute war der Ripper wieder das alles beherrschende Thema, oder genauer gesagt, der Brief des Rippers, der am Vortag bei der BBC eingegangen war.

»*Diese Mitteilung*«, so der Nachrichtensprecher, »*ist ganz offensichtlich in Anlehnung an den berühmt-berüchtigten Brief >Aus der Hölle< verfasst worden, der George Lusk am 16. Oktober 1888 in das Büro der Whitechapel Bürgerwehr zugestellt wurde. Aus Hunderten von Zuschriften wurde damals lediglich dieser Brief als echt eingestuft. Uns ist mittlerweile bekannt, dass es mit dem Brief mehr auf sich hat, als bisher angenommen. Genau darüber wollen wir nun mit unserem heutigen Studiogast James Goode sprechen.*«

»Oh nein«, stöhnte ich. »Nicht der schon wieder.«

Dieser Typ schien in ungefähr jeder zweiten Sendung zu sitzen, die ich bis jetzt in England gesehen hatte, und seit den jüngsten Ereignissen flimmerte sein blasiertes Gesicht praktisch nonstop über die Mattscheibe, egal, welchen Kanal man einschaltete.

»*James, viele sind der Meinung, dass Sie das Päckchen sofort der Polizei hätten übergeben müssen, statt seinen Inhalt öffentlich zur Schau zu stellen*«, sagte der Sprecher.

»*Die Öffentlichkeit hat ein Recht auf Information.*« James Goode lehnte sich im Sessel zurück und schlug die Beine übereinander. »*Wobei wir uns selbstverständlich auch unserer Verant-*

wortung den Behörden gegenüber bewusst sind und einen besonders brisanten Teil der Nachricht unter Verschluss gehalten haben. Lediglich Scotland Yard und ich kennen den vollen Wortlaut des Briefs.«

»Wollen Sie damit sagen, dass Sie selbst für das abrupte Ende Ihrer Liveübertragung gesorgt haben?«

»Natürlich. Das ist in voller Absicht geschehen.«

Ich schüttelte den Kopf. »Was für ein Vollidiot. Warum ist er eigentlich ständig im Fernsehen?«

»James Goode? Keine Ahnung. Er ist Journalist und hat eine eigene Talkshow. Er ist total beliebt, obwohl ihn so ziemlich alle hassen. Was wohl ein Widerspruch in sich ist.«

»Wie auch immer. Er ist ein Vollidiot«, betonte ich noch einmal, worauf Jazza weise nickte.

»Über die Echtheit des ›Aus der Hölle‹-Briefs von 1888 wird bis heute heftig diskutiert«, fuhr der Sprecher fort. »Er wurde, genau wie der, den Sie erhalten haben, zusammen mit einer halben menschlichen Niere verschickt. Diese hätte durchaus von Catherine Eddowes, dem vierten Opfer, stammen können, was jedoch unter den damaligen Voraussetzungen nicht zweifelsfrei zu klären war. Heutzutage ist so etwas natürlich kein Problem mehr, weshalb auch bestätigt werden konnte, dass es sich bei der Niere, die Sie erhalten haben, um die linke Niere von Catherine Lord, dem vierten Opfer, handelt. Was glauben Sie, Mr Goode, warum das Päckchen ausgerechnet an Sie ging? Warum an Sie und nicht an die Polizei?«

»Weil der Mörder der Welt eine Botschaft zukommen lassen wollte, nehme ich an«, entgegnete Goode. »Er wollte sicherstellen, dass die Niere von so vielen Menschen wie möglich gesehen wird, und er wusste, dass er das über mich erreichen konnte.«

»Aufgrund der letzten Tat drängt sich zudem der Verdacht auf, dass der Mörder über ein umfassendes medizinisches Wissen verfügt. Dieses Thema wurde auch immer wieder im Fall der ursprünglichen Ripper-Morde diskutiert. Unter den hinzugezogenen Medizinern herrscht weitestgehend Einigkeit darüber, dass der jetzige Mörder zumindest ein Medizinstudium absolviert haben muss oder über eine anderweitige medizinische Ausbildung verfügt, denn die Niere wurde mit außerordentlichem Geschick entfernt. Wir haben hier eine Aufnahme der Niere aus Ihrer Sendung, und möchten unsere Zuschauer an dieser Stelle darauf hinweisen, dass die folgenden Bilder sehr verstörend und ... «

»Ich habe es langsam satt, mir ständig diese Niere anschauen zu müssen«, sagte ich.

»Die reinste Farce«, stimmte Jazza zu. »Tun so, als wären sie zutiefst schockiert und betroffen, können das Ding aber nicht oft genug einblenden.«

»Hast du schon das Video mit der singenden Niere gesehen?«, fragte ich.

»Großer Gott, nein!«

»Solltest du aber, es ist echt ziemlich witzig.«

»Kannst du das bitte ausschalten?«

Der Laptop stand am Fußende meines Bettes. Ich streckte ein Bein aus, klappte ihn mit dem Fuß zu und richtete meine Aufmerksamkeit dann wieder auf Samuel Pepys' Tagebücher. *Pepys* wird übrigens *Pieps* ausgesprochen und nicht *Peppies*, wie ich während des Unterrichts auf die harte Tour – sprich unter dem wiehernden Gelächter meiner Mitschüler – lernen musste. In dem Tagebuch, das ich gerade las, ging es um den Großen Brand von London im Jahr 1666. Plötzlich klopfte es an der Tür und Charlotte steckte den Kopf ins Zimmer.

»Benton, Deveaux – ihr sollt beide sofort nach unten kommen.«

Sofort nach unten kommen hieß auf hawthornisch, dass man auf der Stelle in Claudias Büro zu erscheinen hatte – beim Nachnamen angesprochen zu werden, dass es sich um eine hochoffizielle Angelegenheit handelte.

»Worum geht es?«, fragte Jazza.

»Keine Ahnung, sorry«, gab Charlotte achselzuckend zurück und verschwand wieder.

Jazza legte ihre Deutschhausaufgaben zur Seite und sah mich besorgt an.

»Kein Grund zur Panik«, sagte ich. »Wenn sie uns umbringen wollte, hätte sie das schon längst getan.«

»Sie hat bestimmt nur abgewartet, bis die Polizei weg ist.«

»Jazza ...«

»Warum sollte sie uns sonst in ihr Büro zitieren?«

»Du treibst mich noch in den Wahnsinn«, stöhnte ich mit gespielter Verzweiflung.

»Wie kannst du nur so cool bleiben?« Sie saß auf der Bettkante und wippte nervös mit dem Fuß. »Rory? Was machen wir denn jetzt?«

»Wir gehen runter, was sonst.«

»Und dann?«

»Keine Ahnung. Sie wird uns schon sagen, was sie von uns will«, sagte ich. »Los, komm. Bringen wir's hinter uns.«

Wir holten noch einmal tief Luft, setzten unsere Unschuldsmienen auf und gingen, Geschlossenheit demonstrierend, die Treppe hinunter. Wir hatten kaum angeklopft, als Claudia uns auch schon hereinbat.

»Ah, da seid ihr ja ...«

Ich atmete erleichtert aus. Es war ein gut gelauntes »Ah, da seid ihr ja«. Sie hatte also nicht vor, uns mit ihrem Hockeyschläger zu erschlagen, stattdessen deutete sie auf ihre beiden geblümten Sessel und wir setzten uns. Jazza schluckte hörbar.

»Ihr bekommt morgen eine neue Mitbewohnerin«, eröffnete uns Claudia. »Ihr Name ist Bhuvana Chodhari. Sie ist über das nachträgliche Aufnahmeverfahren zugelassen worden.«

»Wieso zieht sie ausgerechnet bei uns sein?«, fragte ich.

»Eloise hat ein ganzes Zimmer für sich allein.«

»Eloise ist starke Allergikerin und auf einen Luftfilter angewiesen. Es ist ihr nicht zuzumuten, das Zimmer mit jemand anderem zu teilen.«

Von wegen Allergikerin!, hätte ich am liebsten laut herausgelacht. Es war ein offenes Geheimnis, dass Eloise mit dem Luftfilter nur ihre Nikotinsucht vertuschte. Und ich war mir ziemlich sicher, dass Claudia als Hausvorsteherin darüber Bescheid wusste.

»Außerdem ist euer Zimmer eigentlich ein Dreibettzimmer«, fuhr sie ungerührt fort. »Ihr habt also mehr als genug

Platz. Ach so, und räumt bis heute Abend bitte den dritten Schrank leer, falls ihr ihn mitbenutzt habt. Danke, das war alles.« Das Lächeln, mit dem sie uns verabschiedete, war eine Spur zu freundlich.

»Sie weiß Bescheid«, sagte Jazza, als wir wieder auf unserem Zimmer waren.

Ich nickte. »Sie hat es richtig genossen, uns die neue Schülerin aufs Auge zu drücken.«

Unser Zimmer war gar nicht so viel größer als die anderen und als Dreibettzimmer im Grunde völlig ungeeignet. Es hatte vielleicht zwei Quadratmeter und ein Fenster mehr, aber das war es dann auch schon.

»Wer weiß«, sagte Jazza betont zuversichtlich. Offensichtlich hatte sie sich vom ersten Schock erholt und zu ihrer positiven Grundhaltung zurückgefunden. »Vielleicht ist die Neue ja total nett. Ich meine, es wäre mir natürlich tausendmal lieber, mir das Zimmer weiter allein mit dir zu teilen, aber vielleicht wird es sogar ganz lustig.«

»Unser Sofa sind wir jedenfalls los«, brummte ich und schaute wehmütig zum dritten Bett hinüber, das wir an die Wand unters Fenster geschoben und mit Jazzas Kissen dekoriert hatten.

»Wir benutzen es doch kaum«, sagte Jazza tröstend. »Außerdem hätte es uns noch viel schlimmer treffen können. Sehr viel schlimmer.«

Obwohl sie beharrlich versuchte, das Ganze von der positiven Seite zu sehen, war ich mir sicher, dass es ihr genauso ging wie mir. Dieses Zimmer war unser Rückzugsort, wenn um uns herum die Welt Kopf stand. Wexford hatte also doch einen Weg gefunden, uns für den Regelverstoß zu bestrafen. Ich blickte schweigend aus dem Fenster, vor dem sich die Bäume als schwarze Silhouetten vom dunklen Londoner Abendhimmel abhoben.

»Scheiße«, murmelte ich.

17

Am nächsten Morgen verabschiedeten wir uns mit einem letzten traurigen Blick von unserem geliebten Zimmer, bevor wir uns auf den Weg zum Frühstück machten. Als ich nach dem Mittagessen zurückkam, um mich fürs Hockeytraining umzuziehen, lag unsere neue Mitbewohnerin Bhuvana auf dem dritten Bett und telefonierte. Sie winkte mir kurz lächelnd zu und vertiefte sich dann wieder in ihre Unterhaltung. Wie es aussah, fühlte sie sich auf ihrem Bett – das sie mit einer rosa-grau gestreiften Decke und silbern und rosa schimmernden Kissen verschönert hatte – schon wie zu Hause. Um sie herum standen etliche Tüten, Koffer und Reisetaschen.

Wie ihr Name vermuten ließ, hatte Bhuvana indische Wurzeln. Ihre seidenglatten tiefschwarzen Haare waren zu einem akkuraten, schulterlangen Bob mit rasiermesserscharfem Pony geschnitten. Die rechte Seite zierte eine leuchtend kirschrot gefärbte Strähne. Ihre großen

Augen hatte sie mit einem geschwungenen schwarzen Lidstrich betont und an ihren Ohren baumelten riesige goldene Kreolen. Bei ihrem Anblick musste ich unwillkürlich an Cleopatra denken. Von all dem jedoch abgesehen, sprach sie den krassesten englischen Slang, den ich je gehört hatte – ich verstand stellenweise kaum ein Wort.

»Hey, hi! Du bist Aurora, oder?«, sagte sie, als sie mit Telefonieren fertig war, sprang vom Bett, drückte mich an sich und küsste mich rechts und links auf die Wange.

»Rory«, antwortete ich. »Nur meine Granny nennt mich Aurora. Und du bist Bhuvana?«

»Boo«, korrigierte sie grinsend. »Außer meiner Großmutter sagt kein Mensch Bhuvana zu mir.«

Da hatten wir ja schon mal etwas gemeinsam. Boo war ein paar Zentimeter größer als ich. Sie hatte bereits ihre Schuluniform angezogen, genau wie ich an meinem ersten Tag damals, und sich die Krawatte mit einem nachlässigen Knoten und leicht schief umgebunden, was an ihr ziemlich cool aussah.

»Sind deine Eltern schon wieder weg?«, fragte ich mit Blick auf ihre über den ganzen Boden verstreuten Sachen.

»Ich leb in London, hab in den Ferien aber in Mumbai Verwandte besucht. Ich bin deswegen erst jetzt hier, weil ich dort krank geworden bin, war ziemlich krass. Es kommt also jede Menge Arbeit auf mich zu, wenn ich den ganzen Stoff nachholen will.«

Boos Sachen sahen aus, als wären sie hektisch und ohne System zusammengepackt worden. In ihren Taschen waren

Kleider, Tassen, Kabel, Bilder und Modeschmuck wahllos zusammengewürfelt. Und ihre Klamotten waren definitiv interessanter als unsere – irgendwie stylisher und auffälliger. So als würde sie gern ausgehen und die Nächte durchtanzen.

»Ich bin noch nie in einem Internat gewesen«, sagte sie, während sie eine Handvoll rote und violette Spitzenunterwäsche in ihre Kommodenschublade stopfte. »Und ich hab noch nie woanders als zu Hause gewohnt. Ist alles super neu für mich.«

Ich nickte mitfühlend. »Geht mir genauso.«

»Schau mal, hier ...« Sie zog einen ziemlich zerknitterten Stundenplan aus der Jackentasche ihrer Schuluniform und reichte ihn mir.

Ich holte meinen eigenen, ebenfalls ziemlich zerknitterten Stundenplan aus der Schultasche und wir verglichen die beiden miteinander. Sie waren absolut identisch.

»Cool!«, strahlte Boo. »Wir haben die gleichen Fächer belegt! Und so wie's aussieht, haben wir jetzt Hockey.«

Sie kramte zwischen ihren Sachen herum, bis sie schließlich eine komplette Hockeyausrüstung zutage gefördert hatte, bei der es sich vom Mundschutz – den man nicht wie meinen erst in heißes Wasser legen musste, damit er überhaupt passte – bis zur Hockeytrainingstasche eindeutig um Profi-Equipment handelte.

Wie sich nach unserer Ankunft auf dem Spielfeld herausstellte, war die Ausrüstung nicht bloß Show. Claudia ließ unseren Neuzugang einen kurzen Testlauf machen, um ihr Niveau einschätzen zu können, und anschließend stand fest: Boo war das Mädchen, auf das sie ihr Leben lang gewartet hatte. Sie war eine echte Athletin – sie war stark, sie war schnell und sie besaß ein fantastisches Reaktionsvermögen. Sie fegte mit ihrem Schläger über den Rasen, als sei es ihre Bestimmung, und schlug mir den Ball nur so um meine gut geschützten Ohren. Meine neue Mitbewohnerin war ein echtes Ausnahmetalent.

»Spielen wir jeden Tag Hockey?«, fragte sie mich auf dem Rückweg aufgeregt.

»Jeden Tag«, seufzte ich bedauernd.

»Oh Mann, cool! An meiner alten Schule hatten wir nur einmal die Woche Sport. Tut mir leid wegen deinem Gesicht. Geht's wieder?«

»Klar«, winkte ich ab. Bis auf die Tatsache, dass mich die Wucht ihres Schlags rückwärts ins Tor geschleudert und es anschließend zwei Leute gebraucht hatte, mich wieder auf die Beine zu stellen, war nichts passiert.

Im Wohnheim angekommen, duschten wir schnell und hetzten anschließend in den nächsten Kurs. Höhere Mathematik gehörte jedoch definitiv nicht zu Boos Lieblingsfächern. Während des Unterrichts schrumpfte sie regelrecht in sich zusammen, von dem Selbstvertrauen, das sie auf dem Hockeyfeld ausgestrahlt hatte, keine Spur mehr. Von dort gingen wir dann direkt zum Abendessen in den Speisesaal und ich stellte sie den anderen vor. Jazza war ihr gegenüber ausgesucht freundlich und höflich, aber mir entging nicht, dass sie alles an Boo sehr genau registrierte – die klimpernden Ohrringe, die rot gefärbte Haarsträhne, den leicht rauen Klang ihrer Stimme. Ich hatte keine Ahnung, was Jazza dachte, aber ihre Rehaugen wirkten beunruhigt. Boo war ganz anders als wir. Sie war nicht der Typ Mädchen, der in der Badewanne Jane Austen las oder aus reinem Vergnügen Cello spielte. Und sie sagte ständig Wörter wie »geil« und »krass«, drückte sich also nicht besonders gewählt aus, was selbst ich als Nichtengländerin hören konnte.

Jedenfalls begegnete Boo jedem, den sie kennenlernte, mit derselben Wärme und unbekümmerten Herzlichkeit. Und sie teilte meine Vorliebe für Fleisch. Wir hatten die gleiche Menüauswahl auf unserem Teller: Würstchen und Püree mit extra viel Soße. Sie schien in Bezug aufs Essen weder heikel noch zimperlich zu sein. Das gefiel mir.

»Deine Kreolen wirst du leider ablegen müssen, Bhuvana«, teilte Charlotte ihr vom anderen Ende des Tisches aus mit. »Wir dürfen nur Ohrringe tragen, mit denen man nirgendwo hängen bleiben kann, also ausschließlich Stecker oder kleine Ringe. Tut mir leid.«

Dem Klang ihrer Stimme nach zu urteilen, tat es ihr nicht im Mindesten leid. Boo warf Charlotte einen nicht zu deutenden Blick zu, dann nahm sie die Ohrringe ab und legte sie neben ihren Löffel auf den Tisch.

»Bist du Schulsprecherin?« Boo griff nach ihrem Messer und zerstückelte eines ihrer Würstchen.

»Ja, und du kannst dich gern jederzeit an mich wenden, falls du bei irgendetwas Hilfe brauchst.«

»Nicht nötig. Ich hab ja die beiden hier.« Boo deutete mit dem Messer auf Jazza und mich, als würden wir uns schon seit einer Ewigkeit kennen.

»Und ich bin Boo«, fügte sie hinzu. »Nicht Bhuvana. Einfach nur Boo. Alles klar?«

Boo fletschte weder die Zähne, noch ballte sie angriffslustig die Hände zu Fäusten, aber die Art wie sie die Schultern straffte, ließ durchblicken, dass sie es gewohnt war, die Dinge anders zu regeln als Charlotte. Ganz anders. Man konnte sich geradezu bildlich vorstellen, wie Boo in Charlottes Turmfrisur griff und ihr das Gesicht in einen Teller mit Kartoffelpüree drückte.

»Boo«, wiederholte Charlotte kühl. »Klar.«

Als wir wieder in unserem Zimmer waren, packte Boo weiter fröhlich vor sich hinplappernd ihre Sachen aus. Jazza beobachtete sie schweigend und starrte gerade stirnrunzelnd auf einen Berg High Heels und Sneakers, die Boo aus einer Tüte schüttelte.

»Also in Mumbai, ja, da bin ich richtig krass krank geworden ...« Boo grub einen Wasserkocher aus einem Stapel Klamotten.

»So was dürfen wir eigentlich nicht benutzen«, warf Jazza besorgt ein.

»Ist doch bloß ein Wasserkocher«, gab Boo lächelnd zurück. »Und ohne meinen Tee kann ich nicht leben.«

»Ich auch nicht, aber ...«

»Ach, kein Problem. Ich versteck ihn einfach.«

Boo stellte den Wasserkocher halb hinter Jazzas Vorhang auf die Fensterbank.

»Aber die Sicherheitsvorschriften erlauben keine elektr...«, versuchte Jazza es erneut, als es an der Tür klopfte.

Eigentlich war es mehr ein ohrenbetäubendes Hämmern, so als würde ein Sondereinsatzkommando mit einem Rammbock die Tür aufbrechen und eine Razzia durchführen wollen. Jazza sprang erschrocken auf und formte mit ihren Lippen lautlos das Wort »Wasserkocher«, aber Boo war bereits zu Tür gelaufen und hatte sie aufgemacht. Davor stand eine strahlende, in ein bunt kariertes Kleid gehüllte Claudia.

»Bhuvana!«, dröhnte sie. »Ich hoffe, du hast dich schon ein bisschen bei uns eingelebt?«

»Alles cool, danke«, antwortete Boo.

»Es ist nicht einfach, mitten im Schuljahr an eine neue Schule zu wechseln.« Claudia blickte zu Jazza und mir rüber. »Ihr beide werdet doch sicherlich alles tun, damit Bhuvana sich in Wexford wohlfühlt, hab ich recht?«

Jazza und ich nickten und murmelten unsere Zustimmung.

Claudia wandte sich wieder Boo zu und ihre Augen begannen verzückt zu leuchten. »Was ich dir noch sagen wollte – das war ganz ausgezeichnet, was ich heute auf dem Hockeyplatz von dir gesehen habe.«

»Vielen Dank. Ich bin auf meiner alten Schule Kapitänin des gemischten Hockeyteams gewesen.«

»Ausgezeichnet! So, nun pack erst mal in Ruhe aus und wenn du noch irgendetwas brauchst – du weißt ja, wo du mich findest.«

Boo schloss die Tür hinter ihr und drehte sich dann mit einem triumphierenden Lächeln zu uns um. »Seht ihr? Alles cool mit dem Wasserkocher. Und jetzt erzählt doch mal, womit ihr hier so die Zeit totschlagt.«

»Mit Lernen«, sagte Jazza. »In der Küche am Ende des Flurs gibt es übrigens immer frisches Obst, Müsli und Tee, wenn man zwischendurch mal Hunger bekommt.«

Boo zog verblüfft die Brauen hoch. »Und was ist mit Ausgehen oder Partys?«

In dem Punkt war Jazza überfragt.

»Wir gehen nicht besonders oft aus«, sagte ich. »Die meiste Zeit verbringen wir mit Lernen oder Hausaufgaben machen.«

»Auf welche Schule bist du vorher gegangen?«, erkundigte sich Jazza höflich.

»Ich bin auf einer staatlichen Schule gewesen. Aber meine Eltern finden, dass ich mehr draufhabe und dort nicht genügend gefördert wurde. Und als meine Großmutter sich bereit erklärt hat, die Schulgebühren zu übernehmen, haben sie mich sofort hier angemeldet.«

Boo schüttelte paillettenbestickte Kissen aus einer riesigen Tasche.

Jazza ließ den Blick über Boos Sachen wandern, als würde sie nach irgendetwas suchen. Ich schaute mir ebenfalls die ganzen Kleider, Kissen und Accessoires an und plötzlich wusste ich, was Jazza vermisste. Bücher. Boo hatte kein einziges Buch dabei.

»Welche Fächer hast du belegt?«, fragte Jazza.

»Dieselben wie Rory, Französisch und ... «

Boo setzte sich auf den Boden, zog ihre Tasche zu sich heran und holte ihren Stundenplan heraus.

»Okay, mal sehen«, sie legte sich auf den Rücken, »Höhere Mathematik, Literatur, Kunstgeschichte und Geschichte.«

»Und willst du in all den Fächern A-Level-Prüfungen ablegen?«, fragte Jazza.

»Was? Ach so, klar. Also, na ja, vielleicht nicht unbedingt in allen.«

Jazza und ich saßen uns auf unseren Betten gegenüber und schauten zu, wie unsere neue Mitbewohnerin in blauer Spitzenwäsche Dehnübungen machte und dabei weiter unbekümmert drauflosplapperte. Größtenteils ließ sie sich über irgendwelche Fernsehsendungen aus, die ich entweder nicht kannte, oder von denen ich nur mal flüchtig etwas gehört hatte.

Ich mochte Boo, und es stand mir nicht zu, über ihre Arbeitsmoral zu urteilen, trotzdem befremdete mich ihre Haltung ein bisschen. Wexford war vielleicht nicht die anspruchsvollste Schule in England, aber leicht wurde es einem hier auch nicht gemacht. Aber dass sie noch nicht einmal genau wusste, welche Fächer sie belegt hatte, konnte ich nicht wirklich verstehen.

Andererseits, was wusste ich schon darüber, wie das hier in England lief? Vielleicht war Boos Verhalten ja ganz normal. Schließlich war ich hier die Ausländerin, nicht Boo. Ich hatte im Grunde keine Ahnung von dem Leben, das außerhalb von Wexford und dem kleinen Refugium, das Jazza und ich uns in diesem Zimmer geschaffen hatten, stattfand. Ich hatte geglaubt, das hier wäre zu Hause und ich hätte die Regeln kapiert. Aber durch Boo wurde mir klar, dass ich noch längst nicht alles verstand und die Regeln sich jederzeit ändern konnten.

18

Dort, wo ich herkomme, gehören Alligatoren zum Leben dazu, man muss sie hinnehmen. Sie nähern sich nur selten bewohnten Gegenden, obwohl es dort leckere Kinder und Hunde für sie zu holen gäbe. Hin und wieder geschieht es aber, dass ein Alligator einen Geistesblitz hat und beschließt, sich ein bisschen was von der Welt anzuschauen. Eines Tages – ich war ungefähr acht – öffnete ich die Fliegengittertür zur hinteren Veranda und sah so ein Ding am anderen Ende des Gartens liegen. Ich weiß noch, wie ich dachte, es wäre ein langes dunkles Holzscheit. Klar zog ich sofort los, um es mir von der Nähe anzuschauen – in dem Alter findet man sogar ein langes dunkles Holzscheit wahnsinnig spannend. Ja, ich weiß. Kinder können ganz schön dämlich sein.

Etwa auf halber Strecke merkte ich, dass das Holzscheit sich in meine Richtung bewegte. Mein Gehirn meldete sofort Gefahr in Verzug und ließ das Wort

»ALLIGATOR« in meinem Kopf aufblinken. Aber ich stand da wie angewurzelt und konnte nichts anderes tun, als zuzuschauen, wie das Ding zielstrebig auf mich zukam. Wahrscheinlich konnte es sein Glück kaum fassen. Ich bildete mir sogar ein, dass um sein Maul ein vorfreudiges Lächeln spielte, während die »ALLIGATOR«-Warnlampe in meinem Kopf mittlerweile dunkelrot glühte und mein Gehirn mich dringend aufforderte, endlich die Flucht zu ergreifen. Was ich dann schließlich auch tat. Ich begann wie am Spieß zu schreien und rannte zur Veranda zurück, als wäre der leibhaftige Teufel hinter mir her.

Okay, in der Rückschau betrachtet, hatte sich der Alligator vielleicht gar nicht *so* zielstrebig auf mich zubewegt und war auch gar nicht *so* nah an mich herangekommen. Aber wenn man in das Zielfernrohr eines Krokodils rückt und von ihm als Beute klassifiziert wird, spielen Fragen wie »Wie weit weg war es denn?« oder »Wie schnell ist es gewesen?« eine eher untergeordnete Rolle.

Natürlich will ich nicht behaupten, dass sich mit Boo Chodhari das Zimmer zu teilen, haargenau dasselbe war, wie einen Alligator im Garten zu haben, trotzdem gab es gewisse Parallelen. Auch in einen vermeintlichen Privatbereich kann immer etwas von außen eindringen. Genau wie unser Garten funktionierte auch das Internat wie ein kleines Ökosystem, über das man keine vollständige Kontrolle hatte.

Meine erste Einschätzung in Bezug auf Boo und Jazza erwies sich als richtig: Sie passten nicht wirklich zusammen. Sie bemühten sich und waren nett zueinander, aber sie waren einfach zu verschieden. Nicht dass es offen ausgetragene Auseinandersetzungen gegeben hätte, sie hatten sich nur nicht besonders viel zu sagen, und obwohl sie beide eigentlich ziemlich mitteilsame Menschen waren, wechselten sie kaum ein Wort miteinander. Dazu kam, dass Boo immer und überall präsent war. Egal, ob ich gerade in der Bibliothek saß oder mir im Waschraum die Zähne putzte – sie schien ständig gerade zufällig genau dasselbe vorzuhaben, sodass ich praktisch kaum noch allein irgendwohin gehen konnte, mal davon abgesehen, dass sie auch in der Bibliothek kein Problem damit hatte, sich die Nägel zu feilen und mich zuzuquatschen. Und ihre ganzen Sachen erst. Man konnte im Zimmer keinen Schritt mehr tun, ohne über irgendwelche BHs, Blusen, T-Shirts, Hosen oder Hefte zu stolpern, die den Boden von ihrem Bett bis zu ihrem Schrank pflasterten. Bevor Boo bei uns eingezogen war, hatte Charlotte sich nur selten die Mühe gemacht, unser Zimmer zu kontrollieren, weil es bei uns, was Ordnung und Sauberkeit anging, eigentlich nie etwas zu beanstanden gab. Jetzt kam sie manchmal sogar zwei Mal am Tag vorbei, um Boo dazu zu bewegen, ihre Klamotten vom Boden aufzuheben und wegzuräumen, was nicht unbedingt dazu beitrug, das sowieso schon schwierige Verhältnis der beiden zu entspannen.

Seltsam war auch, dass Boo immer zwei Handys bei sich trug, was sie anfangs geheim zu halten versucht hatte, bis ich sie irgendwann mit beiden erwischte. Das eine war ein brandneues, glänzendes Smartphone, das andere so ein uraltes Ding mit Tasten. Als ich sie darauf ansprach und fragte, wozu sie eigentlich zwei Handys brauche, erklärte sie mir, dass das eine für Jungs reserviert sei, die sie gerade erst kennengelernt habe. »Ich geb denen doch nicht gleich meine richtige Nummer. Die rücke ich nur raus, wenn ich sicher bin, dass die Typen keine klettigen Psychos sind.«

Auch wenn sie immer pflichtbewusst ihre Bücher mit sich herumschleppte und darin blätterte, wenn wir im Zimmer oder in der Bibliothek lernten, rührte Boo keinen Finger für die Schule. Stattdessen sorgte sie dafür, dass man sich in ihrer Nähe fast nicht konzentrieren konnte. Entweder summte sie leise vor sich hin, trommelte mit ihren langen Fingernägeln auf die Tischplatte oder aber der Ton der Soap oder Reality-Show, die sie sich auf ihrem Laptop anschaute, war so laut eingestellt, dass man fast jedes Wort mithören konnte, obwohl sie Kopfhörer trugt.

Jazza war inzwischen regelrecht besessen davon, Boos Arbeitsweise und ihre Lerngewohnheiten genauestens zu beobachten und mir anschließend haarklein davon zu berichten. Während es draußen kälter und die Tage immer kürzer wurden, wurde die Liste mit Boo Chodharis Verfehlungen stetig länger.

»Hat sie überhaupt schon mit dem Aufsatz angefangen, den ihr für Englische Literatur schreiben müsst?«, fragte Jazza mich ungefähr drei Wochen nach Boos Einzug. Wir saßen gerade beim Frühstück, zu dem Boo es meistens nicht schaffte. Was mich aber nicht störte, im Gegenteil. So hatte ich zwischendurch wenigstens eine kleine Atempause von ihr.

»Keine Ahnung«, sagte ich und nippte an meinem lauwarmen Orangensaft. »Ehrlich gesagt, habe ich selbst noch nicht damit angefangen.«

»Ich verstehe sie einfach nicht.« Jazza schüttelte den Kopf. »Sie hat kein einziges Buch mitgebracht, sie lernt so gut wie nie, dabei muss sie doch den Stoff von einem ganzen Monat nachholen. Und wieso schleppt sie ständig zwei Handys mit sich herum? Wozu braucht sie die überhaupt?«

Ich ließ Jazza sich ihren Frust von der Seele reden und nahm währenddessen weiter meine Würstchen zu mir.

»Dich scheint sie jedenfalls zu mögen«, fuhr Jazza fort. »Du kannst ja praktisch keinen Schritt mehr ohne sie machen.«

»Wir haben dieselben Fächer belegt.«

»Geht es wieder mal um eure neue Mitbewohnerin?«, seufzte Jerome, als er sich zu uns setzte.

»Ich bin ja schon still«, brummte Jazza.

Jerome begann, seine Spiegeleier zu zerstückeln und in einer Geschwindigkeit hinunterzuschlingen, als gelte es, einen Feind zu vernichten. Ich fand es jedes Mal aufs Neue faszinierend, ihn beim Essen zu beobachten.

»Es gibt Neuigkeiten«, verkündete er, als sein Teller leer war. Die Spiegeleier hatten noch nicht mal Zeit gehabt, die weiße Fahne zu hissen. »Jemand hat einen ordentlichen Batzen Geld für unsere Guy Fawkes Night gespendet. Und weil wir das Schulgelände nicht verlassen dürfen, findet die Party hier im Speisesaal statt.«

»Guy Fawkes Night?«, sagte ich.

»*Remember, remember the fifth of November?*«, sang Jerome.

»Sorry, aber ich habe keinen blassen Schimmer, wovon du redest.«

»Vom Gunpowder Plot«, seufzte Jazza etwas verschnupft über den Themenwechsel, »auch Schießpulververschwörung genannt. Am 5. November 1605 wollte Guy Fawkes mit einer Gruppe von Verschwörern das Parlament in die Luft jagen. Der Anschlag wurde vereitelt, die Aufständler gefasst und wegen Hochverrats hingerichtet. Und das wird jedes Jahr am 5. November mit einem Straßenumzug und Feuerwerken gefeiert.«

»Vor allem die Feuerwerke sind echt super«, sagte Jerome. »Abgesehen von der Party natürlich. Es herrscht übrigens Kostümzwang.«

»Eine Party in Kostüm und Anzug und so was?«, fragte ich. »Ist das nicht ziemlich steif und langweilig?«

»Kostümzwang bedeutet, dass man verkleidet kommen soll, so ähnlich wie an Halloween«, erklärte Jazza.

Manchmal waren es genau solche kleinen Dinge, die meine amerikanische Herkunft deutlich machten.

»In Wexford wird die Guy Fawkes Night aber schon am Freitag in der Woche davor gefeiert«, fügte Jerome hinzu, »weil wir ab dann wieder Ausgangssperre haben, da am Donnerstag drauf, in der Nacht vom 8. auf den 9. November, der Ripper das letzte Mal zuschlagen soll. Das heißt also, dass wir fast eine ganze Woche lang eingesperrt sein werden.«

»Das ist mir egal«, sagte Jazza. »Hauptsache, der ganze Spuk hat dann endlich ein Ende.«

»Wer weiß?«, meinte Jerome. »Vielleicht ist der Ripper ja

auf den Geschmack gekommen und macht weiter. Eigentlich hat er doch gar keinen Grund aufzuhören. Womöglich hat er den Ehrgeiz, das Original noch zu übertreffen.«

Kopfschüttelnd stand Jazza vom Tisch auf, um sich noch eine Tasse Tee zu holen.

»Und was passiert, wenn er wirklich weitermacht?«, fragte ich.

»In dem Fall wird die Polizei absolut keine Ahnung haben, wann und wo er das nächste Mal zuschlägt oder wie oft noch. Dann drehen die Leute wahrscheinlich erst recht durch, weil man jeden Tag damit rechnen muss, dass etwas passiert. Meiner Meinung nach müssen wir uns nicht über die Nacht vom 8. auf den 9. November Sorgen machen, sondern darüber, was danach kommt.«

»Da spricht mal wieder der durchgeknallte Verschwörungstheoretiker aus dir«, entgegnete ich.

»Ich bekenne mich schuldig.«

Jerome und ich waren inzwischen so vertraut miteinander, dass ich mir solche Bemerkungen erlauben konnte. Zumal ja auch ein Fünkchen Wahrheit darin steckte. Ich zupfte ein Stück von meinem Donut ab und bewarf ihn damit. Da sein Teller schon leer war und er keine Munition mehr hatte, um das Feuer zu erwidern, knüllte er seine Serviette zusammen und pfefferte sie mir an den Kopf. Charlotte warf uns vom anderen Ende des Tischs einen vorwurfsvollen Blick zu.

»Bring mich nicht dazu, meine Macht als Aufsichtsschüler auszuspielen«, raunte er mir zu.

»Tu dir keinen Zwang an«, raunte ich zurück, schoss das nächste Donutstückchen ab und landete einen Treffer auf seiner Aufsichtsschülerkrawatte.

»Jerome ... «, sagte Charlotte streng.

»Was ist?«, fragte er, ohne zu ihr rüberzuschauen.

»Du weißt, was ich meine.«

»Ich weiß so einiges über dich, Charlotte.«

Er wandte ihr den Kopf zu und lächelte sie an. Es war ein herrlich bösartiges Lächeln, das mir einen kleinen Schauer über den Rücken jagte. Mir fiel plötzlich wieder ein, dass Charlotte und Andrew einmal ein Paar gewesen waren. Und da Andrew und Jerome gute Freunde waren, wusste Jerome wohl tatsächlich so einiges über Charlotte. Sie kümmerte sich auch prompt wieder um ihre eigenen Angelegenheiten und tat so, als wäre nichts gewesen.

»Ist irgendwie sexy, wie du deine Macht als Aufsichtsschüler der Streberzicke gegenüber ausspielst«, flüsterte ich Jerome zu.

Kaum waren die Worte draußen, wurde ich ein bisschen rot. So offensiv hatte ich noch mit keinem Jungen geflirtet. Es schien ihm jedoch zu gefallen, jedenfalls blickte er mit einem verschmitzten Lächeln auf seinen Teller.

»Was habt ihr jetzt schon wieder angestellt?« Jazza stellte ihre Teetasse ab und setzte sich wieder zu uns.

»Wir ärgern bloß Charlotte«, antwortete ich.

»Endlich mal ein Hobby von Jerome, das ich gut finde«, sagte Jazza leise. »Nur zu, lasst euch nicht von mir stören.«

Am Nachmittag hatten Boo und ich eine Freistunde, die wir in der Bibliothek verbrachten. Wir saßen uns an einem Ecktisch gegenüber, Laptop an Laptop, und ich brütete über dem Aufsatz für Englische Literatur – meiner ersten wichtigen Arbeit in dem Fach. Wir sollten uns aus allen Werken, die wir bereits besprochen hatten, eines aussuchen und darüber ein Essay von sieben bis zehn Seiten schreiben. Ich hatte mich hauptsächlich deshalb für das Tagebuch von Samuel Pepys entschieden, weil es endlich eine Lektüre war, die ich auch verstand. Boo hatte offensichtlich mal wieder keine Lust, für die Schule zu arbeiten, und las stattdessen Klatsch-und-Tratsch-Seiten im Internet, die sich gut sichtbar hinter ihr im Fenster spiegelten.

»Woran arbeitest du gerade?«, fragte ich scheinheilig. Jazzas ständige Kommentare über Boo hatten anscheinend auf mich abgefärbt, sodass ich jetzt ebenfalls anfing, sie ein bisschen genauer zu beobachten, obwohl ich es eigentlich gar nicht wollte.

»Wie bitte?« Sie nahm die Ohrhörer ab.

»Woran du gerade arbeitest?«

»Ach, ich lese bloß ein bisschen.«

»Weißt du denn schon, worüber du deinen Aufsatz schreiben willst?«

»Bin mir noch nicht sicher.« Sie gähnte.

Ich kapitulierte und stand auf, um mir ein Buch holen zu gehen. Boo schlenderte hinter mir her und betrachtete dabei die Bücher in den Regalen, als wären es Objekte von einem anderen Stern. Ich steuerte zielstrebig den Bereich mit den Kritiken an und wäre dabei mal wieder fast über Alistair gestolpert, der dort ausgestreckt mitten im Gang lag und las.

»Hey«, sagte ich und schaltete das Licht ein.

»Hallo.«

Boo hielt überrascht inne, als sie Alistair entdeckte, und ging dann sofort auf ihn zu.

»Ähm ... hi. Ich bin Bhuvana. Aber alle sagen nur Boo.«

»Buh?!«

Boo fing an zu lachen und konnte sich kaum noch beruhigen. Alistair und ich starrten sie bloß stirnrunzelnd an.

»Tut mir leid.« Sie wischte sich die Lachtränen aus dem Gesicht. »Aber manchmal könnte ich mich über meinen eigenen Namen kaputtlachen.« Sie warf Alistair einen seltsam verschwörerischen Blick zu und zwinkerte.

Alistair verdrehte bloß die Augen und wandte sich wieder seinem Buch zu.

»Nett, dich kennenzulernen«, ließ Boo nicht locker.

»Findest du?«, gab Alistar gelangweilt zurück.

»Das ist Alistair«, sagte ich zu Boo, und an Alistair gewandt: »Ich suche ein gutes Buch über Samuel Pepys.«

»McCalistair. Das mit den goldenen Buchstaben auf blauem Einband.«

Während ich die Regale nach dem von ihm beschriebenen Buch durchforstete, ging Boo weiter Alistair auf die Nerven.

»Rory und ich wohnen zusammen in einem Zimmer«, ließ sie ihn wissen. »Ich bin neu hier.«

»Großartig«, meinte Alistair. »Dann gibt es jetzt also zwei von euch.«

»Wieso zwei von uns?«, fragte ich über die Schulter. »Wir teilen uns das Zimmer zu dritt.«

Einen Augenblick später glaubte ich das Buch entdeckt zu haben und hielt es ihm fragend hin. Er nickte bestätigend. Es war ein riesiger, mit einer dicken Staubschicht bedeckter Wälzer. Da ich gefunden hatte, wonach ich suchte, hätten wir von mir aus wieder gehen können, aber Boo setzte sich neben Alistair auf den Boden.

»Ist das dein Lieblingsplatz?«, fragte sie ihn.

»Hier habe ich wenigstens meine Ruhe«, sagte er und fügte murmelnd hinzu: »Zumindest normalerweise.«

Boo schaute mich an. »Geh ruhig schon mal vor. Ich unterhalte mich noch ein bisschen mit Alistair.«

Na, da wird sich Alistair aber freuen, dachte ich, zu meiner Überraschung schien er jedoch nichts dagegen zu haben. Vielleicht hatte ihn ihre offensive Art ja irgendwie neugierig gemacht. Ich hatte jedenfalls auch nichts dagegen, mal fünf Minuten ohne meinen Schatten zu verbringen.

Ich setzte mich wieder unten an den Tisch und schlug den Wälzer auf. Die Seiten waren leicht vergilbt und verströmten den typischen Duft alter Bücher. Es war exakt das, was ich gesucht hatte – jeder Aspekt von Samuel Pepys und seinem Schaffen wurde beleuchtet. Auf Alistairs Empfehlung war mal wieder Verlass gewesen, also beschloss ich, mich als genauso verlässliche Schülerin zu erweisen, und schlug das Kapitel über das entsprechende Tagebuch auf. Ich versuchte, mich auf den Inhalt zu konzentrieren und gleichzeitig das Licht in der oberen Etage im Auge zu behalten. Als es ausging, wartete ich gespannt ab, aber weder Boo noch Alistair tauchten auf, um es wieder einzuschalten. Wahrscheinlich unterhielten sie sich noch oder …

Obwohl der Gedanke, dass Boo und Alistair, kaum dass sie sich kennengelernt hatten, miteinander rumknutschten, ziemlich absurd war, konnte ich mir dieses Szenario besser vorstellen, als dass sie sich angeregt unterhielten. Ich meine, worüber denn? Alistair hatte eine poetische Ader, las gerne und mochte Indie-Musik aus den Achtzigern, und Boo war das krasse Gegenteil von all dem.

Mein Blick fiel auf ihre Schulhefte, die nur wenige Zentimeter vor mir lagen. Nachdem ich noch einen kurzen Moment mit meinem Gewissen gekämpft hatte, zog ich das Heft, auf dem »Höhere Mathematik« stand, blitzschnell mit meinem Stift zu mir rüber und schlug es auf. Die wenigen Seiten, die beschrieben waren, enthielten Strichmännchen und andere Kritzeleien, ein paar Songtexte und zwei, drei alibimäßig notierte Gleichungen. Von Hausaufgaben oder selbst hergeleiteten Berechnungen keine Spur. Ich klappte das Heft wieder zu und schob es unauffällig an seinen Platz zurück.

Da ich ihre Privatsphäre sowieso schon verletzt hatte, beschloss ich, dass ich genauso gut noch ein bisschen weiterschnüffeln konnte. Nachdem ich mich vergewissert hatte, dass die Luft noch rein war, nahm ich mir ihr Geschichtsheft vor. Es bot dasselbe Bild – achtlos hingeschmierte Notizen und Kritzeleien. Jazza hatte also recht gehabt. Boo rührte tatsächlich keinen einzigen Finger für die Schule. Wenn sie so weitermachte, würde es bestimmt nicht mehr lange dauern, bis sie flog und Jazza und ich unser Zimmer wieder für uns hätten. Ich war nicht besonders stolz auf den Gedanken, aber so war es nun mal.

Plötzlich tauchte Boo auf der Galerie über mir auf und ich ließ hastig den schweren Wälzer auf ihr Heft fallen. Während sie die Treppe herunterkam, war ihr Blick auf den Tisch versperrt, und ich schob das Heft unauffällig zurück. Da Boo alles andere als pedantisch war, würde es ihr kaum auffallen, wenn es nicht exakt an seinem ursprünglichen Platz lag.

Wortlos ließ sie sich wieder auf ihren Stuhl fallen und setzte ihre Ohrhörer auf. Ich tat so, als sei ich in den dicken Wälzer vertieft, sie tat so, als würde sie arbeiten. In Wirklichkeit schaute sie sich auf ihrem Laptop, dessen Bildschirm sich erneut hinter ihr im Fenster spiegelte, online ein Fußballspiel an. Wir machten uns also gegenseitig etwas vor.

Doch irgendetwas stimmte nicht mit Boo Chodhari. Und das hatte nicht nur etwas damit zu tun, dass sie nichts für die Schule tat. Ich wusste nicht genau, was es war, aber ich hatte das sichere Gefühl, dass ich sie in Zukunft noch besser im Auge behalten sollte.

19

Am Samstagmorgen machte ich mich mit – wie sollte es anders sein – Boo im Schlepptau auf den Weg zum Kunstgeschichtsseminar. Jazza war übers Wochenende nach Hause gefahren, hatte mir aber aufgetragen, ihr nach ihrer Rückkehr en détail zu berichten, was Boo in ihrer Abwesenheit alles angestellt hatte. Ich hatte Jazza nichts von meiner Schnüffelaktion in der Bibliothek erzählt, weil es kein gutes Licht auf mich geworfen hätte. Im Internat galt nämlich das ungeschriebene Gesetz, die Privatsphäre des anderen zu respektieren, und ich hatte eindeutig gegen diesen Ehrenkodex verstoßen.

»Ich fasse es immer noch nicht«, stöhnte Boo auf dem Weg zum Seminarraum. »Unterricht am Samstagmorgen, das ist einfach zu krass. Verstößt das nicht gegen irgendein Gesetz?«

»Keine Ahnung«, antwortete ich. »Wahrscheinlich nicht.«

»Ich werde das trotzdem mal recherchieren. Vielleicht fällt das unter Kinderarbeit oder so und die ist ja wohl ganz klar verboten.«

Heute stand einer der Ausflüge an, die Mark uns am ersten Tag versprochen hatte, deswegen warteten alle in Mänteln und Jacken, als wir im Klassenraum ankamen.

»Hat jeder seine Oyster-Card dabei?« Mark blickte fragend in die Runde und alle nickten. »Sehr gut. Falls unterwegs jemand verloren gehen sollte, der steigt bitte an der Haltestelle Charing Cross aus. Das Museum ist gleich gegenüber. Okay, dann treffen wir uns dort also in ungefähr einer Stunde in Saal dreißig.«

Es war das erste Mal, dass ich in London mit der U-Bahn fahren würde, und ich war so aufgeregt wie eine Erstklässlerin vor der Einschulung, als Boo und ich uns mit Jerome auf den Weg machten. Obwohl ich jetzt schon eine ganze Weile hier war, hatten der Ripper und die strengen Internatsvorschriften dafür gesorgt, dass ich noch so gut wie nichts von der englischen Hauptstadt gesehen hatte. Umso begeisterter nahm ich all die neuen Eindrücke in mich auf und bestaunte selbst die im Grunde unspektakulärsten Dinge – das berühmte Logo der Londoner U-Bahn, das aus einem rot umrandeten weißen Kreis mit einem blauen Querbalken bestand, die weiß gekachelten Wände der U-Bahn-Gänge, die elektronischen Werbetafeln, die einen die Rolltreppe hinunter begleiteten, sodass man sich einen ganzen Spot am Stück ansehen konnte, die riesigen, deckenhohen Anzeigekampagnen für Kinofilme, Bücher, CDs, Konzerte und Ausstellungen. Sogar das Geräusch der vorbeizischenden weißen U-Bahnen mit ihren rot-blauen Schiebetüren faszinierte mich. Kaum saßen wir in der Bahn, setzte Boo auch schon ihre Ohrhörer auf und döste vor sich hin. Ich hatte es mir neben Jerome bequem gemacht und beobachtete bei jedem Halt neugierig die Leute, die einstiegen.

Nachdem wir die U-Bahn-Station verlassen hatten, fanden wir uns auf dem Trafalgar Square wieder, dem gigantischen Platz mit der Nelsonsäule und den vier zu ihren Füßen wachenden bronzenen Löwen. Die National Gallery, ein palastartiges Gebäude mit einem imposanten Treppenaufgang, befand sich gleich dahinter.

Nachdem wir uns alle im Museum in Saal dreißig eingefunden hatten, erklärte Mark uns unsere Aufgabe.

»Unser heutiger Besuch hier soll euch auf spielerische Weise ein Gefühl für die Gallery vermitteln, deswegen habe ich mir etwas ausgedacht, von dem ich glaube, das es leicht zu bewerkstelligen ist und gleichzeitig Spaß macht. Dazu sucht ihr euch jetzt bitte jeder einen Partner und entscheidet euch dann gemeinsam für ein bestimmtes Motiv oder Thema. Anschließend versucht ihr, zu diesem Thema fünf Gemälde unterschiedlicher Künstler zu finden.«

Jerome sah mich an. »Hast du Lust, dich mit mir zusammenzutun?«

»Klar«, gab ich zurück und versuchte dabei, so entspannt wie möglich zu lächeln.

Ich glaube nicht, dass Boo mitbekommen hatte, dass wir Zweiergruppen bilden sollten. Sie hatte immer noch ihre Stöpsel in den Ohren und las sich gerade sichtlich verwirrt das Blatt mit der Aufgabenstellung durch. Ich beeilte mich, Jerome aus dem Saal zu lotsen, ohne dass sie es bemerkte. Im Vorbeigehen schnappte ich ein paar der Themen auf, über die die anderen sich unterhielten – Pferde, Früchte, die Kreuzigung, häusliches Glück, die Themse, Markttreiben. Ich fand alles nicht besonders interessant.

»Was für ein Thema sollen wir uns aussuchen?«, fragte Jerome prompt.

Wir standen vor einem riesigen Gemälde von Diego Velázquez, der *Venus vor dem Spiegel*. Es zeigte eine nackte, auf einem Bett liegende Frau, die ihr Gesicht in einem Spiegel bewundert, der ihr von Amor entgegengehalten wird. Sie wandte dem Betrachter den Rücken zu, sodass der Hauptfokus des Bildes auf ihrem Hintern lag.

»Wie wäre es mit ›Fünf Variationen des menschlichen Gesäßes‹?«, schlug ich vor.

Jerome grinste. »Einverstanden. Nehmen wir Ärsche als Motiv.«

Die nächste Stunde verbrachten wir mit dem Einschätzen und Bewerten von Hintern. Die klassische Malerei hatte in der Hinsicht einiges zu bieten. Üppige, stolze Hintern so weit das Auge reichte, zum Teil von prächtigen, drapierten Stoffen bedeckt, oft aber auch unverhüllt. Am besten gefielen uns die dicken und besonders detailgetreu dargestellten Hintern. Wir verteilten Punkte für die schönste Po-Ritze, die niedlichsten Grübchen und die hübschesten Wölbungen. In einem Punkt allerdings unterschieden sich unsere Geschmäcker voneinander. Ich mochte die ruhenden Hintern am liebsten, Jerome die, die in Bewegung waren. Hintern, die ganze Armeen in die Schlacht führten, Hintern, die im Begriff waren, auf ein Pferd zu steigen, Hintern, deren Besitzer Reden hielten. Ich zog die entspannt daliegende Pose vor, deren Besitzer oft neckisch über die Schulter blickten und zu sagen schienen: »Na, gefällt er euch? Ist das nicht ein absoluter Prachthintern?«

Nach knapp einer Stunde hatten wir bereits drei fantastische Hintern auf unserer Liste mit entsprechenden Notizen über die Gemälde, ihre Farben, die Zeit ihrer Entstehung und die geschichtlichen Zusammenhänge. Wir schauten uns gerade einen der kleineren Säle an, der voller winzig kleiner Bilder hing, als ich hörte, wie Jerome, der hinter mir stand, leise »Das ist mal ein toller Hintern« murmelte.

Ich schaute mich verwirrt in dem Ausstellungsraum um, in dem hauptsächlich Stillleben und Gemälde von zornig dreinblickenden Priestern gezeigt wurden. Ein Bild wurde von einer Besucherin in einem knielangen dunkelroten Kostüm im Fünfzigerjahrestil verdeckt. Die Jacke reichte ihr nur bis zur Taille, sodass ihr Hintern in dem engen Rock betont wurde. Dazu trug sie Nahtstrümpfe und Pumps. Ihre Haare waren zu einem kinnlangen Bob geschnitten, dessen Enden nach außen geföhnt waren.

Als ich den Blick von der Frau abwandte und mich zu Jerome umdrehte, der mich schief angrinste, dämmerte mir jedoch, dass er nicht von ihrem, sondern von meinem Hintern gesprochen hatte. Sofort überlegte ich, wie mein Hintern in der

Wexford-Uniform wohl aussah – wahrscheinlich grau und wollig – und wurde knallrot.

»Sorry«, sagte er verlegen lächelnd. »Ich konnte einfach nicht anders, als es laut auszusprechen.«

»Ihr englischen Jungs seid ganz schön direkt«, sagte ich gespielt streng und stellte mich so dicht vor ihn, dass sich unsere Nasen beinahe berührten. »Aber ich glaube, sie hat dich gehört und gedacht, du meinst sie.«

»Wer soll mich gehört haben?«

»Die Frau da drüben.«

»Welche Frau?«

Seine Hände legten sich wie von selbst um meine Taille, während wir miteinander flüsterten, und ich war mir so gut wie sicher gewesen, dass er mich gleich küssen würde, aber jetzt schaute er mich verwirrt an, als wüsste er nicht, wovon ich eigentlich redete.

Die Frau drehte sich um und sah zu uns herüber. Wir hatten zwar leise gesprochen, aber vielleicht hatte sie uns trotzdem gehört. Ihr Gesicht wirkte fahl und reizlos und stand in merkwürdigem Kontrast zu ihrer hübschen Aufmachung. Wenn überhaupt etwas an ihr bemerkenswert war, dann die grenzenlose Traurigkeit, die sie ausstrahlte. Als sie beim Verlassen des Saals an uns vorbeiging, warf sie mir einen seltsamen Blick zu, den ich nicht deuten konnte.

»Jetzt haben wir sie verjagt«, sagte ich.

»Also ehrlich gesagt ... «, Jerome nahm die Hände von meinen Hüften, »habe ich keine Ahnung, wovon du sprichst.«

Wir schauten uns einen Moment lang schweigend an, jeder auf seine Weise durcheinander und verwirrt.

»Ich gehe mal kurz auf Toilette«, sagte ich schließlich und ließ ihn stehen.

Es kostete mich einige Mühe, nicht einfach loszulaufen und mich durch die Skizzen malenden Kunststudenten und den Interesse heuchelnden Touristen zu rempeln. Verzweifelt hielt ich in dem Labyrinth aus Sälen und Ausstellungsräumen nach den Toiletten Ausschau. Mir war schwindelig und ich musste dringend einen Augenblick allein sein und nachdenken. Erst der Mann nachts auf dem Schulgelände, den aus irgendeinem Grund nur ich gesehen hatte, und jetzt diese Frau hier im Museum. Die Sache mit dem Mann in der Ripper-Nacht konnte ich ja noch irgendwie nachvollziehen. Es war dunkel, wir waren aufgeregt, und Jazza und ich hatten Angst gehabt, erwischt zu werden. Gut möglich, dass Jazza ihn in der Aufregung einfach nicht wahrgenommen hatte. Aber dass Jerome die Frau nicht gesehen hatte, war einfach ausgeschlossen. Wir waren die einzigen Personen in dem kleinen Saal gewesen. Also entweder hatte er einen extrem seltsamen Sinn für Humor, der mir an ihm bisher noch nicht aufgefallen war, oder …

Eilig stürzte ich auf die Toilette zu, die am Ende eines Gangs in Sicht kam und zu meiner großen Erleichterung unbesetzt war, und betrachtete mich dort im Spiegel.

Oder ich war verrückt. Vielleicht war ich ja genauso verrückt wie meine Cousine Diane mit ihren heilenden Engeln. Womit ich nicht die Erste in der Familie wäre, die Dinge sah, die gar nicht da waren.

Nein, es musste noch eine einfachere, logischere Erklärung dafür geben. Zum Beispiel die, dass Jerome und ich uns bloß missverstanden hatten. Ich begann in dem lang gestreckten Waschraum hin und her zu tigern und versuchte, seine Worte so umzudeuten, sodass sie einen Sinn ergaben. Vergeblich.

Plötzlich kam Boo herein.

»Alles in Ordnung mit dir?«, fragte sie.

»Ähm ... klar. Alles bestens.«

»Bestimmt?«

»Ich war nur ... mir war bloß ein bisschen schwindlig, nichts weiter.«

»Wieso? Was ist denn passiert?«

»Geht schon wieder.« Ich flüchtete in eine der Kabinen und schloss die Tür hinter mir ab.

Sie stellte sich davor und sagte: »Wenn du über irgendetwas reden willst ... du kannst mir alles sagen, egal, wie verrückt es vielleicht klingt.«

»Lass mich doch einfach mal in Ruhe!«, fuhr ich sie an.

Für einen Augenblick war es mucksmäuschenstill, dann hörte ich, wie ihre Schritte sich zögernd entfernten, bis schließlich die Toilettentür ins Schloss fiel und ich allein war. Ich kam wieder heraus und stellte mich ans Waschbecken, um mir die Hände zu waschen.

»Wahrscheinlich habe ich ihn nur falsch verstanden«, murmelte ich meinem Spiegelbild tröstend zu. »Ich habe das mit den Feinheiten zwischen Englisch und Amerikanisch einfach noch nicht so richtig drauf, das ist alles.«

Ich spritzte mir etwas kaltes Wasser ins Gesicht, setzte ein Lächeln auf und ging hinaus. Ich würde Jerome suchen und ihn fragen, was ich falsch verstanden hatte. Er würde es mir erklären, wir würden gemeinsam darüber lachen und uns anschließend leidenschaftlich küssen. Alles wäre wieder gut.

Auf dem Weg zurück entdeckte ich Boo, die vor einem der Säle mit ihrem Handy am Ohr aufgeregt gestikulierend auf und ab ging. Ich hatte sie noch nie so angespannt und konzentriert gesehen. Nachdem das Gespräch beendet war, umrundete sie eine Gruppe Touristen und eilte Richtung Ausgang. Wie die feinen, hauchzarten Fäden eines Spinnennetzes verwoben sich in meinem Kopf Gedanken und Bilder ineinander. Noch wusste ich nicht, zu welchem Muster, und schon gar nicht, was es bedeuten würde, aber ich spürte, dass ich dem Rätsel auf den Grund gehen musste, und beschloss kurzerhand, Boo heimlich zu folgen.

Mark konnte während unseres Museumsbesuchs nicht jeden einzelnen Schüler im Auge behalten, und sobald der Unterricht offiziell beendet wäre, würden wir sowieso tun und lassen können, was wir wollten.

Als ich aus dem Museumsgebäude trat, sah ich sie am Treppenaufgang stehen und erneut telefonieren. Ich versteckte mich hinter einer Eingangssäule und beobachtete, wie sie ein paar Minuten später zur Charing Cross Station hinüberrannte. Ich lief ihr hinterher, hielt meine Oyster-Card an den Scanner am Drehkreuz und folgte ihr die Rolltreppe hinunter zu den Gleisen. Sie stieg in die Northern Line, fuhr aber nur zwei Stationen. An der

Tottenham Court Road nahm sie die Central Line Richtung Osten. Das war eigentlich der Weg zurück zur Schule, doch dann stieg sie an der Haltestelle Liverpool Street in die District Line um und fuhr wieder Richtung Osten. Um nicht von ihr entdeckt zu werden, blieb ich im hinteren Teil des Zuges und hoffte, dass sie sich nicht allzu genau umschaute. Aber die Sorge war völlig unbegründet, denn zu meinem Glück war Boo nun mal Boo und starrte die ganze Zeit auf ihr Handy und tippte darauf herum. An der Haltestelle Whitechapel stieg sie aus und verließ die U-Bahn-Station. Ich folgte ihr und fand mich auf einer belebten, nach exotischen Gewürzen duftenden Straße wieder, in der sich Marktstände, türkische, indische und afrikanische Restaurants und Imbissbuden drängten. Gegenüber lag das Royal London Hospital. Der Name kam mir irgendwie bekannt vor, wahrscheinlich aus den Nachrichten. Whitechapel war schließlich das Epizentrum der Ripper-Morde. Ich ließ Boo einen kleinen Vorsprung, nicht zu viel, denn ich wollte sie in dem Gewühl nicht aus den Augen verlieren. Es war gar nicht so einfach, mir einen Weg zwischen den Verkaufsständen mit Schirmen, Einkaufstaschen, traditionellen afrikanische Holzmasken und Kleidern zu bahnen und gleichzeitig Boo im Auge zu behalten. Immer wieder versperrten mir Passanten mit riesigen Taschen oder Essensbehältern aus Styropor den Weg, und endlich einmal kamen mir meine neu erworbenen Hockeykenntnisse zugute. Inzwischen hatte ich nämlich gelernt, wie man Hockeybällen auswich, auch wenn Claudia mir jeden Tag aufs Neue predigte, dass es im Tor *nicht* darum ging, dem Ball auszuweichen.

Boo ließ Whitechapel hinter sich, bog in eine Seitenstraße und änderte ständig aufs Neue die Richtung. Ich musste beinahe rennen, um nicht abgehängt zu werden, und hatte schon nach wenigen Minuten keine Ahnung mehr, wie ich den Weg jemals allein zurückfinden sollte. Plötzlich winkte sie hektisch jemandem auf einem Spielplatz auf der gegenüberliegenden Straßenseite zu. Es war eine junge Frau in einem braunen Wollkostüm, das mich an eine altmodische Army-Uniform erinnerte. Unter ihrer Kappe lugten dunkelbraune, in Wasserwellen gelegte Haare hervor. Sie war gerade damit beschäftigt, Müll vom Boden aufzusammeln und ihn ordnungsgemäß in die Abfallbehälter zu werfen. Welcher normale Mensch machte sich im Stil der Vierzigerjahre zurecht, um dann Müll von der Straße zu klauben?

Boo schaute kaum nach links und rechts, bevor sie über die Straße lief, und wäre beinahe vor ein Auto gerannt. Ich versteckte mich hinter einem großen roten Briefkasten und beobachtete, wie sie die Frau zu einer etwas abgelegenen Ecke führte und dabei auf sie einredete. Kurz darauf kam ein Streifenwagen angefahren und stoppte vor dem Spielplatz. Als der Fahrer ausstieg, sog ich keuchend die Luft ein – es war der junge Polizist, der Jazza und mich nach der Mordnacht angesprochen hatte, und von dem Jazza glaubte, er sei Reporter.

»Was verdammt noch mal wird hier eigentlich gespielt?«, murmelte ich leise.

Der junge Polizist ging zu meiner Mitbewohnerin und der Frau in der braunen Uniform hinüber. Die Art, wie sie sich miteinander unterhielten, ließ keinen Zweifel daran, dass die drei sich ziemlich gut kannten.

Mir wurde eiskalt, und ich hatte auf einmal das Gefühl, als hätte sich die ganze Welt gegen mich verschworen, um mich in den Wahnsinn zu treiben. Und sie machte ihren Job super, ich stand nämlich tatsächlich kurz davor, durchzudrehen.

Also versuchte ich, meinen gesunden Menschenverstand einzuschalten und die Sache logisch anzugehen. Okay – der Polizist musste echt sein. Wenn er Reporter wäre, wie Jazza vermutet hatte, könnte er nicht ständig verkleidet durch die Gegend laufen und wäre wohl kaum in einem Streifenwagen unterwegs. Was Boo betraf – sie war kurz nach den Morden an unsere Schule gekommen und mir seitdem nicht von der Seite gewichen. Tja, und die Frau in der Uniform ... welche Rolle sie in dem Ganzen spielte, war mir eigentlich egal, mir reichte schon die Tatsache, dass Boo und der Polizist sich kannten und heimlich trafen.

Und dann geschah etwas, das mir wirklich beinahe den Verstand raubte – ein Passant spazierte durch die uniformierte Frau hindurch.

Er ging einfach durch sie *hindurch!*

Die Frau drehte sich um und schaute ihm hinterher, als wolle sie sagen »Können Sie nicht aufpassen?«. Das war genug. Mehr musste ich nicht sehen, um zu kapieren, dass mit mir irgendetwas nicht stimmte. Als die Fußgängerampel auf Grün sprang, überquerte ich kurz entschlossen die Straße und ging auf die drei zu. In meinem Kopf drehte sich alles und meine

Beine drohten bei jedem Schritt ihren Dienst zu versagen. Ich brauchte dringend Hilfe.

»Mit mir stimmt irgendwas nicht«, sagte ich, als ich den Spielplatz erreicht hatte.

Die drei drehten sich gleichzeitig zu mir um und starrten mich völlig entgeistert an.

»Oh nein«, stöhnte der junge Polizist und warf Boo einen vorwurfsvollen Blick zu.

»Ich kann nichts dafür«, rief Boo. »Sie muss mir heimlich gefolgt sein.«

»Alles in Ordnung?«, fragte mich die uniformierte Frau und streckte behutsam die Hand nach mir aus. »Kommen Sie. Ich glaube, Sie sollten sich lieber einen Augenblick setzen.«

Ich ließ mich von der Frau zu einer Bank führen. Boo folgte uns und kniete sich neben mich.

»Keine Sorge, Rory«, sagte sie, »mit dir ist alles in Ordnung.«

Der Polizist blieb, wo er war, schaute nur mit finsterem Blick und verschränkten Armen zu uns rüber.

»Sie braucht unsere Hilfe«, sagte Boo zu ihm. »Jetzt komm schon, Stephen. Irgendwann musste das ja mal passieren.«

Währenddessen sprach die Frau in der braunen Uniform weiter mit ruhiger und bestimmter Stimme auf mich ein. »So ist es gut, Liebes. Versuchen Sie gleichmäßig ein- und auszuatmen.«

»Mit dir ist alles in Ordnung, Rory, ehrlich. Hab keine Angst, wir helfen dir.« Bei ihren letzten Worten sah Boo Stephen auffordernd an.

»Und wie sollen wir das bitte schön anstellen?«, entgegnete er genervt.

»Wir bringen sie zu euch«, sagte Boo. »Und erklären es ihr. Jo, könntest du bitte kurz mit anpacken ...«

Boo und die uniformierte Frau, die offensichtlich Jo hieß, halfen mir, aufzustehen und hakten sich anschließend rechts und links bei mir unter. Es war jedoch vor allem Boo, die mich stützte. Der junge Polizist öffnete die Tür des Streifenwagens und deutete auf die Rückbank.

»So war das eigentlich nicht gedacht«, meinte er. »Aber wahrscheinlich ist es wirklich besser, wenn du mitkommst. Na los, steig schon ein.«

»Gib ihr eine Papiertüte, in die sie hineinatmen kann«, rief die uniformierte Frau Boo nach. »Das wirkt Wunder.«

»Mach ich«, antwortete Boo. »Bis später, ja?«

Da sich inzwischen bereits eine Gruppe Schaulustiger um uns versammelt hatte, ließ ich mich von Boo und dem jungen Polizisten widerstandslos auf die Rückbank des Streifenwagens verfrachten.

20

So kam ich also zu einer Stadtrundfahrt in einem Londoner Streifenwagen.

»Ich bin übrigens Stephen«, ertönte es vom Fahrersitz. »Stephen Dene.«

»Rory«, murmelte ich.

»Ich weiß. Wir haben uns ja neulich schon kennengelernt.«

»Allerdings. Bist du wirklich bei der Polizei?«

»Ja«, antwortete er.

»Und ich auch«, fügte Boo hinzu.

Stephen fuhr in die Innenstadt zurück, um den Trafalgar Square herum und an der National Gallery vorbei, wo heute Morgen alles begonnen hatte, wich dabei geschickt Taxis und Doppeldeckerbussen aus und hielt kurz darauf an einer belebten Einkaufsstraße. Nachdem er und Boo ausgestiegen waren, öffnete er die hintere Tür und reichte mir die Hand, um mir beim Aussteigen zu helfen. Ich ignorierte sie und kletterte allein aus dem Wagen. Ich brauchte dringend etwas, worauf ich meine Gedanken konzentrieren konnte, damit ich nicht vollends den Verstand verlor, und wenn es nur so etwas Kleines war wie einen Schritt vor den nächsten zu setzen.

»Hier entlang«, sagte Stephen.

Sie führten mich eine kleine Gasse hinunter, vorbei an einem Pub und dem Bühnenausgang eines Theaters und unter einem Mauerbogen hindurch. Der Weg wurde immer schmaler, und plötzlich fanden wir uns in einer Gegend wieder, die aus der Zeit gefallen und einem Roman von Charles Dickens entsprungen zu sein schien. Für Autos war in den engen Gässchen kein Durchkommen, an den braunen Backsteinfassaden der Häuser hingen alte Gasleuchten und die glänzenden schwarzen Eingangstüren waren mit Messingtürklopfern versehen. Es handelte sich vermutlich um eine ehemalige kleine Geschäftsstraße, denn viele der Häuser hatten große Schaufensterfronten, die jetzt jedoch größtenteils dunkel waren. Auf einem Straßenschild stand GOODWIN'S COURT.

Stephen blieb vor einer der Eingangstüren stehen und öffnete sie mithilfe eines Zahlencodes, den er in ein in das Mauerwerk eingelassenes Tastenfeld tippte. Es war ein kleines Gebäude mit einem überraschend modernen und schlicht gehaltenen Vorraum. Das Treppenhaus roch intensiv nach Farbe und neu verlegtem Teppich. Als wir die Stufen hochstiegen, schaltete sich auf jeder Etage automatisch die Beleuchtung ein. Vor der einzigen Tür im dritten Stock blieben wir stehen. Fernsehergeräusche drangen zu uns nach draußen. Die Stimme eines Kommentators war zu hören, plötzlich gefolgt von lautem Jubelgeschrei. Offensichtlich schaute da gerade jemand eine Sportübertragung.

»Callum ist zu Hause«, sagte Boo.

Stephen brummte zustimmend und öffnete die Tür. Wir traten in einen Raum, der größer wirkte, als die enge Gasse und das schmale Haus es von außen hatten vermuten lassen. Er war etwas spärlich mit zwei Sofas und einem ramponierten, mit Zeitungen, Ordnern und Kaffeebechern übersäten Tisch, um den ein paar Stühle standen, eingerichtet. Die Sachen sahen aus, als stammten sie von Flohmärkten, IKEA und dem Dachboden einer Großmutter. Ein Sofa war mit braunem Cordsamt bezogen, das andere mit einem bunten Blümchenmuster. Die Tassen hatten ebenfalls Blümchenmotive. Die bescheidene Möblierung stand in scharfem Kontrast zu dem Haus selbst, auf dessen Restaurierung und Modernisierung offensichtlich viel Geld und Mühe verwandt worden war und das die finanziellen Verhältnisse seiner Bewohner wohl bei Weitem überstieg. Einer dieser Bewohner fläzte auf dem Sofa und schaute sich ein Fußballspiel an. Ich sah nur einen Hinterkopf mit raspelkurzen schwarzen Haaren und einen muskelbepackten, dunkelhäutigen Arm, der mit einer seltsamen Kreatur tätowiert war, die einen langen Stab umklammerte. Der Besitzer von Haar und Arm richtete sich auf und spähte über die Sofalehne. Er war ungefähr so alt wie ich, trug ein enges Rollkragenshirt, das über seiner breiten Brust spannte, und schien mich außerdem zu kennen.

»Was macht die denn hier?«, wollte er wissen.

»Es gibt eine kleine Planänderung.« Stephen zog seinen Mantel aus und warf ihn über einen der Stühle.

»Klingt mir eher nach *großer* Planänderung, wenn du mich fragst.«

»Kannst du bitte mal den Fernseher ausschalten? Rory, das ist Callum. Callum, das ist Rory.«

Callum deutete mit dem Kinn auf mich. »Kann mir vielleicht endlich jemand sagen, was sie hier zu suchen hat?«

»Oh Mann, Callum«, stöhnte Boo. »Sei gefälligst nett zu ihr. Sie hat gerade erst herausgefunden, dass sie ... *du weißt schon was ...* «

Callum hielt mir eine Tüte mit Fast Food hin. »Fritten?« Als ich den Kopf schüttelte, zog er einen Hamburger daraus hervor.

»Muss das jetzt sein?«, fragte Stephen.

»Und ob das sein muss. Hab gerade erst angefangen zu essen, als ihr einfach so reingeplatzt seid. Außerdem hilft es ihr ja wohl kaum weiter, wenn ich das Zeug kalt werden lasse. Was habt ihr jetzt überhaupt vor?«

»Wir werden es ihr erklären«, meinte Stephen.

»Da bin ich aber mal gespannt.«

»Ist nicht meine Entscheidung gewesen«, verteidigte sich Stephen.

»Wir haben gar keine andere Wahl, als es ihr zu sagen«, meinte Boo.

Sie redeten über mich, als wäre ich gar nicht da, aber ich versuchte erst gar nicht, dem Gespräch zu folgen. Schließlich schaltete Callum den Fernseher aus, und ich wurde gebeten, auf dem gegenüberliegenden Sofa Platz zu nehmen. Boo ließ sich neben Callum ins Polster sinken und Stephen nahm sich einen Stuhl und setzte sich damit direkt vor mich.

»Was ich dir jetzt erzähle«, begann er, »wird dich wahrscheinlich erst mal ziemlich umhauen.«

Ich musste kichern. Stephen zog die Brauen hoch und warf Boo und Callum über die Schulter einen stirnrunzelnden Blick zu. Boo nickte mir ermutigend zu und bedeutete ihm dann fortzufahren.

»Okay.« Stephen holte tief Luft, dann sagte er: »Hattest du vor Kurzem vielleicht ein Nahtoderlebnis?«

»Hey, dieser Punkt sollte unbedingt in den Fragenkatalog für Bewerbungsgespräche aufgenommen werden«, grinste Callum, worauf Boo ihm den Ellbogen in die Seite rammte, und er beschwichtigend die Hände hob.

»Denk nach, Rory«, sagte Stephen. »Bist du irgendwann in letzter Zeit in einer lebensbedrohlichen Situation gewesen?«

Ich dachte angestrengt nach und wollte schon den Kopf schütteln, als mir etwas einfiel. »Vor ein paar Wochen im Speisesaal«, sagte ich, »ist mir beim Abendessen etwas im Hals stecken geblieben, an dem ich beinahe erstickt wäre.«

»Und seitdem siehst du Leute … Leute, die andere nicht sehen, hab ich recht?«

Ich brauchte nichts zu erwidern. Sie kannten die Antwort bereits.

»Der Zustand, in dem du dich befindest, ist zwar extrem ungewöhnlich, aber bei Weitem nicht so selten, wie du jetzt vielleicht denkst.

»Zustand? Habe ich etwa eine Krankheit?«

»Keine Krankheit … Eher eine Gabe. Es ist jedenfalls nichts Bedrohliches, zumindest nicht …«

Callum wollte erneut etwas einwerfen, und Boo gab ihm einen so heftigen Klaps auf die Hand, in der er die Fast-Food-Tüte hielt, dass ein paar Fritten auf das Sofa fielen.

»Halt die Klappe«, warnte sie ihn.

»Wieso? Ich hab doch gar nichts gesagt.«

»Aber du hattest es vor.«

»Aufhören! Alle beide!«, fuhr Stephen sie an. »Ihr wisst doch selbst, wie schwierig das alles für sie sein muss. Denkt mal daran, wie ihr euch damals gefühlt habt.«

Callum und Boo murmelten eine Entschuldigung und setzten ernste Mienen auf.

»Was du da siehst …«

»Wen«, unterbrach Boo ihn erneut.

Stephen seufzte. »Okay, *wen* du da siehst … oder noch genauer, die Leute, die du siehst, die gibt es wirklich. Aber sie sind tot.«

Tote, die man sehen konnte. Das bedeutete: Geister. Er hat also gesagt, ich könne Geister sehen.

»Geister?«, fragte ich.

»Geister«, bestätigte er. »So lautet jedenfalls die gebräuchliche Bezeichnung.«

»Ich kenne eine Menge Leute, die behaupten, sie könnten Geister sehen«, murmelte ich. »Und die sind alle verrückt.«

»Die meisten Menschen, die angeblich Geister sehen können, können es in Wirklichkeit gar nicht. In der Regel haben sie einfach nur eine blühende Fantasie oder sind leicht zu beeinflussen. Aber es gibt auch Leute, die tatsächlich Geister sehen können, und zu denen gehören wir.«

Ich verschränkte die Arme vor der Brust. »Ich will aber keine Geister sehen.«

»Es ist absolut genial«, sagte Boo enthusiastisch. »Zum Beispiel die Frau vorhin auf dem Spielplatz. Sie ist im Zweiten Weltkrieg gefallen. Sie ist tot, sie ist ein Geist, und sie ist trotzdem eine meiner besten Freundinnen. Es gibt überhaupt keinen Grund, Angst vor ihr zu haben. Im Gegenteil. Jo ist total liebenswert und einfach nur toll.«

»Diese Fähigkeit«, ergriff nun Stephen wieder das Wort, »ist wie gesagt sehr ungewöhnlich, aber nichts, worüber man sich Sorgen machen müsste.

»Geister zu sehen, ist nichts, worüber man sich Sorgen machen müsste?«, wiederholte ich.

»Na, das läuft doch super«, meinte Callum und schob sich ein paar Fritten in den Mund. »Ich wünschte, du hättest mir die Sache auch so schonend beigebracht.«

»Okay, pass auf.« Stephen rückte mit seinem Stuhl ein Stück zurück, um mich besser anschauen zu können. »Unsere Gabe ist noch nicht sehr weit erforscht, was wir aber wissen, ist, dass zwei Voraussetzungen dafür erfüllt sein müssen. Zum einen muss man die Veranlagung dafür mitbringen. Ob genetische Ursachen der Grund sind, ist noch nicht zweifelsfrei geklärt. Zum anderen muss man in der Pubertät dem Tod nahe gewesen sein. Das ist sozusagen die Grundvoraussetzung. Niemand entwickelt diese Fähigkeit mehr, wenn er älter als neunzehn ist. Man muss ...«

»... beinahe gestorben sein«, beendete Callum Stephens Satz. »Jeder von uns hätte um ein Haar ins Gras gebissen, und seitdem können wir Geister sehen.«

Sie gaben mir ein bisschen Zeit, das alles zu verdauen. Ich stand auf und ging zum Fenster. Der Ausblick war nicht gerade überwältigend. Braune Backsteinfassaden blickten mir entgegen und eine Taube, die auf dem gegenüberliegenden Dach saß.

»Ich kann also Geister sehen, weil ich fast erstickt wäre?«, sagte ich schließlich.

»Ja, so ungefähr«, antwortete Stephen.

»Und ich soll mir deswegen keine Sorgen machen?«

»Richtig.«

»Und warum bitte schön sitze ich dann hier, wenn ich mir keine Sorgen machen soll? Ihr habt gesagt, ihr wärt bei der Polizei. Was für eine Polizei ist das überhaupt? Ich meine, ihr seid wahrscheinlich nicht viel älter als ich, wie kann man denn da schon für die Polizei arbeiten? Und wieso taucht ihr plötzlich auf und erzählt mir, ich könne Geister sehen?«

»Für unser Arbeitsgebiet gibt es kein Mindestalter«, sagte Callum. »Im Gegenteil. Je jünger, desto besser.«

»Und wir sind nicht plötzlich aufgetaucht und haben dir erzählt, du könntest Geister sehen«, fügte Stephen hinzu. »*Du bist plötzlich aufgetaucht und hast Boo und mich bei der Arbeit beobachtet. Wir hatten also praktisch keine andere Wahl, als dir zu sagen, dass du Geister sehen kannst.*«

»Und was für eine Arbeit soll das sein?«, fragte ich.

»Wir helfen bei der Aufklärung der Mordserie mit. Du bist eine wichtige Augenzeugin und Zeugenschutz gehört zu unserem Standardprogramm.«

Allmählich kapierte ich die Zusammenhänge. Ich war Zeugin. Ich konnte Geister sehen. Und in der dritten Ripper-Nacht hatte ich jemanden gesehen, den Jazza nicht wahrgenommen hatte, obwohl er genau vor ihr gestanden hatte. Jemanden, den die Kameras nicht erfassen konnten. Jemanden, der keine DNA-Spuren hinterließ. Jemanden, der spurlos verschwand ...

Ich hatte das Gefühl, einen Abgrund hinunterzustürzen. Das Gefühl war gar nicht mal so unangenehm. Ich fiel und fiel und fiel ...

Der Ripper war ein Geist. Ich hatte den Ripper gesehen. Genauer gesagt, den Geist des Rippers.

»Ich glaube, so langsam geht ihr ein Licht auf«, raunte Callum.

»Und was wollt ihr gegen ihn unternehmen?«, fragte ich.

»Einem Geist kann man ja wohl schlecht Handschellen anlegen und ihn hinter Gitter stecken. Aber er weiß, dass ich ihn gesehen habe. Und er weiß, wo ich wohne.«

Stephen zuckte mit den Achseln. »Du hast keine andere Wahl, als uns zu vertrauen. Im Moment bist du sogar der sicherste Mensch in ganz London. Das Wichtigste ist, dass du dein Leben so weiterführst wie bisher.«

»Und wie soll ich das verdammt noch mal anstellen?«, rief ich.

»Keine Sorge, du wirst dich an die neue Situation gewöhnen«, erwiderte er. »In ein paar Tagen, spätestens einer Woche hast du den ersten Schock verdaut und dann geht es dir wieder besser. Schau uns an. Uns geht es blendend.«

Ich schaute sie tatsächlich an. Stephen, so ernst und erwachsen, obwohl er kaum älter war als ich; die unbeschwert lächelnde Boo; und Callum, der verdächtig ruhig war und sich weiter seine Fritten in den Mund schob. Sie sahen tatsächlich alle drei ziemlich normal aus.

»Ich bleibe in Wexford«, sagte Boo, »und weiche solange nicht von deiner Seite, bis alles vorbei ist. Dir wird nichts passieren.«

»Das heißt, ich kehre einfach so ins Internat zurück, als ob nichts gewesen wäre?«, sagte ich.

»Genau«, antwortete Stephen.

»Und gehe in den Unterricht, spiele Hockey, telefoniere regelmäßig mit meinen Eltern und ...«

»Ja.«

»Und ihr? Was unternehmt ihr?«

Stephen schüttelte bedauernd den Kopf. »Das dürfen wir dir leider nicht sagen. Was wir tun, ist streng geheim. Unser Treffen hier hat nie stattgefunden und du darfst mit niemandem über uns sprechen. Du musst uns einfach vertrauen. Wir sind

Polizisten, und als solche werden wir dich beschützen und auf dich aufpassen.«

»Wie viele von euch gibt es denn noch?«

»Viele. Und wir haben den gesamten Polizeiapparat hinter uns«, erklärte Stephen. »Von der Sicherheitsbehörde bis in die höchste Regierungsebene hinauf. Du kannst also wirklich völlig beruhigt sein.«

So wie jetzt hatte ich mich noch nie gefühlt. Während unserer Unterhaltung hatte mir das Herz bis zum Hals geklopft. Aber jetzt fiel die ganze Aufregung und Anspannung plötzlich in sich zusammen und ich war unendlich erschöpft. Ich ließ mich wieder aufs Sofa fallen, lehnte mich ins Polster zurück und starrte an die Decke.

»Schlafen«, murmelte ich. »Ich will einfach nur noch schlafen.«

Stephen stand auf. »Ich fahre euch ins Internat zurück.«

Während er seinen Mantel anzog und seine Schlüssel suchte, brachte Boo mich zur Tür und ging schon mal die Treppe mit mir hinunter.

»Ich weiß nicht, ob das so eine gute Idee war«, hörte ich Callum noch sagen.

21

Zum Ende des Studienjahres sitzen in den Bäumen der Tulane University, an der meine Eltern unterrichten, auffallend viele Sittiche. Das liegt daran, dass einige Studenten glauben, sich für die Dauer ihres Studiums ein Haustier zulegen zu müssen, aber keine Verwendung mehr dafür haben, wenn ihre Zeit an der Uni zu Ende ist und deshalb einfach die Käfige öffnen und die Vögel aus dem Fenster fliegen lassen. Manche Leute sind ziemlich gedankenlos.

Mein Onkel Bick hat ein Herz für diese zurückgelassenen Vögel. Während der Examenswoche fährt er ständig durch die Gegend und hält nach ihnen Ausschau. Er hat nur die allerbesten Absichten, wirkt auf manche Menschen allerdings wie ein verkappter Triebtäter, wenn er mit seinem buschigen Bart am Steuer seines zerbeulten Pick-ups hockt, auf dessen Heckklappe ein Aufkleber mit dem Spruch WILLST DU MAL MEINEN KAKADU SEHEN? prangt, und langsam an den Studentenwohnheimen vorbeifährt. Früher oder später dreht immer jemand durch und verständigt die Campus-Security. Onkel Bick muss dann jedes Mal erklären, dass er bloß versucht, den Sittichen das Leben zu retten, weil ihm die Geschichte aber so gut wie nie jemand abkauft, bezieht er sich in solchen Fällen stets auf meine Mutter, die schließlich nicht nur seine Schwester, sondern auch Anwältin und ein hochangesehenes Mitglied der Fakultät ist. Keine Ahnung, wie oft Mom Onkel Bick in so einer Situation schon gesagt hat, wie man im US-Bundesstaat Louisiana mit Spannern verfährt (man verpasst ihnen eine Geldstrafe von fünfhundert Dollar und eine Haftstrafe von bis zu sechs Monaten), und dass es ihrer Karriere nicht eben förderlich sei, wenn ihr Bruder wiederholt auf dem Campus aufgegriffen und des Voyeurismus beschuldigt werde. Daraufhin lässt Onkel Bick sich dann immer in epischer Breite über das schwere Schicksal der armen kleinen Sittiche aus und verlangt, dass diesem verantwortungslosen Treiben ein Ende gesetzt wird. Die fruchtlose Diskussion endet schließlich jedes Mal damit, dass wir uns alle in unserem Stammgrilllokal »BIG JIM'S PIT OF LOVE« treffen. Das Ganze ist zu einer Art Ritual geworden, mit dem unsere Familie quasi jedes Jahr den Sommer einläutet.

Bei einer seiner Rettungsaktionen ging Onkel Bick mal ein kleines grünes Sittichmädchen ins Netz, das er auf den Namen »Piepsi« taufte. Das Leben hatte es bis dahin nicht gut mit ihr gemeint. Als Onkel Bick sie fand, saß sie auf einem Stoppschild und zwitscherte sich die Seele aus dem Leib. Sie hatte einen gebrochenen Flügel und ihr fehlte ein Fuß. Jeder andere ihrer Artgenossen hätte längst aufgegeben, aber Piepsi war eine Kämpfernatur. Es ist uns bis heute ein Rätsel, wie sie es auf das Verkehrsschild geschafft hatte. Sie konnte nämlich nicht mehr fliegen.

Die kleine Piepsi war halb verhungert, kurz vorm Verdursten und außerdem fielen ihr die Federn aus. Aber Onkel Bick pflegte sie mit einer solch aufopferungsvollen Hingabe wieder gesund, dass ich ihn dafür nur bewundern konnte. Er verband ihren gebrochenen Flügel, flößte ihr stundenlang geduldig mit einer Pipette Wasser in den Schnabel und fütterte sie mithilfe des Endes eines Teelöffels mit Körnerbrei.

»Schau, wie gut sie sich an ihre Situation gewöhnt hat«, sagte er jedes Mal, wenn ich ihn in seinem Laden besuchte. »Wir sollten uns alle ein Beispiel an ihr nehmen. Sie lehrt uns, dass man sich selbst den widrigsten Umständen anpassen kann.«

Eine wunderbare Parabel auf das Leben, könnte man nun sagen. Wenn man davon absieht, dass Piepsi sich nicht wirklich mit ihrer Situation abfand. Ihr Flügel wuchs leider schief zusammen, sodass sie nie höher als zwanzig Zentimeter über dem Boden und ausschließlich im Kreis fliegen konnte. Außerdem verlor sie mit nur einem Füßchen ständig das Gleichgewicht und fiel immer wieder von ihrer Stange, bis Onkel Bick ihr schließlich ein gemütliches Zuhause in einer Kiste baute, die fortan auf der Ladentheke stand. Eines Tages musste Piepsi es sich jedoch in ihren Sittich-Kopf gesetzt haben, wieder fliegen zu können. Sie hüpfte auf den Rand ihrer Kiste, sondierte die Umgebung, spreizte die Flügel und hob ab. Ihr Flug endete in einer Bruchlandung auf dem Boden, genau in dem Moment als der Paketbote die Ladentür aufstieß und mit der Sackkarre hundertfünfzig Kilo Vogelfutter in den Laden schob.

Diese Geschichte ging mir durch den Kopf, nachdem Stephen mir gesagt hatte, dass ich mich schon an die neue Situation gewöhnen würde.

Er brachte Boo und mich zum Internat zurück, setzte uns aber ein paar Straßen von Wexford entfernt ab, damit niemand mitbekam, dass wir in einem Streifenwagen vorfuhren. Es war fünf Uhr nachmittags und vermutlich strömten schon die ersten Schüler Richtung Speisesaal. Mir war der Appetit vergangen, Boo dagegen stand kurz vor dem Verhungern, also holten wir ihr in dem Café um die Ecke ein Schinken-Käse-Sandwich, das sie gierig verschlang, als wir wieder im Zimmer waren.

»Es ist also dein Job, mir auf Schritt und Tritt zu folgen?«, sagte ich und ließ mich erschöpft auf mein Bett fallen.

»So ungefähr«, antwortete sie mit vollem Mund.

»Und wie muss ich mir eure Arbeit sonst so vorstellen?«

»Na ja, Stephen ist ein echter Polizeibeamter mit Uniform und allem, was dazugehört. Callum arbeitet als verdeckter Ermittler in den U-Bahn-Stationen, weil es da jede Menge Geister gibt. Und ich bin erst seit Kurzem dabei. Für deinen Schutz zu sorgen ist mein erster richtiger Einsatz.«

»Also hattest du auch ein Nahtoderlebnis?« Es war mehr eine Feststellung als eine Frage.

»Mit achtzehn war ich ständig in irgendwelchen Clubs unterwegs und ... «

»Mit achtzehn? Wie alt bist du denn?«

»Zwanzig.«

»Zwanzig?«

»Ich bin hier nur zur Tarnung als Schülerin eingeschleust worden, schon vergessen?«, entgegnete sie. »Jedenfalls bin ich mit meiner Freundin Violet damals von einem Club nach Hause gefahren. Sie hatte an dem Abend ziemlich viel getrunken, und ich hätte erst gar nicht in den Wagen einsteigen dürfen, sondern sie im Gegenteil davon abhalten müssen, sich hinters Steuer zu setzen. Aber ich war selbst ganz schön angetrunken und habe zu der Zeit sowieso nicht immer die klügsten Entscheidungen getroffen. In diesem Fall hat es mich fast das Leben gekostet. Wir rasten frontal gegen einen Laternenpfahl. Als ich wieder zu mir kam, hing Violet bewusstlos neben mir in ihrem Gurt, sie blutete, ich blutete, überall war Rauch. Ich fing an zu schreien und hysterisch zu heulen und plötzlich hörte ich eine Stimme sagen, ich solle Ruhe bewahren und versuchen, auszusteigen. Ich schaute mich verwirrt um und da stand Jo neben der Beifahrertür. Sie blieb bei mir und redete mir die ganze Zeit gut zu, bis ich mich endlich aus dem Wagen befreit hatte und Hilfe holen konnte. Ohne sie hätte ich das nie geschafft. Seitdem ist Jo meine beste Freundin. Ist nur manchmal ein bisschen schwierig, sie zu erreichen. Zu Weihnachten wollte ich ihr eigentlich ein Handy schenken. Kleinere Gegenstände kann sie nämlich sogar festhalten, nichts Großes, aber ein Handy ist kein Problem. Nur leider kann sie als Geist nicht einfach irgendwelche Sachen aus dem Diesseits mit sich herumtragen, weil dann jeder, an dem sie damit vorbeikäme, nur ein in der Luft schwebendes Handy sähe, was natürlich für ziemlich viel Verwirrung sorgen würde. Um sich zu beschäftigen, sammelt Jo Abfall ein, aber das fällt komischerweise niemandem auf. Wahrscheinlich denken die Leute, wenn sie Müll herumfliegen sehen, dass der Wind ihn aufgewirbelt hat oder gerade jemand etwas weggeworfen hat. Es gibt einiges, worauf man achten muss, wenn man ein Geist ist.«

»Ich weiß nicht, ob ich das kann«, sagte ich.

»Ob du was kannst?«

»Das alles. Ob ich das sein kann, was ich jetzt bin.«

»Klar kannst du. Du bist deswegen ja kein anderer Mensch, sondern hast bloß eine besondere Fähigkeit geschenkt bekommen, für die du nichts tun musst. Versuch einfach, es als etwas ganz Natürliches zu sehen.«

»Aber wie soll ich denn jetzt noch den ganzen Schulstoff schaffen?« Ich fuhr mir verzweifelt durch die Haare. »Ich meine, ich sehe Geister und soll übers Wochenende diesen Aufsatz über Samuel Pepys und sein verdammtes Tagebuch schreiben. Dabei weiß ich jetzt schon nicht mehr, wo mir der Kopf steht.«

Ich stand auf und begann ruhelos durchs Zimmer zu tigern, nahm wahllos Dinge in die Hand und legte sie wieder hin, weil es irgendwie guttat, vertraute Gegenstände anzufassen und zu spüren, dass sie real waren. Alles schien unverändert. Dasselbe Zimmer. Dieselbe Boo. Derselbe Schmollmund-Aschenbecher. Dieselbe ungespülte Teetasse mit den eingetrockneten Weinresten von gestern Abend.

Boo beobachtete mich nachdenklich, während sie sich den letzten Rest ihres Sandwichs in den Mund steckte.

»Ich hab's«, sagte sie plötzlich. »Los, komm. Wir gehen in die Bibliothek.«

Da es Samstagabend und außerdem Abendessenszeit war, hielt sich nur eine Handvoll Schüler in der Bibliothek auf, und wer sich samstagabends vor dem Abendessen noch in der Bibliothek aufhielt, bekam in der Regel nicht besonders viel von seiner Umwelt mit, sondern war komplett in seine eigene Welt versunken, die in dem Fall aus einem Laptop oder Buch bestand. Boo ging zunächst zielstrebig die Regalreihen im Erdgeschoss ab und durchkämmte anschließend das gesamte obere Stockwerk. Sie fand Alistair am Ende des Ganges im Bereich Literatur, wo er es sich auf einer der breiten Fensterbänke zwischen »Ea« und »Gr« bequem gemacht hatte, und steuerte geradewegs auf ihn zu.

»Sie weiß Bescheid«, sagte Boo.

Alistair blickte träge von seiner Lektüre auf.

»Glückwunsch«, entgegnete er trocken.

Ich blickte verwirrt zwischen den beiden hin und her und fragte mich, was wir hier eigentlich wollten. Aber sie schauten mich an, als erwarteten sie irgendeine Reaktion von mir.

»Es geht darum, worüber wir uns die ganze Zeit unterhalten haben«, half Boo mir schließlich auf die Sprünge. »Alistair – er ist auch ...«

»Auch was ...?«

Und dann verstand ich plötzlich, warum Alistair mich ansah, als wäre ich total dämlich. Sein Retro-Style war gar kein Retro-Style. Er war tatsächlich ein Punk aus den Achtzigern.

»Oh mein Gott«, rief ich. »Du ... du bist ...«

»Genau. Er ist tot.« Aus ihrem Mund klang es, als hätte sie gesagt, dass heute sein Geburtstag wäre.

Ich starrte Alistair fassungslos an. Er sah aus wie ... wie ein lebendiger Mensch. Seine hochgestellten Haare, die Springerstiefel, die er zu seiner Schuluniform trug, der zu große Trenchcoat ... Ich fasste mir in meine eigenen langen dunklen Haare und war plötzlich total froh, dass ich sie nicht hatte pink färben lassen, wie ich es vorgehabt hatte. Oder zumindest hatte ich ernsthaft darüber nachgedacht. Ein paar Wochen lang mit pinkfarbenen Haaren herumzulaufen, stellte ich mir ganz nett vor. Aber bis in alle Ewigkeit? Da war ich mir nicht so sicher.

Keine Ahnung, warum mir ausgerechnet dieser Gedanke durch den Kopf schoss. Er war oberflächlich und unangemessen. Stattdessen hätte ich über die menschliche Existenz und ihre Vergänglichkeit nachdenken sollen, darüber, was es bedeutete, mit achtzehn zu sterben und dass der Tod für manche Menschen nicht das Ende war. Aber weil diese Art von Gedanken im Moment einfach zu überwältigend für mich waren, konzentrierte ich mich lieber auf seine Frisur und seine Doc Martens. Die Frisur sitzt – für immer. Doc Martens – der Schuh für die Ewigkeit.

Auf einmal begann ich hysterisch zu lachen und konnte gar nicht mehr aufhören. Selbst als jemand am anderen Ende des

Gangs auftauchte und mir einen vorwurfsvollen Blick zuwarf, konnte ich nicht aufhören. Ich lachte und lachte, bis ich kurz davor war, mich mitten in der Literaturabteilung zu übergeben. Als ich mich endlich wieder im Griff hatte, rutschte Alistair von der Fensterbank und bedeutete uns, ihm zu folgen.

Er führte uns in die Recherche-Abteilung, die sich gleich neben der Buchausgabe im Erdgeschoss befand. Eines der Regale dort enthielt sämtliche alten Ausgaben der in grünes Leder gebundenen und nach Jahrgängen sortierten Schülerzeitung »WEXFORD REGISTER«.

»März 1989«, sagte Alistair.

Boo zog den Band mit der Aufschrift 1989 heraus, legte ihn auf den Tisch und blätterte zum Monat März. Die Seiten waren ziemlich vergilbt und das Layout hatte die Anmutung einer von Hand gebastelten Fotocollage. Von der Titelseite der Ausgabe des 17. März 1989 strahlte uns ein lächelnder Alistair entgegen. Obwohl es eine Schwarz-Weiß-Aufnahme war, konnte man gut erkennen, dass seine Haare wasserstoffblond gefärbt waren. Die Schlagzeile lautete »Wexford trauert um toten Schüler«.

»›Alistair Gilliam starb Donnerstagnacht im Schlaf‹«, las Boo leise vor. »›Er war Redakteur des Schüler-Literaturmagazins, liebte Lyrik und die Band The Smiths‹ ... Du bist im Schlaf gestorben?«

»Ein Asthmaanfall«, erklärte Alistair.

Ich musste schon wieder lachen. Es brach einfach so aus mir heraus, ich konnte nichts dagegen tun. Die Bibliothekarin sah verärgert zu uns herüber und legte den Finger an die Lippen.

Boo nickte und stellte das Buch wieder ins Regal zurück. Wir gingen in die Literaturabteilung im ersten Stock zurück, wo Boo erst einmal die komplette Etage durchkämmte, um sich zu vergewissern, dass wir auch wirklich allein waren und ungestört reden konnten.

»Aber wenn du nicht in der Bibliothek gestorben bist«, fuhr sie anschließend fort, »warum kommst du dann trotzdem ausgerechnet immer hierher?«

»Hättest du Lust, die ganze Zeit in Aldshot rumzuhängen? Hier kann ich wenigstens lesen, hab ja sonst nichts zu tun. Ich habe jedes einzelne Buch gelesen, die meisten sogar zweimal. Ist leider ziemlich viel Scheiße dabei.«

»Cool, dass du die Bücher halten und die Seiten umblättern kannst«, sagte Boo.

Alistair nickte. »Hat auch total lange gedauert, bis ich das konnte. Aber was ist eigentlich mit euch beiden? Leute wie ihr tauchen normalerweise nicht im Doppelpack hier auf.«

»Dann bist du also schon mal jemandem wie uns begegnet?«, fragte Boo.

»Ein- oder zweimal in der ganzen Zeit. Aber das waren wie gesagt Einzelgänger und eher so durchgeknallte, komische Typen.«

Das sprach ja nicht gerade für unsereins. An der Art, wie Alistair mich ansah, merkte ich, dass er mich auch irgendwie komisch fand.

»Mit uns ist es etwas speziell«, erklärte Boo. »Ich bin nämlich Polizistin.«

»Polizistin? Du?« Es war das erste Mal, dass ich Alistair laut lachen hörte.

»Ja, ich, stell dir vor«, gab sie gespielt empört zurück und wurde dann wieder ernst. »Wir ermitteln in der Mordserie. Der Ripper ist ... Na ja, er ist wie du.«

»Was soll das heißen ›er ist wie ich‹? Du meinst, er ist tot?« Boo nickte.

»Nur weil ich tot bin, bin ich noch lange nicht wie er, kapiert?«, sagte Alistair.

»Hey, so war das nicht gemeint«, entgegnete Boo hastig.

»Mord ist absolut nicht mein Ding«, fügte Alistair ernst hinzu. »Ich bin Vegetarier gewesen, genau wie Morrissey. Die Smiths haben sogar ihr zweites Album ›Meat Is Murder‹ genannt, und ich bin total derselben Meinung.«

»Tut mir wirklich leid«, sagte Boo zerknirscht und berührte ihn kurz am Arm.

»Wie machst du das?«, fragte ich verblüfft.

»Wie mache ich was?«, fragte sie zurück.

»Du hast Alistair gerade am Arm berührt, ich meine, du hast ihn richtig anfassen können, dabei habe ich vorhin gesehen, wie jemand mitten durch deine Freundin Jo hindurchgegangen ist.«

»Das hängt von der jeweiligen Person ab«, sagte sie. »Manche haben fast dieselbe körperliche Beschaffenheit wie zu ihren Lebzeiten, andere sind eher ätherischer Natur. Alistair gehört zur ersten Kategorie.« Sie wandte sich wieder ihm zu. »Kannst du auch durch Türen und Mauern gehen?«

»Können schon, aber ich mache es nicht gern.«

»Je stofflicher jemand ist, desto länger braucht er dazu und desto schwieriger ist es für ihn«, erklärte Boo. »Denen, die eher durchlässig wie Luft sind, fällt es leichter, durch Gegenstände hindurchzugehen, aber dafür sind sie körperlich nicht besonders stark. Ihnen fällt es viel schwerer, Gegenstände zu halten oder zu bewegen. Aber hey, Geister sind immer noch Menschen. Sie verdienen denselben Respekt wie wir alle, und ich finde, man sollte jeden so nehmen, wie er ist.«

Alistair brummte zustimmend. Offensichtlich hatte Boos Plädoyer für die Geisterrechte ihn wieder besänftigt.

»Wir brauchen Rorys Hilfe bei den Ermittlungen«, wechselte sie jetzt das Thema. »Sie hat erst heute von ihrer Gabe erfahren, und es wird wohl noch eine Zeit lang dauern, bis sie sich daran gewöhnt und gelernt hat, damit umzugehen. Jedenfalls fällt es ihr gerade ziemlich schwer, sich auf die Schule zu konzentrieren, aber sie muss eine wichtige Hausarbeit schreiben, und weil sie im Moment keinen Kopf dafür hat, da dachte ich ... na ja ... dass du ihr vielleicht ein bisschen unter die Arme greifen könntest?«

Zu meiner Überraschung verschwand Alistair nicht einfach wortlos oder löste sich empört in Luft auf (falls er sich in Luft auflösen konnte, wovon ich aber mal ausging).

»Was ist das für eine Hausarbeit?«, fragte er stattdessen.

»Ein Aufsatz von sieben bis zehn Seiten über Samuel Pepys Tagebücher«, antwortete ich.

»Die Tagebücher sind extrem umfangreich und in verschiedene Themen unterteilt«, entgegnete er.

»Oh, ich meine nur das Tagebuch, in dem der Große Brand vorkommt.«

»Nur ist gut. Der Brand kommt in dem Tagebuch nicht bloß vor, er ist quasi das Hauptthema.«

»Toll wäre, wenn du vielleicht auch auf die rhetorischen Stilmittel und so eingehen könntest«, fügte ich murmelnd hinzu.

»Und, was sagst du? Hilfst du uns?« Boo lächelte Alistair entwaffnend an. »Für jemanden wie dich ist das doch ein Klacks, ich meine, so superklug wie du bist. Und mit deinem Einsatz könntest du entscheidend dazu beitragen, einem Serienkiller das Handwerk zu legen. Kannst du eigentlich tippen?«

Er schnaubte verächtlich. »Echte Literaten schreiben von Hand.«

»Klar, sorry, mein Fehler. Dann kannst du also einen Stift halten?«

»Hab's schon eine ganze Weile nicht mehr versucht«, antwortete er. »Ich konnte es aber mal. Wann brauchst du den Aufsatz?«, fragte er mich

Ich setzte meinen Hundeblick auf. »Morgen früh?«

Alistair tippte sich mit dem Zeigefinger an die Lippen und dachte einen Moment lang.

»Dazu brauche ich aber Musik«, sagte er schließlich.

»Musik, klar.« Boo nickte. »Wir besorgen dir, was du willst.«

»Okay, dann hätte ich gern ›Strangeways, Here We Come‹ von The Smiths, ›Kiss Me, Kiss Me, Kiss Me‹ von The Cure …«

»Moment, warte ...«

Boo eilte davon. Kurz darauf hörte ich, wie sie die Treppe hinunterlief. Während sie weg war, starrten Alistair und ich uns schweigend an.

»Ein Stift«, rief Boo, als sie zurückkam, und hielt wie zum Beweis einen Kugelschreiber hoch. »Also, was wolltest du noch mal?«

Alistair wiederholte die Titel seiner Lieblingsalben und Boo notierte sie sich in ihrer Handfläche.

»Und dann noch ›London Calling‹ von The Clash«, beendete er schließlich seine Aufzählung und beugte sich über Boo, um sich zu vergewissern, dass sie die Titel und Namen auch richtig aufgeschrieben hatte.

»Heute Abend hast du die Alben«, versprach Boo. »Und ich bring dir natürlich noch ein Gerät zum Abspielen mit. Okay?«

»Okay«, sagte er. »Ach so, warte ... ich will außerdem noch ›The Queen Is Dead‹. Das ist auch von den Smiths.«

Sie vervollständigte die Liste in ihrer Hand und hielt sie ihm dann hin. »Vier Alben, ein Aufsatz. Deal?«

Er klatschte sie ab. »Deal.«

»Siehst du?«, sagte Boo, als wir wieder draußen waren. »Er ist überhaupt nicht unheimlich oder gruselig oder so, sondern ein total cooler Typ. Und dein Aufsatz ist schon so gut wie geschrieben.«

Boo hatte recht. Vor Alistair brauchte man keine Angst zu haben. Sich mit ihm zu unterhalten, war weder unheimlich noch gruselig gewesen. Es war ein ganz normales Gespräch gewesen, zumindest wenn man von der Tatsache absieht, dass es dabei auch kurz um seinen Tod gegangen war.

»Sind in Wexford auch noch andere Geister?«, fragte ich.

»Ich habe zumindest noch keine gesehen, aber manchmal sind sie ziemlich schüchtern. Sie halten sich gern auf Speichern, in Kellern oder in der U-Bahn auf. Menschen machen ihnen Angst. Eigentlich komisch. Die Menschen fürchten sich vor Geistern und Geister haben Angst vor Menschen, dabei gibt es doch eigentlich gar keinen Grund dafür.«

»Außer dass der Ripper auch ein Geist ist«, sagte ich. »Und vor dem hab ich ehrlich gesagt schon ziemlich Angst. Außerdem hält Jerome mich nach dem Vorfall im Museum bestimmt für komplett gestört.«

»Ach.« Boo winkte ab. »Das hat er doch längst wieder vergessen.«

»Das glaube ich nicht.«

»Und selbst wenn. Wen interessiert schon, was Jerome denkt?«

Mein Schweigen sprach wohl Bände.

Sie fing an zu grinsen. »Du und Jerome?«

Ich blieb weiter stumm.

»Im Ernst? Du und Jerome?«

»Es ist nicht ... es ist keine ... «

»Keine Sorge«, sie zwinkerte mir verschwörerisch zu, »ich bringe das wieder in Ordnung.«

22

Jerome hatte den Vorfall natürlich nicht vergessen. Wie auch? Ich war, kurz nachdem ich eine für ihn unsichtbare Frau gesehen hatte, einfach aus dem Museum gerannt. So etwas vergisst man nicht. Und dass ich auch für den Rest des Tages verschwunden geblieben war, machte die Sache nicht besser.

Als wir am nächsten Morgen in den Speisesaal kamen, saß er schon mit Andrew an einem der Tische und hob kurz die Hand, als er mich sah. Ich winkte zurück und reihte mich dann mit Boo in die Schlange vor der Essensausgabe ein. Sie stellte sich ein typisch englisches Frühstück zusammen – Eier, Speck, gebratene Champignons, Tomaten, Toast. Was das anging, waren wir uns sehr ähnlich. Sie hatte den gleichen robusten Magen wie ich. Aber an diesem Morgen hatte ich keinen Appetit und nahm mir bloß eine Scheibe Toast.

»Heute keine Würstchen?«, fragte die Frau hinter der Essensausgabe. »Was ist los, Kleines?«

»Alles bestens«, murmelte ich.

»Keine Sorge«, raunte Boo mir zu. »Das wird schon wieder.«

Wir setzten uns zu Jerome und Andrew, die uns wie immer Plätze freigehalten hatten.

»Hey«, sagte ich.

Jerome sah mich über die Reste seines Frühstücks hinweg an.

»Heute keine Würstchen?«

Wie es schien, war mein Würstchenkonsum Gegenstand öffentlichen Interesses. Boo ließ sich neben mir auf die Bank fallen, dabei fiel ihr Löffel vom Teller und landete klirrend auf dem Boden.

»Rory hatte heute Nacht total hohes Fieber. Die Arme hat am ganzen Körper geglüht und die ganze Zeit super wirres Zeug von sich gegeben. Es war total krass. Ich glaube, sie hatte Halluzinationen«, sagte Boo, nachdem sie den Löffel aufgehoben hatte.

»Fieber?« Jerome blickte auf. »Dann bist du gestern also krank gewesen?«

»Mhm«, machte ich und schaute Boo kurz scharf von der Seite an.

»Müssen wirklich krasse Wahnvorstellungen gewesen sein«, setzte Boo noch einen drauf. »Sie hat sich immer wieder stöhnend hin- und hergeworfen.«

»Warst du schon bei der Krankenschwester?«, fragte Jerome besorgt.

»Mhm?«, gab ich zurück.

»Ihr geht es schon wieder viel besser«, sagte Boo. »Ist wahrscheinlich bloß was Hormonelles gewesen. Ich bin auch immer total irre, wenn ich meine Tage habe. Periodisches Fieber. Das ist das Schlimmste, ich sag's euch.«

Damit hatte sie jede weitere Unterhaltung erst mal erfolgreich im Keim erstickt. Was sie allerdings nicht daran hinderte, unbeschwert weiterzuplappern und uns eine abendfüllende Geschichte über ihre Freundin Angela zu erzählen, die von ihrem Freund Dave betrogen worden war. Niemand versuchte, sie zu unterbrechen. Nachdem ich so schnell wie möglich meinen Toast hinuntergewürgt hatte, murmelte ich eine Entschuldigung und floh aus dem Speisesaal.

»Das wäre geregelt«, sagte Boo zufrieden, als sie mich draußen eingeholt hatte.

»Gar nichts ist geregelt. Du hast ihm erzählt, ich hätte periodisches Fieber gehabt«, schimpfte ich. »Was soll das überhaupt sein? So was gibt es doch gar nicht.«

»So wie es auch keine Geister gibt?«

»Oh Mann, Boo. Jerome ist zwar ein Junge, aber nicht dämlich. Er weiß mit Sicherheit, dass es kein verdammtes periodisches Fieber gibt.

»Ich glaube nicht, dass Jerome sich besonders gut mit dem weiblichen Zyklus auskennt. Und jetzt lass uns deinen Aufsatz holen.« Sie hängte sich bei mir ein und ich ließ mich von ihr in die Bibliothek ziehen.

Alistair hatte sich im hintersten Winkel der extrem unbeliebten und deswegen meistens leeren Mikrofilmabteilung hinter einem Lesegerät verkrochen. Boo hatte Wort gehalten und ihm einen kleinen iPod besorgt, und er lauschte gerade mit geschlossenen Augen der Musik. Wahrscheinlich blieben die Ohrhörer nicht wirklich in seinen Ohren stecken, weil er keine richtigen Ohren hatte, aber irgendwie schaffte er es, dass sie trotzdem hielten. Es drangen gedämpft harte, schnelle Gitarrenakkorde daraus hervor. Als wir vor ihm standen, öffnete er langsam die Augen.

»Im Regal zwischen den gebundenen *Economist*-Ausgaben«, sagte er. »Jahrgänge 1995 und 1996.«

Ich ging zu der von ihm beschriebenen Stelle, wo fünfzehn handgeschriebene Seiten einschließlich Fußnoten und Kommentaren zwischen den Bänden steckten. Ich hatte sie gerade aus dem Regal gezogen, als Jerome auftauchte und Boo sie mir geistesgegenwärtig aus der Hand riss.

»Sorry«, sagte Jerome, »aber können wir vielleicht kurz reden?«

»Mhm?«, antwortete ich und schaute hilfesuchend zu Boo. Dieses »Mhm« entwickelt sich langsam zu einem Tick.

»Geh ruhig.« Boo ließ den Aufsatz unauffällig in ihrer Tasche verschwinden. »Wir sehen uns dann später.«

Ich ging zögernd auf Jerome zu, schaffte es aber kaum, ihm in die Augen zu schauen, weil ich einfach nicht mehr wusste, wie ich mich verhalten sollte. Mir war zwar versichert worden, dass ich nicht verrückt sei, aber das war nicht besonders hilfreich, wenn man mit einem Geist, der einem netterweise einen Aufsatz geschrieben hatte, und einem Jungen, der keine Geister sehen konnte und dringend mit einem reden wollte, in der Bibliothek herumstand. Ich trat die Flucht nach vorne an und zog Jerome eilig aus der Mikrofilmabteilung.

»Keine Ursache«, rief Alistair mir hinterher.

Jerome und ich traten in den grauen, kalten Morgen hinaus, aber ich spürte die Kälte kaum.

»Wo würdest du gern hin?«, fragte Jerome. Er hatte die Schultern hochgezogen und die Hände tief in den Manteltaschen vergraben. Er wirkte nervös.

Weil mir nichts Besseres einfiel, schlug ich den Spitalfields Market im Osten der Stadt vor. Ich hoffte, dass mich das bunte, geschäftige Treiben dort ein bisschen ablenken würde. Früher war Spitalfields Market ein reiner Obst- und Gemüsemarkt gewesen, heute konnte man von echtem handgefertigten Schmuck bis zu billiger Ramschware so ziemlich alles dort kaufen. Wir schoben uns mit Horden von Touristen an den Marktständen vorbei, die sich förmlich unter Jack-the-Ripper-Souvenirs bogen – Zylinderhüte, Gummimesser, »I AM JACK THE RIPPER« – und »JACK IS BACK«-T-Shirts.

»Was ist eigentlich mit dir los?«, fragte Jerome, als wir uns etwas abseits vom Gewühl auf eine Bank gesetzt hatten.

Tja, was war eigentlich mit mir los? Nichts, worüber ich mit Jerome hätte sprechen können. Davon abgesehen, war ich sowieso nicht besonders gut darin, mit anderen über meine Gefühle oder Probleme zu reden. Außer vielleicht mit meiner Cousine Diane.

Jerome saß ziemlich dicht neben mir, schien jedoch darauf

zu achten, dass wir uns nicht berührten, so als wolle er einen kleinen Sicherheitsabstand zu mir halten, für den Fall, dass ich wieder durchdrehte. Aber immerhin gab er mir die Gelegenheit, ihm alles zu erklären, und genau das würde ich jetzt auch tun, wenn ich auch noch nicht so genau wusste, wie.

»Seit der Nacht mit ... mit dem Ripper ... bin ich ... liegen meine Nerven manchmal ein bisschen blank.«

Er nickte. »Das verstehe ich.« Offensichtlich war er bereit, das als Entschuldigung für mein Verhalten gelten zu lassen. Außerdem war der Ripper gerade sein Lieblingsthema, ich musste ihn also nur noch irgendwie von mir ablenken und dazu bringen, darüber zu reden.

»Wer ist Jack the Ripper eigentlich?«, fragte ich.

»Was meinst du damit?«

»Du hast doch alles über ihn gelesen. Wer ist er? Ich glaube, es würde mir besser gehen, wenn ich ... wenn ich verstehen würde, wer er war und worum es ihm ging. Wenn ich die Zusammenhänge kapieren würde, verstehst du?«

Er rückte ein oder zwei Millimeter näher.

»Na ja, ich halte Jack the Ripper vor allem für so etwas wie einen Mythos«, sagte er.

»Einen Mythos?«

»Damit meine ich, dass man im Grunde nicht besonders viel über ihn weiß. Fest steht, dass im Herbst 1888 in der Gegend um Whitechapel einige Prostituierte ermordet wurden. Fünf dieser Morde schienen dieselbe Handschrift zu tragen. Durchschnittene Kehle, üble Verstümmelungen und in einigen Fällen wurden den Opfern sogar die Organe entnommen und danach um die Leichen herum drapiert. Das sind die Morde, die man üblicherweise als die Ripper-Morde bezeichnet. Und jetzt fängt der Mythos an. Einige glauben, dass es sich insgesamt nur um vier Morde handelte, andere denken, es wären sogar mehr als fünf gewesen. Im ›Ten Bells‹ hängt zum Beispiel eine Gedenktafel, die sechs Opfern gewidmet ist. Die Faktenlage ist also nach wie vor unklar, weshalb es fast unmöglich ist, diesen Fall zu lösen.«

»Du meinst, dass man nicht sagen kann, an welcher Version sich der neue Ripper orientiert?«, sagte ich.

»Genau. Bis jetzt scheint er sich an die zu halten, die man von Wikipedia und aus Filmen kennt. Der Name Jack the Ripper ist übrigens ein ganz eigenes Thema. Er selbst hat sich nämlich nie als Jack the Ripper bezeichnet. Genau wie heute, wurden auch damals jede Menge Falschmeldungen in Umlauf gebracht. Und es gab einige Leute, die Briefe an die Presse schrieben und sich darin zu den Morden bekannten. Nur drei dieser Briefe wurden damals als möglicherweise echt eingestuft. Heute geht man davon aus, dass alle Fälschungen waren. Zu diesen drei Briefen gehört auch der Brief ›Aus der Hölle‹, den James Goode erhalten hat. Ein anderer war mit ›Jack the Ripper‹ unterschrieben. Der wurde aber wahrscheinlich von einem Reporter des *Star* verfasst. Die Zeitung wurde durch Jack the Ripper erst richtig groß und hat ihn damals mit seinen Mordgeschichten sozusagen zum ersten Superstar der Medien gemacht. Sonst wären die Leute nach über hundert Jahren nicht immer noch so besessen davon.«

»Aber seit damals wurden doch unzählige andere Morde begangen«, wandte ich ein.

»Aber Jack the Ripper war praktisch das Original. Er trieb sein Unwesen zu einer Zeit, als der Polizeiapparat gerade erst im Aufbau begriffen war und die Psychologie noch in den Kinderschuhen steckte. Die Menschen konnten es irgendwie nachvollziehen, wenn jemand aus Hass, Eifersucht oder Habgier tötete. Aber scheinbar grundlos arme, hilflose Frauen zu ermorden und in Stücke zu schneiden, war für damalige Verhältnisse einfach unfassbar. Der Ripper brauchte kein Motiv, um zu töten, er hatte einfach Spaß daran. Genau darin lag das Grauen, das er auslöste. Die Zeitungen schlachteten das Geschehen aus und bauschten es solange auf, bis die Leute schließlich vor Angst fast durchdrehten. Jack the Ripper ist der erste Serienkiller der Neuzeit.«

»Und wer war er?«, fragte ich. »Das wird man doch wohl inzwischen wissen, oder?«

»Eben nicht.« Jerome lehnte sich zurück. »Und man wird es wahrscheinlich auch nie erfahren. Es existieren nämlich keinerlei Beweise mehr, und die Verdächtigen und die Zeugen sind längst tot. Der Großteil der Originalakten zum Ripper-Fall wurde vernichtet. Damals war es noch nicht üblich, solche Unterlagen für die Zukunft zu archivieren. Sie wurden einfach weggeworfen, als Andenken mit nach Hause genommen oder gingen verloren. Und einiges von dem, was noch übrig war, fiel den dem Zweiten Weltkrieg zum Opfer. Es ist extrem unwahrscheinlich, jemals etwas zu finden, mit dem Jack the Ripper zweifelsfrei identifiziert werden könnte. Aber das hält die Menschen natürlich nicht davon ab, es trotzdem immer wieder zu versuchen. Es ist die geheimnisvollste Mordreihe der Geschichte und jeder würde den Fall gerne lösen. Deshalb ist es auch so beängstigend, wenn sich jemand als Jack the Ripper ausgibt, weil bis heute niemand weiß, wer er war. Beruhigt dich das irgendwie?«

»Nicht wirklich«, seufzte ich. »Aber ... «

Diesmal war es eindeutig an mir, den ersten Schritt zu tun. Ich schmiegte mich an ihn und er legte den Arm um meine Schultern. Seine Locken kitzelten meine Wange. Ich drehte ihm das Gesicht zu, bis es ganz nah an seinem war, und strich dann ganz sanft mit meinen Lippen über seine Wange. Es war nur der Hauch eines Kusses, eine Art Test, um herauszufinden, wie er darauf reagieren würde. Ich spürte, wie seine Schultern sich entspannten, und hörte ihn leise seufzen, während er sich einen Weg von meinem Hals bis zum meinem Ohr küsste. Alles um mich herum verschwamm und in meinem Körper breitete sich ein angenehmes Prickeln aus. So ist das mit dem Küssen. Es macht einen ganz weich und warm und flatterig. Es lässt keinen Raum mehr für Jack the Ripper oder Geister.

Langsam ließ ich meine Hand in seinen Nacken gleiten, vergrub sie in seinen Locken und zog sein Gesicht an meines.

23

Es war irgendwie ziemlich verwirrend, was da zwischen Jerome und mir passierte. Er erzählte mir all die Furcht einflößenden Dinge, die er über Jack the Ripper wusste, und mich überkam auf einmal das dringende Bedürfnis, ihn bis zur Besinnungslosigkeit zu küssen. Was ich mit Sicherheit auch getan hätte, hätte Boo nicht plötzlich mit der Unschuldsmiene eines Pitbull-Welpen vor uns gestanden. Jerome und ich fuhren hastig auseinander und setzten so unbeteiligte Gesichter wie möglich auf.

»Hey, was für ein Zufall!«, sagte sie. »Oh Mann, tut mir total leid, wenn ich euch gestört habe. Ich wusste gar nicht, dass ihr auch hier seid. Wollte mir nur schnell da drüben einen Kaffee holen ...«, sie wedelte mit ihrem Pappbecher in Richtung eines Cafés, »... und da hab ich euch hier sitzen sehen.«

Jerome bekam einen Hustenanfall. »Tja ... ähm ... also ... wir ... hi«, stammelte er, als er wieder sprechen konnte.

»Hi.« Boo hob lächelnd die Hand und wippte mit vielsagend hochgezogenen Brauen auf den Zehenspitzen auf und ab.

»Ich … ähm … bin dann mal weg«, murmelte Jerome und sprang auf. »Muss noch an meinem Physikexperiment arbeiten.«

»Sorry«, sagte Boo, nachdem er fluchtartig verschwunden war. »Aber es gehört nun mal zu meinem Job, dir überallhin zu folgen. Und es wäre mir auch nicht im Traum eingefallen, euch zu stören, wenn mir da nicht plötzlich diese supercoole Idee gekommen wäre. Du brauchst doch dringend praktische Erfahrung im Umgang mit Geistern, und weil du deinen Aufsatz ja jetzt nicht mehr schreiben musst und heute außerdem Sonntag ist, dachte ich, wir nutzen die Zeit und schauen uns ein bisschen außerhalb der Schule um.«

Boo besaß die hartnäckige Anhänglichkeit einer Schmeißfliege, gegen die ich einfach machtlos war. Ich ließ mich von ihr vom Marktgelände in Richtung U-Bahn ziehen. Eine Dreiviertelstunde später fand ich mich erneut in Goodwin's Court wieder. Zum zweiten Mal innerhalb von vierundzwanzig Stunden wurde ich von Boo durch das Gässchen zu dem Haus mit der altmodischen Fassade geführt. Sie drückte auf den silbernen Klingelknopf einer Gegensprechanlage.

»Woher willst du wissen, ob die beiden überhaupt da sind?«, brummte ich.

»Keine Sorge«, gab sie zurück. »Einer von beiden ist immer da.«

Nichts geschah. Boo klingelte ein zweites Mal, diesmal ausdauernder, bis aus der Anlage schließlich ein statisches Knacken ertönte, gefolgt von einem kreischenden Rückkopplungsgeräusch.

»Ja?«, rief eine männliche Stimme.

»Ich bin's!«, rief Boo zurück. »Ich hab Rory dabei.«

»Was?«

Ich glaubte, Callums Stimme zu erkennen, war mir aber nicht ganz sicher.

»Nun mach schon. Lass uns endlich rein«, sagte Boo.

Undeutliches Gemurmel am anderen Ende, dann verstummte die Gegensprechanlage.

»Ich glaube, es ist ihnen nicht recht, wenn ich einfach so hier auftauche«, sagte ich.

Boo winkte ab. »Quatsch.«

Aber die beharrlich schweigende Tür strafte ihre Antwort Lügen. Erst als sie erneut die Klingel betätigte, wurde die Tür schließlich aufgedrückt. Auf dem Weg nach oben durch das gepflegte Treppenhaus sah ich, dass an den Wänden geschmackvoll gerahmte Schwarz-Weiß-Fotografien hingen, die mir bei meinem ersten Besuch gar nicht aufgefallen waren. Neben der Wohnungstür im ersten Stock war ein kleines gläsernes Namensschild, auf dem DYNAMIC DESIGN stand. Als wir im dritten Stock angekommen waren, empfing uns Callum an der Wohnungstür. Er trug Shorts und dasselbe eng anliegende Shirt wie gestern. In einer Hand hielt er einen Becher mit einer dampfenden Flüssigkeit.

»Was soll das?«, begrüßte er Boo mit übellauniger Morgenstimme.

»Wollte nur kurz mit Rory vorbeischauen.«

»Warum?«

Boo überhörte die Frage und schob sich, mich hinter sich herziehend, an ihm vorbei.

»Wo ist Stephen?« Sie zog ihren Mantel aus und hängte ihn an den wackeligen Garderobenständer neben der Tür. Callum ließ sich auf das braune Sofa fallen und rieb sich die müden Augen.

»Zeitungen kaufen.«

»Was habt ihr vor?«, fragte Boo.

»Was schon?«

Er deutete auf die auf dem Tisch und dem Boden verstreut herumliegenden Zeitungen und Ordner. Boo nickte, und während sie über das Chaos hinwegstieg und sich neben ihn setzte, kam Stephen herein. Er trug eine alte, ausgebeulte Jeans, die an seinem schlaksigen Körper schlotterte, und sah mit seiner Brille, dem schwarz-weiß gestreiften Pulli und dem roten Schal wie ein Literaturstudent aus, der gern Shakespeare zitierte und lateinische Fremdwörter benutzte. Aber auf keinen Fall wie ein Polizist. Als er uns entdeckte, trat sofort der für ihn typische, hochkonzentrierte Ausdruck auf sein Gesicht.

»Was ist passiert?«, fragte er.

»Nichts«, sagte Boo. »Ich wollte bloß kurz mit Rory vorbeischauen.«

»Warum?«

Jep. Ich war hier definitiv unerwünscht. Die Einzige, die das noch nicht kapiert hatte, war Boo.

»Ich hab mir überlegt«, sagte sie, »dass wir mit Rory auf Geisterschau gehen sollten, damit sie ein bisschen Übung mit ihrer neuen Gabe kriegt.«

Stephen starrte sie einen Moment lang an, dann winkte er sie mit der Zeitung in seiner Hand nach nebenan.

Als die beiden verschwunden waren, schaute ich fragend zu Callum, der den Blick achselzuckend erwiderte und an seinem Tee nippte. In dem anderen Zimmer entspann sich eine laute Diskussion, in deren Verlauf die Worte »Wir sind hier schließlich nicht bei der Heilsarmee« fielen. Unnötig zu erwähnen, dass der Kommentar von Stephen stammte.

Ich setzte mich Callum gegenüber auf das Sofa und verschränkte die Arme. »Ist nicht meine Idee gewesen, hierherzukommen.«

»Mir musst du das nicht erzählen.« Callum streckte sich ausgiebig, während er weiter die Tür im Auge behielt, hinter der sich das Streitgespräch fortsetzte. Ich musterte ihn verstohlen. Die Basics hatte ich gestern schon gecheckt: Er war schwarz, ein ganzes Stück kleiner als Stephen, dafür aber extrem gut gebaut und auch heute nicht gerade begeistert von meiner Gegenwart. Aber bei Tageslicht betrachtet und nicht mehr ganz so unter Schock stehend, fielen mir noch ein paar andere Details an ihm auf. Genau wie Boo machte Callum mit seiner athletischen Figur einen ziemlich sportlichen Eindruck. Er hatte ein rundes Gesicht mit großen, immer leicht kritisch blickenden Augen, einen Mund, der permanent zu einem schiefen Grinsen verzogen zu sein schien, und sehr dichte und sehr gerade Augenbrauen, von denen eine von einer kleinen Narbe durchzogen war.

»Das Tattoo auf deinem Arm«, ich zeigte auf seine Tätowierung, »soll das ein Monster sein?«

»Das ist der Chelsea-Löwe«, erklärte er nachsichtig. »Das Wappentier von Chelsea, dem Fußballverein.«

»Oh.«

Wollte er mich für blöd verkaufen? Das Ding sah nicht aus wie ein Löwe, sondern wie ein halb verhungerter Drache ohne Flügel.

»Und? Wie gefällt es dir in England?«, fragte er.

»Ist schon alles ziemlich seltsam hier für mich. Du weißt schon. Geister, Jack the Ripper und so.«

Er nickte.

»Woher kommst du?«, wollte er wissen. »Du hast einen ungewöhnlichen Akzent.«

»Aus Louisiana.«

»Wo ist das noch mal genau?«

»Im Süden der USA.«

Die Unterhaltung im Nebenzimmer war leiser geworden.

»Keine Ahnung, warum er sich überhaupt die Mühe macht, mit ihr zu diskutieren.« Callum streckte sich erneut. »Boo gewinnt sowieso immer. Ich ziehe mir besser schon mal was an.«

Er stand auf und ging aus dem Zimmer. Ich schaute mich währenddessen in der Wohnung um, in der es genauso aussah wie in Boos Zimmerecke. Überall lagen Sachen herum. Vielleicht beeinträchtigt die Gabe des Geistersehens ja den Ordnungssinn.

Immerhin war erkennbar, dass manche Ecken des Raumes für bestimmte Tätigkeiten reserviert waren. Am Couchtisch wurde offenbar gegessen – er war mit leeren Pizzakartons und benutzten Kaffee- und Teebechern übersät. Auf dem Tisch am Fenster befanden sich ein Computer und jede Menge Ordner, darunter standen weitere Kartons mit Aktenordnern. Die Wände rechts und links davon verschwanden fast vollständig unter Notizzetteln, die sich alle um den Ripper zu drehen schienen, wie ich nach einem genaueren Blick feststellte. Einige der Namen und Bilder von Verdächtigen aus dem Jahr 1888 kannte ich bereits aus den Nachrichten. Neu waren jedoch die Kommentare und Bemerkungen über sie. Wo sie gewohnt hatten, wo sie gestorben und begraben waren. Wie es schien, hatten Boo, Stephen und Callum diese Orte aufgesucht und überprüft, denn die Notizen waren ergänzt worden mit Bemerkungen wie »unbewohnt« oder »keine Anzeichen einer Existenz«.

Als ich hörte, dass die anderen zurückkamen, drehte ich mich eilig von der Wand weg. Einen Augenblick später traten Stephen und Boo ein, gefolgt von Callum, der seine Shorts gegen eine Jeans getauscht hatte.

»Vielleicht ist es doch keine so schlechte Idee, ein, zwei Stunden auf Geisterschau mit dir zu gehen«, sagte Stephen, klang aber alles andere als begeistert. Boo, die gerade dabei war, ihre Oberschenkel zu dehnen, strahlte.

»Wir sollten mit ihr in die U-Bahn«, schlug Callum vor. »Dort dauert es mit Sicherheit keine fünf Minuten, bis wir den ersten Geistern begegnen.«

»In den U-Bahn-Schächten vielleicht, aber nicht auf den Bahnsteigen«, wandte Boo ein.

»Süße, ich arbeite dort. Ich weiß also, wovon ich rede. Einmal habe ich an einer Station mindestens fünfzig gesehen.«

»Nie im Leben!«

»Wenn ich's dir sage. Natürlich nicht alle auf einmal, aber sie hingen in der Nähe einer Station herum.«

»In der Nähe? Also waren sie doch in den U-Bahn-Schächten.«

»Ein paar von ihnen waren auch in den Schächten, ja, aber nicht alle. Jedenfalls sind mir an dem Tag mindestens fünfzig begegnet.«

Boo lachte. »Ich glaub dir kein Wort.«

»Eine hält sich meistens in der Nähe der Charing Cross Station auf«, fuhr Callum unbeirrt fort. »Ich habe sie dort schon tausendmal gesehen. Lasst uns mit Rory hingehen und die Sache endlich hinter uns bringen.«

»In Ordnung«, seufzte Stephen. »Auf zur Charing Cross Station.«

Meine Meinung zu dem Thema interessierte offenbar niemanden.

Obwohl die Sonne schien, war es ein kühler Herbsttag. Die Blätter an den Bäumen hatten bereits angefangen, sich zu verfärben. Die drei trugen bloß dünne Jacken, sie waren schließlich Engländer und im Gegensatz zu mir an das kühle Wetter gewöhnt. Ich dagegen war sehr froh über meinen warmen Mantel und zog ihn enger, während wir die belebten Straßen des West

End entlanggingen, vorbei an Theatern und Pubs, einer Kirche und quer über den Trafalgar Square, wo sich auch heute wieder jede Menge Touristen tummelten. Sie fotografierten sich gegenseitig dabei, wie sie auf die riesigen Bronze-Löwen am Fuß der Nelson-Säule kletterten, und kreischten laut, wenn ihnen ein Schwarm Tauben zu nahe kam. Ich selbst fühlte mich nicht mehr wie eine Touristin in dieser Stadt. Was ich stattdessen war, wusste ich nicht so genau, spürte jedoch deutlich, dass ich in Gegenwart der drei immer unsicherer und befangener wurde. Schließlich machten zumindest Stephen und Callum keinen Hehl daraus, dass ich sie in ihrer Alltagsroutine störte und ihnen latent auf die Nerven ging. Unsicher und befangen zu sein war allerdings immer noch besser, als das Gefühl zu haben, durchzudrehen. Aber sie kümmerten sich sowieso nicht um mich, sondern stritten sich gerade über irgendwelchen Papierkram.

»Dann füllen wir also ein G1-Formular aus«, sagte Stephen, »und ...«

»Ich verstehe einfach nicht, warum es G1-Formular heißt«, unterbrach Callum ihn. »Wir haben doch sowieso nur das eine Formular. Warum nennen wir es nicht einfach ›Formular‹?«

»Zurzeit haben wir nur ein Formular«, entgegnete Stephen, ohne aufzuschauen. »Aber wer weiß, wie viele Formulare wir in Zukunft noch ausfüllen müssen? Außerdem ist ›G1‹ viel kürzer als ›Formular‹.«

»Warum müssen wir überhaupt ein Formular ausfüllen?«,

schimpfte Callum. »Wen interessiert das schon? Überprüft das irgendjemand? Es weiß doch keiner, dass es uns gibt. Wir bringen schließlich keine Verdächtigen vor Gericht.«

»Trotzdem müssen wir über alles, was wir tun, Protokoll führen«, meinte Boo. »Allein schon deswegen, weil wir in Zukunft vielleicht noch andere in diese Aufgabe einarbeiten werden. Davon abgesehen sind Geister immer noch Menschen. Nur weil sie nicht mehr am Leben sind, heißt das nicht ...«

»Also ich finde, ob jemand tot oder lebendig ist, entscheidet sehr wohl darüber, ob man ihn als Menschen bezeichnen kann oder nicht. Meiner Meinung nach ist es die alles entscheidende Frage. *Leben Sie noch? Wenn ja, beantworten Sie nun bitte Frage zwei. Falls nicht, lesen Sie nicht weiter* ...«

»So ein Quatsch. Eine meiner besten Freundinnen ist zufällig ein toter *Mensch*.«

»Ich will damit doch nur sagen«, erwiderte Callum, »dass wir die ganze Sache so regeln können, wie es uns passt. Ich meine, wie oft im Leben bietet sich schon so eine Gelegenheit? Und deswegen frage ich mich, warum wir uns ausgerechnet für eine Arbeitsweise entschieden haben, bei der man lästigen Papierkram erledigen muss?«

»Wenn du willst, entwerfe ich extra für dich ein G2-Formular«, bot Stephen großmütig an. »Ein Sonderformular zur Ressortabstimmung zwischen Polizei und Transportwesen bei eventuellen Vorkommnissen beziehungsweise Störungen. Das nennen wir dann das Callum-Formular. Für das U-Bahn-Netz könnten wir ein ›Callum 2A‹ verwenden, für sämtliche Buslinien ein ›Callum 2B‹. Und vielleicht noch ein ›Callum 2B-2‹ für Vorkommnisse an Bushaltestellen.«

»Wenn du das tust, bringe ich dich um.«

»Von mir aus«, gab Stephen grinsend zurück. »Dann komme ich wieder und mache dir das Leben als Geist zur Hölle.«

Mittlerweile hatten wir den U-Bahn-Eingang zur Charing Cross Station erreicht und die Aufmerksamkeit der drei wandte sich wieder mir zu.

»Bevor wir jetzt da runtergehen«, begann Stephen in leicht oberlehrerhaftem Ton zu dozieren, »solltest du wissen, dass London eine der ältesten Städte der Welt ist. Seit ihrer Entstehung gab es immer wieder Kriege, Seuchen, Brände ... und wenn heutzutage hier gebaut wird, kann man sicher sein, dass für dieses Bauwerk eine ehemalige Grabstätte ausgehoben werden muss oder eine Ruine zerstört wird. Allein durch den Bau der U-Bahn wurden damals Tausende alter Grabstätten vernichtet. Soweit wir wissen, neigen Geister dazu, sich in der Nähe der Orte aufzuhalten, an denen sie gestorben sind, oder an Orten, die in ihrem Leben eine wichtige Rolle gespielt haben. Manchmal auch dort, wo ihr Leichnam begraben wurde. Das ist unterschiedlich. Jedenfalls halten sich auffallend viele Geister in der U-Bahn auf.«

Inzwischen waren wir bei den Drehkreuzen angelangt. Callum wedelte mit einem Ausweis, mit dem er freien Zutritt hatte, während Boo, Stephen und ich unsere Oyster-Cards unter das Lesegerät hielten.

»Du darfst vor allem nicht vergessen, dass Geister auch nur

Menschen sind«, erinnerte Boo mich auf dem Weg zu den Rolltreppen. »Du brauchst keine Angst vor ihnen zu haben. Sie führen nichts Böses im Schilde, wollen dir nichts zuleide tun« – Callum gab einen undefinierbaren Laut von sich, den Boo geflissentlich ignorierte – »und sie fliegen auch nicht in weiße Betttücher gehüllt durch die Gegend. Es sind tote Menschen, die im Diesseits feststecken. Normalerweise sind sie total nett, wenn auch ein bisschen schüchtern, und die meisten sind ziemlich einsam und freuen sich, wenn man sich mit ihnen unterhält, das heißt, wenn sie sprechen können.«

»Wenn sie sprechen können?«

»Du musst wirklich noch eine Menge lernen«, seufzte Stephen. »Geister können viele unterschiedliche Formen haben. Manche haben eine festere körperliche Beschaffenheit als andere.«

»Wird jeder nach dem Tod ein Geist?«

»Nein. Es passiert sogar eher selten. Soweit wir wissen, handelt es sich bei Geistern um Menschen, die einfach nur … nicht ganz tot sind. Ihr Sterbeprozess ist aus irgendeinem Grund nicht abgeschlossen und deswegen bleiben sie weiter hier.«

Das erinnerte mich an einige der Studenten an der Universität meiner Eltern, die weiter auf dem Campus blieben, obwohl sie ihren Abschluss längst in der Tasche hatten und eigentlich gar nicht mehr dorthin gehörten. So – oder zumindest so ähnlich – musste es den Geistern gehen, und ich beschloss, ihre Situation in Zukunft auf diese Art und Weise zu betrachten.

»Geister sehen in der Regel aus wie lebende Menschen, deshalb erkennt man oft keinen Unterschied zwischen ihnen«, erklärte Boo. »Du hast zwar die Gabe, sie zu sehen, weißt deshalb aber nicht automatisch, mit wem du es zu tun hast.«

»Es ist wie bei einer Jagd«, mischte Callum sich ein. »Man muss sie aufspüren.«

Boo stieß ihm den Ellbogen in die Seite. »Das hat überhaupt nichts mit einer Jagd zu tun. Wir reden hier von *Menschen*. Sie sehen aus wie Lebende, weil du daran gewöhnt bist, ausschließlich lebende Menschen zu sehen. Deshalb gehst du zwangsläufig davon aus, dass jeder, den du siehst, lebendig ist. Du musst erst ein Bewusstsein dafür entwickeln und Stück für Stück lernen, die Lebenden von den Toten zu unterscheiden. Das ist am Anfang nicht leicht, aber irgendwann hast du den Bogen raus.«

»Sie ist hier unten«, sagte Callum. »Ich habe sie auf dem Bakerloo Bahnsteig gesehen.«

Wir folgten ihm die Treppe hinunter. Die Londoner U-Bahn hatte eine beruhigende, fast schon klinische Anmutung. Weiß gekachelte Wände mit schwarz abgesetzten Rändern, übersichtliche Beschilderungen, Karten mit dem einfach zu verstehenden U-Bahn-Netz, auf dem jede Bahnlinie eine eigene Farbe hatte, Schranken, die dafür sorgten, dass die Fahrgäste in die richtige Richtung geleitet wurden, freundliche U-Bahn-Mitarbeiter in dunkelblauen Anzügen, große Computerbildschirme, die einen über die aktuellen Abfahrtszeiten informierten, riesige Veranstaltungsplakate und elektronische Anzeigetafeln mit Werbespots. Das alles machte auf mich nicht den Eindruck, als sei es auf einer Grabstätte oder einer Pestgrube errichtet worden. Das Londoner U-Bahn-Netz, das die Leute vom einen Ende der Stadt zum anderen beförderte, schien schon seit ewigen Zeiten zu existieren.

Gerade war ein Zug eingefahren und der Bahnsteig leerte sich bis auf uns und ein paar Leute, die nicht schnell genug waren. Mein Blick fiel auf die dunklen Tunnelöffnungen an den Bahnsteigenden, aus denen jeder ankommende Zug sich mit einer kräftigen Windböe ankündigte. Nachdem der Zug abgefahren war, entdeckte ich dort eine Frau, die so nah an den Gleisen stand, dass ihre Schuhspitzen über die Bahnsteigkante ragten. Sie trug einen schwarzen Pulli mit Wasserfall-Ausschnitt, einen grauen Rock, graue Plateauschuhe, und die Spitzen ihrer langen, stufig geschnittenen Haare waren im Stil der Siebzigerjahre schwungvoll nach außen geföhnt. Aber es war weder ihr Retro-Look noch die Tatsache, dass sie nicht in die Bahn einstieg, die meine Aufmerksamkeit fesselten, sondern ihr Gesichtsausdruck. Sie wirkte auf mich wie ein Mensch, der sich völlig aufgegeben hatte. Sie war nicht einfach nur blass, sondern hatte einen fahlen, gräulichen Teint. Sie gehörte zu den Menschen, die man kaum wahrnahm, egal, ob tot oder lebendig.

»Das ist sie«, sagte ich.

»Das ist sie«, bestätigte Callum. »Sie sieht aus, als würde sie sich vor den nächsten Zug werfen wollen. So sehen jedenfalls die meisten Selbstmörder aus, die sich hier unten das Leben genommen haben – stehen an der Bahnsteigkante und starren ins Leere. Bring dich also besser nie in der U-Bahn um. Sonst endest du womöglich genau wie sie und bist dazu verdammt, bis in alle Ewigkeit in einem U-Bahn-Tunnel rumzustehen und an die Wand zu starren.«

Stephen räusperte sich vernehmlich.

»Was denn?«, sagte Callum. »Ich hab ihr doch bloß einen Tipp gegeben.«

»Geh hin und sprich mit ihr«, forderte Boo mich auf.

»Und worüber?«

»Völlig egal.«

»Ich weiß nicht«, sagte ich unschlüssig. »Ich kann doch nicht einfach zu ihr rübergehen und sie fragen, ob sie ein Geist ist.«

Boo zuckte mit den Achseln. »Wieso nicht? Ich mache das meistens so.«

»Und ich könnte mich jedes Mal kaputtlachen, wenn du falschliegst«, sagte Callum.

»Einmal. Das ist mir nur ein einziges Mal passiert.«

»Zweimal«, sagte Stephen. »Es ist dir zweimal passiert.«

Kopfschüttelnd winkte Boo mich zum Ende des Bahnsteigs. Ich zögerte einen Moment, folgte ihr dann aber.

»Hallo?«, sagte Boo sanft, als wir neben der Frau standen.

Sie drehte sich ganz langsam zu uns um und sah uns aus großen traurigen Augen an. Sie war vielleicht höchstens Anfang, Mitte zwanzig. Ihren aschblonden Haaren fehlte jeder Glanz, und um den Hals trug sie eine Kette mit einem schweren silbernen Anhänger, dessen Gewicht ihren Kopf nach unten zu ziehen schien.

»Keine Angst, wir tun Ihnen nichts«, versicherte Boo ihr.

»Ich heiße Boo. Und das ist Rory. Ich bin Polizistin und komme hierher, um Menschen wie Ihnen zu helfen. Sind Sie hier gestorben?«

»Ich ...«

Die Stimme der Frau war so leise, dass sie kaum zu hören war. Ich fühlte sie mehr, als dass ich sie hörte. Sie klang so schwach, dass ich eine Gänsehaut bekam.

»Erzählen Sie uns, was passiert ist.«

»Ich bin gesprungen ...«

»So was kann passieren«, sagte Boo mitfühlend. »Haben Sie Freunde hier unten?«

Die Frau schüttelte den Kopf.

»Ein paar Straßen weiter gibt es einen wunderschönen Friedhof«, sagte Boo. »Ich bin mir sicher, dass Sie dort ein paar nette Leuten kennenlernen könnten, mit denen Sie sich gut verstehen würden.«

»Ich bin gesprungen ...«

»Ich weiß. Ist schon okay.«

»Ich bin gesprungen ...«

Boo warf mir einen kurzen Blick zu.

»Ähm, ja, das sagten Sie bereits. Aber können wir ...«

»Ich bin gesprungen ...«

»In Ordnung. Vielleicht kommen wir lieber ein anderes Mal wieder. Einverstanden? Wir wollten Ihnen auch nur sagen, dass sie nicht allein sind. Es gibt Leute, die Sie sehen können.«

Callum machte einen ziemlich selbstzufriedenen Eindruck, als wir zurückkamen.

»Und, ist sie gesprungen?«, fragte er.

»Ja«, gab Boo genervt zurück.

Er streckte die Hand aus. »Dann her mit meinen fünf Pfund.«

»Ich wüsste nicht, dass wir um irgendwas gewettet hätten, Callum.«

»Ich habe die fünf Pfund trotzdem verdient. Immerhin kann ich einen Selbstmörder schon von Weitem erkennen.«

»Das reicht jetzt«, sagte Stephen und sah dann mich an. »Wie ist es gelaufen, Rory?«

»Ganz gut, glaube ich. Ein bisschen unheimlich vielleicht. Sie hat nur die ganze Zeit gesagt, dass sie gesprungen ist. Und ihre Stimme war so ... kühl, bloß ein Hauch. Wie kalter Atem, der das Ohr streift.«

»Das war eine von der stillen Sorte«, erklärte Boo. »Nicht besonders stark. Eher ängstlich.«

»Wieso tragen sie Kleidung?«

Callum und Boo lachten, aber Stephen nickte anerkennend.

»Das ist eine sehr gute Frage«, sagte er. »Sie müssten eigentlich nackt sein, das meintest du doch, oder? Aber sie sind immer bekleidet, wenn sie zurückkommen. Zumindest hatte jeder, den ich bisher gesehen habe, etwas an. Das könnte bedeuten, dass es sich bei dem, was wir sehen, um so etwas wie die Manifestation einer Erinnerung, vielleicht sogar einer Selbstwahrnehmung handelt. Demnach würden wir sie nicht so sehen, wie sie zu ihren Lebzeiten tatsächlich aussahen, sondern so, wie sie sich zum Zeitpunkt ihres Todes selbst wahrgenommen haben.«

»Den Teil der Vorlesung kannst du die sparen«, unterbrach Callum ihn und fügte an mich gewandt hinzu: »Stephen gibt manchmal ziemlich geschwollenes Zeug von sich.«

Wir nahmen die Rolltreppe und kehrten ans Tageslicht zurück.

»So«, sagte Stephen, »jetzt hast du also einen gesehen und weißt, dass es keinen Grund gibt ...«

Aber ich war mit meinen Gedanken ganz woanders.

»Seine Kleidung«, sagte ich. »Der Mann, den ich in der Mordnacht gesehen habe, war nicht altmodisch angezogen wie aus der Ripper-Zeit. Sein Anzug war jedenfalls nicht viktorianisch.«

Stephen, dem ich bis jetzt nicht besonders viel Aufmerksamkeit wert gewesen zu sein schien, sah mich auf einmal interessiert an.

»Das stimmt«, bestätigte er verblüfft.

»Ich habe dir ja gesagt, dass sie eine Schnellcheckerin ist«, meinte Boo.

»Dann ist dieser Ripper-Geist ... nicht *der* Ripper. Also nicht der aus dem Jahr 1888.«

»Das ist zumindest die Schlussfolgerung, die wir aus deiner Beschreibung gezogen haben.« Stephen klang beeindruckt. »Deswegen haben wir diesen Ermittlungsansatz auch nicht weiter verfolgt.«

»Und wie wollt ihr herausfinden, wer er ist?«

Callum verschränkte die Hände hinter dem Kopf und wandte sich nervös lachend ab.

»Na ja«, sagte Stephen. »Wir suchen mithilfe deines Phantombilds nach ihm, hauptsächlich an Orten, von denen wir wissen, dass er sich dort bereits aufgehalten hat …«

»Aber wie wollt ihr irgendeinen toten Typen, der wer weiß wann gestorben ist, mit so wenig Anhaltspunkten finden?«

Selbst Boo wandte uns jetzt den Rücken zu.

»Wir haben so unsere Mittel und Wege dafür«, antwortete Stephen, ohne mich anzusehen. Stattdessen starrte er düster zu den auf den Bronzelöwen sitzenden Touristen hinüber.

Ganz offensichtlich war ich mit meiner Frage auf heikles Terrain gestoßen, und ich hatte das Gefühl, dass ich noch viel verstörter und unglücklicher sein würde, wenn ich auf eine Antwort drängte. Da war mir meine geistige Gesundheit, die ich in diesem Moment noch besaß, bei Weitem lieber.

»Dann ist ja alles gut.« Ich schlang fröstelnd die Arme um mich.

»Okay, wir müssen uns dann auch mal wieder an die Arbeit machen«, sagte Stephen. »Boo bringt dich zurück.«

»Moment«, rief ich, als Stephen und Callum sich zum Gehen wandten. »Eine Frage noch. Wenn es Geister gibt, gibt es dann auch … Vampire? Und … Werwölfe?«

Warum auch immer meine vorherige Frage ein so großes Unbehagen ausgelöst hatte, diese hier rief unbeschwerte Heiterkeit hervor. Sie brachen in schallendes Gelächter aus, einschließlich Stephen, von dem ich bisher geglaubt hatte, er könne überhaupt nicht lachen.

»Jetzt sei nicht albern«, prustete Callum.

24

Im Internet fand ich Folgendes zum Thema Geister: »Seelen, Gespenster, Schatten, Poltergeister, Wiedergänger. Von den Toten auferstandene Menschen oder Tiere. Aber auch Pflanzen und Gegenstände. So spricht man beispielsweise von Geisterschiffen, Geisterzügen und Geisterflugzeugen. Geister halten sich häufig an Orten auf, an denen sie gelebt haben oder gestorben sind, und können in der Regel nicht fotografiert werden. Gelingt es doch, werden sie auf den Aufnahmen bloß als Lichtreflexe abgebildet. Ihre Existenz wird von der Wissenschaft sowohl bestritten als auch bestätigt. Können angeblich mithilfe eines Mediums kontaktiert werden. Leute, die sich als Medium ausgeben, sind jedoch für gewöhnlich Scharlatane.«

Mit anderen Worten: Das Internet konnte mir nichts Neues über das Thema liefern, außer dass Geister bei vielen Menschen starke Emotionen auslösten und in sämtlichen Kulturkreisen dieser Welt seit Anbeginn der

Geschichte einen Platz hatten. Außerdem war ein Großteil der Leute, die im Netz von sich behaupteten, Experten auf diesem Gebiet zu sein, um einiges verrückter als die Bewohner meiner Heimatstadt, und das will etwas heißen.

Es war irgendwie beruhigend, dass so viele Menschen an Geister glaubten und sogar schon einmal welche gesehen haben wollten. Die konnten ja schließlich nicht alle verrückt sein. Ich würde also mit Sicherheit nie allein dastehen.

Im Fernsehen gab es ungefähr sechs Serien zum Thema Geisterjagd. Ich schaute mir ein paar davon an. Darin schlichen meistens kleine Grüppchen von Leuten mit Nachtsichtkameras im Dunkeln um irgendwelche Häuser, zuckten bei jedem Geräusch erschrocken zusammen und raunten: »Habt ihr das gehört?« Besagtes Geräusch wurde dann noch ein paarmal wiederholt, bis sich schließlich herausstellte, dass es sich bloß um eine klappernde Tür oder einen Fensterladen gehandelt hatte. Oder es wurde ein merkwürdiges Gerät über eine bestimmte Stelle in einem Zimmer gehalten und einer der Geisterjäger sagte: »Volltreffer. Hier ist ein Geist gewesen.«

Nicht besonders überzeugend. Keiner von ihnen sah jemals einen echten, sprechenden Geist. Also kam ich zu dem Schluss, dass diese Serien totaler Quatsch und nur dazu gedacht waren, Leute zu unterhalten, die unbedingt etwas über Geister sehen wollten, egal, wie bescheuert es war.

Auch wenn meine Internetrecherche zum Thema Geister erfolglos geblieben war, hielt sie mich zumindest davon ab durchzudrehen. Ich hatte eine Beschäftigung, und das war besser, als untätig herumzusitzen. Es ist wirklich absolut erstaunlich, wie viel der menschliche Verstand aushalten kann. Er kommt mit Dingen klar, von denen man nie geglaubt hätte, dass man mit ihnen fertigwerden würde, und er gibt sein Bestes, um das eigentlich Unfassbare zu verarbeiten und sich der neuen Situation anzupassen. Nur manchmal kommt es vor, dass das Unfassbare so schwer zu verarbeiten ist, dass unser Verstand den Zustand von Stress und Verwirrung überspringt und sich auf direktem Weg auf eine geistige Insel der Glückseligkeit flüchtet.

Im Großen und Ganzen hatte meine Gabe keinen Einfluss auf mein Alltagsleben. Ich gewöhnte mich daran, regelmäßig mit Alistair zusammenzutreffen, und abgesehen von seiner Frisur hatte er absolut nichts Merkwürdiges oder Furcht einflößendes an sich. Er war bloß ein griesgrämiger Typ, der ständig zwischen den Bücherregalen in der Bibliothek herumlungerte. Obwohl, seit er die Alben seiner Lieblingsbands und den iPod hatte, war er nicht mehr ganz so griesgrämig, und hatte durchblicken lassen, dass er auch weiterhin bereit war, Hausaufgaben gegen Musik zu tauschen. Damit hatte Alistair seine ganz eigene Währung gefunden.

Außerdem war ich jeden Tag mit Boo zusammen, die ebenfalls die Gabe hatte, und sich dadurch nicht im Mindesten beeinträchtigt fühlte.

Natürlich vergaß ich meine neue Fähigkeit nicht, aber sie rückte immer mehr in den Hintergrund. Ich gewöhnte mich daran, und war schließlich wieder fähig, mich den wirklich wichtigen Dingen des Lebens zu widmen. Zum Beispiel der

Vorbereitung für die Kostümparty. Nachdem wir uns ein paar Abende lang eingehend darüber beraten hatten, beschlossen Jazza, Boo und ich, als Zombie-Version der Spice Girls zu gehen. Da Boo jede von uns locker über eine Mauer hätte werfen können, ohne sich dabei auch nur einen Fingernagel abzubrechen, war sie quasi die geborene Sporty. Jazza, die im Besitz einer roten Perücke und ganz versessen darauf war, sich aus ihrem Union-Jack-Kissenbezug ein Kostüm zu nähen, würde als Ginger gehen. (Wobei es Union-Flag-Kissenbezug heißen müsste, weil – wie mir Jaz, die einen Onkel bei der Marine hatte, erklärte – die Flagge eigentlich nur dann Union Jack genannt wurde, wenn sie auf See gehisst wurde. Reisen bildet also tatsächlich, wie man sieht, auch wenn mich meine Zeit in London vor allem etwas über Geister, Flaggen und zerstrittene Girl-Groups lehrte.) Und was meine Kostümierung anging, so waren Jazza und Boo sich darüber einig, dass ich die perfekte Scary wäre. Als ich nachfragte, warum, und ob es etwas mit meinen dunklen Haaren zu tun hätte, brachen die beide nur in schallendes Gelächter aus, hüllten sich aber ansonsten in Schweigen.

Unsere Kostümierung bestand hauptsächlich aus Zombie-Make-up, enganliegenden Kleidern, hochhackigen Plateauschuhen, die Boo in einem Secondhandladen für uns aufgestöbert hatte, und einem großen Plastikknochen, der Posh Spice darstellen sollte. Und falls uns jemand nach Baby fragen sollte, würden wir einfach behaupten, wir hätten sie gefressen.

Während Boo in Gaenors Zimmer am anderen Ende des Flurs war und sich von ihr ein paar Tattoos aufmalen ließ, zwängte Jazza sich in unserem Zimmer in ihr winziges Union-Jack-Kleidchen, und ich versuchte, meine Haare so voluminös wie möglich aussehen zu lassen.

»Du hast mir deinen Aufsatz noch gar nicht gezeigt«, meinte Jazza plötzlich wie aus dem Nichts heraus. »Den über Pepys. Du wolltest doch, dass ich ihn noch einmal lese, bevor du ihn abgibst.«

»Oh ...« Ich rieb mir energisch graues Make-up ins Gesicht. »Bin besser damit klargekommen, als ich dachte.«

»Wie bist du denn inhaltlich an die Thematik rangegangen?«

Ich hatte keine Ahnung, wie ich inhaltlich an die Thematik rangegangen war, schließlich hatte ich den Aufsatz nicht selbst geschrieben. Ich hatte ihn zwar abgetippt, aber mir so gut wie nichts davon gemerkt. Wenn ich mich richtig erinnerte, ging es um das Konzept eines Tagebuchs, das sowohl für private Zwecke als auch für die Öffentlichkeit geführt worden war und wie diese Tatsache Stil und Inhalt der Aufzeichnungen beeinflusst hatte. Weil ich Jazzas Frage nicht wahrheitsgemäß beantworten konnte, erfand ich einfach etwas.

»Ich habe einen Vergleich zu einer aktuellen Katastrophe gezogen«, log ich. »Zu Hurrikan Katrina. Pepys, der damals in London lebte, hat ja über den Großen Brand von 1666 geschrieben. Ich habe versucht darzulegen, wie man über Katastrophen berichtet, die einen persönlich betreffen.«

Verdammt, ich hätte diesen Aufsatz einfach selbst schreiben sollen. Das Thema, das ich mir gerade aus den Fingern gesogen hatte, war nämlich ziemlich genial, wie ich fand. Aber so war das schon, seit ich denken kann – die guten Sachen fielen mir jedes Mal erst hinterher ein.

»Du und Boo, ihr beide versteht euch seit dem Wochenende viel besser«, sagte Jazza, während sie den Sitz ihres Kleides überprüfte. Es saß wirklich sehr eng, vor allem oben herum, da quoll buchstäblich eine völlig neue Jazza hervor. Normalerweise hätte ich sie damit aufgezogen, aber ich spürte, dass etwas im Busch war. Was sie mit ihrer Bemerkung nämlich eigentlich hatte sagen wollen, war: Du hast, seit ich zurück bin, überhaupt nicht mehr über Boo gelästert. Kann es sein, dass du sie plötzlich lieber magst als mich?

»Ich hab mich mit ihr abgefunden«, sagte ich so beiläufig wie möglich. »So ähnlich, wie man sich mit einem Haustier arrangiert, dass man zuerst gar nicht haben wollte.«

Jazza warf mir einen kurzen Blick von der Seite zu, während sie versuchte, ihr Kleid höher über ihre Rundungen zu ziehen. Es war völlig daneben, Boo mit einem Haustier zu vergleichen, so was ließ mir Jazza sonst nicht kommentarlos durchgehen, aber diesmal sagte sie nichts.

»Es hätte schlimmer kommen können«, fügte ich hinzu.

»Sicher.« Jazza setzte sich an ihren Schreibtisch. »Ich wollte damit auch nicht sagen, dass … na ja, du weißt schon … aber … «

In dem Moment kam Boo ins Zimmer zurück. Sie trug einen glänzenden Trainingsanzug und hatte sich die Haare seitlich zu einem Pferdeschwanz zusammengebunden. Ich war mir sicher, dass der Anzug aus ihrer Standardgarderobe und nicht aus einem Kostümfundus stammte.

»Achtung, hier kommt Sporty-Spice«, rief sie, sprang in den Handstand und wanderte so lange auf den Händen durchs Zimmer, bis sie umkippte, gegen Jazzas Schreibtisch krachte und dabei fast ihre gerahmten Fotos umgestoßen hätte. »Sorry«, prustete sie. »Das letzte Mal hab ich das mit vierzehn gemacht.«

Jazza warf mir unter den falschen Wimpern, die sie sich gerade anklebte, einen genervten Blick über den Spiegel zu. Nicht mehr lange und ihr würde der Geduldsfaden reißen.

Wir hatten vereinbart, uns auf der Party mindestens die erste halbe Stunde nicht von der Seite zu weichen und abwechselnd Knochen-Posh mit uns herumzutragen, damit auch jeder den Sinn unserer Gruppen-Kostümierung verstand. Die Aufsichtsschüler hatten im Speisesaal wahre Wunder vollbracht und ihn in eine perfekte Halloween-Party-Location verwandelt. In den Buntglasfenstern flackerte Kerzenlicht, von den Lüstern, Säulen und Wänden hingen falsche Spinnweben – die ehemalige Kirche war für den Anlass wie geschaffen, und mir wurde wieder bewusst, in welchem altehrwürdigen Gemäuer wir Tag für Tag unsere Mahlzeiten zu uns nahmen. Charlotte hatte sich als sexy Polizistin im ultrakurzen Mini verkleidet und bot mit ihrer Tanzgruppe im vorderen Teil des Saals gerade eine Performance dar. Dabei warf sie ihre langen roten Haare durch die Luft wie das Cape eines Matadors, was vermutlich ihre Art war, uns mitzuteilen, dass sie hier die Schulsprecherin war und uns schon zeigen würde, wie man richtig Party machte.

Mir war nicht ganz klar, warum sie sich als Stripperin verkleidet hatte, weshalb ich nicht so recht wusste, was ich erwidern sollte, als sie uns zu unseren Kostümen beglückwünschte.

»Und du gehst als … ähm … heiße Politesse?«, stammelte ich.

»*Amy Pond*«, korrigierte sie mich. »Aus *Doctor Who*. Das ist Amys Kissogramm-Outfit.«

In dem Moment tauchte zum Glück Jerome auf. Seine Haare standen in alle Richtungen ab, ansonsten trug er ganz gewöhnliche Alltagskleidung, die jedoch mit Unmengen von eng bekritzelten Papierschnipseln übersät war, und hielt einen Kaffeebecher in der Hand.

»Tell me what you want, what you really, really want … «, trällerte er.

Darauf hatten wir uns vorbereitet.

»Meeehrr Hiirrrrrnnnn!«, riefen wir im Chor.

»Echt traurig, dass ihr euch dafür nicht zu schade seid, aber auch irgendwie beeindruckend.

»Als was bist du denn unterwegs?«, fragte ich.

»Ich bin der Zustand eine Nacht vor den Abschlussprüfungen.«

Jazza zog die Brauen hoch. »Und wie lange hast du für dieses Kostüm gebraucht?«

»Tja, ich bin eben ein beschäftigter Mann«, erwiderte er.

Nachdem Boo auf die Tanzfläche gestürmt war, wo sie direkt

vor dem DJ-Pult mit komplizierten Schrittfolgen und gelegentlichen Handständen unter Beweis stellte, wie ernst es ihr mit dem Tanzen war, blieben Jazza, Jerome und ich am Rand stehen und unterhielten uns mit Andrew, Paul und Gaenor.

Im Saal herrschte eine solche Hitze, dass die Buntglasfenster beschlugen und wir innerhalb kürzester Zeit schweißgebadet waren. Anders als auf amerikanischen Partys wurden hier zum Glück nicht in regelmäßigen Abständen langsame Schmusesongs gespielt, sondern durchweg tanzbare Stücke, von denen viele Remixes waren wie in einem echten Club. Mein Scary-Spice-Outfit bestand aus einem Sport-BH und einer Oversized-Hose und entpuppte sich als wahrer Segen. Ein T-Shirt hätte ich sofort komplett durchgeschwitzt.

Jerome und ich tanzten zwar nicht miteinander, jedenfalls nicht im herkömmlichen Sinn, aber wir wichen einander nicht von der Seite. Hin und wieder berührte er mich wie zufällig an der Taille oder am Arm. Alles andere wäre einer öffentlichen Bekanntmachung gleichgekommen, und ich hatte das Gefühl, seine Botschaften auch so zu verstehen. Da er nebenbei seinen Pflichten als Aufsichtsschüler nachkommen musste, verschwand er zwischendurch immer wieder, um sich um Nachschub für das Buffet zu kümmern oder an der Bar auszuhelfen. Es gab nämlich tatsächlich eine richtige Bar, an der richtiges Bier gezapft wurde. Jeder Schüler hatte am Eingang zwei Bons erhalten, für die er jeweils ein Bier bekam, etwas, das in den Staaten undenkbar gewesen wäre. Jerome hatte versucht, mir zu erklären, dass es – obwohl in England der Konsum von Alkohol offiziell erst ab achtzehn gestattet war – unter manchen Voraussetzungen, wie beispielsweise bei geschlossenen Veranstaltungen und in Gegenwart von Lehrern, erlaubt war, Alkohol zu trinken, auch wenn man noch keine achtzehn war. Ich hatte mir mein erstes Bier zwar schon geholt, war aber viel zu sehr mit Tanzen beschäftigt, und außerdem war mir so heiß, dass ich mich wahrscheinlich auf der Stelle übergeben hätte, wenn ich es ausgetrunken hätte. Für den englischen Durchschnittsschüler dagegen schienen zwei Bier geradezu lächerlich zu sein. Außer mir stürzten alle ihr Bier wie Wasser hinunter, und ich war mir ziemlich sicher, dass die Zwei-Bon-Regelung nicht besonders streng gehandhabt wurde.

Je weiter der Abend voranschritt, desto intensiver wurde der Geruch von Bier und tanzenden Menschen im Saal, was ich aber nicht als unangenehm empfand. Ich vergaß Zeit und Raum und gab mich ganz der Musik und dem über die steinernen Wände und Buntglasfenster zuckenden Stroboskoplicht hin, während die Lehrer sich im Hintergrund hielten und aus Langeweile immer wieder einen prüfenden Blick auf ihre Handys warfen.

Tatsächlich hielt ich auch ihn im ersten Moment für einen Lehrer. Er stand plötzlich hinter Jazza. Aber eine Sekunde später wurde mir klar, dass es der Mann in dem grauen Anzug mit der Glatze war.

»Was ist los?«, rief Jazza fröhlich.

Natürlich konnte sie ihn nicht sehen, obwohl er dicht hinter ihr stand und sich förmlich an sie presste. Er ließ seine Fingerspitzen sanft über ihre Schulter gleiten. Sie zuckte leicht zusammen und schnipste gegen ihre Perücke. Dann ging er um sie herum und stellte sich zwischen uns.

»Komm mit nach draußen«, sagte er. »Jetzt gleich.«

Ich wich langsam zurück.

»Wohin gehst du?«, fragte Jazza.

»Bloß kurz auf Toilette.«

»Ist dir nicht gut? Du siehst ... «

»Nein, nein«, winkte ich hastig ab, »alles bestens.«

Noch nie im Leben war mir etwas so schwergefallen, wie diesen Saal zu verlassen. Draußen empfing mich klirrende Kälte. Die Straßenlaternen leuchteten, und in jedem Fenster brannte Licht, als gelte es, gegen die Finsternis des Nachthimmels anzukämpfen, gegen das Dunkel der Ewigkeit, so klein der Lichtschein hier unten auf der Erde im Verhältnis dazu auch war. Eine plötzliche Windböe wirbelte Laub und Abfall auf, und ich weiß noch genau, wie ich dachte – *das war's, ich laufe der Ewigkeit entgegen*. Das Leben wirkte in seiner Kürze ganz und gar zufällig, der Tod wie eine Pointe in einem schlechten Witz.

Unsere Schritte dröhnten durch die Stille der Nacht. Zumindest meine Schritte. Ich glaube nicht, dass seine zu hören waren, genauso wenig wie seine Stimme.

»Ich hatte Lust auf einen kleinen Plausch«, sagte er, als wir die Straße erreicht hatten und an den geschlossenen Läden vorbeigingen. »Ich habe nicht oft die Gelegenheit, mich mit jemandem zu unterhalten. Wahrscheinlich erinnerst du dich nicht, wo wir uns zum ersten Mal gesehen haben. Es war vor dem ›Flowers and Archers‹, am Abend nach dem zweiten Mord.«

Ich erinnerte mich tatsächlich nicht.

»Du hast eine sehr ungewöhnliche Gabe«, fuhr er fort. »Sie ist zwar genetisch bedingt, wird jedoch letztlich durch puren Zufall ausgelöst. Etwas, worüber man mit keinem vernünftigen Menschen sprechen kann. An dieses Gefühl erinnere ich mich noch sehr gut.«

»Sie waren auch ...?«

»Oh ja. Ich war wie du. Ich weiß, wie schwer es ist, wie verstörend. Die Toten sollten nicht unter den Lebenden weilen, es verstößt gegen die natürliche Ordnung der Dinge. Als ich noch lebte, wollte ich unbedingt das Geheimnis des Lebens verstehen. Jetzt bin ich selbst Teil eines unlösbaren Rätsels.«

Er lächelte mich an.

Kälte stieg in mir auf. Ich fror erbärmlich. Selbst meine Haare und meine Gedanken froren. Es war, als hätte jede Zelle in meinem Körper ihre Arbeit eingestellt und wäre zu Eis erstarrt, als würde mein Blut aufhören zu fließen und seine Leben spendende Kraft verlieren.

»Kennst du sonst noch jemanden, der wie wir ist?«, fragte er. »Oder bist du ganz allein mit deiner Gabe?«

Eine innere Stimme riet mir, ihm nicht die Wahrheit zu sagen. Ich hatte das Gefühl, mich in noch größere Schwierigkeiten zu bringen, wenn ich ihm erzählen würde, dass ich tatsächlich Leute kannte, die dieselbe Fähigkeit hatten und darüber hinaus für eine Spezialeinheit der Polizei arbeiteten.

»Ach, bloß ein paar Spinner aus meiner Heimatstadt«, antwortete ich.

»Verstehe«, gab er nachdenklich zurück. »Bloß ein paar Spinner aus deiner Heimatstadt.«

Ein Blatt löste sich von einem Baum und schwebte auf seinem Weg zur Erde langsam durch seine Schulter hindurch. Er zuckte kurz zusammen und wischte es fort.

»Dein Name – Aurora – ist sehr ungewöhnlich. Ein Familienerbe?«

»Meine Urgroßmutter hieß so.«

»Ein sehr bedeutungsvoller Name. Der Name der römischen Göttin der Morgenröte und des Polarlichts.«

Natürlich hatte ich meinen Namen schon selbst gegoogelt und kannte die verschiedenen Bedeutungen. Aber ich hielt es für klüger, ihn nicht zu unterbrechen.

»Hier in London«, fuhr er fort, »gibt es eine Diamantenausstellung, die den wunderschönen Namen ›Aurora Pyramid of Hope‹ trägt. Dabei handelt es sich um die weltweit größte Sammlung farbiger Diamanten. Sie sich unter ultraviolettem Licht anzusehen, ist ein fantastisches Erlebnis. Interessierst du dich für Diamanten?«

Genau in dem Moment sah ich Boo auf uns zukommen. Sie sprach laut in ihr Handy und tat so, als würde sie ihn nicht bemerken. Wahrscheinlich hatte sie beobachtet, wie ich den Saal verließ und dabei auch ihn gesehen. Jedenfalls fiel mir bei ihrem Anblick ein Stein vom Herzen.

»Dieses Mädchen«, meinte er, »sie ist ständig in deiner Nähe, und ich habe den Eindruck, dass sie dir ein bisschen lästig ist.«

»Sie ist meine neue Mitbewohnerin.«

Boo machte ihre Sache wirklich gut. Sie winkte mir zu, während sie weiterhin telefonierte und so tat, als sähe sie ihn nicht. »Ja«, rief sie jetzt in ihr Handy. »Sie steht direkt vor mir. Am besten redest du selbst kurz mit ihr ...«

»Kann sie nicht leiser sprechen?«, sagte der Mann ungehalten. »Unerträglich wie die Leute heutzutage immer und überall lautstark mit ihrem Handy telefonieren. Als ich gelebt habe, gab es diese Dinger noch nicht. Sie lassen die Menschen jede Höflichkeit und Rücksichtnahme vergessen.«

Boo streckte mir mit beiden Händen ihr Handy entgegen und verdeckte mit den Fingern das Tastenfeld.

Das Nächste, was ich mitbekam, war, wie der Mann völlig unvermittelt auf sie zustürzte, sie an den Handgelenken packte und in einer einzigen fließenden Bewegung auf die Straße, direkt vor ein heranfahrendes Auto, schleuderte. Das alles geschah so schnell, dass ich keine Zeit hatte, zu reagieren. Hilflos musste ich mit ansehen, wie Boo von dem Wagen erfasst wurde und auf der Motorhaube aufprallte, gegen die Windschutzscheibe krachte und auf die Fahrbahn geworfen wurde, als das Auto schließlich schlitternd zum Stehen kam.

Der Mann drehte sich zu mir um. »Das nächste Mal, wenn ich dir eine Frage stelle«, sagte er, »solltest du mich lieber nicht anlügen.«

Er stand so dicht vor mir, dass ich seinen Atem hätte spüren können, wenn er denn einen gehabt hätte, was natürlich nicht der Fall war. Dafür verströmte er eine Eiseskälte. Ich rührte mich nicht von der Stelle, bis er endlich zurückwich und verschwand. Erst da drangen die Schreie des Autofahrers zu mir und rissen mich aus meiner Starre. Er war aus dem Auto ausgestiegen, beugte sich über Boo und rief immer wieder verzweifelt »Nein, nein, nein ... «.

Ich lief zu ihnen. Meine Beine fühlten sich an, als wären sie nicht länger mit meinem Körper verbunden, ich schaffte es trotzdem irgendwie, mich vorwärtszubewegen, und ließ mich neben Boo auf den Asphalt fallen. Ihr Gesicht war von den vielen Schnittwunden blutüberströmt, aber ansonsten sah sie aus, als würde sie nur schlafen. Ihr Bein war in einem schrecklich unnatürlichen Winkel abgespreizt.

»Was hat sie sich bloß dabei gedacht?« Der Autofahrer fasste sich entsetzt an den Kopf. »Springt einfach mitten auf die Straße, direkt vor mein Auto.«

»Rufen Sie Hilfe«, befahl ich, und als er nicht reagierte, da er offenbar unter Schock stand, schrie ich ihn so lange an, bis er endlich mit zitternden Händen sein Handy hervorzog.

»Boo«, flüsterte ich und nahm ihre leblose Hand in meine. »Es wird alles wieder gut. Du kommst wieder in Ordnung, versprochen.«

Ich hörte, wie der Fahrer mit bebender Stimme die wichtigsten Informationen durchgab. Mittlerweile kamen auch ein paar andere Leute angelaufen, von denen einige ihr Handy ans Ohr drückten. Ich hielt weiter Boos Hand und ließ sie nicht aus den Augen.

»Wie konnte das passieren?«, fragte der Fahrer. »War sie betrunken? Oder ist sie etwa absichtlich vor meinen Wagen gerannt? Ich verstehe das einfach nicht ...«

Er war den Tränen nahe. Natürlich verstand er es nicht. Er war bloß die Straße entlanggefahren und plötzlich sprang wie aus dem Nichts ein Mädchen vor sein Auto. Es war weder seine noch Boos Schuld.

»Hörst du?«, sagte ich zu Boo, als die Sirenen sich näherten. »Da kommt Hilfe. Sie sind jeden Moment hier.«

Ich spürte, wie jemand neben uns stehen blieb, und schaute auf. Es war Stephen. Er kniete sich neben Boo und untersuchte sie kurz. Anschließend wand er ihr sanft das Handy, das sie immer noch umklammert hielt, aus der Hand.

»Komm mit«, sagte er und zog mich auf die Füße.

»Ich lasse sie auf keinen Fall alleine hier liegen.«

»Hinter uns stehen ein Rettungswagen und mehrere Streifenwagen. Um Boo wird sich gekümmert. Aber du musst auf der Stelle weg von hier. Bitte, Rory! Wenn du ihr wirklich helfen willst, musst du jetzt sofort mit mir mitkommen.«

Ich warf einen letzten Blick auf meine reglos am Boden liegende Zimmergenossin. Dann ließ ich mich von ihm zum Auto ziehen und wir rasten mit Blaulicht davon.

Ten Bells Pub, Whitechapel
2. November
20:20 Uhr

Es fühlte sich verdammt gut an, ein Ripperologe zu sein.

Es war das erste Mal, dass Richard Eakles so etwas auch nur dachte. Bis jetzt war es nämlich alles andere als cool gewesen, ein Ripperologe zu sein. Richard war seit seinem sechzehnten Lebensjahr von Jack the Ripper besessen. Er hatte jedes Buch über ihn gelesen, besuchte zwanghaft jede Seite, die es im Netz über ihn gab, war Mitglied in jedem Jack-the-Ripper-Forum. Mit siebzehn begann er, an Konferenzen zu dem Thema teilzunehmen, heute, mit einundzwanzig, war er der verantwortliche Webmaster für Ripperfiles.com. Die Webseite mit ihrer umfassenden Datenbank galt als die beste Ripper-Site der Welt. Es gab einige – er würde jetzt keine Namen nennen –, die sich über sein Hobby lustig gemacht hatten. Aber jetzt lachte niemand mehr über ihn. Im Gegenteil, jetzt wurde er gebraucht. Die Ripperologen waren die einzigen Experten auf dem Gebiet, schließlich ermittelten sie nun schon seit über hundert Jahren gegen den Serienmörder.

Die heutige Veranstaltung war seine Idee gewesen. Er hatte den Vorschlag im Forum veröffentlicht und zur Diskussion gestellt. Ob man nicht eine Konferenz abhalten solle, um verschiedene Theorien und Standpunkte zu besprechen? Die Idee verbreitete sich wie ein Lauffeuer in der Ripperologen-Community. Und zu guter Letzt wollten auch sämtliche führenden Fernsehsender und Presseagenturen mit dabei sein – BCC, CNN, Fox, Sky News, Japan News Network, Agence France-Presse, Reuters, die Liste ließe sich beliebig fortsetzen. Und nicht nur die Medien waren interessiert. Auch Scotland Yard würde vor Ort sein, und angeblich sogar der Geheimdienst MI5. Die Konferenz war heute Abend der heißeste Veranstaltungstipp in ganz London, und er, Richard Eakles, war der Star des Abends. Rippercon war seine Idee gewesen.

Die Zusammenkunft würde im Ten Bells stattfinden, dem legendären Pub, in dem 1888 einige der Opfer regelmäßig verkehrt hatten, und das sich mitten im Jagdrevier von Jack the Ripper befand. Heutzutage wurde das Ten Bells hauptsächlich von Schülern und Studenten besucht, und natürlich von Touristen, die den Pub im Rahmen ihrer Jack-the-Ripper-Führungen besichtigten. Die Schüler und Studenten kamen hauptsächlich wegen der billigen Drinks und der abgewetzten Sofas. Die Touristen wollten die im Originalzustand erhaltenen Zierfliesen an den Wänden bewundern und echtes englisches Bier in einem echten englischen Pub trinken, in dem wahrscheinlich schon Jack the Ripper gesessen hatte.

Heute Abend war es allerdings nicht so einfach wie sonst,

in den Pub zu kommen. Ein Meer von Übertragungswagen säumte die Straße, überall standen Polizisten und Trauben von Schaulustigen herum und vor dem Eingang drängte sich mindestens ein Dutzend mit Mikrofonen und Kameras bewaffneter Reporter. Das ganze Szenario war in gleißendes Scheinwerferlicht getaucht, sodass es draußen taghell war. Richard musste den Konferenz-Ausweis, den er an einem Band um seinen Hals trug, hochhalten und sich unter Einsatz seiner Ellbogen einen Weg durch die Menschenmenge bahnen, um in das Lokal zu gelangen.

Im Inneren ging es noch beengter zu. Das Ten Bells war ein schlichter kleiner Pub und kein geräumiger Veranstaltungssaal, wie es für eine internationale Nachrichtenkonferenz eigentlich angemessen gewesen wäre. Der Platz hinter der Theke war den Kameras vorbehalten. Jede einzelne von ihnen war auf den schmalen Tisch im vorderen Teil des Raumes und den kleinen Bildschirm sowie das Whiteboard, um das Richard für seinen Vortrag gebeten hatte, gerichtet. Die Fenster waren durch schwere Vorhänge vor Blicken von außen geschützt.

Er hatte sich im Internet informiert und herausgefunden, dass man vor laufender Kamera möglichst keine karierte oder gemusterte Kleidung tragen sollte. Davon würde angeblich das Bild anfangen zu flimmern oder so was. Also hatte er sich für ein einfaches schwarzes Hemd entschieden, unter dem er sein schwarzes T-Shirt mit dem Aufdruck REMEMBER 1888 trug. Er nahm sich noch einen Moment lang Zeit, ein paar der anderen prominenten Ripper-Blogger zu begrüßen, denen er ein Ticket hatte zukommen lassen, bevor er an dem Tisch Platz nahm.

Die renommiertesten Ripperologen der Welt waren heute Abend hier versammelt, darunter drei Engländer, zwei Amerikaner, ein Japaner, ein Italiener und ein Franzose, und jeder von ihnen war ein Experte auf dem Gebiet.

Da Richard diese Veranstaltung ins Leben gerufen hatte, würde er als Erster das Wort haben. Seine Präsentation war eher allgemein gehalten und lieferte die wichtigsten Fakten.

Nachdem er sich vergewissert hatte, dass jeder an seinem Platz saß, erhob Richard sich und blickte der Menge entgegen. Verdammt, war es heiß hier drin. Schon jetzt begann er zu schwitzen und umklammerte den Stift für das Whiteboard ein bisschen fester.

»Guten Abend«, begann er und versuchte, ruhig und souverän zu klingen. »In unserer Diskussion heute Abend geht es hauptsächlich um den Mord aus dem Jahr 1888, der offiziell als der fünfte Mord bezeichnet wird. Wir werden mit einem allgemeinen Rückblick auf die Tatnacht beginnen, uns dann einigen Besonderheiten dieser Nacht zuwenden und weiteren Theorien zum Tathergang folgen. Abschließend sehen wir uns ein paar 3-D-Abbildungen des damaligen Tatorts an ... «

So viele Kameras. Und alle waren auf ihn gerichtet. Sein ganzes Leben hatte er auf diesen Moment hingearbeitet.

»Wenden wir uns also zunächst dem fünften Mord des Jahres 1888 zu«, fuhr er fort. »Das Opfer hieß Mary Jane Kelly und wurde zuletzt am 9. November 1888 kurz nach zwei Uhr morgens lebend gesehen. Um Viertel vor elf des darauffolgenden Vormittags wurde sie tot in ihrer Unterkunft von ihrem Vermieter aufgefunden, der gekommen war, um die Miete einzunehmen. Sie wurde als einziges Opfer in ihrem Zimmer ermordet. Ihre Leiche wies die schrecklichsten Verstümmelungen auf, was mit großer Wahrscheinlichkeit daran lag, dass der Ripper sich bei ihr zum ersten Mal wirklich Zeit lassen und seine … Neigung ausleben konnte. Ihre Kleidung lag ordentlich zusammengefaltet auf einem Stuhl, ihre Schuhe standen neben dem Kamin. In ihrem Fall konnte auch zum ersten Mal der Tatort fotografiert werden. Wir werden Ihnen dieses Foto jetzt zeigen. Ich möchte Sie allerdings warnen. Auch wenn die Aufnahme nach heutigen Standards von ziemlich schlechter Qualität ist, erspart sie dem Betrachter nichts an Detailgenauigkeit.«

Richard gab ein Zeichen, das Licht herunterzudimmen. Obwohl er das Foto schon Tausende Male gesehen hatte, schockierte es ihn immer wieder aufs Neue. Es zeigte, wie grausam und brutal der Ripper vorgegangen war und warum er unbedingt identifiziert werden musste, auch wenn er längst nicht mehr lebte. Von Mary Jane Kellys Schenkeln war die Haut abgezogen worden und – als handele es sich um ihre Strümpfe – fein säuberlich auf dem Tisch neben ihrem Bett abgelegt worden. Ihre Organe waren ihr entnommen und wie zur Dekoration um ihren Körper herum drapiert worden. Mary Jane Kelly hatte Gerechtigkeit verdient. Vielleicht würde ihr diese ja nun endlich zuteilwerden, jetzt, da erneut jemand nach diesem Muster mordete.

Die Anwesenden schauten sich das Foto an, das in den vergangenen Wochen auch häufig im Fernsehen zu sehen gewesen war. Vermutlich reagierte deswegen niemand mit dem angemessenen Entsetzen, als Richard nun laut die extremen Verstümmelungen aufzählte. Einige Reporter und Blogger machten sich Notizen, während die Vertreter der Polizei mit verschränkten Armen dasaßen und zuhörten.

»In Ordnung«, sagte Richard, als er mit seinen Ausführungen fertig war. »Das Licht kann jetzt wieder eingeschaltet werden.«

Nichts geschah.

»Ich sagte, das Licht kann wieder eingeschaltet werden«, rief er.

Aber das Licht blieb aus. Offensichtlich war der Strom ausgefallen. Weder die Fernsehkameras noch sein Computer hatten noch Saft. Überraschte Rufe wurden laut, und es dauerte nicht lange, bis die ersten Leute im Dunkeln fluchend gegeneinander stießen.

Richard rührte sich nicht vom Fleck. Er stand immer noch neben der Tafel und fragte sich, was er jetzt tun sollte. Einfach weiterreden? Oder warten, bis sie wieder auf Sendung waren? Keine leichte Entscheidung, mitten in einer weltweiten Liveübertragung.

Plötzlich wurde ihm der Stift aus der Hand genommen und ein quietschendes Geräusch erklang. Jemand schrieb etwas an das Whiteboard, wer es war, konnte er jedoch nicht sehen. Er ging zur Tafel, dorthin, wo derjenige stehen musste und tastete blind in die Dunkelheit. Da war niemand.

Kurz darauf wurde ihm der Stift behutsam in die Hand zurückgedrückt.

»Wer sind Sie?«, flüsterte er. »Ich kann Sie nicht sehen.«
Anstelle einer Antwort drückte der Unsichtbare ihm das Gesicht gegen die Tafel. Dann ging plötzlich das Licht wieder an.

Richard hörte, wie ein erschrockenes Raunen durch den Raum ging, als die Leute sahen, wie er mit ausgebreiteten Armen gegen die Tafel gepresst dastand. Um Fassung ringend, wich er ein paar Schritte zurück und schaute zur Tafel auf. Darauf stand:

THE NAME OF THE STAR IS FEAR

Verborgene Fehler

Und ist's denn unser Wunsch in Wahrheit,
Dass unsere Toten, statt ans Grauen
Der Gruft gebannt zu sein, mit Klarheit
Des Blicks auf uns herniederschauen?

Dass sie die Fehler und die Flecken,
Die einst verborgen ihnen blieben,
Mit Trauer jetzt in uns entdecken
Und uns vielleicht d'rum minder lieben?

Lord Alfred Tennyson
»Freundes-Klage«

25

Auf Stephens Gesicht lag ein düsterer, angespannter Ausdruck, als wir an der Schule und dem riesigen Aufgebot an Übertragungswagen und Polizeiautos in Spitalfields Market vorbeirasten. Ich saß auf der Rückbank. In einem Streifenwagen dürfen nämlich ausschließlich Polizeibeamte vorne sitzen, weshalb mich die Leute, die uns vorbeifahren sahen, wahrscheinlich mit meinem verschmierten Zombie-Make-up für eine verheulte Kleinkriminelle hielten.

Ich wischte mir mit dem Handrücken über die Augen. »Woher wusstest du eigentlich, wo wir waren?«

»Boo hat mich gleich angerufen, als du die Party verlassen hast, und dann noch einmal, als sie dich gefunden hatte.«

»Ich möchte zu ihr ins Krankenhaus.«

»Vergiss es«, sagte Stephen. »Du bist die Allerletzte, die sich dort blicken lassen darf. Du bist nämlich in HOLMES registriert.«

»In was?«

»HOLMES ist die Zentraldatenbank der Polizei. Du wirst darin als Zeugin der Ripper-Morde geführt. Gleichzeitig stehst du unter unserem Schutz. Allerdings weiß innerhalb des Polizei-Apparates kaum jemand von unserer Existenz. Die Lage hat sich gerade ein bisschen verkompliziert.«

»Ein bisschen verkompliziert?«, gab ich aufgebracht zurück. »Boo liegt da hinten auf der Straße und stirbt womöglich in diesem Moment, und alles, was dir dazu einfällt, ist, dass sich die Lage *ein bisschen verkompliziert* hat?«

»Ich versuche nur, dich zu beschützen, dich und Boo. Wir können im Moment nichts für sie tun. Mittlerweile ist sie bestimmt schon auf dem Weg ins Krankenhaus, wo man sich um sie kümmern wird. Dich von dort wegzubringen, war das einzig Vernünftige, was ich tun konnte.« Er nahm seine Polizeikappe ab und wischte sich über die Stirn.

»Was hat der Ripper eigentlich nach dem Unfall gemacht?«, fragte er und klang auf einmal seltsam alarmiert.

»Er ist weggegangen.«

»Hast du dabei irgendwelche Lichter gesehen?«, hakte er nach. »Geräusche? Irgendetwas? Bist du ganz sicher, dass er wegging?«

»Ja, er ist weggegangen«, wiederholte ich.

Stephen stöhnte laut auf, schaltete die Sirenen ein und trat das Gaspedal durch, sodass ich durch die plötzliche Beschleunigung in die Rückbank gedrückt wurde. Soweit ich erkennen konnte, fuhren wir nach Westen, Richtung Innenstadt. Dann begriff ich, dass wir wieder Goodwin's Court ansteuerten. Dort parkte Stephen den Wagen auf dem Seitenstreifen, stieg aus und hielt mir die Wagentür auf. Eilig liefen wir über die Gasse bis zu dem Haus, in dem er und Callum wohnten. Wie schon bei den letzten beiden Malen ging das Licht im Treppenhaus automatisch an, als wir die Stufen hochrannten.

»Ich muss jemanden anrufen«, sagte Stephen, kaum dass die Wohnungstür hinter uns ins Schloss gefallen war. »Setz dich solange.«

Er verschwand in dem Raum neben dem Wohnzimmer. Es war kalt in dem Apartment und die Luft roch abgestanden. An der Tür zum Flur lehnte eine riesige Mülltüte voller leerer Pappschachteln vom China- und Fish-and-Chips-Imbiss, über den Sofa- und Stuhllehnen hingen achtlos hingeworfene Kleidungsstücke und auf dem Tisch am Fenster musste ein Vulkan ausgebrochen sein, der statt Lava jede Menge Papier ausgespuckt hatte. Aufgeschlagene Ordner lagen kreuz und quer übereinander, daneben stapelten sich bergeweise Akten und einzelne Blätter. Die Notizen an den Wänden sahen aus, als wären sie zwischenzeitlich komplett gegen neue ausgetauscht worden.

Durch die dünne Wand hindurch konnte ich Stephen telefonieren hören. Seine Stimme hatte einen drängenden Unterton.

»Wie geht es Boo?«, fragte ich, als er ins Zimmer zurückkam.

»Ich weiß es noch nicht. Ich habe jemanden ins Krankenhaus geschickt, der mich informiert, sobald es etwas Neues gibt. Im Internat haben wir Bescheid gegeben, dass du noch bei der

Polizei bist, um deine Aussage zu machen. Bitte setz dich. Wir müssen reden.«

»Ich will mich aber nicht setzen. Ich möchte zu Boo. Sie ist schließlich meine Mitbewohnerin und …«

»Sie ist nicht deine Mitbewohnerin«, unterbrach Stephen mich. »Sie ist Polizeibeamtin. Und wenn du ihr wirklich helfen willst, dann erzählst du mir jetzt alles, was du weißt.«

»Sie ist trotzdem meine Mitbewohnerin«, wiederholte ich trotzig.

Eigentlich komisch. Dabei war es noch gar nicht so lange her, dass ich Boo am liebsten an den Erstbietenden versteigert hätte. Und jetzt war das Einzige, was mir wirklich wichtig war, ihr Wohlergehen.

»Wenn du ihr helfen willst«, sagte Stephen noch einmal. »Dann musst du mir alles ganz genau erzählen.«

Er deutete auf das Sofa und ich setzte mich. Dann zog er einen Stuhl heran, setzte sich ebenfalls, beugte sich zu mir vor und musterte mich so aufmerksam, als könne er mit einem Blick in meine Augen erkennen, ob ich etwas vergaß oder wegließ. Ich war schon einmal von der Polizei in die Mangel genommen worden, hatte also zumindest bereits ein bisschen Erfahrung damit.

»Die Schule hat eine Party veranstaltet …«, begann ich.

»Das weiß ich«, unterbrach er mich.

»Du wolltest doch, dass ich dir alles ganz genau erzähle«, brauste ich auf. »Aber bitte, wenn du lieber selbst erzählen willst, was du schon alles weißt …«

Stephen hob beschwichtigend die Hände. »Nein, nein, schon gut. Red bitte weiter.«

»Wir haben getanzt«, fuhr ich fort, »alles war super, und plötzlich ist er aufgetaucht. Er stand einfach wie aus dem Nichts da und ...«

»Er?«

»Der Mann, dieser Typ. Der Ripper.« Allein das Wort »Ripper« auch nur auszusprechen, verursachte mir Übelkeit. Ich wischte mir mit dem Handrücken über die Nase.

»Er stand genau vor mir. Ich ... ich konnte ihn sogar *spüren*. Er forderte mich auf, mit ihm nach draußen zu gehen und ... Ich wollte nicht, aber ...«

Erst jetzt wurde mir klar, dass alles ganz anders hätte verlaufen können, wenn ich nicht mit ihm mitgegangen wäre. Vielleicht wäre er dann einfach verschwunden und Boo wäre nicht ein Haar gekrümmt worden. Genauso gut könnte es aber sein, dass er Jazza die Kehle durchgeschnitten hätte. Als ich mir die Situation wieder vor Augen rief, begann ich am ganzen Körper zu zittern.

»Als wir draußen waren, hat er mich gefragt, ob ich mich noch daran erinnern würde, wo wir uns zum ersten Mal begegnet seien. Ich dachte, das wäre auf dem Schulgelände gewesen, aber er sagte, wir hätten uns das erste Mal am Abend des zweiten Mordes vor dem ›Flowers and Archers‹ gesehen.«

»Du warst am Abend des zweiten Mordes im ›Flowers and Archers‹?«

»Mein ... Freund, Jerome, wollte unbedingt hin. Wir standen aber nur auf der Straße und sind gar nicht erst in die Nähe des Pubs gekommen.«

Stephen runzelte die Stirn. »Ich bin an dem Abend dort gewesen, und du sagst, dass der Mann auch da war?«

»Das hat er zumindest behauptet. Er meinte, wir wären uns dort begegnet, aber ich kann mich nicht daran erinnern.«

»Dafür kann er sich daran erinnern«, sagte Stephen nachdenklich. »Also musst du irgendwie auf ihn reagiert haben. Vielleicht hast du ihn angeschaut oder bist ihm ausgewichen. Daran wird er gemerkt haben, dass du ihn sehen kannst.«

»Ja, er weiß, dass ich ihn sehen kann und dass ich die Gabe habe. Er hatte sie früher selbst.«

»Er hatte ebenfalls die Gabe, Geister zu sehen?«

Stephens Handy vibrierte. Er fischte es aus seiner Hosentasche und las die eingegangene SMS. Dann griff er nach der Fernbedienung und schaltete den Fernseher ein. Das rote Logo der BBC leuchtete auf.

Auf dem Bildschirm erschien ein Reporter, der auf einer von Scheinwerfern beleuchteten Straße stand und in die Kamera sprach.

»... *ungewöhnliche Ereignisse hier im >Ten Bells<, wo heute Abend die internationale Ripper-Konferenz stattgefunden hat. Während Richard Eakles, der Organisator der Konferenz, seinen Vortrag hielt, fiel plötzlich der Strom aus. Richard Eakles behauptet, ein Unbekannter hätte im Schutz der Dunkelheit eine Nachricht an die Tafel geschrieben und ihn anschließend brutal dagegen gestoßen ...*«

Das Whiteboard wurde eingeblendet. Darauf stand in schwarzen Großbuchstaben: THE NAME OF THE STAR IS FEAR. Ich starrte auf die Worte. »Der Name des Sterns heißt Angst«, murmelte ich nachdenklich.

»*Die Bedeutung dieses Satzes ist noch unklar*«, fuhr der Reporter fort. »*Allerdings gibt es bereits erste Vermutungen, dass er sich an ein Bibelzitat anlehnen könnte ...*«

»Den Spruch kenne ich«, rief ich. »Im Fischrestaurant in Bénouville hängt jede Woche ein Furcht einflößendes Zitat aus dem Buch der Offenbarung an der Wand. Deswegen nennen wir den Laden auch nur noch ›Zum Gruselfisch‹. Jedenfalls ist es eine Textstelle über den dritten Engel, der zum Weltuntergang erscheint. Es geht darin um einen Stern, der Wermut heißt. Der Satz ist also tatsächlich ein Bibelzitat, wenn auch leicht abgewandelt.«

Auf dem Boden entlang der Wände stapelten sich diverse Büchertürme. Stephen ging jeden einzelnen Stapel durch, bis er im größten fündig wurde. Als er das Buch zwischen den anderen herauszog, brach der Turm in sich zusammen, aber er kümmerte sich nicht darum, sondern fing sofort an, durch die vergilbten Seiten zu blättern.

»Wo ist bloß ... ah, hier. ›Und der dritte Engel posaunte. Und es fiel ein großer Stern vom Himmel, der brannte wie eine Fackel und fiel auf den dritten Teil der Wasserströme und über die Wasserbrunnen. Und der Name des Sterns heißt Wermut. Und der dritte Teil der Wasser ward Wermut; und viele Menschen starben von den Wassern, weil sie waren so bitter geworden.‹«

Im Fernsehen hatte man zwischenzeitlich ins Studio zurückgeschaltet, wo der Nachrichtensprecher jetzt einen Gast interviewte.

»... *wird dieser Vorfall größtenteils als schlechter Scherz abgetan, andere Stimmen befürchten jedoch, dass es dem Ripper tatsächlich irgendwie gelungen ist, diese Nachricht zu hinterlassen, und sich, falls sich diese Befürchtungen bestätigen, ernsthafte Folgen daraus ergeben könnten. Wie ist Ihre Meinung dazu, Sir Guy?*«

»*Nun*«, antwortete der Gast. »*Meiner Einschätzung nach kann eine Terrordrohung leider keineswegs ausgeschlossen werden. Das an eine Bibelstelle angelehnte Zitat verweist eindeutig auf vergiftetes Wasser. Es wäre sicherlich fahrlässig, wenn wir die Möglichkeit eines terroristischen Anschlages außer Acht ließen, der ganz London ...* «

Stephen schaltete den Fernseher aus und es wurde totenstill im Zimmer.

»Na schön«, sagte er nach einer Weile, verschwand den Flur hinunter und kam mit ein paar Kleidungsstücken und einem bretthartden roten Handtuch zurück. »Hier. Dachte, dass du dich vielleicht umziehen möchtest. Die Sachen sind bestimmt bequemer, als dein Scary-Spice-Outfit.«

Das Bad war ziemlich spartanisch eingerichtet. Ein Stück Seife, zwei Handtücher, zwei Zahnbürsten, zwei Rasierer, mehr gab es nicht. Ich nahm die Seife und schrubbte mir damit das Gesicht ab, worauf sich mein Zombie-Make-up in eine schmierige graue Masse verwandelte, die mir in den Augen brannte. Es dauerte geschlagene zehn Minuten, bis ich die Schminke halbwegs abhatte, den Rest rubbelte ich mit dem roten Handtuch weg. Als ich mich anschließend im Spiegel betrachtete, war meine Haut rau und gerötet, die Augen wirkten entzündet und in meinem Haaransatz klebten graue Seifen- und Make-up-Rückstände. Ich weiß nicht genau, warum, aber bei meinem Anblick musste ich plötzlich mit den Tränen kämpfen, und ich schaffte es erst, mich umzuziehen, nachdem ich mich einen Moment lang auf den Badewannenrand gesetzt und ein paarmal tief durchgeatmet hatte. Dann schälte ich mich aus meiner Kostümierung und schlüpfte in die Sachen, die Stephen mir gegeben hatte – eine Jogginghose mit einem Schriftzug des Elite-College Eton auf einem der Hosenbeine, der vom vielen Waschen aber kaum noch lesbar war, und ein weites, langärmliges Poloshirt mit der Aufschrift WALLINGFORD-REGATTA. Da Stephen über einen Meter achtzig groß war, ich dagegen bloß einen Meter fünfundsechzig, musste ich die Beine der Jogginghose hochkrempeln, um nicht über meine eigenen Füße zu stolpern.

Als ich meine Sachen vom Boden aufklaubte, ertastete ich in der Hosentasche mein Handy. Ich zog es heraus und sah, dass Jazza und Jerome mir schon unzählige »Wie geht es dir? Bist du okay?«-SMS geschickt hatten. Ich würde ihnen später antworten. Ich fand Stephen in der Küche, wo er so hochkonzentriert den Wasserkocher anstarrte, dass ich mich fragte, ob er das Wasser Kraft seiner Gedanken zum Kochen bringen wollte.

»Ich mache uns einen Tee«, sagte er, ohne den Blick vom Wasserkocher zu nehmen.

Die Küche war genauso schlicht eingerichtet wie der Rest des Apartments, umso deutlicher fielen einem jedoch die hochwertigen Einbauten und Geräte aus poliertem Edelstahl, die Arbeitsplatte aus glänzendem Granit und die in Rauchglas gehaltenen Hängeschränke ins Auge, die in seltsamem Kontrast zu dem billigen kleinen Plastikklapptisch mit dazugehörigen Klappstühlen und den bunt zusammengewürfelten Kaffeebechern standen.

»Ich habe übrigens noch mal im Krankenhaus angerufen«, sagte er. »Boo ist bei Bewusstsein und wird gerade geröntgt. Sie hat mehrere Knochenbrüche davongetragen, wie schwer die Verletzungen sind, können die Ärzte noch nicht sagen. Aber wenigstens ist sie bei Bewusstsein, das ist immerhin etwas.«

Ich setzte mich auf einen der Klappstühle und zog die Knie an. Währenddessen begann der Wasserkocher zu rumoren, und als er sich ausgeschaltet hatte, nahm Stephen zwei Tassen, goss heißes Wasser hinein und hängte in jede einen Teebeutel.«

»Schön habt ihr's hier«, sagte ich, nur um etwas zu sagen.

»Wir mieten das Apartment weit unter seinem Preis.« Er kam mit den beiden Tassen an den Tisch zurück. Bei meiner war ein Stück Porzellan am Rand abgeplatzt. »Eigentlich könnten wir es uns nämlich gar nicht leisten, in so einer noblen Gegend zu wohnen«, fuhr er fort. »Aber es gab jemanden, der den anderen Mietern ziemlich viel Ärger gemacht hat, sodass niemand mehr hier wohnen wollte. Wir haben das Problem dann schließlich gelöst.«

»War dieser Jemand zufällig ein Geist?«

Er nickte.

Ich schlang die Arme um meine Beine und legte die Stirn auf die Knie.

»Ihr seid die Einzigen bei der Polizei, die in der Lage sind, nach dem Ripper zu suchen, oder?«, sagte ich. »Die anderen können ihn ja nicht sehen. Aber was ist, wenn ihr es nicht schafft, ihn aufzuhalten?«

»Das wird nicht passieren.« Er stellte mit so viel Nachdruck eine Packung haltbare Milch vor mir auf den Tisch, als wolle er seine Aussage damit unterstreichen. Einen Moment lang saßen wir schweigend da und starrten im dämmrigen Küchenlicht gedankenverloren auf unsere Teetassen, ohne jedoch nur einen Schluck davon zu trinken. Wir schauten bloß zu, wie der Tee zog und immer dunkler wurde, genau wie unserer Gedanken.

»Wieso hast du eigentlich die Gabe?«, fragte ich nach einer Weile. »Was ist passiert?«

Er stupste mit dem Teelöffel gegen seinen Tasse und schien über seine Antwort nachzudenken.

»Ein Bootsunfall. In der Schule.«

»In Eton?« Ich deutete auf den Schriftzug auf meinem Hosenbein.

»Ja.«

»Und wie lange machst du das schon? Für die Polizei arbeiten, meine ich.«

»Seit zwei Jahren.«

Stephen nahm den Teebeutel aus der Tasse und legte ihn auf den Aluminiumdeckel eines leeren Fast-Food-Behälters.

Er schien irgendeinen inneren Kampf auszufechten, dann holte er schließlich tief Luft und atmete geräuschvoll aus, bevor er fortfuhr.

»Man weiß schon lange, dass London von Geistern heimgesucht wird, allerdings wurde dieses Wissen vor der Öffentlichkeit immer unter Verschluss gehalten. Weil sich die Geister hier aber zu einer regelrechten Plage entwickelten, stand irgendwann fest, dass man etwas dagegen unternehmen musste. Das Problem ist nur, dass Geisterglaube, Wissenschaft und Recht und Ordnung nicht wirklich zusammenpassen. 1882 gründete eine Gruppe namhafter und angesehener Wissenschaftler die ›Society for Psychical Research‹ – eine Gesellschaft zur Erforschung übersinnlicher Phänomene und bis dato wahrscheinlich der einzig ernstzunehmende Versuch, dem Thema ›Leben nach dem Tod‹ auf den Grund zu gehen. Die Entwicklung eines funktionierenden Polizeiapparats und Geheimdienstes steckte damals quasi noch in den Kinderschuhen. Der Metropolitan Police Service beziehungsweise Scotland Yard wurde erst 1829 gegründet, die Geheimdienste sogar erst 1909. Im Jahr 1919 wurden dann schließlich mithilfe der Society for Psychical Research die ›Shades‹ ins Leben gerufen.«

»Shades wie Schatten?«

»Shades bedeutet nicht nur Schatten, sondern auch Geister. Genau wie ›Spooks‹ – so werden die Leute vom MI5 genannt – nicht nur Geister heißt, sondern auch Spione. Die Doppeldeutigkeit passt perfekt, weil der MI5 verdeckt ermittelt und quasi überall ›herumspukt‹. Verglichen damit, ist unsere Einheit geradezu winzig und führt ein ziemliches Schattendasein, der Name ist also in jeder Hinsicht Programm. Früher hat man uns wohl auch eine Zeit lang ›Scotland Graveyard‹ genannt. Jedenfalls gibt es unsere streng geheime, kleine Sondereinheit schon ziemlich lange, aber während der Regierungszeit von Margaret Thatcher muss irgendjemand Wind davon bekommen haben und dagegen vorgegangen sein. Ich weiß nicht, worum es damals genau ging, wahrscheinlich irgendwelche politischen Hintergründe, aber Anfang der Neunzigerjahre wurde die Sondereinheit vorübergehend aufgelöst und erst vor zwei Jahren wieder ins Leben gerufen. Ich war der Erste, den sie ins Team holten.«

»Wie haben sie dich überhaupt gefunden?«

»Das ist eine komplizierte Geschichte und zudem streng geheim«, antwortete er ausweichend.

»Dann bist du also tatsächlich ein echter Polizist?«

»Mit allem, was dazugehört«, nickte er.

Die Wohnungstür wurde aufgeschlossen und einen Augenblick später kam Callum in einer London-Underground-Uniform herein.

»Ich hab deine SMS bekommen«, sagte er. »Was ist passiert?«

»Es gab einen Unfall«, antwortete Stephen.

»Was für einen Unfall?«

»Boo …

»Boo wurde von einem Auto angefahren«, übernahm ich das Reden. »Der Ripper war hinter mir her. Und als Boo versucht hat, mir zu helfen, hat er sie vor ein vorbeifahrendes Auto gestoßen.«

Callum lehnte sich gegen die Arbeitsplatte und rieb sich die Stirn. »Ist sie ...«

»Sie ist verletzt«, sagte Stephen. »Aber sie lebt. Das Einzige, was ich noch tun konnte, war, Rory so schnell wie möglich von dort wegzubringen.«

»Sie lebt? Ist sie bei Bewusstsein? Was genau meinst du mit, ›sie lebt‹, verdammt noch mal?«

»Sie war nach dem Unfall eine Zeit lang bewusstlos, ist im Krankenhaus aber wieder aufgewacht«, erklärte Stephen.

Callum wandte den Blick von Stephen ab und starrte mich an.

»Es ist nicht Rorys Schuld«, sagte Stephen.

»Das weiß ich selbst«, entgegnete Callum, schien aber genau das Gegenteil zu meinen. »Bitte sag mir, dass sie ihn wenigstens erwischt hat. Dass das Ganze jetzt endlich ein Ende hat.«

»Wie es aussieht, hat sie wirklich alles versucht, aber ... nein, sie hat ihn nicht erwischt«, antwortete Stephen leise.

»Ich hab dir gleich gesagt, dass es ein Fehler ist, sie alleine an die Schule zu schicken«, rief Callum aufgebracht. »Wir hätten ein Auge auf sie haben müssen.«

»Wir mussten die Ermittlungen vorantreiben ...«

»Welche Ermittlungen? Was genau haben wir denn bisher so Großartiges *ermittelt*?«

»Er hat mit Rory gesprochen«, gab Stephen genauso aufgebracht zurück. »Dadurch wissen wir jetzt, dass er ebenfalls die

Gabe hatte, als er noch lebte. Wahrscheinlich hat er Rory deshalb verfolgt, und vielleicht ist das sogar der Grund, warum er in Wexford gemordet hat. Er hat dort jemanden gefunden, der ihn sehen und hören kann.«

»Hey, cool«, sagte Callum sarkastisch, »dann wäre damit der Fall ja gelöst.«

»Callum!« Stephens Stimme klang ganz tief, als er laut wurde. Ich spürte sie bis in meinen Magen hinein. »So kommen wir nicht weiter. Entweder du reißt dich jetzt zusammen, oder du verschwindest auf der Stelle und kommst erst zurück, wenn du wieder klar denken kannst.«

Einen Augenblick lang dachte ich, die beiden würden sich jeden Moment an die Kehle springen. Doch dann stürmte Callum wortlos aus der Küche und knallte im Flur irgendeine Tür hinter sich zu.

»Tut mir leid«, sagte Stephen leise. »In ein paar Minuten hat er sich wieder beruhigt.«

Ich hörte, wie im Zimmer nebenan Gegenstände an die Wand flogen. Nach einer Weile kehrte Callum in die Küche zurück und setzte sich zu uns, brachte aber den Tisch zum Wackeln, als er sich auf den Stuhl fallen ließ, sodass unser Tee überschwappte.

»Okay«, seufzte er. »Wie lauten die Anweisungen?«

»Zuerst müssen die Formalitäten erledigt werden. Wir werden informiert, wenn alles geklärt ist und wir Rory nach Wexford zurückbringen können. Bis es so weit ist, bleiben wir hier und passen auf sie auf.«

»Wir sollten jetzt eigentlich da draußen sein und Jagd auf ihn machen.«

»Meinst du, ich sehe das nicht genauso?«, erwiderte Stephen. »Aber wir haben nicht die leiseste Ahnung, wohin er verschwunden ist. Also sollten wir die Zeit lieber nutzen und versuchen, mit dem zu arbeiten, was er heute Abend zu Rory gesagt hat. Er war ihr gegenüber nämlich ziemlich mitteilsam.«

Stephen brachte Callum kurz auf den neuesten Stand, während ich mit gesenktem Kopf daneben saß und schweigend meinen Tee trank. Ich war ein bisschen verunsichert und fühlte mich in Gegenwart der beiden nicht gerade besonders wohl. Schließlich war es meine Schuld, dass Boo verletzt war.

»1888 hat jemand nach dem vierten Mord einen antisemitischen Spruch an eine Mauer geschrieben«, sagte Stephen. »Man geht davon aus, dass es eine falsche Spur war und die Nachricht gar nicht von Jack the Ripper stammte. Oder falls doch, dass sie bloß den Zweck hatte, die Polizei in die Irre zu führen. Die Nachricht heute passt für mich irgendwie nicht ins Konzept ...«

»Vielleicht ist er auf dieser Ripper-Konferenz erschienen, um so eine Art Autogrammstunde für seine Fans abzuhalten«, sagte Callum.

»Möglich«, antwortete Stephen. »Bei allem, was er bisher getan hat, ging es ihm in erster Linie darum, Aufmerksamkeit auf sich zu ziehen und Angst und Schrecken zu verbreiten. Das beweist allein schon die Tatsache, dass er Jack the Ripper imitiert. Er begeht die Morde absichtlich direkt vor den Überwachungskameras. Er hat eine Nachricht an die BBC geschickt und verlangt, dass sie im Fernsehen vorgelesen wird. Heute Abend hat er sich an Rory rangemacht und anschließend in Gegenwart der halben Weltpresse eine Nachricht hinterlassen, die sich auf eine Textstelle in der Bibel bezieht. Das hat etwas von einer aufwendig inszenierten Show, mit der eine klare Taktik verfolgt wird.«

»Aber alle werden denken, dass dieser Richard Eakles den Spruch an die Tafel geschrieben hat«, gab Callum zu bedenken. »Außer uns wird ihm keiner die Geschichte von dem unsichtbaren Mann glauben, der ihn überwältigt und einen seltsamen Spruch an die Tafel geschrieben hat, der wie ein Bibelzitat klingt. Da war das, was er über Rory geschrieben hat, wenigstens eindeutig.«

»Wovon redest du?«, fragte ich alarmiert.

Callum lehnte sich im Stuhl zurück und zupfte am Saum der Plastiktischdecke herum, während Stephen einen tiefen Seufzer ausstieß.

»Wir haben dir nichts davon erzählt«, Stephen warf Callum einen finsteren Blick zu, »weil wir dir keine unnötige Angst machen wollten. Wir haben alles unter Kontrolle und ...«

»Ich will jetzt auf der Stelle wissen, was er über mich geschrieben hat«, unterbrach ich ihn.

»In dem Brief an James Goode«, begann er zögernd, »steht etwas in der Schlusszeile, das für uns der endgültige Beweis dafür war, dass du bei deiner Zeugenaussage die Wahrheit gesagt hast. Der Satz wurde im Fernsehen nicht vorgelesen. Er lautet:

Ich freue mich darauf, mich der gegenüber zu erkennen zu geben, die die Gabe besitzt, – und ihr die Augen auszustechen.«

Die beiden schwiegen unbehaglich, während ich versuchte, das Gehörte zu verdauen. Ich starrte in die Tiefen meiner Teetasse und fragte mich, was ich eigentlich hier verloren hatte. Ich war aus Bénouville. Bénouville in Louisiana. Einem der heißesten Bundesstaaten der USA, in dem es regelmäßig Hurrikans gab, riesige Malls, Freaks, Hummer und Krebse sowie schlampig gebaute Angebervillen. Dort war meine Heimat, nicht hier. Ich wollte nach Hause.

»Du bist unsere einzige Spur«, sagte Stephen. »Wir sind alle Möglichkeiten durchgegangen. Das Paket, das der BBC zugestellt wurde, ist mitsamt seiner Verpackung unzählige Male analysiert worden. Papier und Päckchen sind ganz gewöhnliche Artikel aus dem Schreibwarenhandel, die jedes Jahr tausendfach über sämtliche Ladentheke gehen. Das hilft uns also nicht weiter, zumal es unwahrscheinlich ist, dass er beides irgendwo gekauft hat. Ein Unsichtbarer wird wohl kaum in den Schreibwarenladen spazieren und ein Päckchen mit Packpapier kaufen. Also können wir diesen Ermittlungsansatz vergessen. Die Aufnahmen der Überwachungskameras sind auch keine große Hilfe. An keinem der Tatorte gab es bisher verwertbare Spuren, die irgendwelche Rückschlüsse auf den Täter zulassen. Für uns ist das nicht weiter verwunderlich, für die Leute von der Spurensicherung allerdings schon. Du hast uns den bisher einzigen verwertbaren Hinweis geliefert. Durch deine Aussage wissen wir zumindest, dass es sich nicht um den Geist des damaligen Ripper handeln kann. Aufgrund deiner Beschreibung seiner Kleidung ...«

Wahrscheinlich merkte er selbst, dass das alles nicht besonders tröstlich für mich war, und verstummte.

»Unser Plan ist eigentlich ganz einfach«, fuhr er schließlich fort. »Du gehst zurück nach Wexford. Wir bleiben in deiner Nähe und lassen dich keine Sekunde aus den Augen. Wenn er sich dir auch nur nähern sollte ...«

»Er hat sich mir doch heute Abend schon genähert«, erinnerte ich ihn.

»Wir werden unsere Sicherheitsmaßnahmen verstärken«, sagte Stephen. »Das passiert nicht noch einmal. Aber du kennst jetzt die Gefahr und solltest unbedingt auf uns hören und uns vor allem vertrauen.«

»Wie genau wollt ihr denn verhindern, dass er sich noch mal an mich heranmacht?«, fragte ich mit zitternder Stimme. Callum wollte etwas darauf erwidern, doch Stephen schüttelte den Kopf.

»Wir haben Mittel und Wege«, sagte Stephen. »Mehr können wir dir leider nicht sagen, sonst würden wir gegen das Geheimhaltungsgesetz verstoßen. Ganz egal, wie du darüber denkst – wir sind die Einzigen, die dich beschützen können. Und genau das werden wir tun. Außerdem geht es uns hier nicht nur darum, unseren Job zu machen. Der Mistkerl hat eine Kollegin und Freundin von uns angegriffen und verletzt, und das nehmen wir ihm verdammt übel.«

»Ich könnte nach Hause zurückfliegen«, sagte ich.

»Davonzulaufen wird dir nicht viel bringen. Jedenfalls nicht, wenn es ihm wirklich ernst ist. In der Regel sind Geister in der Lage, dieselben Fortbewegungsmittel zu nutzen wie wir Menschen. Zumindest die, denen wir bisher begegnet sind. Die meisten spuken zwar immer an ein und demselben Ort herum, darunter sind aber etliche, die eigentlich einen viel größeren Bewegungsradius haben. Der Ripper scheint sich am liebsten im East End aufzuhalten. Aber ich wüsste ehrlich gesagt nicht, was ihn davon abhalten sollte, sich in ein Flugzeug zu setzen und in die Staaten zu fliegen.«

Stephen beschönigte nichts. Seine schonungslose Offenheit beruhigte mich seltsamerweise.

»Es wäre also besser, wenn du in London bleibst, wo wir etwas gegen ihn unternehmen können, und versuchst, dein Leben hier so normal wie möglich weiterzuführen«, sagte er.

»Etwa so wie ihr beide?«, entgegnete ich.

Das war zugegeben ein Schlag unter die Gürtellinie, aber Callum lachte nur und sagte: »Ich glaube, jetzt hat sie es endlich kapiert.«

26

Es war fast drei Uhr morgens als Stephen mich in Wexford absetzte. Trotzdem brannte noch überall Licht und ich sah einige meiner Mitschüler aus dem Fenster schauen, als ich aus dem Auto stieg.

»Callum und ich werden dich in den nächsten Tagen nicht aus den Augen lassen«, sagte Stephen. »Einer von uns beiden wird immer in deiner Nähe sein. Und vergiss nicht, was wir besprochen haben – wenn du gefragt wirst, sagst du, dass Boo die Straße überqueren wollte und dabei das Auto übersehen hat.«

Noch bevor Stephen den Klingelknopf drücken konnte, hatte Claudia die Tür aufgerissen. Nie hätte ich mir träumen lassen, dass ich einmal so froh sein würde, sie zu sehen. Ihre Unerschütterlichkeit hatte etwas Beruhigendes. Sie musterte mich aufrichtig besorgt, bevor sie mich aufs Zimmer schickte und sich Stephen zuwandte, von dem ich mich mit einem kurzen Nicken verabschiedete.

Im Zimmer brannten sämtliche Lichter, einschließlich meiner Nachttischlampe. Jazza war noch wach und fiel mir um den Hals, kaum dass ich die Tür geöffnet hatte.

»Wie geht es Boo?«, fragte sie.

»Den Umständen entsprechend«, antwortete ich. »Sie ist zum Glück wieder bei Bewusstsein, hat aber mehrere Knochenbrüche.«

»Was ist denn überhaupt passiert? Du hast gesagt, du gehst kurz zur Toilette, und bist danach einfach nicht mehr aufgetaucht.«

»Mir war plötzlich übel«, sagte ich. »Also bin ich raus an die frische Luft und ein paar Schritte um den Block spaziert. Kurz darauf kam Boo um die Ecke. Sie telefonierte gerade mit ihrem Handy und ... hat deswegen wahrscheinlich das Auto nicht gesehen, als sie über die Straße wollte.«

»Gott, ich komme mir so mies vor. Ich meine, wegen der ganzen Sachen, die ich über sie gesagt habe. Dabei ist sie eigentlich doch total süß. Wenn sie nur nicht immer so unüberlegt und gedankenlos wäre, dann wäre der Unfall vielleicht nicht passiert. Wie geht es dir? Ist alles in Ordnung mit dir?«

»Mir geht es gut«, log ich. Ich hatte zwar keine äußeren Verletzungen, aber mein inneres Gleichgewicht war völlig erschüttert.

»Ich hab ihn für dich heiß gemacht.« Jazza deutete auf den »Cheez Wiz«-Dip, der auf der Heizung stand.

Ich musste grinsen. »Ich liebe es, wenn du schmutzige Sachen sagst.«

Aber eigentlich war mir weder nach Scherzen zumute noch nach meinem heiß geliebten Käsedip. Ich ging zu meiner Kommode und holte mir einen Pyjama heraus.

»Woher hast du die Sachen, die du anhast?«, fragte Jazza.

»Oh ... äh ... die haben sie mir auf dem Polizeirevier geliehen.«

Ich zog hastig das Poloshirt und die Eton-Trainingshose aus und stopfte sie in meinen Wäschebeutel.

»Eine Eton-Sporthose?«

»Wahrscheinlich hatten sie gerade nichts anderes zur Hand.«

»Versteh mich nicht falsch, Rory, aber ... du verschwindest einfach von der Party und Boo läuft dir hinterher und wird von einem Auto angefahren ... Was ist eigentlich wirklich los?«

Einen winzigen Augenblick lang spielte ich tatsächlich mit dem Gedanken, ihr alles zu erzählen. Ich wollte, dass sie Bescheid wusste. Aber dann stellte ich mir vor, wie lächerlich sich die ganze Geschichte für sie anhören musste, und konnte es nicht.

»Das war alles bloß eine Verkettung unglücklicher Zufälle, nichts weiter.«

Jazza sackte leicht in sich zusammen. Ob vor Erleichterung oder Enttäuschung, wusste ich nicht so genau. Mir blieb es zum Glück erspart, mich weiter mit ihr darüber zu unterhalten, denn einen Moment später klopfte es an die Tür und unsere Flurnachbarinnen kamen ins Zimmer gestürzt, um sich alles haarklein erzählen zu lassen.

Als ich endlich im Bett lag und die Augen schloss, verfolgten mich die Bilder von Boo, wie sie blutend auf der Straße lag, und dem Ripper.

Niemand verstand, was wirklich vor sich ging. Weder meine Mitschülerinnen, noch die Lehrer, noch die Polizei.

Jazza schlief. Ich nicht.

Wahrscheinlich hätte mir niemand einen Vorwurf gemacht, wenn ich am nächsten Morgen nicht zum Unterricht erschienen wäre. Aber was hätte das genutzt? Ich hatte die ganze Nacht wach gelegen, an die Decke gestarrt, Jazzas Atem gelauscht und versucht, mich von meinen schrecklichen Gedanken abzulenken. Als ich um sechs Uhr morgens aufstand, war ich schweißgebadet. Ich duschte und zog mir meine Uniform an, machte mir aber nicht die Mühe, mir die Haare zu kämmen oder hochzustecken, sondern fuhr bloß mit den Fingern hindurch. Das Frühstück ließ ich ausfallen.

Als ich ins Kunstgeschichteseminar kam, ruckten kurz alle Köpfe in meine Richtung. Ich war mir nicht sicher, ob es wegen Boo war oder an meiner nachlässigen Erscheinung lag. Zu Hause hätten mich alle einfach ganz offen mit Fragen bestürmt und alles bis ins Detail wissen wollen. Hier in Wexford schien man das, was man wissen wollte, durch verstohlene Blicke in Erfahrung zu bringen.

Mark, der nicht in Wexford, sondern in London lebte, war völlig ahnungslos und wusste nichts von dem Drama, das sich am Abend zuvor an unserer Schule abgespielt hatte. »Ich dachte, dass wir uns heute mal mit einem aktuellen Thema beschäftigen«, begann er gut gelaunt. »Nämlich mit der Darstellung von Gewalt in der Kunst. Ich würde gern mit dem englischen Impressionisten Walter Sickert anfangen, dessen Schaffen sich Ende des neunzehnten und Anfang des zwanzigsten Jahrhunderts vor allem auf die Darstellung urbanen Lebens konzentrierte. Darüber hinaus wurde Sickert verschiedentlich mit Jack the Ripper in Verbindung gebracht, wofür es mehrere Gründe gibt ...«

Ich rieb mir die Stirn. Es gab kein Entrinnen. Der Ripper war einfach überall.

»Zum einen war Sickert geradezu besessen von den Verbrechen des Serienmörders. Er mietete sich zum Beispiel ein Zimmer, von dem er glaubte, Jack the Ripper habe darin gewohnt, und verewigte es in einem Werk, dem er den Namen *Jack the Rippers Bedroom* gab. Einige Leute glauben sogar, er selbst wäre der Ripper gewesen, aber das halte ich für fraglich.«

Mark klickte auf den Bildschirm seines Laptops und projizierte ein Gemälde an die Wand. Es war das in sehr dunklen Farben gehaltene Bild eines Zimmers, in dessen Mitte ein Bett stand. Es wirkte düster und bedrückend.

»Ein weiter Grund für diese Verdächtigungen war, dass Sickert 1908 eine Serie malte, die den Camden-Town-Mord zum Thema hatte. Der Mord war im Jahr zuvor verübt worden und erinnerte in seinem Tathergang stark an den Mord an Mary Jane Kelly, dem letzten Ripper-Opfer.«

Er klickte auf das nächste Bild. Eine auf einem Bett liegende nackte Frau erschien. Ihr Kopf war zur Seite gedreht, ihr Gesicht für den Betrachter nicht erkennbar. Auf dem Bettrand saß ein Mann, den Kopf gesenkt, so, als bedaure er, was er getan hatte.

»Der Schauplatz eines Mordes als Kunstwerk«, sagte Mark. »Der Tod ist ein häufiges Thema in der Malerei. Die Kreuzigung beispielsweise wurde unzählige Male dargestellt, genau wie die Hinrichtung von Königen und die Ermordung von Heiligen. Aber bei diesem Bild steht der Mörder im Mittelpunkt und nicht das Opfer. Es lässt beim Betrachter sogar Mitleid für den Täter aufkommen. Dieses Gemälde aus der Camden-Town-Serie von 1908 hat den Titel *What Shall We Do for the Rent?*«

Während Mark weiter über englische Impressionisten, Pinselstriche und Lichteinfall dozierte, starrte ich die reglos auf dem Bett liegende Frau an, die wie vergessen im Schatten des Bildhintergrundes lag.

Ich hatte nicht das geringste Mitleid mit dem Mörder.

Als wir nach anderthalb Stunden eine kurze Unterrichtspause machten, war ich die Erste, die zur Tür hinausstürzte.

»Ich gehe da nicht wieder rein«, sagte ich draußen zu Jerome. »Als Aufsichtsschüler darfst du mir das wahrscheinlich nicht durchgehen lassen, aber du kannst machen, was du willst, ich gehe da nicht wieder rein.«

Jerome musterte mich einen Moment lang besorgt. »Weißt du was?«, sagte er schließlich. »Ich bringe dich jetzt einfach ins Wohnheim und erkläre Mark, dass du dich nicht wohlfühlst, okay?«

Nachdem wir die wenigen Meter bis zur Eingangstür von Hawthorne zurückgelegt hatten, blieb er vor mir stehen und sagte: »Es ist fast vorbei. Nur noch ein paar Tage.« Er schien kurz zu zögern, dann schob er sanft eine Hand in meinen Nacken, beugte sich zu mir hinunter und küsste mich.

Als ich die Augen wieder öffnete, entdeckte ich Stephen, der zu uns rüberschaute. Er saß auf dem kleinen Platz auf einer Bank und tat so, als würde er lesen. Die Uniform hatte er gegen einen Pulli, Jeans und einen Schal getauscht. Als er merkte, dass ich ihn gesehen hatte, senkte er hastig den Blick, nahm seine Brille ab und setzte ein so unbeteiligtes Gesicht wie möglich auf. Verlegen trat ich einen Schritt von Jerome zurück.

»Danke«, sagte ich und meinte damit, dass er mich zum Wohnheim begleitet hatte, aber es hörte sich an, als würde ich mich für den Kuss bedanken.

»Hast du mitbekommen, was sie in den Nachrichten über diese Botschaft sagen, die auf der Ripper-Konferenz hinterlassen wurde?«, fragte Jerome. »Dass es dabei um ein Zitat aus der Bibel geht und die ganze Sache möglicherweise einen terroristischen Hintergrund hat? Ich glaube nicht daran, genauso wenig wie die Leute aus den Ripper-Foren daran glauben. ›The name of the star‹ – das ist kein Zitat aus der Bibel. Was er damit sagen will, ist: Der Name des *Stars* heißt ... *Jack the Ripper*.

»Was?«

»Jack the Ripper hat sich selbst niemals Jack the Ripper genannt. Ich hab dir doch neulich schon mal erzählt, dass der Name aus einem Brief stammt, der damals an eine Nachrichtenagentur geschickt wurde, und dass dieser Brief eine Fälschung war und mit ziemlicher Sicherheit von einem Reporter des *Star* geschrieben wurde – der Zeitung, die den Ripper erst berühmt machte. Damit ist er quasi eine Schöpfung der Medien. ›The name of the star ist fear‹, ist wortwörtlich zu verstehen, beziehungsweise als Wortspiel. Der Name Jack the Ripper löst in jedem von uns Angst und Schrecken aus, und das liegt vor allem auch an der reißerischen Berichterstattung der Medien. Und in diesem morbiden Spektakel ist er der am hellsten leuchtende Stern am Serienkillerhimmel. Das Ganze ist also ein Scherz, wenn auch ein ziemlich kranker Scherz, aber er hat nichts mit Terrorismus oder so was zu tun. Das ist jedenfalls das, was ich denke, falls das irgendwie weiterhilft … «

Er hob zum Abschied kurz die Hand und lief dann in den Seminarraum zurück. Unschlüssig blieb ich vor dem Eingang des Wohnheims stehen und überlegte, was ich mit meiner Zeit anfangen sollte, nachdem ich mich gerade selbst aus dem Kunstgeschichteseminar entlassen hatte, während alle anderen noch im Unterricht waren. Es lag eine friedliche Stille über Wexford, die nur von den Klängen der Instrumente durchbrochen wurde, die aus den Musikzimmern herüberwehten. Bestimmt war auch Jazzas Cello darunter, aber ich konnte es nicht aus der allgemeinen Geräuschkulisse heraushören.

Ich beschloss, ein bisschen spazieren zu gehen, und schlug den Weg zur Hauptgeschäftsstraße ein, wo die übliche samstägliche Betriebsamkeit herrschte. Weil mir nichts Besseres einfiel, ging ich in unser Stammcafé, reihte mich in die fast schon absurd lange Schlange vor der Theke ein und holte mir einen Kaffee. Da alle Tische belegt waren, stellte ich mich damit an einen der Stehplätze am Fenster, als plötzlich Stephen auf mich zukam.

»Ich habe gehört, was dein Freund gesagt hat«, fiel er sofort mit der Tür ins Haus.

»Hallo, Stephen«, seufzte ich.

»Seine Theorie ist gar nicht mal so abwegig, im Gegenteil«, sprach er unbeirrt weiter. »Der Ripper hat seine Berühmtheit eigentlich erst durch die Berichterstattung der Zeitung *The Star* erlangt. ›The name of the star ist fear‹ ... die Menschen haben Angst vor dem Namen Jack the Ripper. Darauf bezieht sich der Spruch, nicht auf die Bibel. Er macht sich über uns alle lustig, über die Ripperologen, die Polizei, die Medien, und freut sich wahrscheinlich diebisch über die Aufmerksamkeit, die er dadurch bekommt ...«

Ich blickte auf die Straße hinaus, die ein für London typisches Bild bot – ein- bis zweistöckige Gebäude, kleine Shops mit bunten Schaufensterauslagen, Werbetafeln, auf denen preiswerte Handys oder Getränke zu Happy-Hour-Preisen angepriesen wurden. Gelegentlich fuhr ein roter Doppeldecker-Bus vorbei, der zurzeit fast schon exotischer anmutete als die mit Stadtplänen und Kameras bewaffneten Touristen in ihren Jack-the-Ripper-Zylinderhüten, die man in den Souvenirläden kaufen konnte.

»Aber ich muss die ganze Zeit daran denken, was Callum gestern Abend gesagt hat«, fügte Stephen hinzu. »Wir sind die

Einzigen, die mit Sicherheit wissen, dass es nicht Richard Eakles war, der diese Botschaft an der Tafel hinterlassen hat. Ich habe das Gefühl ... keine Ahnung ... als würde er mit uns spielen. Als ginge es hier um etwas ganz Persönliches.«

»Was ist eigentlich mit Jo?«, fragte ich. »Sollte ihr nicht jemand erzählen, was passiert ist?«

Der abrupte Themenwechsel brachte ihn aus dem Konzept. »Wer?«

»Jo. Boos beste Freundin.«

»Oh. Ja, stimmt.« Er kratzte sich am Kopf.

»Ich würde gerne zu ihr fahren und es ihr sagen.«

Er dachte kurz nach und nickte dann. »In Ordnung. Aber wir müssen die U-Bahn nehmen. Wenn ich die Uniform nicht anhabe, lasse ich den Wagen lieber stehen.«

Wir fanden Jo am Ende der Straße, nicht weit von dem Spielplatz entfernt, wo ich sie das erste Mal gesehen hatte. Auch heute war sie wieder damit beschäftigt, Abfall aufzusammeln.

»Vielleicht ist es besser, wenn du ... also wenn du vielleicht allein mit ihr ...«, druckste Stephen herum, der schon während der kurzen Fahrt hierher nicht besonders mitteilsam gewesen war. Ich hatte ihn noch nie so unsicher erlebt.

»Schon okay«, sagte ich. »Ich rede mit ihr.«

»Ich warte so lange hier«, erwiderte er erleichtert.

Jo drehte sich nicht um, als ich auf sie zukam. Wahrscheinlich näherten sich ihr ständig irgendwelche Menschen oder gingen einfach durch sie hindurch.

»Hallo«, sagte ich. »Ich bin's. Rory. Wir haben uns neulich kennengelernt … erinnern Sie sich?«

Sie wirbelte überrascht zu mir herum und lächelte, als sie mich erkannte. »Aber natürlich«, sagte sie. »Wie geht es dir? Das muss ja ein ganz schöner Schreck für dich gewesen sein.«

»Mir geht es so weit gut. Aber Boo …«

Ich hielt inne, als eine Frau mit Kinderwagen sich näherte. Sie schlenderte so unerträglich langsam an uns vorbei, dass ich sie am liebsten angeschoben hätte, um in Ruhe mit Jo weitersprechen zu können.

»Boo wurde von einem Auto angefahren«, sagte ich, als die Frau endlich außer Hörweite war.

»Um Gottes willen, wie geht es ihr?«

»Sie hat es zum Glück überlebt, liegt aber schwer verletzt im Krankenhaus«, antwortete ich. »Der Ripper hat ihr das angetan. Er ist hinter mir her gewesen, und als Boo mich vor ihm beschützen wollte, hat er sie brutal vor ein Auto gestoßen. Ich dachte nur, dass Sie … dass Sie Bescheid wissen sollten.«

Die meisten Menschen holen tief Luft oder hyperventilieren, wenn man ihnen eine schlechte Nachricht überbringt. Jo tat nichts davon. Wie auch, sie atmete schließlich nicht. Stattdessen bückte sie sich nach einem weggeworfenen Kaffeebecher und hob ihn auf. Es schien sie ihre ganze Kraft zu kosten, deshalb nahm ich ihn ihr aus der Hand und warf ihn für sie in den drei Schritte entfernten Abfalleimer.

»Das wäre nicht nötig gewesen, Liebes«, sagte sie. »Ich hätte es auch selbst geschafft. Dinge wie Sandwichverpackungen,

Kaffeebecher, Dosen und so etwas kann ich eigentlich problemlos aufheben. Kürzlich saß dort oben in dem Straßencafé ein Mädchen und hatte ihr Portemonnaie auf den Stuhl neben sich gelegt. Kurz darauf ging ein Mann vorbei und steckte es einfach ein. Das Mädchen hat nichts davon gemerkt. Es war reiner Zufall, dass ich ausgerechnet in dem Moment vorbeikam. Ich habe ihm das Portemonnaie wieder abgenommen und auf den Stuhl neben das Mädchen zurückgelegt. Es hat mich ziemlich viel Anstrengung gekostet, aber ich habe es geschafft. Das Mädchen hat, wie gesagt, nichts bemerkt, aber dem Mann hat es bestimmt einen ordentlichen Schrecken eingejagt. Das hier ist meine Straße. Ich sorge dafür, dass das hier ein sauberer und sicherer Ort ist.«

Sie wirkte erstaunlich gefasst, während sie all das erzählte, aber ich glaubte zu spüren, dass das ihre Art war, mit dem Schock zu umzugehen, und dass es ihr guttat, mit jemandem zu reden.

»Haben Sie früher hier gelebt?«, fragte ich.

»Nein. Ich bin hier gestorben, gleich dort drüben. Siehst du den Gebäudekomplex da hinten?« Sie zeigte auf eine moderne Apartmentanlage. »Der ist relativ neu. Damals standen dort Backsteinhäuser. Jedenfalls lebe ich erst seit meinem Tod hier, was in deinen Ohren vielleicht seltsam klingt, genauso seltsam wie der Drang, dort zu bleiben, wo man gestorben ist. Ich weiß selbst nicht, warum das so ist ...«

»Darf ich Sie fragen, wie es passiert ist?«

»Aber natürlich darfst du«, entgegnete sie fast heiter. »Es

geschah während einem der letzten großen Bombenangriffe der deutschen Luftwaffe. Am 10. Mai 1941, um genau zu sein. In dieser Nacht haben die Deutschen den St. James Palace und das Parlament bombardiert. Ich arbeitete damals im Fernmeldewesen und habe verschlüsselte Nachrichten über die Lage in London verschickt. Unser kleines Telegrafenamt befand sich gleich hier drüben. Eine Bombe, die am anderen Ende der Straße einschlug, legte fast alle Gebäude in Schutt und Asche. Als ich mich danach aus dem Luftschutzbunker, in den ich mich geflüchtet hatte, nach draußen gekämpft hatte, waren überall die Schreie der verschütteten Menschen zu hören. Ich versuchte, ein kleines Mädchen aus den Trümmern zu befreien, da stürzten plötzlich die Überreste des Hauses, unter dem sie begraben lag, über uns zusammen. Das war unser Ende. In der Nacht starben ungefähr dreizehnhundert Menschen. Ich war nur eine von vielen.« Ihre Stimme klang sachlich und nüchtern, während sie die Geschichte erzählte.

»Und wann haben Sie gemerkt, dass Sie ein Geist sind?«, fragte ich.

»Oh, das habe ich sofort gemerkt. Im einen Moment habe ich noch versucht, das Mädchen zu befreien, und im nächsten blickte ich auf die Trümmer hinab und sah, wie jemand versuchte, mich herauszuziehen. Ich wusste auf der Stelle, dass ich tot war. Das war natürlich ein Schock. Andererseits hatte ich erst einmal keine Zeit, mir darüber den Kopf zu zerbrechen. Um mich herum herrschte so viel Leid und Zerstörung, dass es alle Hände voll zu tun gab. Manche Schwerverletzte konnten mich sehen, also setzte ich mich zu ihnen und sprach ihnen Mut zu. Oder ich sammelte verschüttete Gegenstände wie Fotografien oder andere persönliche kleine Dinge aus den Trümmern. Es kostete mich meine ganze Kraft, aber dadurch merkte ich, dass ich immer noch helfen und nützlich sein konnte. Ich weigerte mich einfach zu verschwinden. Obwohl mir meine neue Daseinsform anfangs ziemlich zusetzte. Stellenweise war ich so schwach, dass ich mich kaum von der Stelle, an der ich gestorben war, wegbewegen konnte. Ich war zu einem Schattenwesen ohne fassbare Gestalt, ohne einen sichtbaren Körper geworden. Aber ich gab nicht auf, bis ich es schließlich schaffte, die Trümmerstätte zu verlassen. Heute glaube ich, dass ich mich damals selbst neu erschaffen habe. Kurz nach meinem Tod hielt Premierminister Churchill eine wunderbare Rede, in der er der Bevölkerung zurief: ›Gebt euch nicht geschlagen. Gebt euch niemals geschlagen. Niemals. Niemals. Niemals. Niemals. Weder im Kleinen noch im Großen …‹ Ich habe mich stets an seine Worte gehalten und sie haben mich in all den Jahren getragen und mir immer wieder Kraft gegeben.«

Es war überwältigend, wie Jo es geschafft hatte, nie den Mut zu verlieren oder aufzugeben. Trotzdem stand eines fest: Sie wusste, was es hieß, Angst zu haben. Und wenn sie das wusste, wusste sie vielleicht auch, wie man damit umging.

»Ich habe Angst«, sagte ich. »Der Ripper ist hinter mir her, und manchmal habe ich so große Angst, dass ich kaum noch atmen kann.«

Jo wandte mir den Kopf zu und sah mich an. »Jack the Ripper war nur ein Mensch. Selbst Hitler war nur ein Mensch. Und nichts anderes ist der Ripper von heute.«

»Er ist ein Geist«, wandte ich ein. »Ein Geist, der unglaublich machtvoll ist.«

»Aber auch Geister sind letztlich nur Menschen. Wir flößen den Leuten vermutlich nur deswegen so viel Angst sein, weil sie nichts über uns wissen. Weil wir für die meisten bloß unsichtbare Phantome sind. Wir dürften eigentlich gar nicht hier sein. Lass dich nicht von deiner Angst beherrschen. Es gibt Menschen, die dir beistehen und in der Lage sind, dem Ripper das Handwerk zu legen.«

»Ich weiß«, sagte ich. »Aber sie ... sie sind noch so jung, kaum älter als ich.«

»Was glaubst du, wie alt man ist, wenn man zur Army geht? Unsere ganze Nation wurde im Krieg von jungen Menschen verteidigt. Sie kämpften auf den Schlachtfeldern, steuerten Bombenflieger und fingen verschlüsselte Nachrichten ab und decodierten sie. Ich kannte etliche Leute, die sich älter gemacht haben, um in den Krieg ziehen zu können. Dabei waren sie in Wirklichkeit erst fünfzehn oder sechzehn ...«

Sie verstummte und beobachtete einen Typen, der um ein Fahrrad herumstrich, das ganz offensichtlich nicht seines war. Schließlich zog sie ihre Uniformjacke glatt, obwohl daran nichts glatt zu ziehen war, weil sie wahrscheinlich erst gar nicht zerknittern konnte.

»Danke, dass du vorbeigekommen bist und mir Bescheid gegeben hast«, sagte sie. »Die meisten hätten sich erst gar nicht die Mühe gemacht, mich zu informieren. Du bist ein genauso aufmerksamer und gewissenhafter Mensch wie Boo. Sie ist ein gutes Mädchen. Auch wenn sie hier und da noch ein bisschen an sich arbeiten muss. So, und jetzt sollte ich besser gehen und mich um dieses Fahrrad dort kümmern.«

Jo überquerte die Straße, ohne darauf zu achten, ob gerade ein Auto kam. Als sie die Mitte der Fahrbahn erreicht hatte, drehte sie sich noch einmal zu mir um, genau in dem Moment, in dem ein Sportwagen auf sie zufuhr.

»Angst kann dir nichts anhaben«, sagte sie. »Wenn sie nach dir greift, dann lass dich nicht von ihr überwältigen. Angst ist wie eine Klapperschlange ohne Giftzähne. Vergiss das nicht. Dieses Wissen kann dich schützen.«

Der Sportwagen hatte sich ihr inzwischen bis auf ein paar Zentimeter genähert. Sie trat zur Seite und ließ ihn vorbeifahren, bevor sie ihren Weg über die Straße fortsetzte.

27

An die darauffolgenden Tage kann ich mich kaum mehr erinnern. Der Unterricht fiel während der ganzen Woche aus. Callum und Stephen hielten abwechselnd Wache. Ein Tag ging in den nächsten über. 4. November, 5. November, 6. November ... Wären die Nachrichtensender nicht gewesen, ich hätte den Überblick verloren.

Am Mittwoch, den 7. November, schreckte ich gegen fünf Uhr morgens plötzlich aus dem Schlaf. Mein Herz raste. Ich setzte mich im Bett auf und musterte jeden Schatten, der sich im Zimmer aus dem Dunkeln schälte. Das Ding neben meinem Bett war der Nachttisch, dort drüben stand meine Kommode, weiter hinten der Kleiderschrank, dessen Tür einen Spaltbreit geöffnet war, aber nicht breit genug, dass sich dahinter jemand hätte verstecken können. Jazza lag im Bett und schlief. Ich griff nach meinem Hockeyschläger und stocherte damit unter meinem Bett herum, doch da war nichts.

Dann wurde mir klar, dass das vielleicht nicht gerade die beste Methode war, einen versteckten Geist aufzustöbern. Also stand ich auf, kniete mich vors Bett und spähte vorsichtig darunter. Nichts. Jazza bewegte sich kurz unruhig, schlief aber weiter.

Ich zog mir den Morgenmantel über, schnappte mir meinen Kulturbeutel und machte mich so leise wie möglich auf den Weg zum Waschraum, wo ich erst einmal jeden Winkel unter die Lupe nahm, bevor ich unter die Dusche stieg, und selbst dann ließ ich noch den Vorhang halb offen stehen. Es war mir egal, ob jemand hereinkommen und mich sehen würde.

Auf dem Weg zum Speisesaal sah ich Callum in der Nähe des Eingangs stehen. Er trug eine leuchtend orangefarbene Signalweste über seiner dunkelblauen London-Underground-Uniform und hatte ein Klemmbrett in der Hand. Falls das seine Taktik war, mit seiner Umgebung zu verschmelzen, sollte er sich dringend eine neue Strategie zulegen.

»Was machst du da?«, fragte ich, als ich vor ihm stand.

»Ich tue so, als würde ich für eine neue Buslinie, die hier vorbeiführen soll, das Verkehrsaufkommen festhalten. Deswegen auch das Klemmbrett.« Er wedelte damit triumphierend hin und her.

»Ist das eure Idee gewesen?«

»Klar, von wem soll sie sonst sein?« Er seufzte. »Etwas anderes ist uns nicht eingefallen, um zu rechtfertigen, warum ich den ganzen Tag vor der Schule rumstehe. Und du gehst jetzt besser wieder weiter, bevor noch jemand sieht, wie du dich mit mir unterhältst.«

Er heftete demonstrativ den Blick auf das Klemmbrett, und ich kam mir ziemlich dämlich vor, als ich eilig weiterging.

Es war noch so früh, dass ich die Einzige im Speisesaal war. Ich holte mir meine übliche Portion Würstchen, brachte aber nur ein bisschen Saft und ein paar Schlucke von dem bitteren, brühheißen Kaffee herunter. Um mir die Zeit zu vertreiben, studierte ich die Messingtafeln an den Wänden, auf denen die Namen ehemaliger Schüler und ihre Erfolge verewigt waren. Dann betrachtete ich das Buntglasfenster mit dem Lamm-Motiv über mir, bis mir einfiel, dass Lämmer in solchen Darstellungen meist zum Schlachtaltar geführt und geopfert werden oder manchmal aus völlig unerfindlichen Gründen mit Löwen kuscheln.

Ich musste wissen, wie sie den Ripper aufhalten wollten, sonst würde ich noch komplett durchdrehen. Entschlossen stand ich vom Tisch auf, brachte mein Tablett zum Geschirrwagen, verließ den Speisesaal und ging zielstrebig zu Callum zurück.

»Ich habe dir gerade gesagt, dass ...«

»Ich will sehen, was ihr macht«, unterbrach ich ihn.

»Das siehst du doch.«

»Das meine ich nicht ... ich möchte wissen, welche Mittel und Wege ihr habt, um gegen ihn vorzugehen.«

Er trat gegen einen Pflasterstein. »Du hast gehört, was Stephen gesagt hat. Darüber dürfen wir mit dir nicht reden.«

»Findest du nicht, dass ich ein Recht darauf habe, zu wissen, wie man sich gegen ihn wehren kann?«, fragte ich. »So bin ich ihm doch völlig schutzlos ausgeliefert. Bitte, Callum. Ich drehe sonst noch durch.«

»Hast du eine Ahnung, wie viele Verschwiegenheitserklärungen ich unterschreiben musste?«

»Okay. Wenn du lieber den ganzen Tag mit deinem dämlichen Klemmbrett hier herumstehen willst, bitte. Aber ich werde ebenfalls hier stehen bleiben, dir auf Schritt und Tritt folgen und alles tun, um euch auf die Nerven zu gehen. Du kannst es dir also aussuchen.«

Um Callums Mundwinkel zuckte es. »Klingt für mich eher, als ob ich keine Wahl hätte.«

»Du hast keine Ahnung, wie erbarmungslos ich sein kann, wenn man mich dazu zwingt.«

Er ließ prüfend den Blick über die Straße und den kleinen Platz schweifen, dann zog er sein Handy heraus und entfernte sich ein paar Schritte.

»Aber nur unter einer Bedingung«, sagte er, als er zurückkam. »Du darfst mit niemandem darüber reden. Weder mit Stephen noch mit Boo. Vor allem nicht mit Boo. Kein Wort zu niemandem.«

»Diese Unterhaltung hat nie stattgefunden.«

»Gut.« Er bedeutete mir, ihm zu folgen. »Ich habe vorhin einen Anruf von der U-Bahn-Station Bethnal Green bekommen. Dort gibt es ein Problem.«

Wir gingen zur Haltestelle Liverpool Street. Auf dem Weg dorthin zählte ich die Überwachungskameras. Ich kam auf sechsunddreißig. Und das waren nur die, die mir aufgefallen waren. Sie hingen in Häuserecken, an Ampeln, an Straßenlaternen oder Fenstersimsen. So viele Kameras – und alle waren nutzlos, wenn es um den Ripper ging.

Als wir an der U-Bahn-Station angekommen waren, zückte Callum wieder seinen Ausweis und ich hielt meine Oyster-Card unter das Lesegerät. Während ich noch durch das Drehkreuz ging, fuhr Callum bereits auf der Rolltreppe nach unten, und ich musste rennen, um ihn wieder einzuholen.

»Was denken denn deine Vorgesetzten und Kollegen von der London Underground, was deine Aufgabe hier ist?«, fragte ich, als wir in die Bahn stiegen.

»Ich bin offiziell als Techniker angestellt. So steht es jedenfalls in meiner Personalakte, und dass ich fünfundzwanzig bin.«

»Bist du wirklich schon fünfundzwanzig?«

»Zwanzig.«

»Und was, wenn jemand merkt, dass du gar kein Techniker bist?«

»Ich werde immer nur dann angerufen, wenn den Stationsvorstehern irgendetwas *komisch* vorkommt. Die meisten wollen gar nicht so genau wissen, was genau ich da eigentlich mache, sondern sind einfach nur froh, wenn ich das Problem löse. Ohne mich würden ständig Strecken ausfallen und es gäbe jede Menge verspätete Züge … Ich bin wahrscheinlich der wichtigste Mitarbeiter, den sie haben.«

»Und mit Sicherheit auch der bescheidenste.«

»Bescheidenheit wird völlig überbewertet.« Er grinste.

»Und mein Arbeitsplatz ist wirklich riesig. Das Streckennetz der London Underground beträgt insgesamt vierhundertzwei Kilometer. Ich kümmere mich hauptsächlich um die unterirdischen Gleisstrecken, die ungefähr hundertsiebzig Kilometer lang sind, außerdem um die stillgelegten Tunnel und die, die nur innerbetrieblich genutzt werden.«

Der Zug zischte durch die Dunkelheit, die nur von der gelegentlichen Andeutung einer Backsteinmauer unterbrochen wurde.

»Ich werde oft zu der Station gerufen, zu der wir jetzt fahren. Im März 1943 kam es dort zu einer Katastrophe, die mehr Menschenleben forderte als jedes andere Unglück in der Geschichte der London Underground. Bethnal Green wurde im Zweiten Weltkrieg als Luftschutzbunker genutzt. Eines Abends wurde ganz in der Nähe eine neue Luftabwehrrakete getestet. Das Ganze erfolgte natürlich streng geheim, und als die Leute die Explosion hörten, dachten sie sofort an einen Bombenangriff und rannten panisch los, um sich in dem Bunker der Station in Sicherheit zu bringen. Aber jemand stolperte auf der engen Treppe und löste damit eine schreckliche Kettenreaktion aus, Hunderte von Menschen wurden zu Boden getrampelt. Einhundertdreiundsiebzig Menschen kamen dabei ums Leben. Und viele von ihnen scheinen immer noch hier unten herumzugeistern.«

Die nächste Station wurde angesagt, wir hatten unser Ziel Bethnal Green erreicht und stiegen einen Augenblick später aus. Auf dem ungewöhnlich leeren Bahnsteig, erwartete uns ein Mann mit einem bemerkenswert dicken Bauch und etlichen geplatzten Äderchen im Gesicht.

Der Mann nickte Callum zu. »Gut dass du da bist, Mitchell.« Sein Blick fiel auf mich. »Wer ist das?«

»Eine neue Kollegin, ich arbeite sie ein. Sie wird auf dem Bahnsteig bleiben. Was liegt an?«

»Es geht um die Strecke Richtung Osten. Die Züge fahren bis zum Haltesignal und bleiben dann stehen, ganz egal, welches Tempo sie draufhaben.«

Callum nickte, als wüsste er genau, was das bedeutete. »Verstehe. Wir gehen nach dem üblichen Prozedere vor.«

»In Ordnung.«

Der Mann entfernte sich.

»Was ist das übliche Prozedere?«, fragte ich.

»Dass er verschwindet, eine Teepause macht und keine weiteren Fragen stellt.«

Callum stellte seine Tasche auf dem Bahnsteig ab, zog seine Jacke aus, sprang hoch und warf sie über die Überwachungskamera, die auf das Gleisende gerichtet war.

»So, und jetzt du. Wirf deinen Mantel über die da hinten.« Er zeigte auf die Kamera, die in der Mitte des Bahnsteiges an der Decke angebracht war.

Ich zog meinen Mantel aus und stellte mich unter die Kamera. Es war gar nicht so einfach, ihn darüber zu werfen. Sie hing ziemlich hoch, aber nach ein paar Versuchen hatte ich es geschafft. Callum ging ans Ende des Bahnsteiges, wo sich etwa auf Brusthöhe ein Notausgang befand, dessen Tür mit Warnhinweisen übersät war. Alles an dieser Tür schrie »Stopp! Gehen Sie auf keinen Fall weiter! Hinter dieser Tür lauert der sichere

Tod!« Callum öffnete sie und dahinter kamen ein paar Stufen zum Vorschein, die zu den Gleisen hinunter führten.

»Also«, sagte Callum. »Die Haltesignale funktionieren nicht richtig. Sie befinden sich jeweils am Anfang und in der Mitte jeder Bahnstrecke. Wenn ein Zug sich mit einer Geschwindigkeit von mehr als sechzehn Stundenkilometern nähert, legt sich ein Sicherheitsschalter um und der Zug wird automatisch gestoppt. Okay, was jetzt kommt, ist sehr wichtig. Siehst du die Schienen da unten? Wie viele sind es?«

Ich sah hinunter. Es waren drei Schienen. Zwei, die gemeinsam ein Gleis bildeten und eine dritte, wuchtigere, die in der Mitte des Gleises verlief. Alle Schienen lagen ungefähr einen halben Meter erhöht auf dicken Holzblöcken.

»Drei«, sagte ich.

»Richtig. Und du darfst keine dieser drei Schienen berühren, wenn wir gleich da runter gehen. Hast du verstanden? Unter gar keinen Umständen. Vor allem nicht die in der Mitte, sonst wirst du nämlich gegrillt. Das Kunststück besteht darin, immer genau zwischen den Gleisen zu laufen. Auf der Seite hier ist mehr Platz. Es ist eigentlich nicht weiter schwierig, aber ein falscher Schritt und du bist tot. Okay? Du wolltest wissen, welche Mittel und Wege wir haben – hier lernst du es.«

Callum grinste. Ich war mir nicht sicher, ob er das wirklich alles ernst meinte, beschloss aber, lieber nicht nachzufragen. Zögernd folgte ich ihm die Stufen hinunter. Der Zugang zum U-Bahn-Schacht lag genau vor uns – ein schwach beleuchteter Halbkreis, hinter dem eine unbekannte, kohlrabenschwarze Dunkelheit lauerte. Mich fröstelte, was nicht nur daran lag, dass es hier unten deutlich kühler war als oben. Callum drückte mir eine Taschenlampe in die Hand.

»Halte sie vor dich auf den Boden gerichtet und bewege dich in langsamen, gleichmäßigen Schritten vorwärts. Und zuck bloß nicht zusammen oder fange an panisch herumzuspringen, wenn du eine Ratte siehst. Die hauen sowieso sofort ab, wenn sie dich entdecken, also keine Sorge.«

Ich befolgte seine Anweisungen und versuchte so zu tun, als würden mich die undurchdringliche Dunkelheit, der Starkstrom und die Ratten völlig unbeeindruckt lassen. Nach ungefähr sechs Metern tauchte plötzlich ein Mann vor uns auf. Er stand genau zwischen dem Gleis und der gewölbten Tunnelmauer, trug ein grobes Arbeitshemd, eine weite graue Flanellhose und Stiefel.

»Ich hasse diese Haltestelle«, flüsterte Callum.

Als ich meine Taschenlampe auf den Mann richtete, wurden seine Konturen sofort ein bisschen undeutlicher. Er wirkte so blass und zerbrechlich, als wäre er bloß eine Sinnestäuschung. Die Traurigkeit, die er ausstrahlte, war fast mit Händen greifbar.

»Hör zu, Kumpel«, sagte Callum. »Es tut mir wirklich leid, aber du musst aufhören, am Sicherheitsschalter herumzuspielen. Halt dich einfach davon fern, okay?«

»Meine Familie ... «, sagte der Mann.

»Oft machen sie es noch nicht einmal mit Absicht«, erklärte Callum, ohne den Blick von dem Mann abzuwenden. »Dann reicht schon ihre bloße Anwesenheit, um die Elektronik durcheinanderzubringen. Ich glaube, ihm ist überhaupt nicht klar, dass er den Sicherheitsschalter ausgelöst hat. Hab ich recht, Kumpel? Du hast das gar nicht gewollt, oder?«

»Meine Familie ...«

»Armer Kerl«, seufzte Callum. »Okay, Rory, jetzt komm hier rüber.«

Callum stand nur ein paar Schritte von dem Mann entfernt auf dem schmalen Absatz entlang der Tunnelwand. Je näher ich ihm kam, desto kälter und stickiger wurde die Luft. Die Augen des Mannes waren milchig-weiß. Er hatte keine Pupillen. Und sein Gesichtsausdruck war unendlich traurig.

Callum nahm mir die Taschenlampe aus der Hand und reichte mir stattdessen sein Handy. Es war ein genauso veraltetes Modell wie das von Boo.

»Nimm es in beide Hände«, sagte er. »Ja, so ist es gut, und jetzt drückst du gleichzeitig die Eins und die Neun und hältst die beiden Tasten fest gedrückt.«

»Aber wieso ...?«

»Tu einfach, was ich gesagt habe. Du musst aber noch ein Stückchen näher an ihn heran.«

Ich legte meine Finger auf die Eins und die Neun und wollte gerade die Tasten drücken, als Callum plötzlich meine Arme nach vorne schob, sodass meine Hände mitsamt dem Handy durch den Brustkorb des Mannes hindurchfuhren. Es fühlte sich an, als hätte ich meine Faust in eine aufgeblasene Papiertüte gesteckt. Ich zuckte zusammen, aber der Mann schien die Berührung kaum zu spüren.

»Okay«, sagte Callum. »Und jetzt drück auf die beiden Tasten, und zwar gleichzeitig!«
Ich verstärkte den Griff um das Handy und grub förmlich die Nägel in die Tasten. Augenblicklich begann die Luft um uns herum sich zu verändern. Es wurde wärmer und meine Hände fingen an zu zittern.
»Nicht loslassen«, sagte Callum. »Es vibriert ein bisschen, aber halte einfach die Tasten weiter gedrückt.«
Der Mann sah an sich hinunter, auf meine Hände, die sich wie zum Gebet gefaltet in seiner Brust befanden und zitternd das Handy in Position hielten. Ein oder zwei Sekunden später leuchtete ein gleißend heller Lichtblitz auf, ähnlich einer verlöschenden Glühbirne – einer überdimensionierten, mannsgroßen Glühbirne. Das Ganze geschah völlig geräuschlos, zurück blieben nur ein sanfter Windhauch und ein eigenartig süßlicher Duft, der mich an verbrannte Blumen und Haare erinnerte.
Der Mann war weg.

28

Wir befanden uns auf einem kleinen Platz vor einer Kirche. Der Vikar öffnete gerade ihre Pforten für die Morgenmesse und wirkte nicht besonders erbaut darüber, als er mich vor seiner Kirche in einen Laubhaufen kotzen sah. Es fühlte sich auf bizarre Weise gut an, mich hier draußen an der frischen Luft mit dem Wind im Gesicht zu übergeben. Es bedeutete, dass ich am Leben war. Dass ich mich nicht mehr tief unter der Erde in einem dunklen U-Bahn-Schacht befand. Dass ich nicht mehr diesen seltsamen süßlichen Geruch riechen musste.

»Fühlst du dich jetzt besser?«, fragte Callum, als ich mich wieder aufrichtete.

»Was habe ich da gerade getan?«

»Du hast ein Problem gelöst.«

»Ja, aber *was habe ich getan?* Habe ich etwa gerade jemanden umgebracht?«

»Tote kann man nicht umbringen.«

Ich ließ mich auf eine in der Nähe stehende Steinbank fallen und legte den Kopf in den Nacken, um so tief wie möglich die kühle, feuchte Luft einzuatmen.

»Aber er ist ... explodiert. Oder so etwa Ähnliches. Was ist mit ihm passiert?«

»Keine Ahnung.« Callum zuckte mit den Schultern. »Sie verschwinden einfach. Du wolltest es unbedingt wissen. Jetzt weißt du es.«

»Ich weiß nur, dass ihr *Geister* mit *Handys* bekämpft.«

Der Vikar starrte immer noch von den Stufen des Kirchenaufgangs zu uns herüber. Ich war zwar noch etwas zittrig, spürte aber, wie ich mich mit jedem Atemzug wieder ein bisschen besser fühlte. Was immer ich da gerade verjagt hatte, ich war heilfroh, dass es weg war.

»Stephen hat mir erzählt, dass er einen Bootsunfall hatte«, sagte ich. »Was ist dir zugestoßen?«

Callum lehnte sich auf der Bank zurück und streckte die Beine aus.

»Wir waren gerade erst von Manchester hierhergekommen«, begann er. »Im Jahr zuvor hatten meine Eltern sich getrennt und danach haben meine Mom und ich ständig woanders gewohnt, bis sie hier schließlich einen Job gefunden hatte und wir nach Mile End gezogen sind. Ich war ein ziemlich guter Fußballspieler und auf dem besten Weg, es in die Profiliga zu schaffen. Ich weiß, das behaupten viele von sich, aber bei mir war es wirklich so. Ich bin damals während eines Trainingsspiels von einem Talentsucher entdeckt worden. Nur noch ein paar Jahre, hieß es, dann wäre ich so weit. Fußball war mein Leben. Selbst in der Zeit, als wir ständig umgezogen sind, hat meine Mum immer darauf geachtet, dass ich weiter Fußball spielen konnte. Jedenfalls – es passierte im Dezember auf dem Nachhauseweg vom Training. An dem Tag schüttete es wie aus Eimern, es war kalt, und aus irgendeinem Grund kam der Bus nicht. Also beschloss ich eine Abkürzung zu nehmen, die mir ein Junge von meiner Schule gezeigt hatte und die über ein Grundstück führte, auf dem gerade eine kleine Wohnsiedlung abgerissen wurde. Natürlich war der Zutritt zu dem Gelände verboten, aber niemand kümmerte sich darum. Ich schiebe mich also durch eine Lücke im Bauzaun und jogge über das Gelände, froh, gleich zu Hause und im Warmen zu sein, als plötzlich keine drei Meter vor mir das abgeschnittene Ende eines zuckenden und funkensprühenden Starkstromkabels auf dem Boden liegt. Ich bleibe erschrocken stehen, mitten in einer riesigen Regenpfütze, da hebt das Ding auf einmal ab, peitscht durch die Luft und landet in der Pfütze.« Callum hielt einen Moment lang inne, bevor er weitersprach. »Ich spürte den Stromschlag ... und dann hab ich ihn gesehen. Er hatte lange Haare und trug einen braunen Pullunder über einem gelben Hemd, eine Schlaghose und rotweiße, mindestens fünf Zentimeter hohe Plateauschuhe. Der Typ war kaum älter als ich und sah aus, als würde er direkt aus den Siebzigern kommen. Er stand einfach wie aus dem Nichts vor mir, das Kabel in der Hand, und lachte. Meine Beine fingen an zu zittern und ich fiel auf die Knie und plötzlich ließ er das Kabel über der Pfütze hin und her tanzen. Ich rief ›Nein, nein, bitte nicht‹, aber er lachte nur immer weiter. Als ich versuchte, mich zu bewegen, kippte ich mit dem Gesicht nach vorn ins Wasser. An das, was danach passiert ist, kann ich mich nicht erinnern, aber wie du siehst, lebe ich noch, sonst säße ich jetzt nicht hier. Der Vorfall wurde von den Überwachungskameras aufgenommen und vom Sicherheitsdienst beobachtet. Obwohl darauf natürlich nur zu sehen war, wie ich über das Grundstück laufe, plötzlich eine Art Anfall bekomme und mit dem Gesicht in der Pfütze lande. Als sie dann vor Ort das Kabel gefunden haben, wussten sie sofort, dass ich einen heftigen Stromschlag abbekommen hatte. Klar hab ich ihnen auch sofort von dem seltsamen Typen erzählt, aber auf den Aufnahmen war wie gesagt nur ich zu sehen. Tja, so hat die ganze Sache angefangen ...«

Callum blickte zur Kirchturmspitze hinauf. Der Vikar schien uns als harmlos eingestuft zu haben und war mittlerweile verschwunden.

»Danach funktionierten meine Beine nicht mehr richtig«, fuhr Callum fort. »Laufen, kicken, nichts ging mehr wie früher. Der Stromschlag hatte meine Nerven geschädigt, die Verletzung war irreparabel. Damit konnte ich das Fußballspielen vergessen. Das Einzige, was mir im Leben etwas bedeutet hatte, das Einzige, in dem ich wirklich gut war. Ein paar Wochen später stand plötzlich ein Mann vor unserer Tür und fragte mich, ob ich an einem Job interessiert wäre. Er wusste alles über mich, meine Familie, den Fußball. Als ich erfuhr, um was für einen Job genau es sich drehte, war ich zuerst ziemlich misstrauisch, hab das Angebot aber schließlich angenommen. Ich bekam eine klassische Polizeiausbildung und wechselte dann in Stephens Abteilung. Zuerst haben wir uns nicht besonders gut verstanden, aber irgendwann hab ich gemerkt, dass Stephen eigentlich ganz in Ordnung ist. Er hat mir alles beigebracht, was man in dem Job wissen muss, und seitdem ist mir auch klar, warum man ausgerechnet ihm die Verantwortung für die Shades übertragen hat.«

»Warum?«

»Weil er brillant ist«, sagte Callum. »In Eton hat er zu den Besten seines Jahrgangs gehört. Trotzdem ist er nicht so ein überhebliches Arschloch wie die meisten Eton-Typen. Er ist bloß manchmal ein bisschen eigen. Jedenfalls hab ich dann während meiner Ausbildung jemanden in der U-Bahn beschattet und Stephen hat mir wie gesagt alles über die Shades beigebracht. Darüber, wie die Einheit entstanden ist, welche Aufgaben sie hat und wie verschiedene neue Pläne umgesetzt werden sollten. Als er schließlich der Meinung war, ich sei so weit, hat er mir einen Terminus gegeben.«

Callum hielt sein Handy hoch und betrachtete es beinahe ehrfürchtig.

»Terminus?«, sagte ich. »So nennt ihr die Dinger?«

Er nickte. »Und damit bin ich dann schnurstracks zu dem Grundstück zurückgegangen, wo es passiert ist. Die alte Wohnsiedlung war mittlerweile komplett abgerissen und durch eine riesige moderne Apartmentanlage mit viel Glas und einem Fitnessclub auf dem Dach ersetzt worden. Ich musste eine Weile suchen, bis ich ihn fand. Er schien das neue Gebäude nicht sonderlich zu mögen, lungerte auf dem Parkplatz herum und machte einen ziemlich gelangweilten Eindruck. Für einen winzigen Moment tat er mir sogar leid. Der arme Kerl war dazu verdammt, bis in alle Ewigkeit über diesen Parkplatz, oder was auch immer danach irgendwann hier entstehen würde, zu wandern. Er erkannte mich nicht wieder. Und weil er nicht wissen konnte, dass er für mich nicht unsichtbar war, beachtete er mich auch nicht, als ich auf ihn zuging, mein Handy zückte, die Eins und die Neun drückte und ihn grillte. Er wird nie wieder jemandem etwas zuleide tun können. Seit diesem Tag kenne ich meine wahre Berufung. Ich habe keine Ahnung, was ich ohne sie tun würde. Sie ist das Wichtigste in meinem Leben. Man hat die Dinge dadurch wieder besser im Griff.«

»Als Boo auf ihn zuging«, sagte ich langsam, »hat sie mit beiden Händen ihr Handy von sich weggehalten.« Allmählich fügte sich das, was ich soeben erfahren hatte, mit den schrecklichen Bildern zusammen, die mich seit jener Nacht verfolgten. »Ich dachte, dass sie es mir geben wollte.«

»Dann hatte sie also doch vor, ihren Terminus zu benutzen. Gott ...« Callum vergrub den Kopf in den Händen. »Eigentlich ist sie strikt gegen seinen Einsatz. Wir liegen uns deswegen ständig in den Haaren.«

Ich war so mit mir selbst beschäftigt gewesen, dass ich nicht wirklich realisiert hatte, wie Callum, Stephen und Boo zueinander standen. Natürlich hatte ich gemerkt, dass die Sache sie sehr mitgenommen hatte, aber dass die drei eine echte Freundschaft verband, wurde mir jetzt erst so richtig klar.

»Tja«, Callum hob den Kopf, »jetzt weißt du, welche Mittel und Wege wir haben, um gegen ihn vorzugehen. Erleichtert dich das?«

Ich antwortete nicht, weil ich es nicht wusste.

Jazza war nicht da, als ich zurückkam. Eine Weile saß ich einfach nur da und lauschte dem Lachen und den Gesprächsfetzen, die aus den anderen Zimmern zu mir drangen.

Mein Schreibtisch war ein einziger Albtraum – ein Altar, auf dem ich Hausaufgabe über Hausaufgabe geopfert hatte. Es war schon erstaunlich, wie schnell die eigene akademische Zukunft bröckeln konnte. Ein oder zwei Wochen reichten aus, um einen völlig den Anschluss verpassen zu lassen. Genauso gut hätte ich auch das komplette Schuljahr versäumen können – oder gar nicht erst nach Wexford kommen müssen. Eigentlich hatte ich zurzeit ganz andere Probleme, trotzdem wurde ich einen Moment lang panisch, als mir klar wurde, wie schlimm es um meine schulischen Leistungen stand, Ripper hin oder her. Bizarrerweise tat es sogar gut, mir darüber den Kopf zu zerbrechen, statt über Geister, meine Gabe und die Morde zu grübeln. Eine Art mentale Ferien.

Mittlerweile hatte es angefangen zu dämmern, sodass ich meine Schreibtischlampe anknipsen musste. Es war fünf, und ich hörte, wie die anderen sich fürs Abendessen fertig machten. Ich hatte zwar keinen Hunger, brauchte aber dringend ein bisschen Ablenkung. Als ich das Gebäude verließ, war Callum verschwunden, stattdessen stand Stephens Streifenwagen vor der Tür. Er winkte mich zu sich und öffnete die Beifahrertür. Ich stieg ein, und er fuhr um die nächste Ecke, damit uns die zum Speisesaal pilgernden Schüler nicht sehen konnten.

»Wir müssen noch den morgigen Ablauf besprechen«, sagte er. »Es ist ganz einfach. Du bleibst im Wohnheim und wir beschatten das Gebäude rund um die Uhr. Boo ist wieder so weit hergestellt, dass sie ins Internat zurückkehren kann. Sie ist im Moment zwar noch auf einen Rollstuhl angewiesen, ansonsten aber einsatzbereit. Um jedes Risiko auszuschließen, werde ich morgen das komplette Wohnheim durchsuchen. Die Schulleitung ist bereits darüber informiert. Tagsüber darfst du dich auch noch auf dem Schulgelände bewegen, aber nach dem Abendessen kehrst du sofort ins Wohnheim zurück und bleibst mit Boo den ganzen Abend und die Nacht dort. Ich werde den vorderen Teil des Gebäudes bewachen, Callum die Rückseite. Der Ripper kann unmöglich hineingelangen, ohne von uns gesehen zu werden. Du wirst keine Sekunde allein und ungeschützt sein. Außerdem bekommst du das hier.«

Er reichte mir ein Handy. Genauer gesagt, Boos Handy. Auf der schwarzen Plastikhülle waren immer noch die Kratzer zu sehen, die es davongetragen hatte, als es nach Boos Zusammenprall mit dem Wagen über die Straße geschlittert war.

»Ich weiß, dass du weißt, was das ist«, sagte er.

»Ich habe keine Ahnung, wovon du redest«, entgegnete ich.

»Ich bin dir und Callum gefolgt und habe euch in der Bethnal-Green-Station verschwinden sehen«, sagte er. »Und ich habe deine Reaktion gesehen, als ihr wieder herausgekommen seid.«

»Du bist uns gefolgt?«

»Callum wollte es dir von Anfang an sagen. Wahrscheinlich hätte ich es dir sogar selbst erzählt, wenn er es nicht getan hätte. Jedenfalls ...«, er hielt das Handy hoch, »nennen wir es Terminus. Was so viel wie Endstation bedeutet.

»Es ist ein simples *Telefon*«, sagte ich.

»Das Handy dient nur als Tarnung. Es würde auch mit jedem anderen Gerät funktionieren. Aber ein Handy ist extrem unauffällig und am wenigsten verdächtig.«

Er entfernte die Rückenabdeckung des Handys und zeigte mir sein Innenleben. Wo eigentlich winzige Verbindungen und eine Chipkarte hätten sein sollen, befanden sich eine kleine Batterie und zwei dünne Drähte, die in der Mitte von schwarzem Klebeband zusammengehalten wurden. Vorsichtig zog er das Klebeband ab und winkte mich näher heran. Dort lag, umwickelt von feinen Drahtenden, ein winziger rosa schimmernder Stein mit einem gräulichen Einschluss in der Mitte seines Inneren.

»Das ist ein Diamant«, erklärte er.

»Ihr habt Diamanten in euren Handys?«

»Nur ein Diamant pro Handy. Durch diese Drähte fließt Strom. Wenn wir die Eins und die Neun gleichzeitig gedrückt halten, fließt der Strom durch den Diamanten und löst einen Impuls aus, den wir weder hören noch sehen können, aber er ...«

»Lässt Geister explodieren.«

»Er neutralisiert die Energie, die ein Mensch nach dem Tod hinterlässt«, korrigierte er mich mit Nachdruck.

»Wenn dir diese Beschreibung besser gefällt.« Ich zuckte mit den Achseln. »Aber wieso ausgerechnet Diamanten?«

»Klingt merkwürdiger, als es in Wirklichkeit ist«, antwortete Stephen. »Diamanten sind ausgezeichnete Halbleiter und besitzen viele nützliche Eigenschaften. Unsere drei Diamanten sind ziemlich fehlerhaft und damit so gut wie wertlos. Aber für uns sind sie von unschätzbarem Wert.«

Vorsichtig drückte er wieder die Rückenabdeckung auf das Handy und vergewisserte sich, dass es richtig verschlossen war, bevor er es mir reichte.

»Sie haben sogar Namen«, sagte er. »Das hier ist Persephone.«

»Die Göttin der Unterwelt«, sagte ich. Als Kind hatte ich ein Buch über griechische Sagen besessen.

Stephen nickte. »Auch Göttin der Schattenwelt genannt. Callums Handy heißt Hypnos und meines Thanatos. Hypnos ist der Gott des Schlafs, Thanatos der Totengott und der Bruder von Hypnos. Die Handys haben ihre mythischen Namen nicht ohne Grund. Alle Geheimwaffen müssen für die Akten codiert werden. Du bist jetzt also in Besitz eines Staatsgeheimnisses. Geh bitte vorsichtig damit um.«

Ich musterte nachdenklich das Handy in meiner Hand. Immer noch spürte ich den sanften Windhauch aus dem U-Bahn-Schacht im Gesicht, hatte den süßlichen Geruch in der Nase und den gleißenden Lichtblitz vor Augen …

»Verursacht es ihnen Schmerzen?«, fragte ich.

»Ich habe keine Ahnung«, gestand er. »Die Frage hat mich

lange beschäftigt, aber im Moment denke ich nicht darüber nach. Und du solltest das besser auch nicht tun, sondern den Terminus im Ernstfall ohne Skrupel einsetzen. Hast du verstanden?«

»Ich werde das alles wahrscheinlich nie wirklich verstehen«, erwiderte ich.

»Die Eins und die Neun«, sagte er. »Mehr musst du nicht verstehen.«

Ich schluckte hart. Meine Kehle brannte jetzt noch davon, dass ich mich vorhin hatte übergeben müssen.

»Versuch dich ein bisschen auszuruhen«, sagte Stephen. »Ich bleibe hier und passe auf.«

Ich stieg aus dem Wagen, das Handy fest umklammert. Als ich ihm einen letzten Blick zuwarf, musste ich daran denken, was Jo über junge Menschen gesagt hatte, die das Land verteidigen. Stephen sah müde aus. Auf seinem Kinn und seinen Wangen war ein leichter Bartschatten zu erkennen. Ich hatte ihn. Ich hatte Callum. Und ein altes Handy.

»Gute Nacht«, sagte ich mit rauer Stimme.

29

Am nächsten Morgen wachte ich schon wieder um fünf auf. Ich hatte mich mit dem Terminus in der Hand ins Bett gelegt, musste ihn jedoch im Schlaf verloren haben, weil ich ihn nämlich erst einmal suchen musste. Er lag am Fußende unter der Decke. Keine Ahnung, was ich im Schlaf alles angestellt hatte, um ihn dorthin zu befördern. Um mich auf den Ernstfall vorzubereiten, begann ich, aus allen erdenklichen Positionen heraus die Eins und die Neun zu drücken. Dazu legte ich das Handy immer wieder neben mich und griff dann so schnell wie möglich danach und platzierte die Finger auf der Tastatur. Jetzt verstand ich auch, warum sie so alte Handys dafür benutzten. Smartphones wären für diese Zwecke völlig ungeeignet gewesen, da man in der Lage sein musste, die Tasten im entscheidenden Moment mit den Fingerspitzen zu erspüren.

Ich stand vom Bett auf und lehnte mich an den Heizkörper unter dem Fenster. Der Streifenwagen stand immer noch vor dem Wohnheim. Mit seinen reflektierenden blauen und gelben Quadraten entlang der Seiten war das Auto das Einzige, was ich auf den ersten Blick im Dunkeln draußen erkennen konnte. Am Heck wechselten sich blaue, orange und neongelbe Reflektoren ab. Die englische Polizei legte offensichtlich sehr viel Wert darauf, dass ihre Einsatzwagen auch gesehen wurden.

Für die anderen Schüler in Wexford war es ein Donnerstag wie jeder andere – jedenfalls größtenteils. Wie schon bei der letzten Ripper-Nacht würde man uns auch heute wieder kurz nach dem Abendessen im Wohnheim einschließen. Im Laufe des Tages säumten immer mehr Polizeiautos das Internatsgelände, und auch diesmal bezogen die Übertragungswagen diverser Fernsehsender ihre Beobachtungsposten entlang der Straße.

Um mich ein bisschen abzulenken, ging ich nachmittags in die Bibliothek. Sämtliche Arbeitsplätze waren besetzt, alle schienen wie gewohnt weiterzumachen und den Stoff zu pauken, den sie nach den unterrichtsfreien Tagen draufhaben mussten. Ich ging auf direktem Weg nach oben und musste nicht lange suchen, bis ich ihn in einem der Gänge fand. Alistair lag in seiner Lieblingsposition zwischen den Regalen auf dem Boden und war wie immer in ein Buch vertieft. Heute handelte es sich um einen Gedichtband, wie ich an den breiten weißen Seitenrändern und an Alistairs besonders träger Haltung erkannte.

Ich setzte mich neben ihn und legte mir ein Buch auf den Schoß, damit ich so tun konnte, als sei ich in meine Lektüre vertieft, wenn mich jemand sehen würde. Wir wechselten kein einziges Wort miteinander, aber es war ein einvernehmliches Schweigen, so als hätte er nichts dagegen, dass ich ihm Gesellschaft leistete. Ein paar Minuten später kam jedoch ein Bibliothekarsgehilfe mit einem Bücherwagen vorbei und zeigte auf das Buch, das vor Alistair auf dem Boden lag.

»Ist das Ihres?«, fragte er.

»Nein«, antwortete ich wahrheitsgemäß.

Ich hätte vielleicht kurz darüber nachdenken sollen, warum er mir diese Frage stellte, denn im nächsten Augenblick bückte er sich, hob das Buch vom Boden auf und legte es auf den Bücherwagen. Leicht angesäuert blickte Alistair seinem davonrollenden Gedichtband nach.

»Was ist los?«, fragte er schließlich. »Du siehst ziemlich scheiße aus.«

Aus Alistairs Mund klang es fast wie ein Kompliment.

»Ist es sehr schlimm?«, fragte ich. »Sterben, meine ich?«

»Oh bitte, fang jetzt nicht damit an«, stöhnte er und ließ sich flach auf den Rücken fallen.

»Ich habe Angst vor dem Sterben«, sagte ich.

»Keine Sorge. Dauert bestimmt noch eine Weile, bis es bei dir so weit ist.«

»Der Ripper will mich umbringen.«

Das verschlug ihm einen Moment lang die Sprache. Schließlich hob er den Kopf und sah mich an.

»Wie kommst du darauf?«, fragte er.

»Er hat es selbst gesagt.«

»Im Ernst?« Alistair setzte sich ruckartig auf. »Der Ripper hat gesagt, dass er dich umbringen will?«

»Jep«, seufzte ich. »Hast du vielleicht irgendeinen Tipp für mich? Für den Fall, dass es bei mir vielleicht doch bald schon so weit ist?«

Ich versuchte zu lächeln, wusste aber, dass ich kläglich scheiterte. Und das Zittern in meiner Stimme konnte ich auch nicht verbergen.

Alistair senkte den Blick und trommelte mit den Fingern auf den Boden. »Ich kann mich an meinen Tod nicht erinnern, ich habe mich an dem Abend einfach schlafen gelegt.«

»Du erinnerst dich wirklich an gar nichts?«

Er schüttelte den Kopf. »Ich dachte bloß, total seltsam zu träumen. In dem Traum hatte die IRA mir eine Bombe in die Brust eingepflanzt. Ich habe gespürt, wie sie tickt, und den Leuten um mich herum versucht zu sagen, dass sie jeden Moment explodieren würde. Dann ist sie auch schon hochgegangen. Ich sah, wie mein Brustkorb explodierte. Als der Traum zu Ende war, war ich wieder in meinem Zimmer, es war Morgen und ich schaute von oben auf mich herunter, wie ich im Bett lag. Vielleicht träume ich ja immer noch.«

»Was glaubst du, warum du zurückgekommen bist?«

»Ich bin nicht zurückgekommen«, antwortete er. »Ich war nie weg.«

»Aber warum? Ich meine, heißt es nicht immer, dass Geister zurückko ... äh ... hierbleiben, weil sie noch etwas zu erledigen haben?«

»Wer sagt das?«

Gute Frage. Die Antwort lautete – das Fernsehen, Kinofilme und meine Cousine Diane. Also nicht unbedingt die verlässlichsten Informationsquellen.

»Ich habe diese Schule immer gehasst«, sagte er. »Die ganze Zeit wollte ich nur weg von hier. Der Tod hätte doch eigentlich dafür sorgen soll, aber nein, ich bin immer noch hier. Über fünfundzwanzig beschissene Jahren hänge ich jetzt schon in dieser verdammten Scheißschule herum. Ich habe keine Ahnung, welchen Tipp ich dir geben soll. Ich weiß auch nicht, warum ich zu dem geworden bin, was ich jetzt bin, oder was mit den anderen Leuten geschieht, die sterben. Ich weiß nur, dass ich immer noch hier bin.«

»Würdest du gehen, wenn du könntest?«

»Auf der Stelle.« Er legte sich wieder auf den Rücken. »Aber es sieht nicht so aus, als würde das jemals passieren. Ich hab aufgegeben, darüber nachzudenken.«

Ich befühlte den Terminus in meiner Jackentasche. Wenn ich wollte, könnte ich Alistairs Wunsch sofort wahr werden lassen. Der Gedanke war so ungeheuerlich, dass er fast schon etwas Komisches hatte. Du möchtest ausgelöscht werden? Kein Problem! Tasten gedrückt und – *pffft* – du bist weg. Ich fuhr mit meinen Fingerspitzen über das Nummernfeld. Vielleicht war es das, was der Tag mit mir vorhatte – dass ich jemandem die Freiheit schenkte.

Aber dieser Jemand war schließlich nicht irgendwer, sondern Alistair – ein Junge, der im selben Internat lebte wie ich, und nicht bloß irgendein Schatten in einem Tunnel.

Ich holte den Terminus aus der Jackentasche und legte ihn in meinen Schoß. Ich weiß nicht, was ich getan hätte, wenn nicht plötzlich Jerome aufgetaucht wäre und sich neben mich gesetzt hätte. Zum Glück nicht auf die Seite, auf der Alistair lag, sonst hätte er sich mitten auf ihn draufgesetzt.

»Was ist das?« Jerome deutete auf das Handy.

»Ach … das ist Boos Handy.«

»*Das* ist ihr Handy? Dieses alte Ding? Zeig mal her.«

Er wollte danach greifen, aber ich schob es schnell aus seiner Reichweite.

»Was machst du überhaupt hier?«, fragte ich, um ihn abzulenken.

»Ich wollte mich eigentlich mit meiner Latein-AG treffen. Aber wir sind nur noch zu fünft, die anderen drei haben die Schule verlassen.«

»Feiglinge.«

»*Audaces fortuna iuvat.*«

»Was bedeutet das?«

»Den Kühnen hilft das Glück«, kam es wie aus der Pistole geschossen von Alistair und Jerome gleichzeitig.

Jerome verlagerte kaum merklich sein Gewicht, sodass sich unsere Arme und Beine berührten.

»Alles in Ordnung mit dir?«, fragte er. »Warum sitzt du hier oben auf dem Boden?«

»Es ist schön ruhig«, antwortete ich. »Außerdem gefällt es mir einfach gut hier auf dem Boden.«

Jerome sah mich an, als hätte ich ihm ein eindeutiges Angebot gemacht. Sein Blick wanderte sehnsüchtig zu meinem Mund und unter anderen Umständen wäre ich das glücklichste Mädchen der Welt gewesen, aber im Moment fühlte ich leider so gut wie gar nichts. Mein Vorrat an Gefühlen war erschöpft.

»Oh Mann«, seufzte Alistair.

»Tut mir leid«, antwortete ich.

»Was tut dir leid?«, fragte Jerome.

»Ich ... äh ... ich dachte, ich hätte dich gekratzt«, stammelte ich. »Mit dem Fingernagel.«

»Jetzt mach schon«, sagte Alistair müde. »Keine Sorge, ist nicht das erste Mal, dass ich so was mitbekomme. Ich hab mich daran gewöhnt.«

»Alles okay?«, flüsterte Jerome, das Gesicht ganz nah an meinem. Sein englischer Akzent war einfach unwiderstehlich. Statt einer Antwort küsste ich ihn.

Wenn wir uns sonst geküsst hatten, hatte es irgendwie immer etwas Ungestümes und Fieberhaftes gehabt. Heute nicht. Heute berührten sich unsere Lippen sanft und behutsam. Ich spürte seinen warmen Atem auf meinem Gesicht und meinem Hals, als er sich langsam bis zu meiner Schulter hinunterküsste. Plötzlich kehrte wieder Leben in mich zurück, als würden seine Berührungen meinen emotionalen Akku aufladen und das Blut in meinen Venen zum Pulsieren bringen. Küssen entschädigt einen für einen Haufen Mist, mit dem man sich in der Schule und ganz allgemein als Teenager herumschlagen muss. Es kann auch seltsam und verwirrend und peinlich sein, aber manchmal bringt es einen einfach nur zum Schmelzen und lässt einen alles um sich vergessen. In so einem Moment spielt es keine Rolle, ob man sich gerade in einem brennenden Gebäude aufhält oder in einem einen steilen Abhang hinunterstürzenden Bus sitzt. Nichts spielt mehr eine Rolle, weil man sich vor lauter Dahinschmelzen in eine kleine Pfütze verwandelt. Ich war eine kleine Pfütze auf dem Fußboden der Bibliothek, die einen englischen Jungen mit wilden Locken küsste.

Alistair stöhnte entnervt auf. »Wäre trotzdem nett, wenn ihr euch nicht auf mir herumwälzen würdet. Ich war zuerst hier.«

Als trotz des Unterrichtsausfalls genau wie sonst um diese Uhrzeit der Gong ertönte, fuhren Jerome und ich erschrocken auseinander und blinzelten verwirrt. Aus der Ecke, in die Alistair sich mittlerweile verzogen hatte, kam ein leises Prusten. Mit verschwommenem Blick und zerknitterten Klamotten verließen Jerome und ich die Bibliothek und machten uns auf den Weg zum Speisesaal. Draußen standen nun statt der drei Streifenwagen nur noch zwei, dafür waren vier große Transporter dazugekommen. Außerdem pilgerten jede Menge Leute in kleinen Grüppchen am Internat vorbei, die Kerzen und selbst gebastelte Plakate dabeihatten.

»Heute Abend findet eine Mahnwache statt«, sagte Jerome, während er seine Krawatte zurechtrückte. »Und zwar nur ein paar Straßen von hier entfernt an der Stelle, wo Mary Kelly ermordet wurde. Es werden Tausende von Menschen erwartet.«

Die Sonne trat bereits den Rückzug an und die Leute strömten in Scharen herbei. Wieder einmal drehte sich alles um ihn. Den Ripper.

Jerome hielt meine Hand, als wir den Speisesaal betraten. Es wurde nicht weiter kommentiert, blieb aber auch nicht unbemerkt, natürlich nicht. Ich war plötzlich am Verhungern und schaufelte mir eine Riesenportion Fischpastete auf den Teller. An dem Abend aß ich nur mit einer Hand, die andere brauchte ich, um mit Jerome unter dem Tisch Händchen zu halten. In seinen Brauen glitzerten winzige Schweißperlen. Das machte mich irgendwie stolz. Diese Schweißperlen hatte er wegen mir. Und ungefähr eine halbe Stunde lang war das Leben wieder schön.

»Es gibt Vermutungen«, sagte Jerome irgendwann, »dass es heute Abend irgendwo drinnen passieren wird. Viele tippen auf ein Hotel, wegen der ganzen Touristen ...«

Meine gute Laune löste sich augenblicklich in Luft auf.

Gut zehn Minuten ließ er sich über die verschiedenen Möglichkeiten für den nächsten Tatort aus. Bis ich es schließlich nicht mehr aushielt.

»Sorry, aber ich muss dringend meine Eltern anrufen.« Ich stand auf, brachte mein Tablett zum Geschirrwagen und mischte mich unter die anderen Schüler, die im Begriff waren, den Speisesaal zu verlassen.

Es hatte wieder zu nieseln angefangen. Im orangefarbenen Schein der Straßenlaternen konnte man die nebelfeinen Tropfen vom Himmel schweben sehen. Inzwischen hatten sich noch jede Menge mehr Leute um das Internatsgelände herum versammelt: Demonstranten mit Schildern, Polizeibeamte und eine Handvoll Reporter, die beschlossen hatten, den Schauplatz des vorangegangenen Mordes als Kulisse für ihre Berichterstattung zu nutzen.

»Hey!«, rief Jerome. »Rory! Warte doch!«

Ich drehte mich um. »Das ist kein Spiel«, sagte ich.

»Ich weiß«, erwiderte er. »Ich habe nicht vergessen, dass du eine wichtige Zeugin bist und dich das alles ziemlich belastet. Es tut mir leid.«

»Du weißt überhaupt nichts«, fuhr ich ihn an.

Ich bereute die Worte sofort. Aber Tatsache war nun mal, dass es so nicht weitergehen konnte. Die Küsse hatten mich einen Moment lang abgelenkt, aber jetzt war die Realität zurückgekehrt.

Jerome sah mich verwirrt an und rang kopfschüttelnd nach einer Erwiderung.

»Ich muss zurück«, sagte er schließlich kurz angebunden. »Hab die ganze Nacht Aufsichtsdienst.«

Ich schaute ihm nach, wie er den Platz überquerte und gegen den Regen den Kragen seines Jacketts hochstellte. Er blieb noch einmal kurz stehen, aber nur, um sich seine Tasche richtig umzuhängen.

Als ich beim Wohnheim ankam, stand Stephen in seiner Uniform vor dem Eingang. Callum war ebenfalls in Uniform erschienen und hatte sich den Helm so tief ins Gesicht gezogen, dass ich ihn zuerst nicht erkannte. Normalerweise hatte Stephen immer seinen Polizeipullover mit V-Ausschnitt und den typischen Schulterklappen an. Heute Abend trugen er, Callum und alle anderen Polizisten schwere kugelsichere Westen und Schutzhelme. Als ich durch die Tür ging, nickte Stephen mir kurz zu.

Im Gemeinschaftsraum herrschte tumultartiges Treiben. Ich spähte im Vorbeigehen kurz hinein und sah, wie sich eine Gruppe aufgeregt durcheinanderplappernder Mädchen um Boo drängte, die offensichtlich zurückgekehrt war und wie von Stephen angekündigt in einem Rollstuhl saß. Boo, die bei den anderen nicht unbedingt beliebt war, hielt wie eine Königin nach einem triumphalen Siegeszug Hof. Schließlich wurde man nicht alle Tage von einem Auto angefahren und kehrte im Rollstuhl zurück. So was zieht die Massen immer an. Sogar Jo war da und stand mit höflich verschränkten Armen hinter Boos Rollstuhl. Ich freute mich zwar total, dass Boo zurückgekehrt war und sich so gut erholt hatte, ging aber nicht rein, um sie und Jo zu begrüßen, sondern stieg gleich die Treppe hoch.

Ich hatte meinen Eltern nämlich tatsächlich versprochen, sie nach dem Abendessen anzurufen, und genau das tat ich jetzt. Während wir miteinander telefonierten, rangen sie mir mehrmals das Versprechen ab, auch wirklich die ganze Zeit in dem von etlichen Polizeibeamten bewachten Wohnheim zu bleiben. Ein Versprechen, das ich ihnen nur allzu bereitwillig gab. Wie meine Eltern mir berichteten, herrschte in Bristol ebenfalls höchste Alarmbereitschaft, genau wie in den meisten anderen Großstädten. Ob der Ripper wohl auf die Idee kommen würde, auch anderswo sein Unwesen zu treiben? Würde es womöglich Nachahmungstäter geben? Es schien fast, als würde man London um die Morde beneiden, so als hätte jeder ein Anrecht auf Angst und Schrecken.

Ich beendete das Telefongespräch so schnell ich konnte und schloss die Augen. Kurz darauf hörte ich, wie Jazza hereinkam.

»Hast du Boo gesehen?«, fragte sie.

»Ja.«

»Warum bist du nicht reingekommen und hast Hallo gesagt? Jerome tigert übrigens mit ziemlich finsterem Gesicht vor dem Wohnheim auf und ab.«

»Wir hatten einen kleinen Streit.«

»Besonders gesprächig bist du ja nicht«, stellte sie fest.

Ich spürte, wie die Matratze am Fußende nachgab, als Jazza sich zu mir aufs Bett setzte.

»Rory, wir haben alle Angst«, sagte sie.

Am liebsten hätte ich laut geschrien, aber ich riss mich zusammen. Jazza anzubrüllen, wäre jetzt genau das Falsche gewesen. Also hielt ich weiter die Augen geschlossen und rieb mir übers Gesicht.

»Du solltest runtergehen und Hallo sagen«, versuchte sie es erneut.

»Das werde ich schon noch.«

Jazza seufzte kaum hörbar, stand mit sehr viel Nachdruck auf und ging ohne ein weiteres Wort aus dem Zimmer. Sie war von mir enttäuscht. Nach Alistair und Jerome hatte ich jetzt auch noch Jazza vor den Kopf gestoßen. Die einzigen drei Menschen, mit denen mich in Wexford etwas Besonderes verband. Wenn das heute tatsächlich die letzte Nacht meines Lebens war, dann hatte ich wirklich ganze Arbeit geleistet.

Mittlerweile war es dunkel geworden. Die Ripper-Nacht hatte begonnen.

30

Die Nacht schien kein Ende zu nehmen. Ich wusste nicht, was schlimmer war – meine Angst, die ich gerade so im Zaum hielt, oder die Untätigkeit, zu der ich verdammt war. Seit sechs Stunden saßen wir jetzt schon in diesem Arbeitszimmer, in das man uns aus Sicherheitsgründen gesteckt hatte. Boo versuchte mich bei Laune zu halten, indem sie mir Klatschgeschichten über englische Promis vorlas, deren Namen ich kaum kannte. Mein Hintern war schon ganz taub vom langen Sitzen, die Luft in dem kleinen Zimmer war stickig und gegen die taubenblauen Wände hatte ich mittlerweile eine regelrechte Aversion entwickelt.

Dieses passive Abwarten stand in krassem Gegensatz zur Dramatik der Situation und wurde mit jeder verstreichenden Minute unerträglicher.

»Warum versuchst du nicht ein bisschen zu schlafen?«, sagte Boo. Inzwischen war es kurz nach eins.

»Ich kann an Schlafen noch nicht mal denken.«

Sie rollte mit dem Rollstuhl vor und zurück. »Du hast doch Callum und mich gesehen, oder?«

Ich hatte keine Ahnung, was sie mit dieser Frage meinte. Klar hatte ich Callum gesehen. Und Boo hatte ich auch gesehen.

»Denkst du, dass ...« Sie kaute seltsam verlegen auf ihrer Unterlippe herum. »Ich ... na ja ... ich mag ihn. Ich mag ihn sogar sehr. Schon seit ich ihn kenne, also jetzt seit ungefähr einem Jahr. Und ich hab niemanden, mit dem ich darüber reden kann. Vielleicht denkt er ja, dass wir nichts miteinander anfangen dürfen, weil wir zusammenarbeiten. Stephen und Callum nimmt das, was ihnen zugestoßen ist, viel mehr mit. Ich hab das Gefühl, dass sie immer noch nicht so richtig damit fertigwerden. Callum trägt so viel Wut mit sich herum. Und Stephen ... Stephen ist eben Stephen.«

Dass Boo mir so plötzlich ihr Liebesleben anvertraute, war irgendwie verwirrend.

»Was meinst du damit?«, fragte ich.

»Stephen ist superintelligent. Ein echter Überflieger. Er hat in Eton studiert. Kommt aus einer stinkvornehmen Familie. Aber irgendwas an ihm ... also, ich weiß, dass etwas total Schlimmes passiert sein muss. Er redet kein Wort mehr mit seiner Familie. Für ihn gibt es nur die Arbeit und sonst nichts. Ich meine, ohne Stephen wären die Shades wahrscheinlich erst gar nicht neu gegründet worden. Die hatten schon einen Grund, warum sie ausgerechnet ihn dafür ausgewählt haben. Und ich mag Stephen total, das tu ich wirklich. Nie im Leben hätte ich gedacht, dass ich mal mit jemandem wie ihm befreundet sein würde. Er ist echt total cool. Aber er hat kein richtiges Leben. Er liest. Er telefoniert. Er sitzt vor seinem Computer. Manchmal frag ich mich, ob er überhaupt weiß, dass es im Leben auch noch andere Dinge gibt, wenn du verstehst, was ich meine.«

Ich verstand durchaus. Im Gegensatz zu allen anderen Jungs, die ich bisher kennengelernt hatte, war Stephen so … keine Ahnung, wie ich es ausdrücken sollte. Jedenfalls konnte man sich tatsächlich nicht vorstellen, dass er jemals etwas anderes als seine Arbeit im Kopf hatte.

»Callum ist da komplett anders«, fuhr Boo fort. »Jedes Mal wenn wir zusammen ausgehen, nur als gute Freunde natürlich, lernt er jemanden kennen, kaum dass wir einen Fuß in einen Club oder Pub gesetzt haben. Aber er lässt sich nie wirklich auf irgendwas ein. Liegt wahrscheinlich an unserem Job. Wir dürfen ja mit keinem über unsere Arbeit sprechen. Und genau deswegen würden wir doch eigentlich perfekt zusammenpassen, verstehst du? Oh Mann, es tut so gut, endlich mal mit jemandem darüber zu reden. Ich bin echt froh, dass ich nicht mehr bloß mit den beiden Jungs abhängen muss.«

Sie seufzte und lächelte dann.

»Du weißt jedenfalls definitiv, dass es im Leben auch noch andere Dinge gibt«, sagte sie mit einem Zwinkern. »Jerome und du, ihr knutscht ja ständig herum.«

Jerome. Er saß nur ein paar Meter entfernt in Aldshot, hätte sich aber ebenso gut auf dem Mond befinden können. Ich hätte ihm eine SMS schreiben, ihn anrufen oder eine E-Mail schicken können. Aber heute Nacht war nicht unbedingt der beste

Zeitpunkt für ein klärendes Gespräch. Gut möglich also, dass es in Zukunft keine Knutscherei mehr geben würde.

»Ja«, sagte ich bloß und zuckte traurig mit den Schultern.

Eine weitere Stunde verstrich. Jazza klopfte kurz an, um uns Bescheid zu geben, dass sie ins Bett gehen würde. Charlotte schaute bei uns rein und brachte uns einen Teller Kekse. Gaenor kam vorbei, um ein bisschen mit Boo zu plaudern. Und in regelmäßigen Abständen besuchte uns Jo, um uns zu versichern, dass das Gebäude immer noch »sauber« sei.

Als mein Handy vibrierte, zuckte ich erschrocken zusammen. Es gab nur eine Handvoll Leute, die mir um diese Uhrzeit eine SMS schicken würden – meine Freunde zu Hause (obwohl sie mir meistens mailten) und Jerome.

Hallo, stand auf dem Display. **Ich langweile mich.**

Ging mir genauso. Allerdings hatte ich keine Ahnung, mit wem ich dieses Gefühl teilte. Jeromes Nummer war es jedenfalls nicht. Ich hatte nur fünf englische Nummern im Handy gespeichert. Diese hier gehörte nicht dazu.

Wer schreibt da?, antwortete ich.

Das Handy vibrierte erneut. Die Nummer war diesmal eine andere und die Nachricht lautete:

Alle lieben Saucy Jack.

»Ist das Jerome?«, fragte Boo.

Saucy Jack. Einer der gefälschten Ripper-Briefe aus dem Jahr 1888 war mit diesem Namen unterschrieben gewesen. Wieder vibrierte das Handy. Wieder eine andere Nummer.

Komm um vier Uhr zur King William Street Station.

Die Temperatur im Raum schien schlagartig in den Keller zu sinken. Boo, die mir angesehen haben musste, dass etwas nicht stimmte, nahm mir das Handy aus der Hand.

»King William Street?«, sagte sie stirnrunzelnd, nachdem sie die SMS gelesen hatte. »Da gibt es keine Haltestelle.«

Sie hielt das Handy noch in der Hand, als auch schon die nächste Nachricht kam. Boo las sie, ohne mich um Erlaubnis zu fragen, und ich sah, wie ihre Miene sich verfinsterte.

»Was steht da?«, fragte ich.

»Ich hole Stephen.« Sie griff nach ihrem eigenen Handy, ohne meines loszulassen, aber ich riss es ihr aus der Hand.

Heute Nacht werde ich töten, lautete die Nachricht. **Ich werde töten und töten und wieder töten, so lange, bis ich bei dir bin. Ich werde auf meinem Weg zu dir eine Blutspur hinterlassen. Es sei denn, du kommst vorher zu mir.**

Das war unmissverständlich. Aber wenigstens wusste ich jetzt, woran ich war. Es hatte beinahe etwas Tröstliches.

Ungefähr eine Minute später kam Stephen in das Arbeitszimmer gestürzt. Er nahm mir das Handy aus der Hand und überflog eilig die SMS.

»Alle von verschiedenen Nummern gesendet«, stellte er fest. »Kennst du eine davon?«

Ich schüttelte den Kopf. Stephen hatte bereits sein eigenes Handy in der Hand und telefonierte.

»Ich habe hier ein paar Handynummern, die zurückverfolgt

werden müssen ...« Er ratterte die Nummern herunter und beendete das Gespräch dann, ohne sich zu verabschieden.

»Ich habe nachgeschaut«, sagte Boo über ihren Laptop gebeugt. »Die King William Street ist eine stillgelegte U-Bahn-Station nördlich der London Bridge.«

Stephen blickte ihr über die Schulter. »Was ist das da unten?«, fragte er und zeigte auf den Bildschirm. »1993 kamen dort bei einer fehlgeschlagenen Drogenrazzia sechs verdeckte Ermittler ums Leben.«

Boo runzelte die Stirn. »Seltsamer Zufall, dass er Rory ausgerechnet an einen Ort locken will, an dem sechs Polizisten starben, findest du nicht?«

»Ziemlich seltsam«, nickte Stephen. »Hier ist ein Link dazu, klick den mal an.«

Sie waren immer noch dabei, den Link zu überfliegen, als Stephens Handy klingelte. Er ging dran, lauschte, murmelte ein paarmal »Verstehe« und legte wieder auf.

»Sie haben herausgefunden, von wo die SMS verschickt wurden«, sagte er. »Alle von verschiedenen Handys aus einem Pub zwei Straßen weiter von hier, in dem heute Nacht eine Party stattfindet. Die Namen der Handybesitzer herauszufinden, wäre bloß Zeitverschwendung. Er bedient sich einfach wahllos irgendwelcher Handys. Aber immerhin wissen wir jetzt, dass er sich hier ganz in der Nähe aufhält.«

»Kein Problem«, meinte Boo. »Wir sind perfekt vorbereitet, er soll ruhig kommen. Das mit der alten U-Bahn-Station ... das kann er doch unmöglich ernst meinen.«

Ich zog Boos Laptop zu mir heran. Sie hatten eine »Was-War-Wann«-Nachrichtenseite geöffnet, auf der unten links Fotos der Opfer abgebildet waren.

Zuerst dachte ich, ich hätte Halluzinationen. Was in Anbetracht der Umstände kein Wunder gewesen wäre.

»Das gefällt mir nicht.« Stephen nahm seinen Helm ab, legte ihn auf den Tisch und fuhr sich mehrmals mit den Händen durch die Haare, bis sie in alle Richtungen abstanden. »Wenn er sich genau in diesem Moment in der Nähe des Wohnheims aufhält, warum will er dann, dass sie quer durch die Stadt zu einer stillgelegten U-Bahn-Station geht?«

»Das ist wahrscheinlich ein Trick, um sie nach draußen zu locken. Ihm wird klar sein, dass er hier drin nicht an sie rankommt. Er muss sich was anderes einfallen lassen, um sie töten zu können.«

»Möglich«, sagte Stephen.

Ich ignorierte, mit welcher Beiläufigkeit sie sich über meine bevorstehende Ermordung unterhielten. Zumal ich immer noch wie gebannt auf den Bildschirm starrte. Nein. Ich hatte keine Halluzinationen.

»Das ist nicht bloß ein Trick«, sagte ich. »Er will, dass ich an den Ort komme, an dem er gestorben ist.«

Boo und Stephen hielten verdutzt inne und sahen mich an.

»Das ist er.« Ich deutete auf das fünfte Foto links unten, von dem uns ein glatzköpfiger Mann entgegenlächelte. »Das ist der Ripper.«

31

Nach dieser Mitteilung herrschte erst einmal langes Schweigen.

Ich starrte immer noch das Foto auf dem Laptop an. Der Ripper hatte einen Namen – Alexander Newman. Zu Lebzeiten hatte er gelächelt.

»Rory«, sagte Stephen schließlich. »Bist du dir sicher, dass er es ist?«

Ich war mir sicher.

»Sie hat recht«, sagte Boo langsam, während sie mit zusammengekniffenen Augen das Bild betrachtete. »Ich hab ihn nur nicht gleich erkannt, weil ich mich vor allem daran erinnere, wie er mich auf die verdammte Straße geschleudert hat. Aber das ist der Kerl.«

»Das ändert einiges«, sagte Stephen. »Er will mit uns spielen. Okay, es ist jetzt kurz nach zwei, uns bleiben also noch zwei Stunden.«

Er tigerte eine Weile im Zimmer auf und ab, als es

an der Tür klopfte. Er öffnete sie und Claudia steckte den Kopf herein.

»Ja?«, sagte Stephen knapp.

»Alles in Ordnung hier drin?«, wollte Claudia wissen.

»Wir müssen nur noch ein paar weitere Fragen klären.«

Claudia wirkte nicht sonderlich überzeugt. Ich glaube nicht, dass sie bezweifelte, dass er Polizist war. Aber auch ihr war mit Sicherheit nicht entgangen, wie jung er aussah und dass er sich ziemlich oft in meiner Nähe aufhielt. Und da sie sich für die Mädchen in ihrem Haus verantwortlich fühlte, hatte sie wahrscheinlich das Bedürfnis, zwischendurch nach dem Rechten zu schauen.

Sie nickte. »Verstehe. Wenn Sie dann vielleicht so freundlichen wären, kurz in mein Büro zu kommen, bevor Sie gehen?«

»In Ordnung«, sagte Stephen schnell und schlug ihr praktisch die Tür vor der Nase zu.

»Okay, wir werden jetzt Folgendes machen«, fuhr er an uns gewandt fort. »Erstens: Wir werden ihn glauben lassen, dass Rory sich mit ihm trifft, und locken ihn damit von hier weg. Zweitens: Wir schaffen Rory aus dem Wohnheim, und zwar so, dass niemand etwas davon mitbekommt.«

»Wieso denn das?«, fragte Boo.

»Weil«, sagte er ungeduldig, »wir bisher davon ausgegangen sind, dass wir einfach nur hier sitzen und abwarten müssen, bis er auftaucht. Aber inzwischen habe ich ehrlich gesagt keine Ahnung mehr, was er vorhat. Also werden wir versuchen, ihn zu verwirren. Bis jetzt ist immer er es gewesen, der die Situation im Griff hatte, und es wird ihn bestimmt ziemlich aus dem Konzept bringen, wenn er mal eine Zeit lang derjenige ist, der nicht weiß, was vor sich geht. Gibt es abgesehen von der Eingangstür noch einen anderen Weg aus dem Gebäude?«

»Der einzige andere Ausgang, den ich kenne, ist der durch das Fenster in der Toilette im Erdgeschoss«, sagte ich. »Und da ist das Gitter inzwischen wieder befestigt worden.«

»Du kannst das Haus unmöglich durch ein Fenster verlassen. Das Gebäude ist komplett umstellt. Selbst wenn es dem Ripper entgehen würde, die Polizei würde es auf jeden Fall bemerken. Gibt es keinen anderen Weg?«

Ich schüttelte den Kopf.

»Also gut«, sagte er. »Ihr beide wartet hier. Ich bin gleich wieder da.«

Während Stephen weg war, kam Jo auf ihrem Kontrollgang durchs Wohnheim bei uns vorbei. Als Boo ihr erzählte, was passiert war, blieb sie bei uns, bis Stephen zehn Minuten später zurückkam. Er hielt eine Plastiktüte in der Hand und warf sie auf den Tisch. Aus der Tüte, die aussah, als hätte er sie aus dem Müll gezogen, schauten schwarz-weiße Kleidungsstücke und ein hellgrünes Ding aus Plastik hervor.

»Zieh die Sachen an«, sagte er.

Ich leerte die Tüte aus und eine komplette Polizeiuniform kam zum Vorschein.

»Wo hast du die her?«, fragte Boo.

»Das ist Callums Uniform.«

»Und was hat er jetzt an?«

»Momentan eher wenig bis nichts, würde ich sagen. Zieh sie an, Rory.«

Ich sah, wie Boos Augen bei seiner letzten Bemerkung interessiert aufleuchteten.

»Ich gehe jetzt noch kurz bei eurer Hausvorsteherin vorbei und du ziehst dich um und steckst deine eigenen Kleider in die Tüte. Beeil dich.«

Callum und ich waren ungefähr gleich groß. Die Hose war mir zwar ein bisschen zu lang, aber nicht so, dass es wirklich auffiel. Das Hemd war mir dagegen viel zu weit. Callum hatte extrem muskulöse Arme und sein durchtrainierter Oberkörper wölbte sich an ganz anderen Stellen als meiner. Der Gürtel, der mit Handschellen, Taschenlampe, Schlagstock und Pfefferspray bestückt war, erwies sich als ziemlich schwer. Genau wie die schusssichere Weste, an deren Schulterpartie ein Funkgerät befestigt war.

»Am besten ziehst du meine Schuhe an«, sagte Boo.

Sie trug schwarze Ballerinas, die sie problemlos an- und ausziehen konnte, solange sie noch auf den Rollstuhl angewiesen war. Sie waren leicht verschwitzt und etwas zu groß für mich, aber viel unauffälliger als meine rosa gepunkteten. Als Stephen zurückkam und höflich anklopfte, bevor er die Tür öffnete, war ich gerade dabei, mein neues Outfit zurechtzuzupfen.

»Und was ist mir?«, fragte Boo.

»Mit dem gebrochenen Bein kannst du dich nicht bewegen. Außerdem wirst du hier mit deinem Terminus gebraucht, für den Fall, dass ich mich geirrt haben sollte. Und du musst bitte noch das hier erledigen ...«

Er zog den Laptop heran und tippte etwas ein, dann schob er ihn wieder ihr hin. »Lass dir irgendetwas einfallen, um sämtliche Kameras bei der Mahnwache mit dieser Nachricht zu füttern. So schnell wie möglich.«

»Dabei kann ich behilflich sein«, sagte Jo.

Der Helm passte mir überhaupt nicht. Es war einer dieser typischen englischen Bobby-Helme, auf denen vorne ein silbernes Abzeichen mit einer Krone steckte. Er war ziemlich schwer und rutschte mir sofort über die Augen, als ich ihn aufsetzte.

»Halt ihn einfach am Rand fest«, sagte Stephen. »Polizistinnen tragen eigentlich eine andere Kopfbedeckung, also schau am besten nach unten.

»Ich sehe gar nicht aus wie ein echter Cop.«

»Von Weitem wird niemand etwas merken«, entgegnete Stephen. »Alles, was wir tun müssen, ist, das Gebäude zu verlassen und um die Ecke zu gehen. Ich habe Claudia gebeten, ein Fenster zu überprüfen, um sie abzulenken. Also los, verschwinden wir.«

»Seid vorsichtig.« Boo war anzusehen, dass sie lieber mitgekommen wäre. »Und macht ja keine Dummheiten.«

»Wir sehen uns in ein paar Stunden«, sagte Stephen. »Bleib auf der Hut und behalte Jo in deiner Nähe.«

Aus Wexford herauszukommen, war ein Kinderspiel. Nur ein paar Schritte den Gang entlang, dann die Treppe hinunter bis zur Eingangstür. Wir huschten so schnell am Gemeinschaftsraum vorbei, dass die anderen lediglich zwei sich eilig entfernende Polizisten wahrnahmen.

Draußen war es wesentlich komplizierter. Allein schon vor dem Eingang waren vier Polizeibeamte postiert. Sie unterhielten sich zwar gerade miteinander und beobachteten die Leute, die zur Mahnwache unterwegs waren, aber einer von ihnen drehte sich in meine Richtung um, als er uns vorbeigehen sah. Ich blickte hastig zu Boden, währen ich gleichzeitig versuchte, den blöden Helm an Ort und Stelle zu halten, und so tat, als würde ich in das Funkgerät sprechen, das an der Schulter von Callums Weste angebracht war. Ein echtes Problem hatte ich jedoch, in Boos zu großen Schuhen, ohne zu stolpern, über das Kopfsteinpflaster zu gehen, das sich mal wieder als mein Gegner entpuppte. Zu allem Unglück rutschte auch noch eines der Hosenbeine herunter, die ich, um sie zu kürzen, nach innen umgeschlagen hatte. Und ich konnte mich ja schlecht bei Stephen abstützen, das hätte seltsam ausgesehen. Aber er lief ziemlich dicht neben mir, sodass ich mich wenigstens unauffällig an ihn lehnen konnte, wenn ich zwischendurch das Gleichgewicht verlor. Er führte mich so schnell es ging vom Internatsgelände und schlug dann den Weg zur Hauptgeschäftsstraße ein. Sobald wir außer Sichtweite waren, hakte Stephen einen Arm unter meinen und stützte mich, während er mich gleichzeitig ohne innezuhalten weiterzog. Ein paar Minuten später bogen wir in eine Straße ab und blieben vor einem Gebäude stehen, das gerade aufwendig saniert wurde.

Auf dem Grundstück stapelten sich alte Bürostühle und zusammengerollte Teppiche, daneben stand ein Container mit Holz- und Mauerresten.

»Wir sind's«, flüsterte Stephen.

»Na endlich«, flüsterte eine Stimme zurück.

Callum trat hinter dem Container hervor. Stephen hatte nicht übertrieben, als er sagte, er würde nur noch wenig bis nichts anhaben. Genauer: Unterhose, Socken, Schuhe. Die Unterhose war eines dieser sportlichen engeren Modelle. Seine Beine waren stärker behaart, als ich erwartet hätte, und am linken Bein hatte er ein Tattoo, das wie eine Kletterpflanze aussah und sich von seinem Knie emporschlängelte und irgendwo in seinen Shorts verschwand.

Ich weiß, das war jetzt eigentlich nicht der richtige Zeitpunkt dafür, aber ich konnte nicht anders, als ihn fasziniert anzustarren.

»Hier«, sagte Stephen und reichte mir die Tüte. »Zieh dich wieder um. Ich hole in der Zeit den Wagen.«

»Beeil dich«, sagte Callum. »Das ist nämlich lange nicht so lustig, wie es vielleicht aussieht.«

Ich stieg über ein paar herumliegende Bretter und verschwand hinter dem Container. Dort war es kalt, dreckig und ziemlich ungemütlich. Und es wurde noch sehr viel kälter und ungemütlicher, als ich aus der Uniform schlüpfte. Sobald ich mich eines Kleidungsstücks entledigt hatte, warf ich es Callum zu, weshalb er schon fix und fertig angezogen war, als ich wieder hinter dem Container hervorkam. Er musste sich nur noch das Hemd zuknöpfen und die Reißverschlüsse schließen. Was ich fast ein bisschen schade fand.

Kurz darauf kam Stephen mit dem Wagen zurück und wir stiegen ein. In der Mittelkonsole des Wagens befand sich ein Laptop. Stephen klappte ihn auf und loggte sich in eine Datenbank der Polizei ein.

»Das muss er sein«, murmelte er einen Augenblick später. »Alexander Newman, gestorben 1993 – dem Jahr, in dem die Drogenrazzia in der King William Street stattfand. Aber davon ist in seiner Akte nichts vermerkt. Da steht nur, dass er einer Sondereinheit angehörte, in Oxford Medizin studierte, am St Bartholomew's Hospital zum Facharzt für Psychiatrie ausgebildet wurde und anschließend drei Jahre im Einsatz war ... Was hatte dieser Mann bei einer Sondereinheit der Drogenfahndung zu suchen?«

»Müssen wir uns wirklich jetzt darüber den Kopf zerbrechen?«, fragte ich.

»Er möchte, dass du dorthin kommst, wo er gestorben ist«, sagte Stephen, ohne aufzuschauen. »Wahrscheinlich steht dieser Treffpunkt in irgendeinem Zusammenhang mit den damaligen Ereignissen. Je mehr wir wissen, desto besser können wir unsere – und auch seine – nächsten Schritte planen. Außerdem finde ich es ziemlich merkwürdig, dass es in der Datenbank kaum Informationen zu dem Fall gibt. Bei einem Einsatz wie diesem, bei dem sechs Polizisten ums Leben kamen, müssten doch eigentlich seitenweise Einträge vorliegen. Diese Akte dagegen ist geradezu auffällig dünn.«

»Du stehst echt auf diesen ganzen Schreibkram und bürokratischen Mist, oder?«, stöhnte Callum.

»Darum geht es nicht. Ein Fall von so einer Tragweite müsste eigentlich ausführlich dokumentiert sein. Aber hier gibt es nur einen Abschlussbericht, ein Gutachten der Rechtsmedizin und die Protokolle der Aussagen von vier Polizeibeamten. Im Grunde steht da nur, dass noch eine zusätzliche bewaffnete Sondereinheit angefordert wurde, um die Situation unter Kontrolle zu bringen – vier bewaffnete Polizisten in einem kugelsicheren Fahrzeug. Aber als sie dort eintrafen, waren die sechs Beamten von der Drogenfahndung bereits tot.«

Er tippte noch etwas ein. Ich schaute auf die dunkle Straße hinaus, in der wir parkten. Weit und breit keine Menschenseele. Dafür war genau auf uns eine Überwachungskamera gerichtet, was nicht einer gewissen Komik entbehrte.

»Wie es aussieht, ist einer der vier Polizisten inzwischen gestorben und zwei befinden sich im Ruhestand. Aber einer von ihnen ist immer noch dabei. Sergeant William Maybrick von der City of London in der Wood Street. Er hat heute Nacht Dienst.«

»Woher willst du das wissen?«, fragte Callum.

»Weil wir heute Nacht alle Dienst haben«, antwortete Stephen. »Ich finde, wir sollten hinfahren und rausfinden, was er weiß. Einen Versuch ist es jedenfalls wert. Wenn wir das Blaulicht anwerfen, sind wir in fünf Minuten da.«

32

Eines musste man Stephen lassen – er war ein verdammt guter Fahrer. Mit traumwandlerischer Sicherheit wechselte er von einem Gang in den nächsten, während wir durch die City rasten und ohne eine einzige Schramme zu hinterlassen haarscharf an Straßenlaternen, Taxis und Nobellimousinen vorbeiflitzten. Selbst zu dieser späten Stunde herrschte in London immer noch leichter Verkehr. Ich hörte, wie Callum bissig bemerkte, dass Stephen als Kind wohl zu viel Carrera-Bahn gespielt hatte. Stephen zuckte bloß mit den Achseln und entgegnete, er solle die Klappe halten.

Als die Polizeistation in Sicht kam, trat er auf die Bremse und kam mit quietschenden Reifen direkt vor dem Gebäude zum Stehen. Die Wache wirkte wie eine aus weißen Steinquadern erbaute Festung. Über dem Eingang, einer Doppeltür aus massivem Holz, zeigten sich zwei aus dem Stein herausgemeißelte, geflügelte Löwen über einen Schutzschild hinweg gegenseitig die Zähne.

Zwei altmodische Straßenlaternen, die wie historische Gaslaternen aussahen und mit dem Wort POLIZEI beschriftet waren, dienten als Beleuchtung und waren gleichzeitig der einzige Hinweis darauf, dass es sich hier um eine Polizeistation handelte.

»Und wie willst du ihn dazu bringen, sich überhaupt mit dir zu unterhalten?«, fragte Callum, während er seinen Sicherheitsgurt löste.

»Wir haben Mittel und Wege«, antwortete Stephen.

»Wir? Also falls ich ein Teil von diesem *Wir* bin – ich habe keine Ahnung, was das für Mittel und Wege sein sollen.«

Die beiden stiegen aus und diskutierten draußen weiter, sodass ich nicht mehr alles verstehen konnte. Mir war nicht ganz klar, wie ich mich jetzt verhalten sollte. Ich meine, wie verhält man sich, wenn man in einem Alligator-Pyjama auf der Rückbank eines Streifenwagens sitzt? Ich beschloss, erst einmal auszusteigen, nur leider ließ sich die Autotür von innen nicht öffnen. Aber kurz darauf kam Stephen noch einmal zurück, ließ mich aussteigen und eine Minute später betraten wir zu dritt die Polizeistation. Bei der Anmeldung fragte Stephen mit einer solchen Autorität nach Sergeant Maybrick, dass der Polizist hinter dem Schalter eine Augenbraue hochzog. Anschließend ließ er den Blick von Stephen zu Callum und von Callum zu mir wandern. Ich schien ihm zu Recht das schwächste Glied in der Kette zu sein.

»Und wer sind Sie, wenn ich fragen darf?«, sagte er.

»Geben Sie ihm einfach Bescheid, dass wir mit ihm sprechen müssen.«

»Er ist gerade sehr beschäftigt.«

»Es hat mit dem Ripper-Fall zu tun.« Stephen lehnte sich über den Schalter. »Jede Sekunde zählt. Also nehmen Sie den verdammten Hörer in die Hand und rufen Sie ihn an!«

Das Wort *Ripper* zeigte Wirkung. Der Polizist griff augenblicklich zum Telefon und nicht einmal eine Minute später ging die Aufzugtür auf und ein Mann trat heraus. Er überragte Stephen um mindestens fünf Zentimeter und brachte ungefähr das Doppelte seines Gewichts auf die Waage. Unter den Achseln seines weißen Uniformhemds hatten sich große Schweißflecken gebildet, und seine Schulterklappen wiesen sehr viel mehr Streifen auf als die von Stephen.

»Ich höre, Sie haben wichtige Informationen für mich?«, sagte er in ziemlich ausgeprägtem Cockney.

»Ich brauche sämtliche Fakten über die sechs Polizisten, die 1993 in der King William Street Station bei einem Einsatz ums Leben kamen«, entgegnete Stephen. Selbst in meinen Ohren klang seine Forderung absurd.

»Vielleicht erzählen Sie mir erst einmal, worum genau es eigentlich geht, Constable«, gab der Sergeant zurück.

Stephen zog einen Block aus seinem Gürtel, kritzelte etwas hinein und reichte ihn anschließend dem Sergeant. »Rufen Sie diese Nummer an. Sagen Sie, dass Constable Stephen Dene hier ist und dringend einige Informationen von Ihnen benötigt.«

Sergeant Maybrick nahm den Zettel und warf Stephen einen warnenden Blick zu. »Falls Sie hier nur meine Zeit verschwenden ...«

»Rufen Sie die Nummer an«, entgegnete Stephen nur.

Der Sergeant riss die Seite aus dem Block und faltete sie zusammen, dann drehte er sich zu seinem Kollegen am Empfangstresen um. »Ellis, passen Sie auf, dass die drei hier stehen bleiben und warten.«

»Ja, Sir.«

Der Sergeant ging ein paar Meter den Flur hinunter und zog sein Handy hervor. Stephen verschränkte die Arme vor der Brust, ballte dabei aber nervös die Hände zu Fäusten, so als wäre er sich nicht ganz sicher, ob die Sache auch wirklich funktionieren würde. Der Polizist am Empfang musterte uns schweigend. Callum wandte ihm den Rücken zu, um seine Anspannung zu verbergen.

»Was für eine Nummer ist das?«, zischte er Stephen leise zu.

»Sie gehört einem unserer obersten Dienstherren«, flüsterte Stephen. »Und er wird sicher nicht besonders erfreut darüber sein, dass ich sie weitergegeben habe.«

Das Telefongespräch dauerte nicht lange. Als Sergeant Maybrick zurückkam, marschierte er, ohne die neugierigen Blicke seines Mitarbeiters zu beachten, zum Ausgang und bedeutete uns mit einer Kopfbewegung, ihm zu folgen.

Vor der Tür bekam er einen Hustenanfall und entfernte sich einige Schritte vom Gebäude. Danach zog er eine Packung Zigaretten aus seiner Brusttasche und steckte sich eine an.

»Zu welcher Abteilung gehören Sie«, fragte er. »Scotland Yard? MI5?«

»Ich bin nicht befugt, darüber zu sprechen«, sagte Stephen.

»Dann will ich es auch lieber gar nicht wissen. Sind Sie sicher, dass sie ... «, er deutete mit dem Kinn in meine Richtung, »... bei dieser Unterhaltung dabei sein sollte?«

Vermutlich machte mein Pyjama keinen sehr vertrauenerweckenden Eindruck. Möglicherweise lag es aber auch daran, dass ich in Boos Ballerinas auf den Zehen auf und ab wippte, um sie zu wärmen.

Stephen nickte. »Absolut sicher.«

»Der Einsatz in der King William Street Station war eine ziemlich hässliche Angelegenheit. Ich war heilfroh, als wir ihn hinter uns hatten.« Sergeant Maybrick schüttelte den Kopf und nahm einen tiefen Zug von seiner Zigarette. »Wir, also meine drei Kollegen und ich, waren gerade in unserem Einsatzwagen unterwegs, als der Funkspruch reinkam. Sechs Polizeibeamte würden in der stillgelegten U-Bahn-Station King William Street unter Beschuss stehen und bräuchten dringend Verstärkung. Wir haben uns sofort auf den Weg zum Regis-House-Gebäude gemacht, wo es im Keller einen Zugang gibt, durch den man über eine steile Wendeltreppe in die ehemalige Station hinuntergelangt. Das war alles, was wir über unseren Einsatzort wussten. Wir hatten nicht die leiseste Ahnung, was uns da unten erwarten würde. Außerdem waren wir dem Risiko ausgesetzt, dass der oder die Schützen, falls sie sich noch dort unten aufhielten, sofort auf uns schießen würden, sobald wir in Hör- oder Sichtweite kämen. Weil es stockfinster war, mussten wir unsere Taschenlampen einschalten und stellten damit ein perfektes Ziel dar. Kurz bevor wir unten angekommen waren, verloren wir den Funkkontakt. Wir kündigten uns durch lautes Rufen an, damit jeder, der in der Station war, die Chance hatte, sich zurückzuziehen. Keine Antwort. Bloß tödliche Stille.«

Er blickte noch einmal kurz in meine Richtung, bevor er fortfuhr.

»Der Bahnsteig war während des Krieges zweistöckig gewesen. Sobald wir den unteren Bereich geklärt und gesichert hatten, stieg ich mit einem Kollegen die Treppe ins obere Stockwerk hoch, während die anderen beiden Kollegen sich die Tunnel vornahmen. Dort oben befand sich ein Büro. Die Tür stand offen. Darin fanden wir die Leiche einer Frau. Ihr Name war Margo Riley. Sie saß zusammengesunken an ihrem Schreibtisch. David Lennox lag tot auf dem Boden neben dem Versorgungsschrank. Die Leiche von Mark Denhurst fanden wir in einem der hinteren Räume. Jane Watson starb mit einem Stahlrohr in der Hand. Wahrscheinlich hatte sie versucht, sich zur Wehr zu setzen. Katie Ellis Leiche lag in der Nähe des Bahnsteigeingangs. Sie waren alle schon lange bevor wir dort ankamen tot gewesen.

»Und Alexander Newman?«

»Unser Auftrag lautete, nach sechs Polizisten zu suchen. Fünf hatten wir bereits gefunden. Nur Newman fehlte. Wir fanden ihn schließlich im U-Bahn-Schacht mit einer Kugel im Kopf. Aber irgendetwas stimmte da nicht, das ist mir damals gleich klar gewesen. Wir haben erst später erfahren, dass es sich dabei um einen fehlgeschlagenen Undercover-Einsatz gehandelt hat, bei dem irgendwelche Drogendealer hochgenommen werden sollten. Die Dealer hatten sich angeblich Zugang zu dem stillgelegten Tunnelschacht verschafft und ihn als Lager und Umschlagplatz für Kokain benutzt. Nur – so schrecklich die ganze Sache auch war, irgendwas daran war merkwürdig. Für mich sah das alles überhaupt nicht so aus, als hätte hier ein Drogenring hochgenommen werden sollen. Und ich weiß, wovon ich rede. Es gab am Tatort weder irgendwelche Hinweise auf Drogen noch auf einen Schusswechsel. Was wir vorgefunden hatten, war ein Büro, in dem eine Gruppe von Menschen erschossen wurde, während sie gerade ihrer Arbeit nachging. Ich hatte vielmehr den Verdacht, dass ... «

Diesmal schien sein Zögern nichts mit mir zu tun zu haben. Er rauchte seine Zigarette zu Ende. Dann warf er die Kippe auf den Boden und trat sie aus.

»Mir kam es so vor, als sei Newman der Täter gewesen. Alle anderen waren unbewaffnet. Er war der Einzige, der eine Waffe in der Hand hatte, und seine Kopfwunde sah aus, als hätte er sich selbst erschossen. Aber dort unten war es wie gesagt ziemlich dunkel. Außerdem beschuldigt man nicht ohne irgendwelche Beweise einfach so einen Kollegen des Mordes, aber ... na ja, wie auch immer. Man hat uns ziemlich schnell wieder dort rausgeholt. Ich kann mich nicht erinnern, jemanden von der Spurensicherung oder der Gerichtsmedizin da unten gesehen zu haben oder dass Fotos vom Tatort gemacht wurden. Uns wurde lediglich befohlen, die Sache für uns zu behalten und mit niemandem darüber zu sprechen. Und daran habe ich mich gehalten – bis heute. Eine Zeit lang ging das Gerücht um, Newman sei irgendwann mal in die Psychiatrie eingewiesen worden. Da lag für uns natürlich die Vermutung nahe, dass er vielleicht einen Nervenzusammenbruch hatte, weil er dem Druck nicht mehr gewachsen war, den so eine Undercover-Arbeit mit sich bringt, und somit die anderen aus einer Kurzschlussreaktion heraus erschossen hat. Aber das war wie gesagt bloß ein Gerücht. Die offizielle Version lautete, das eine Drogenrazzia fehlgeschlagen war. Daran haben wir nie gerüttelt. Die Kollegen waren alle tot. Nichts würde sie wieder lebendig machen und ihre Familien sollten schließlich zur Ruhe kommen dürfen. Aber ich habe immer gewusst, dass an diesem Tatort etwas faul war. Und jetzt kommen Sie und erzählen mir, dass das Ganze etwas mit dem Ripper zu tun haben soll?«

»Gibt es vielleicht sonst noch etwas, woran Sie sich von damals erinnern?«, fragte Stephen.

»Nur, dass ich froh bin, dass ich so etwas nicht noch mal erlebt habe«, antwortete Sergeant Maybrick.

»Das verstehe ich. Aber denken Sie bitte noch einmal nach. Jeder noch so kleine Hinweis kann für uns wichtig sein.«

Maybrick schüttelte den Kopf, hielt dann aber plötzlich inne. »Doch, natürlich«, sagte er. »Als wir Newman fanden, hatte er einen Walkman bei sich.«

»Einen was?«, fragte Callum stirnrunzelnd.

»Sie sind wahrscheinlich zu jung, um das zu wissen. Er hatte einen Sony-Walkman bei sich, einen tragbaren Minikassettenrekorder mit Kopfhörern. Den hielt er ganz eng an seinen Körper gepresst. Ich fand es extrem seltsam, dass jemand während einer Schießerei die ganze Zeit seinen Walkman festhält.«

Stephen wurde blass.

»Was ist?«, hakte der Sergeant nach. »Sagt Ihnen das vielleicht irgendetwas? Verdammt noch mal, meine Leute laufen da draußen herum und suchen nach dem Dreckskerl. Ich habe ein Recht darauf zu erfahren, was los ist.«

»Vielen Dank, Sir«, entgegnete Stephen. Sein autoritärer Tonfall war verschwunden, stattdessen lag ein leichtes Zittern in seiner Stimme. »Das wäre dann alles.«

Um drei Uhr nachts, noch dazu in der Ripper-Nacht, gab es nicht allzu viele Orte, wo man sich in Ruhe zu dritt hätte besprechen können. Also saßen wir ein paar Straßen weiter bei laufendem Motor in Stephens Dienstwagen.

»Keine Ahnung, was genau wir da gerade erfahren haben«, sagte Callum. »Ich weiß bloß, dass mir schlecht ist.«

Zumindest war ich diesmal nicht die Einzige, die verwirrt und ahnungslos war. Stephen blickte starr geradeaus und fixierte die Ladeklappe eines vor uns parkenden Lieferwagens.

»Stephen?« Callum stupste ihn in die Seite. »Bitte sag mir, dass du nicht das denkst, was ich denke.«

»Ein Walkman«, sagte Stephen tonlos. »Bevor es Handys gab, wäre ein Walkman sicher perfekt gewesen. Es steckt exakt dieselbe Idee dahinter. Ein harmloser Alltagsgegenstand, den jeder mit sich herumtragen kann. Ein paar Tasten, mit denen man Strom durch den Diamanten jagen kann. Eine U-Bahn-Station, die als Zentrale genutzt wird. Eine Leiche, die einen

Walkman umklammert. Das waren keine Undercover-Agenten aus dem Drogendezernat. Das waren unsere Leute. Sie haben die gleiche Arbeit gemacht wie wir. Die Shades wurden damals gar nicht aus finanziellen oder politischen Gründen aufgelöst, sondern weil einer aus der Truppe durchgedreht ist und die komplette Einheit ausgelöscht hat.«

Callum lachte bitter auf und fuhr sich mit den Händen übers Gesicht. »Endstation«, sagte er. »Endstation für eine Polizei-Einheit. So wird eine stillgelegte U-Bahn-Station genannt. Endstation.«

»Er weiß von uns.« Stephens Blick war immer noch starr nach vorne gerichtet. »Er weiß, dass es uns gibt. Durch die Nachrichten und die Morde vor den Kameras will er uns wissen lassen, dass er ein Geist ist. Er will damit unsere Aufmerksamkeit auf sich ziehen, weil er uns kennt. Er ist einer von uns.«

»Das riecht nach einem Hinterhalt«, sagte Callum. »Wenn du recht hast, dann will er uns zu der Stelle locken, wo er unsere Vorgänger ermordet hat. Ich kenne diese stillgelegten alten Tunnelschächte und Stationen. Wer da unten nicht Bescheid weiß, hat ein echtes Problem.«

»Aber wenn wir nicht hingehen«, entgegnete Stephen, »wird er weiter wahllos Menschen töten. Das hier ist unsere einzige Chance. Und wir müssen uns jetzt entscheiden.«

Callum stieß die Luft aus und hieb den Kopf gegen die Nackenstütze. In der Ferne heulten Polizeisirenen auf der Jagd nach einem Unsichtbaren.

»Könnt ihr nicht jemanden anrufen?«, fragte ich. »Jemanden, der euch sagt, was ihr tun sollt?«

»Unsere Vorgesetzten können uns bei der Entscheidung nicht wirklich helfen«, seufzte Stephen. »Wir wissen noch zu wenig und vor allem – uns läuft die Zeit davon. Nein, die Sache liegt jetzt ganz allein bei uns.«

Er klappte den Laptop auf und tippte etwas ein, bevor er fortfuhr. »Die King William Street Station ist ziemlich beliebt bei Urban Explorern, also Leuten, die privat den städtischen Raum und sogenannte Lost Places erkunden. Die stellen immer jede Menge Zeichnungen und Fotos von ihren Funden ins Netz. Okay, hier haben wir's. Die Station wurde 1890 errichtet und 1900 wieder stillgelegt. Während des Zweiten Weltkrieges diente sie als Luftschutzbunker … Es gibt zwei Möglichkeiten, dorthin zu gelangen. Der Hauptzugang liegt im Keller eines zehnstöckigen Bürogebäudes namens Regis House in der King William Street, wie Sergeant Maybrick schon sagte. Er führt über eine Wendeltreppe zu den dreiundzwanzig Meter tiefer liegenden Tunnelschächten. Der andere Zugang befindet sich bei der London Bridge Station, die mithilfe der stillgelegten Schächte durch die King William Street Station belüftet wird. Zutritt zu diesen Schächten haben ausschließlich die Techniker der London Underground, weil es dort jede Menge frei liegende Hochspannungskabel gibt.«

»Mein Lieblingswort«, sagte Callum. »Hochspannungskabel.«

»Du könntest den Zugang bei der London Bridge Station

nehmen«, sagte Stephen. »Hier steht, dass von dort ein Tunnelschacht unter der Themse hindurch zur King Williams Street führt. Dann würde ich die Wendeltreppe nehmen, sodass wir uns ihm aus zwei verschiedenen Richtungen nähern und ihn zwischen uns einkesseln könnten. Das ist zwar mit Sicherheit nicht die idealste oder sicherste Lösung, aber wir sind die Einzigen, die ihn aufhalten können, und das ist das erste Mal, dass wir wissen, wo genau er sich aufhalten wird. Wir machen diesen Job schließlich nur aus einem einzigen Grund.«

»Klar«, sagte Callum. »Weil wir völlig durchgeknallt sind.«

»Weil wir über eine Gabe verfügen, die andere Menschen nicht haben.«

»Ja, aber niemand hat es für nötig empfunden, uns zu erzählen, dass einer aus der damaligen Einheit durchgedreht ist und seine Kollegen umgebracht hat.«

»Hättest du das denn erwähnt?«, sagte Stephen bloß.

Ich kenne mich mit Belagerungen oder Razzien nicht besonders gut aus, aber sogar ich weiß, dass es nicht besonders klug ist, durch einen Keller in einen dreiundzwanzig Meter tiefer gelegenen U-Bahn-Schacht hinunterzuklettern, von dem die meisten Menschen noch nicht einmal wissen, dass er überhaupt existiert.

»Dein Plan gefällt mir nicht«, seufzte Callum schließlich. »Er gefällt mir überhaupt nicht. Aber ich weiß, dass du auch ohne mich da runtergehen würdest. Also hab ich wohl keine andere Wahl, als mitzumachen und auf dich aufzupassen.«

»Ich komme auch mit«, sagte ich, ohne nachzudenken.

Nicht dass ich ein besonders mutiger Mensch wäre. Ich glaube, ich hatte einfach einen Augenblick lang nicht an mich selbst gedacht. Vielleicht ist es genau das, was Mut ausmacht: dass man nicht mehr daran denkt, was einem selbst zustoßen könnte, wenn man sieht, dass jemand anderes in Gefahr ist. Oder es gibt einen Punkt, ab dem man nicht noch mehr Angst haben kann, als man sowieso schon hat? Was immer der Grund war, ich hatte es ernst gemeint.

»Auf keinen Fall«, antwortete Stephen wie aus der Pistole geschossen. »Wir verstecken dich unterwegs …«

»Euch bleibt gar nichts anderes übrig«, unterbrach ich ihn. »Genauso wenig wie mir. Er hat es auf mich abgesehen. Und wenn das, was ihr da vorhabt, schiefläuft, dann kriegt er mich sowieso irgendwann.«

»Sie hat recht«, sagte Callum leise.

»Aber sie hat so etwas noch nie vorher gemacht«, antwortete Stephen.

»Ihr doch auch nicht«, gab ich zurück. »Callum hat vorhin selbst gesagt, dass das Ganze nach einem Hinterhalt klingt. Ihr könnt euch nicht einfach da reinschleichen und hoffen, dass es euch gelingt, ihn irgendwie in die Enge zu treiben. Ihr müsst versuchen, ihn abzulenken.«

»Scheiße, Mann«, entfuhr es Callum. »Ich sag's wirklich nicht gern, aber sie hat schon wieder recht.«

»Sie hat noch nicht einmal eine Waffe«, rief Stephen. »Den anderen Terminus hat Boo. Und den wird sie auch brauchen, falls er beschließt, doch noch nach Wexford zu gehen.«

»Wenn ich mal kurz etwas klarstellen darf«, ging ich dazwischen. »Ich habe euch nicht um Erlaubnis gefragt. Ich komme mit und damit Punkt. Ich muss wissen, wie die Sache ausgeht.« Sobald ich es ausgesprochen hatte, wusste ich, dass das der eigentliche Grund für meinen plötzlichen Mut war. Ich konnte unmöglich so weiterleben – mit dieser Gabe und dem Wissen, dass ein Geist hinter mir her war und mich töten wollte. Entweder würde ich mithelfen, das Ganze zu Ende zu bringen, oder ich würde bei dem Versuch sterben.

Stephen vergrub einen Moment lang den Kopf in den Händen. Dann schlug er mit den Fingern einen kurzen Trommelwirbel auf das Lenkrad, schaltete die Sirenen ein und gab Gas.

White's Row, East London
9. November
02:45 Uhr

Die Dorset Street stand im Jahr 1888 in dem Ruf, die schlimmste Straße von ganz London zu sein. Zwischen der Hausnummer 26 und 27 führte ein Zugang zu einem Hinterhof, der Miller's Court genannt wurde. Dort befand sich das Zimmer *Nr. 13,* wobei es eigentlich kein richtiges Zimmer war, sondern vielmehr eine knapp vier Quadratmeter winzige, düstere Kammer mit einem kaputten Fenster. Darin befanden sich ein Bett, ein Tisch und eine kleine Feuerstelle. Hier wurde am 9. November 1888 die Leiche von Mary Kelly aufgefunden, und zwar von ihrem Vermieter, der vormittags gegen Viertel vor elf vorbeikam, um die Miete einzunehmen. Es war das erste und einzige Mal, dass der Ripper in einem geschlossenen Raum zugeschlagen hatte. Es war außerdem das erste Mal, dass der Tatort fotografiert wurde. Die grauenhaften Bilder der ermordeten Mary Kelly gingen in die Geschichte ein.

Die Dorset Street war so heruntergekommen, dass in

den Jahren von 1920 bis 1930 alle Gebäude auf der Straße abgerissen wurden, um Platz für einen neuen Marktplatz in Spitalfields zu schaffen. An der Stelle, wo sich damals das Zimmer Nr. 13 befunden hatte, stand nun ein Lagerhaus, das jeden Morgen mit frischen Produkten für den Markt beliefert wurde. An diesem 9. November um zwei Uhr nachts hatten sich um die fünftausend Menschen auf dem Markt versammelt. Die Menge blockierte den engen Durchgang zwischen dem Lagerhaus und einem mehrstöckigen Parkhaus und verstopfte auch die umliegenden Straßen. Mit dieser Mahnwache sollte der Opfer des Rippers gedacht werden – sowohl denen von damals als auch von heute.

Aber es gab auch Menschen, die aus ganz eigenen Interessen hier waren. Dutzende von Reportern, die in Dutzenden von Sprachen in laufende Kameras berichteten. Etliche Polizisten in Uniform und in Zivil, die durch die Menge patrouillierten. Souvenirstände, an denen T-Shirts mit Aufdrucken wie WILLKOMMEN ZURÜCK, JACK oder ICH HABE DEN 9. NOVEMBER ÜBERLEBT UND NUR DIESES VERDAMMTE T-SHIRT DAFÜR BEKOMMEN (das T-Shirt war mit Kunstblut besudelt) verkauft wurden. Imbiss- und Getränkewagen, die heiße Maronen, Softdrinks, Tee, Hotdogs und Eis anboten. Die ganze Szenerie erinnerte irgendwie an einen großen Jahrmarkt.

Niemand bekam mit, wer die Flugblätter in Umlauf brachte. Sie waren einfach plötzlich da und wurden in der Menge von Hand zu Hand weitergereicht. Darauf wurde nicht zu irgendwelchen weiteren Aktionen aufgerufen – sie enthielten bloß sechs Worte. Nur eine seltsame, kurze Botschaft.

Ein paar Minuten später schwebte eine ganze Flut dieser Flugblätter vom Himmel herab. Durch den Nieselregen wurden sie feucht und schwer, sodass einige an Wänden und Mauern haften blieben. Die Menge reckte die Köpfe und blickte zu dem mehrgeschossigen Parkhaus hoch, das hinter dem Platz aufragte. Niemand war zu sehen, obwohl es weiter Flugblätter regnete.

Jemand von den Organisatoren der Mahnwache, eine junge Frau, schälte eines der Flugblätter von der Wand und las, was darauf stand.

»Was soll das?«, fragte sie. »Ist das vielleicht irgendein kranker Scherz?«

Weil sich das Parkhaus mehr oder weniger am Tatort des fünften Ripper-Mordes befand, war es über Nacht abgeschlossen und verriegelt worden. Mehrere Polizisten patrouillierten durch das Erdgeschoss, sodass niemand unbemerkt auf das Dach gelangen konnte. Doch genau von dort schwebten die Flugblätter hinunter. Überall sah man Polizeibeamte, die aufgeregt in ihre Schulterfunkgeräte sprachen. Eines der Teams war bereits im Parkhaus und durchsuchte jedes Geschoss nach dem Übeltäter. Zwei Beamte standen im Büro des Gebäudes und starrten verwirrt auf die Überwachungsmonitore. Sie sahen zwar, dass die Zettel vom obersten Parkdeck hinuntergeworfen wurden, aber nicht, von wem. Aus Funkgeräten knackten Durchsagen wie »Erstes OG – sauber, zweites OG – sauber«.

Auf der Straße unten richteten die Nachrichtenteams ihre Kameras auf den Himmel, um die immer noch herabschwebenden Flugblätter einzufangen. Endlich passierte mal etwas, endlich einmal konnten sie über etwas berichten, statt bloß bereits bekannte Fakten herunterzuleiern, etwas anderes zeigen als die eintönigen Bilder patrouillierender Streifenwagen.

Lediglich ein Mensch in der Menge sah, wer die Zettel warf. Es war die siebzehnjährige Jessie Johnson, die drei Tage zuvor eine Erdnuss gegessen und einen allergischen Schock erlitten hatte, der beinahe tödlich verlaufen wäre. Sie sah als Einzige, wie eine Frau in einer braunen Soldatinnen-Uniform aus dem Zweiten Weltkrieg sich über das Geländer beugte und die Zettel in die Luft warf.

»Sie steht da oben«, rief Jessie. »Auf dem obersten Parkdeck.«

Aber Jessies Rufe gingen in dem Chaos unter, das ausbrach, als ein Helikopter über die Menschenmenge hinwegdonnerte und mit seinen dröhnenden Rotorblättern sämtliche anderen Geräusche übertönte und jeden mit seinen grellen Scheinwerfern blendete. Suchend kreiste er über dem Dach des Parkhauses, während die Leute unten ihre Augen und ihre Kerzen abschirmten und versuchten, weiter ihre Mahnwache abzuhalten.

»Wir dürfen niemals vergessen«, rief einer der Veranstalter ins Mikrofon, »dass jedes Opfer einen Namen und ein Gesicht hat ... wir werden heute Abend ... «

Jessie sah, dass die Frau in der braunen Uniform aufhörte, die Zettel hinunterzuwerfen, sich umdrehte und verschwand. Kurz darauf verließ die Frau eilig das Parkhaus und lief dabei an drei Polizisten vorbei. Und noch während das alles passierte, kapitulierte Jessies Verstand vor der absurden Wahrheit und gab dem Gesehenen eine plausible Erklärung. Die Frau gehörte bestimmt zur Polizei. Welche andere Begründung sollte es dafür geben? Jessie konnte ja nicht ahnen, dass sie soeben die letzte aktive Soldatin der Britischen Streitkräfte des Zweiten Weltkriegs gesehen hatte, die ihre Uniform nie abgelegt hatte und nie aufgegeben hatte, das East End zu verteidigen.

Jessie blickte auf die Flugblätter hinunter, die die Straße bedeckten und inzwischen von Tausenden von Menschen gelesen wurden und deren Botschaft von den Fernsehkameras in die Welt gesendet wurde. Und diese Botschaft lautete:

Die Augen werden zu Dir kommen.

Terminus

Die Menschen wollen Engel,
Engel Götter sein.

Alexander Pope
»Versuch über den Menschen«

33

Wir saßen gegenüber des Regis House im Streifenwagen. Der Haupteingang des aus hellem Sandstein und viel Glas im neoklassizistischen Stil erbauten Bürokomplexes wurde von einem massiven Halbkreis aus anthrazitfarbenem Metall überdacht, auf dem der Name des Gebäudes und die Adresse standen – King William Street 45. Nur wenige Minuten zuvor hatten wir Callum an der London Bridge Station abgesetzt. Er befand sich wahrscheinlich genau in diesem Moment auf dem Weg durch den unter der Themse verlaufenden Tunnelschacht.

»Wir geben ihm noch zehn Minuten«, sagte Stephen mit einem Blick auf die Uhr im Armaturenbrett. Es war Viertel vor vier Uhr morgens.

Stephen schaute aus dem Fenster und behielt die Straße im Blick. Die King William Street führte zur London Bridge. Auf dieser Strecke gab es kaum Pubs oder Restaurants, sodass außer uns weit und breit keine Menschenseele zu sehen war. Ich beobachtete, wie die Ampel umschaltete und statt des grünen Männchens das rote aufleuchtete.

Wieder einmal hieß es warten. Ganz London wartete, in völliger Stille, so als würden die Menschen kollektiv den Atem anhalten. Ich hatte das Gefühl, nicht genügend Luft zu bekommen. Auf meiner Brust lastete ein zentnerschweres Gewicht. Angst. Ich rief mir Jos Worte in Erinnerung – Angst konnte mir nichts anhaben. Angst war eine Schlange ohne Giftzähne.

Aber das war keine Schlange, sondern ein Druck, der tausend Tonnen wog.

»Weißt du noch, wie ich dir von meinem Bootsunfall erzählt habe?«, riss Stephen mich aus meinen Gedanken. »Ich habe dir damals nicht die Wahrheit gesagt.«

Nervös nestelte er an seiner Kampfweste herum.

»Als ich Callum das erste Mal getroffen habe und er mich fragte, wie es bei mir passiert ist, habe ich angefangen ihm meine Geschichte zu erzählen, die in einem Bootshaus beginnt. Aber dann habe ich es mir anders überlegt und den Rest weggelassen. Er hat damals einfach angenommen, dass ich einen Bootsunfall hatte, und ich habe es nie richtiggestellt. Seitdem spreche ich immer von einem Bootsunfall.«

»Und was ist tatsächlich passiert?«, fragte ich.

»Meine Eltern sind ziemlich wohlhabend, aber keine besonders herzlichen Menschen. Uns Kindern hat es zwar nie an irgendetwas gefehlt, aber materielle Dinge können Wärme und Geborgenheit nicht ersetzen. Als ich vierzehn war, ist meine ältere Schwester an einer Überdosis Drogen gestorben. Angeblich hatte sie aus Versehen zu viel von dem Zeug erwischt. Sie war in London auf einer Party gewesen. Laut Autopsiebericht wurden große Mengen von Heroin und Kokain in ihrem Blut gefunden. Sie war erst siebzehn.«

Eigentlich würde man in so einem Moment etwas Mitfühlendes erwidern, in dieser besonderen Situation, in der wir waren, erschien es mir jedoch richtig, zu schweigen.

»Sie starb an einem Samstag. Am darauffolgenden Donnerstag schickten meine Eltern mich ins Internat zurück und fuhren zum Skifahren nach St. Moritz – ›um einen klaren Kopf zu bekommen‹, wie sie es nannten. So ist man in meiner Familie mit dem Tod meiner Schwester umgegangen. Mich schickten sie weg und sie selbst machten Skiurlaub. Drei Jahre lang habe ich einfach versucht, es zu vergessen. Ich habe wie ein Verrückter gepaukt und Sport getrieben. Ich war der perfekte Schüler. Nicht eine Sekunde habe ich mir erlaubt, über das nachzudenken, was passiert war. Hab es einfach ausgeblendet. Und irgendwann brachen plötzlich meine letzten Wochen im Internat an, ich hatte die Zulassung für Cambridge in der Tasche und zum ersten Mal seit Langem gab es nichts mehr, womit ich mich ablenken konnte. Ich fing an zu grübeln und konnte nicht mehr damit aufhören. Ich konnte an nichts anderes mehr denken als an meine Schwester. Und ich wurde wütend. Und traurig. Alle Gefühle, von denen ich gedacht hatte, sie erfolgreich abgetötet zu haben, waren noch da, hatten bloß auf mich gewartet. Ich bin damals Kapitän des Ruderteams gewesen und hatte einen

Schlüssel zum Bootshaus. Eines Nachts Anfang Juni ging ich ins Bootshaus, nahm mir ein Seil und warf es über einen Deckenbalken ...«

Er musste nicht weitersprechen, ich wusste auch so, was kommen würde.

»Du hast versucht, dir das Leben zu nehmen«, sagte ich. »Hast es aber zum Glück nicht geschafft, sonst würdest du jetzt nicht hier sitzen. Oder ... warte mal ... du bist doch nicht etwa ein Geist? Dann würde ich jetzt nämlich komplett durchdrehen.«

Stephen schüttelte den Kopf. »Ich hätte es geschafft. Wenn ich nicht mittendrin gestört worden wäre.«

Er zog die Wagenschlüssel aus der Zündung und steckte sie in eine der Taschen seiner schusssicheren Weste.

»Niemand sagt einem, wie schmerzhaft der Tod durch Erhängen ist oder wie lange es dauert«, fuhr er fort. »Deswegen soll es von allen Todesstrafen auch die schlimmste sein. Wenn der Henker die Hinrichtung nämlich nicht richtig ausführt oder man sich selbst erhängt, bricht nicht einfach sofort das Genick, sondern das Seil schneidet einem in den Hals und drückt einem die Luft ab. Es ist unglaublich qualvoll. Sobald ich es getan hatte, wusste ich, dass es ein Fehler gewesen war, aber ich konnte mich nicht mehr selbst aus der Schlinge befreien. Sobald sie sich um den Hals gezogen hat und das eigene Gewicht einen nach unten zieht, ist es unmöglich, das Seil zu lockern oder sich aus eigener Kraft zu befreien. Man kämpft, tritt wie wild um sich, zerrt verzweifelt am Seil. Ich war kurz davor aufzugeben, als ich plötzlich jemanden auf mich zukommen sah, einen Schüler, den ich vorher noch nie gesehen hatte. Er sagte: ›Du kannst mich sehen, stimmt's?‹ und schaute mich neugierig an. Dann stellte er den Stuhl wieder auf, schob ihn unter mich und ging. Kaum hatte ich festen Boden unter den Füßen, entfernte ich das Seil um meinem Hals und schwor mir, mein Leben nie wieder als selbstverständlich zu nehmen oder auch nur an so etwas wie Selbstmord zu denken, ganz egal wie schlimm die Dinge auch zu sein schienen.«

In der Ferne erklang eine Sirene.

»Ich hab meinen Frieden geschlossen, mit dem, was ich getan habe«, sagte er. »Ich werde es nie wieder tun. Aber ich rede auch nicht gern darüber ... Ich meine, soll ich den Leuten vielleicht sagen ›Hi, ich bin Stephen. Ich habe versucht mich umzubringen, weil ich den Tod meiner Schwester nicht verkraftet habe, aber jetzt geht es mir wieder ganz okay, weil ein Geist mich gerettet hat‹? Das kann ich einfach nicht.«

Ich nickte. »Und wie bist du dann schließlich bei der Geisterpolizei gelandet?«

»Was einem außerdem niemand erzählt – wahrscheinlich, weil es meistens keine Bedeutung mehr hat –, ist, dass das Erhängen ziemlich üble Verletzungen am Hals verursacht.« Er rückte unwillkürlich seinen Hemdkragen zurecht. »Die Male sind unverkennbar. Am nächsten Morgen hat mich die Internatsleitung sofort in ein Krankenhaus einweisen lassen. Natürlich hätte ich lügen und irgendeine Geschichte erfinden können, aber ich war noch ziemlich durch den Wind, also habe ich alles genau so erzählt, wie es war. Ich kam in eine psychiatrische Privatklinik, wo ich medizinisch und therapeutisch behandelt werden sollte. Zwei Tage später besuchte mich eine Frau, die mir einen Job anbot. Sie sagte, ich sei nicht verrückt. Lebensmüde, ja, aber nicht verrückt. Sie wusste genau über mich Bescheid, wusste, was mit meiner Schwester passiert war, und sie erklärte mir, dass das, was ich während meines Todeskampfs gesehen hätte, real gewesen sei. Dass ich eine sehr seltene Gabe hätte, die mich zu etwas Besonderem mache, und ob ich damit etwas Sinnvolles anfangen wolle, ob ich eine wichtige Aufgabe übernehmen wolle, mit der ich etwas bewirken könne. Eine Woche später wurde ich aus dem Krankenhaus entlassen und in ein Büro in Whitehall gebracht, wo ich über die Details meiner zukünftigen Arbeit aufgeklärt wurde. Ich sollte der Erste einer wieder ins Leben gerufenen Spezialeinheit werden. Rein formell hätte ich den Status eines Polizeibeamten und würde auch als solcher ausgebildet werden. Nach Abschluss der Ausbildung würde ich nach außen hin als ganz normaler Streifenpolizist arbeiten, in Wirklichkeit aber der Chef einer neuen Spezialeinheit sein.«

Stephen umfasste das Lenkrad so fest, dass seine Fingerknöchel weiß hervortraten. Es fiel ihm sichtlich schwer, über all das zu sprechen.

»Das war ihre Vorgehensweise, Mitarbeiter für die Shades zu rekrutieren«, sprach er schließlich weiter. »Sie haben die Unterlagen psychiatrischer Einrichtungen nach leistungsstarken Persönlichkeiten mit einer ähnlichen Geschichte wie meiner zugeben, als ich plötzlich jemanden auf mich zukommen sah, einen Schüler, den ich vorher noch nie gesehen hatte. Er sagte: ›Du kannst mich sehen, stimmt's?‹ und schaute mich neugierig an. Dann stellte er den Stuhl wieder auf, schob ihn unter mich und ging. Kaum hatte ich festen Boden unter den Füßen, entfernte ich das Seil um meinem Hals und schwor mir, mein Leben nie wieder als selbstverständlich zu nehmen oder auch nur an so etwas wie Selbstmord zu denken, ganz egal wie schlimm die Dinge auch zu sein schienen.«

In der Ferne erklang eine Sirene.

»Ich hab meinen Frieden geschlossen, mit dem, was ich getan habe«, sagte er. »Ich werde es nie wieder tun. Aber ich rede auch nicht gern darüber ... Ich meine, soll ich den Leuten vielleicht sagen ›Hi, ich bin Stephen. Ich habe versucht mich umzubringen, weil ich den Tod meiner Schwester nicht verkraftet habe, aber jetzt geht es mir wieder ganz okay, weil ein Geist mich gerettet hat‹? Das kann ich einfach nicht.«

Ich nickte. »Und wie bist du dann schließlich bei der Geisterpolizei gelandet?«

»Was einem außerdem niemand erzählt – wahrscheinlich, weil es meistens keine Bedeutung mehr hat –, ist, dass das Erhängen ziemlich üble Verletzungen am Hals verursacht.« Er rückte unwillkürlich seinen Hemdkragen zurecht. »Die Male sind unverkennbar. Am nächsten Morgen hat mich die Internatsleitung sofort in ein Krankenhaus einweisen lassen. Natürlich hätte ich lügen und irgendeine Geschichte erfinden können, aber ich war noch ziemlich durch den Wind, also habe ich alles genau so erzählt, wie es war. Ich kam in eine psychiatrische Privatklinik, wo ich medizinisch und therapeutisch behandelt werden sollte. Zwei Tage später besuchte mich eine Frau, die mir einen Job anbot. Sie sagte, ich sei nicht verrückt. Lebensmüde, ja, aber nicht verrückt. Sie wusste genau über mich Bescheid, wusste, was mit meiner Schwester passiert war, und sie erklärte mir, dass das, was ich während meines Todeskampfs gesehen hätte, real gewesen sei. Dass ich eine sehr seltene Gabe hätte, die mich zu etwas Besonderem mache, und ob ich damit etwas Sinnvolles anfangen wolle, ob ich eine wichtige Aufgabe übernehmen wolle, mit der ich etwas bewirken könne. Eine Woche später wurde ich aus dem Krankenhaus entlassen und in ein Büro in Whitehall gebracht, wo ich über die Details meiner zukünftigen Arbeit aufgeklärt wurde. Ich sollte der Erste einer wieder ins Leben gerufenen Spezialeinheit werden. Rein formell hätte ich den Status eines Polizeibeamten und würde auch als solcher ausgebildet werden. Nach Abschluss der Ausbildung würde ich nach außen hin als ganz normaler Streifenpolizist arbeiten, in Wirklichkeit aber der Chef einer neuen Spezialeinheit sein.«

Stephen umfasste das Lenkrad so fest, dass seine Fingerknöchel weiß hervortraten. Es fiel ihm sichtlich schwer, über all das zu sprechen.

»Das war ihre Vorgehensweise, Mitarbeiter für die Shades zu rekrutieren«, sprach er schließlich weiter. »Sie haben die Unterlagen psychiatrischer Einrichtungen nach leistungsstarken Persönlichkeiten mit einer ähnlichen Geschichte wie meiner durchforstet – Leuten, die in jungen Jahren ein Nahtoderlebnis hatten und behaupteten, jemanden gesehen zu haben, der nicht existierte. Nach mir wurde allerdings niemand mehr auf diese Weise angeworben. Boos und Callums Unterlagen wurden schon in der Notaufnahme entsprechend gekennzeichnet. Beide wären fast bei einem Unfall ums Leben gekommen und hatten angegeben, eine seltsame Erscheinung gehabt zu haben. Sie hatten zwar keinen herausragenden akademischen Hintergrund, waren aber beide Leistungssportler, stammten aus London und besaßen extrem gute Ortskenntnisse. Sie passten perfekt ins Team, und ich wurde damit beauftragt, sie anzuwerben. Ich bin also der letzte Verrückte, der quasi direkt aus der Gummizelle heraus rekrutiert wurde.«

»Auf mich wirkst du eigentlich ziemlich normal«, sagte ich.

Stephen blickte zum Regis House hinüber und dann wieder auf die Uhr im Armaturenbrett. »Fünf vor vier. Callum müsste jetzt drin sein. Wir sollten los.«

Eigentlich hätte das Gebäude um diese Uhrzeit verschlossen sein müssen, doch die Tür ließ sich problemlos öffnen. Die Eingangshalle war hell erleuchtet und der Empfangsbereich sah aus, als hätte noch bis vor Kurzem jemand dort gesessen. Der leere Stuhl hinter dem Tresen war gegen die Wand geschoben, auf der Ablagefläche standen ein halb voller Teebecher und ein Laptop, auf dem eine BBC-Nachrichtenseite geöffnet war, aber von einem Mitarbeiter des Sicherheitsdienstes war weit und breit nichts zu sehen.

»Das letzte Update war vor einer halben Stunde«, sagte Stephen, nachdem er einen Blick auf den Laptop geworfen hatte, dann stutze er kurz und schob mir einen Zettel zu, der auf dem Tresen gelegen hatte. Darauf stand:

»Fahre mit dem Aufzug eine Etage tiefer. Am Ende des Flurs befindet sich eine Treppe. Geh durch die schwarze Tür.«

Die Botschaft galt eindeutig mir.

Weder Stephen noch ich verloren ein Wort über das Schicksal des Wachmanns. Schweigend nahmen wir den Aufzug und stiegen anschließend die Treppe hinunter, die zum Versorgungsraum des Gebäudes führte, in dem sämtliche technische Anlagen und Gerätschaften untergebracht waren, die zum Betrieb eines Ortes dieser Größe benötigt wurden. Im hinteren Teil des riesigen Raums befand sich eine schwarze, mit den üblichen Warnhinweisen versehene Tür – der Zugang zur ehemaligen U-Bahn-Station. Stephen zog seine Signalweste aus, warf sie auf den Boden und drückte anschließend vorsichtig die Klinke nach unten. Als die Tür sich öffnete, strömte ein kalter Luftzug durch den Spalt.

»Eines würde ich gern noch wissen«, sagte ich. »Hast du mir das alles erzählt, weil du glaubst, dass ich sterben werde?«

Er schüttelte den Kopf. »Ich habe es dir erzählt, weil ich finde, dass jemand, der so mutig ist wie du, es verdient hat, die Wahrheit zu kennen.«

»Also doch«, entgegnete ich.

Bevor ich es mir anders überlegen konnte, legte ich meine Hand auf seine und zog die Tür weiter auf.

34

Die Wendeltreppe schien noch aus dem Jahr ihrer Erbauung um 1890 zu stammen und seitdem nicht mehr gewartet worden zu sein. Wie aufgeschnürte Perlen wanden sich nackte gelblich leuchtende Glühbirnen in die Tiefe. Sie spendeten zwar genügend Licht, um ohne sich das Genick zu brechen die Stufen nach unten zu klettern, enthüllten aber auch den Blick auf die schmutzigen und an manchen Stellen abgeplatzten alten Wandkacheln und den desolaten Zustand der Treppe.

Zögernd blieb ich auf dem obersten Absatz stehen. In der Luft lag ein starker metallischer Geruch. Kälte kroch mir in den Nacken und ich hatte das Gefühl, als würden meine Hände jeden Moment an dem eisigen Geländer festfrieren. Am liebsten hätte ich mich an Stephen geschmiegt, der direkt hinter mir stand und eine tröstende Wärme verströmte.

Schließlich setzten sich meine Füße wie von selbst in

Bewegung, ohne dass ich ihnen den Befehl dazu gegeben hätte, und trugen mich Stufe für Stufe ins Ungewisse hinunter, fort von dieser Welt, fort von allem, was Sicherheit bedeutete. Nach ein paar Metern hörte ich ein Tropfen, das mit jedem Schritt lauter wurde. Das einzige andere Geräusch war ein seltsames, entferntes Pfeifen – vermutlich das Echo der durch die Ventilatoren und Klimaanlagen des weitverzweigten Tunnelnetzes geleiteten Luft. Als sich in meinen Kopf schon langsam alles zu drehen anfing vor lauter im Kreisgehen, endete die Wendeltreppe plötzlich und ging in eine normale Treppe über, die nur noch aus zwanzig bis fünfundzwanzig Stufen bestand.

»Du hast es gleich geschafft«, sagte auf einmal eine Stimme. »Sei auf den letzten Stufen bitte vorsichtig, sie sind in keinem besonders guten Zustand.«

Ich erstarrte. Offensichtlich hatte mein Gehirn sich daran erinnert, dass ich Angst haben sollte. Stephen, der immer noch dicht hinter mir war, legte mir eine Hand auf die Schulter.

»Es hat keinen Sinn, stehen zu bleiben«, sagte die Stimme.

Sie hatte recht. Ich war schon so weit unten, dass ich nicht mehr umkehren konnte. Das war der Moment, in dem Stephen mich alleine weitergehen lassen musste. Er nickte mir zu und zog die Taschenlampe aus seinem Gürtel. In der anderen Hand hielt er den Terminus.

Wie in Zeitlupe stieg ich die letzten Stufen hinunter, die zum Ende hin immer breiter wurden und in den ehemaligen Eingangsbereich mündeten, wo früher wohl die Tickets verkauft wurden. Die alten Schalterhäuschen waren mit Brettern vernagelt. An manchen Stellen waren die Kacheln von den Wänden gerissen worden. Überall hingen Warnhinweise, die neueren Datums waren, dazwischen fanden sich aber auch Originalschilder aus dem Zweiten Weltkrieg, die das Rauchen im Luftschutzbunker verboten und vor Giftgas warnten. Zwei viktorianisch anmutende verwitterte Hinweistafeln, auf denen eine Hand abgebildet war, wiesen in Richtung zweier Durchgänge, durch die man damals zu den Bahnsteigen gelangte. Zu ihrer Zeit hatten sie bestimmt hübsch ausgesehen, aber jetzt waren sie einfach nur unheimlich.

Stephen war außer Sichtweite auf der Treppe stehen geblieben. Ich nahm den rechten Durchgang und trat auf den alten Bahnsteig, über dem sich eine hohe Decke wölbte. Den ehemals abgesenkten Gleisbereich, wo früher die Züge ein- und ausgefahren waren, hatte man auf Bahnsteighöhe angehoben, sodass das Ganze den Eindruck erweckte, ein einziger, riesiger Raum zu sein. In der Mitte befand sich ein nachträglich errichteter, mit einer Treppe versehener zweistöckiger Aufbau. Der Rest des Raums wirkte seltsam zerstückelt. Ein Irrgarten aus frei stehenden Wänden, Mauerresten und Korridoren, durch den sich dicke Kabelstränge wanden. Hier und da hingen Plakate aus der Zeit, als die U-Bahn-Station noch als Luftschutzbunker gedient hatte. Darauf fanden sich Propagandasprüche wie REDET EUCH NICHT UM KOPF UND KRAGEN über Karikaturen von Hitler, der unter einem Tisch sitzt und lauscht. Andere enthielten die Bitte, Rücksicht auf schlafende Mitmenschen zu nehmen.

Hinter einer der Wände tauchte plötzlich eine Gestalt auf. In dem Moment verstand ich, warum Menschen glaubten, Geister würden schweben. Die Gestalt bewegte sich mit einer seltsamen Leichtigkeit. Sie hatte Arme und Beine, doch ihre Gliedmaßen besaßen keine Muskeln, kein Gewicht, kein Blut. Nichts von all dem, was einem Menschen seinen typischen Gang verlieh.

Abgesehen davon war Newmann entwaffnend normal.

»Hi«, sagte ich.

»Warum bleibst du da im Eingang stehen?«, fragte er. »Komm rein.«

»Ich stehe hier eigentlich ganz gut.«

Newman hatte einen altmodischen Arztkoffer bei sich. Seit die Ripper-Manie ausgebrochen war, konnte man solche Requisiten in der ganzen Stadt kaufen. Er stellte den Koffer auf einem alten Arbeitstisch aus Metall ab und öffnete ihn.

»Das mit dieser Botschaft war ziemlich geschickt von euch«, sagte er. »Ich weiß nicht, wir ihr es angestellt habt, aber es war sehr wirkungsvoll. ›Die Augen werden zu dir kommen.‹ Nicht schlecht.«

Er zog ein langes Messer mit einer dünnen Schneide aus der Tasche. Ich bin nicht besonders gut darin, Entfernungen einzuschätzen, doch der Abstand zwischen uns war immer noch groß genug, um mich rechtzeitig aus dem Staub zu machen, falls er vorhatte, sich auf mich zu stürzen. Im Moment stöberte er jedoch noch völlig entspannt in seinem Arztkoffer herum.

»Wie viele seid ihr?«, fragte er.

»Wie bitte?«

»Erinnerst du dich an unser Treffen neulich?«, sagte er. »Als ich deine Freundin vor ein Auto geworfen habe? Ich hatte dich gefragt, ob du sonst noch jemanden kennst, der wie wir ist, und du hast geantwortet ... einen Augenblick ... ich glaube, deine genauen Worte waren: ›Ach, bloß ein paar Spinner aus meiner Heimatstadt.‹ Ja genau, das hast du gesagt. Aber du hast mich angelogen, nicht wahr?«

Ich erwiderte nichts.

»Leugnen ist sowieso zwecklos«, sprach er weiter. »Ich hoffe sehr, dass du nicht allein hierher gekommen bist. Es wäre wirklich äußerst unverantwortlich, wenn man nur dich geschickt hätte. Wer auch immer sich dort hinten versteckt – warum kommt ihr nicht raus und spielt mit? Wir sind hier unten doch alles gute Freunde.«

Stille. Bis auf das leise, stete Tropfen.

»Nein?«, rief er. »Keine Lust? Schade. Dann schaut euch wenigstens ein bisschen hier um. Das ist nämlich unsere ehemalige Einsatzzentrale. Ein perfekter Ort für die Shades. Wie gemacht für ›Scotland Graveyard‹. Nichts weist mehr auf unsere Arbeit hin oder das, was hier vorgegangen ist. Wenn die Regierung eure Dienste nicht länger benötigt, lässt sie euch einfach in der Versenkung verschwinden. Oder glaubt ihr vielleicht, dass euer Einsatz und eure Tapferkeit in irgendeiner Form gewürdigt werden, wenn ihr heute Nacht nicht lebend hier herauskommt?«

Immer noch Stille.

»Ich kenne diesen Ort wie meine Westentasche. Ich kenne

jeden Ein- und Ausgang. Falls du also tatsächlich allein den Weg über die Wendeltreppe genommen hast, müssen deine Begleiter in dem Tunnel, der von der London Bridge hierherführt, unterwegs sein.«

Er zeigte mit ausgestrecktem Arm auf einen der dunklen Schachteingänge.

»Sollte dennoch jemand dort oben auf der Treppe stehen und auf seinen Einsatz warten, rate ich ihm, nicht mehr allzu lange zu warten. Und zwar um deinetwillen, Aurora.«

»Hey!«, rief eine Stimme aus der entgegengesetzten Richtung. »Ja, genau dich meine ich, du armselige Ripper-Kopie! Ich will ein Autogramm von dir!«

Callum trat mit vorgehaltenem Terminus aus der Dunkelheit des Tunnels.

»Ah«, sagte Newman. »Wie jung du noch bist. Aber wie sollte es auch anders sein.«

»Genau«, entgegnete Callum. »Ich bin fast noch ein Kind. Warum kommst du nicht rüber und schaust dir mein hübsches kleines Spielzeug an?«

»Es ist in der Tat sehr hübsch«, antwortete Newmann. »Und ich weiß, dass es davon genau drei Stück gibt. Deine beiden Kollegen sind doch hoffentlich auch da und haben ihr Spielzeug dabei?«

»Ich werde auch allein mit dir fertig«, gab Callum zurück.

»Mobiltelefone«, sagte Newmann und ging langsam auf Callum zu. »Sehr praktisch. Wir mussten uns damals mit Taschenlampen und Walkmans herumschlagen. Einmal haben sie es sogar mit Regenschirmen versucht. Äußerst unhandlich, kann ich euch sagen. Aber ein Mobiltelefon ist wirklich perfekt.«

Während Newman ihm weiter den Rücken zuwandte, huschte Stephen von der Treppe zum Bahnsteigdurchgang und presste sich dort ein paar Zentimeter von mir entfernt an die Wand.

»Du scheinst zu allem entschlossen zu sein«, sagte Newman zu Callum. »Wie gut, dass ich mein Messer dabeihabe. Was glaubst du, wer von uns beiden am Ende gewinnen wird? Ich kann dir mit dem Messer genauso schnell die Kehle durchschneiden, wie du den Terminus auf mich richten kannst. Sollen wir versuchen herauszufinden, wer schneller ist?«

Er fuhr mit dem Messer blitzschnell durch die Luft, während er weiter auf Callum zuging, der sich jedoch nicht von der Stelle rührte.

»Du hast Mut.« Newman war nur noch wenige Meter von Callum entfernt. »Das gefällt mir.«

»Halt!« Stephen schob mich zur Seite und trat auf den Bahnsteig.

»Oh, wen haben wir denn da?« Newman klang nicht im Mindesten beunruhigt. »Jetzt sind es schon zwei. Fehlt also nur noch einer.«

»Geben Sie auf«, sagte Stephen. »Sie sind vielleicht ein sehr mächtiger Geist, aber gegen zwei von uns haben selbst Sie keine Chance.«

»Der Tod ist schnell«, sagte Newman.

»Nicht schnell genug«, gab Callum zurück. »Ich bin schneller.«

»Das ist er«, bestätigte Stephen.

»Tja, wenn das so ist.« Newman lächelte. »Dann sollte ich mich wohl lieber ergeben.«

»Legen Sie das Messer auf den Boden«, sagte Stephen.

»Wisst ihr ...« Newmann wich einige Schritte in Richtung des zweistöckigen Aufbaus in der Mitte des Bahnsteiges zurück. »Während meiner Zeit hier unten habe ich einige sehr nützliche Dinge gelernt ...«

Es wurde schlagartig dunkel. So dunkel, dass man die Hand vor Augen nicht mehr sehen konnte. Um mich herum herrschte nichts als undurchdringliche Schwärze, und jetzt erst wurde mir wirklich klar, wo wir waren. Tief unter der Erde. Ich verlor jedes Gefühl für Raum und Entfernungen, war komplett orientierungslos. Ich hätte noch nicht einmal mal mehr den Weg zurück zur Treppe gefunden. Wenn ich wenigstens mein Handy dabeigehabt hätte, aber das war mir abgenommen worden, um die SMS zurückzuverfolgen.

»Zum Beispiel habe ich gelernt, wo sich der Lichtschalter befindet«, sagte Newman. »Ziemlich beängstigend, diese Dunkelheit, findet ihr nicht?«

Seine Stimme hallte aus allen Richtungen wider – von der Gewölbedecke, den Backsteinwänden, den Fliesen. Er konnte überall sein, dreißig Meter entfernt oder genau neben mir. Zwei Lichtpunkte glommen auf – die leuchtenden Displays der Handys. Einen Augenblick später durchschnitten zwei dünne Lichtkegel das Dunkel, zuerst aus Stephens Richtung, dann aus der von Callum. Ihre Taschenlampen.

»Wo bleibt das dritte Licht?«, fragte Newman. »Nur nicht schüchtern. Komm raus und zeig dich ...«

Ich sah, wie der Strahl von Callums Taschenlampe hektisch hin und her tanzte.

»Wo ist er hin?«, rief Callum. »Siehst du ihn irgendwo?«

»Halte einfach deinen Terminus vor dich«, rief Stephen zurück. »Dann traut er sich erst gar nicht in deine Nähe. Unsere kleine Wunderwaffe ist viel wirkungsvoller als der Schrott, den sie früher hatten.«

»Soll das eine Warnung an mich sein?«, sagte Newman. »Ich sehe immer noch bloß euch beide. Wo ist der Rest des Teams?«

»Vielleicht wäre die Einheit größer, wenn Sie nicht alle Ihre Kollegen getötet hätten«, entgegnete Stephen.

»Es hätte nicht so weit kommen müssen. Ich hatte nie vor, irgendjemanden umzubringen. Eine Verkettung unglücklicher Umstände.«

»Der Mord an fünf Kollegen war eine Verkettung unglücklicher Umstände? Jack the Ripper nachzuahmen war eine Verkettung unglücklicher Umstände?«

»Man könnte es auch Mittel zum Zweck nennen«, erwiderte Newman.

Ich war mir ziemlich sicher, dass Stephen versuchte, ihn am Reden zu halten, um herauszufinden, wo er sich befand. Aber in diesem riesigen unterirdischen Raum konnte seine Stimme in zu viele Richtungen hallen. Stephen trat hinter mich, presste mich an sich und führte mich zum Bahnsteigdurchgang, wo er mich wieder losließ und mir seinen Terminus in die Hand drückte.

»Halt ihn gut fest«, flüsterte er. »Drück die Eins und die Neun. Lass auf keinen Fall los und lehne dich fest mit dem Rücken an die Mauer, damit er sich nicht von hinten auf dich stürzen kann.«

Ich hätte ihn gerne gefragt, was er vorhatte, traute mich aber nicht, etwas zu sagen. Ich hörte, wie Stephen sich entfernte, dann war es still. Kein Laut drang mehr zu mir. Eine gefühlte Ewigkeit verstrich, ohne dass irgendetwas geschah. Ich drückte meine Finger so fest auf die Tasten, dass ich spürte, wie meine Nägel sich hineingruben. Der Lichtschein des Handydisplays umschloss meine Hände, ein Lichtschein von höchstens zwanzig Zentimetern Reichweite.

Dann ging plötzlich von einer Sekunde auf die nächste die Beleuchtung wieder an. Meine Pupillen zogen sich geblendet zusammen und es dauerte einen Moment, bis ich wieder klar sehen konnte. Ich presste mich immer noch so fest ich konnte an die Mauer des Durchgangs und sah jetzt, dass Callum sich schräg gegenüber von mir ebenfalls an die Mauer presste.

»Stephen!«, rief er.

»Hier«, antwortete Stephen leise.

Seine Stimme kam aus dem Eingangsbereich, wo die alten Schalterhäuschen standen und die Akustik besser war. Er hatte so unnatürlich ruhig gesprochen, dass ich sofort wusste, dass etwas nicht stimmte. Callum kam auf mich zugerannt, und ich trat langsam von der Mauer weg und blickte mich um.

Stephen stand auf der untersten Treppenstufe, von wo aus er die Notbeleuchtung eingeschaltet hatte, und hielt sich ungefähr auf Schulterhöhe den Oberarm. Newman lehnte nur wenige Schritte von ihm entfernt lässig an einem der Schalterhäuschen.

»Stephen?«, fragte Callum.

»Ich wusste, dass einer von euch versuchen würde, das Notlicht einzuschalten«, sagte Newman.

»Schnapp ihn dir«, sagte Stephen leise. »Schnapp ihn dir einfach.«

»Was geht hier vor, verdammt noch mal?«, fluchte Callum.

»Wenn du gestattest – ich werde dir erklären, was hier vorgeht«, entgegnete Newmann mit ausgesuchter Höflichkeit.

»Ich habe eurem Freund soeben eine sehr hohe Dosis Insulin gespritzt. In ein paar Minuten wird er anfangen zu zittern und zu schwitzen. Dann setzt geistige Verwirrung ein, er wird immer schwächer werden und kaum noch atmen können, während nach und nach seine Organe versagen. Die Dosis, die ich ihm verabreicht habe, ist tödlich – es sei denn, er bekommt rechtzeitig eine Gegeninjektion. Wie es der Zufall will, habe ich eine fertig aufgezogene Spritze dabei. Ich bin bereit, sie gegen eure drei Termini einzutauschen. Wenn ihr sie mir aushändigt, wird er überleben. Wenn nicht, bleiben wir einfach hier stehen und schauen ihm beim Sterben zu. Keine Sorge, es wird nicht besonders lange dauern. Zumindest nicht lange genug, um die Treppe hochzulaufen und Hilfe zu holen. Deshalb gebt ihr mir jetzt am besten eure Handys, und zwar alle drei.«

»Callum, worauf wartest du? Schnapp ihn dir endlich«,

stieß Stephen zwischen zusammengebissenen Zähnen hervor. Er war entsetzlich blass und klammerte sich haltsuchend an das Treppengeländer.

»Du kranker Irrer«, fuhr Callum den Geist an, aber in seiner Stimme lag ein leichtes Zittern.

»Der echte Jack the Ripper war ein kranker Irrer«, sagte Newman. »Keine Frage. Aber was ich will, zeugt von einem sehr gesunden Menschenverstand. Diese drei Termini sind das Einzige, was mir gefährlich werden kann. Wenn ich sie habe, gibt es nichts mehr, wovor ich Angst haben müsste. Und genau das ist es doch, was jeder von uns will – vor nichts Angst zu haben. So, und jetzt legt sie auf den Boden und schiebt sie mit dem Fuß zu mir rüber. Und zwar alle drei. Ich weiß doch genau, dass sich irgendwo hier noch ein Dritter von euch versteckt.«

»Wie wär's damit?«, gab Callum zurück. »Du kannst mich mal am Arsch lecken.«

»Und wie wäre es, wenn du dir ein paar Gedanken über das Wohlergehen deines Freundes machen würdest?«

Callum verstärkte den Griff um seinen Terminus.

»Wir sind hierhergekommen, um die Sache zu Ende zu bringen.« Stephen klang, als würde ihm das Sprechen schwerfallen. »Also tu es einfach, Callum. Bring es zu Ende, jetzt und hier.«

»Wenn du mich tötest, tötest du ihn«, sagte Newman. »Es ist deine Entscheidung.«

Callum warf mir einen kurzen Blick zu.

»Ich sehe, du zögerst?«, sagte Newman. »Würdest du vielleicht gern selbst die Leitung über eure Einheit haben? Möglicherweise ist das ja der Grund, warum du bereit bist, seinen Tod in Kauf zu nehmen.«

»Callum!«, stöhnte Stephen auf. »Rory! Verdammt noch mal! Er steht genau vor euch, also tut doch endlich was ...«

»Er wird gar nichts tun.« Newman zeigte auf Callum und nickte verständnisvoll. »Ich weiß genau, wie es ihm geht. Er wird diesen Terminus nicht hergeben. Weder für dich noch für irgendetwas anderes auf der Welt. Das verstehe ich nur allzu gut. Er gibt ihm nämlich ein Gefühl der Sicherheit, habe ich recht?« Jetzt sah er wieder Callum an. »Solange du ihn hast, brauchst du keine Angst zu haben, irgendwann durchzudrehen. Mit ihm hast du alles unter Kontrolle. Die Gabe ist ein Fluch und der Terminus ist das einzige Mittel dagegen. Niemand könnte das besser nachvollziehen als ich, glaub mir. Genau dasselbe will ich auch. Es ist der einzige Grund, warum ich hier bin.«

Aus seiner Stimme war kein Sarkasmus, keine Belustigung herauszuhören. Ich glaube, es war ihm völlig ernst mit dem, was er sagte.

»Das alles«, sagte Newmann, »der Ripper, diese U-Bahn-Station ... das alles habe ich nur inszeniert, um die Shades aus der Reserve zu locken. Mir war klar, dass ihr mir zahlenmäßig überlegen sein würdet, also musste ich dafür sorgen, dass ihr an einen Ort kommt, an dem ich mich gut auskenne. Ich entwickelte einen Plan, mit dem ich das kriegen konnte, was ich brauchte, ohne dass ihr dabei zwingend zu Schaden kommt. Apropos Schaden – ihm bleibt nicht mehr viel Zeit, Callum ...«

Newman lehnte sich entspannt gegen das Schalterhäuschen und musterte Callum und mich schweigend. Erst jetzt nahm ich bewusst wahr, dass ich meinen Terminus ebenfalls von mir streckte und nach wie vor die Finger auf die Eins und die Neun gepresst hielt. Aber genau wie Callum schien ich unfähig, mich zu rühren.

»Ich kann es an deinem Blick ablesen«, sagte Newmann zu Callum. »An der Verzweiflung, mit der du dich an diesen Terminus klammerst. War es ein Geist, der dir damals fast das Leben genommen hat? Bist du so zu der Gabe gekommen? So ist es nämlich einigen von uns ergangen. Wir sind immer ein bisschen anders gewesen, ein bisschen gefühlsbetonter. Ich hatte meinen Unfall mit achtzehn. Das war im Jahr 1978. Ich war gerade in Oxford angenommen worden und hatte zu Belohnung ein gebrauchtes Motorrad geschenkt bekommen. Bei mir zu Hause, im New Forest, gibt es jede Menge unbefestigter Straßen, auf denen ich ungestört fahren konnte und nur aufpassen musste, dass mir kein herumstreunendes Pony in die Quere kam. Es war der schönste Sommer meines Lebens. Ich hatte die anstrengende Prüfungszeit hinter mich gebracht und vor mir lag eine goldene Zukunft. Eines Abends, an einem herrlich klaren Sommerabend Mitte Juni, war ich auf dem Nachhauseweg von meiner Freundin. Ich kannte die Strecke in- und auswendig und obwohl es bereits neun war, schien immer noch die Sonne. Plötzlich kam etwas auf mich zugeflogen und riss mich vom Motorrad. Ich knallte rücklings auf die Straße und mein Motorrad raste gegen einen Baum. Als ich aufschaute, stand ein Junge über mir und lachte. Es war reiner Zufall, dass genau in dem Moment ein paar Freunde meines Vaters auf dem Weg ins Pub vorbeikamen und mich und mein zertrümmertes Motorrad fanden. Während sie mich vorsichtig in ihr Auto luden, erzählte ich ihnen von dem Jungen und zeigte dabei auf ihn. Er stand immer noch da und lachte. Aber sie versicherten mir, dass da niemand sei und brachten mich ins Krankenhaus. Die Ärzte kamen zu dem naheliegenden Schluss, dass ich mit dem Motorrad gegen den Baum gerast war und eine schwere Kopfverletzung erlitten hatte.

Aber ich fing plötzlich an Menschen zu sehen – Menschen, die außer mir niemand sehen konnte. Es kam, wie es kommen musste. Ich wurde einen Monat lang zur Beobachtung in ein psychiatrisches Krankenhaus eingewiesen. Bestimmt kennt ihr dieses Gefühl. Man weiß genau, dass man nicht verrückt ist, und doch scheint alles gegen einen zu sprechen.«

Callum lauschte der Geschichte mit gespannter Aufmerksamkeit, während seine Blicke immer wieder zwischen Stephen und Newman hin- und herwanderten.

»Irgendwann wurde mir klar, dass ich eine Entscheidung treffen musste. Entweder ich machte so weiter wie bisher und blieb womöglich für immer in der Klapsmühle, oder ich versuchte, mein Leben wieder selbst in die Hand zu nehmen. Ich entschied mich für Zweiteres und behauptete von dem Moment an, keine Geister mehr zu sehen. Schließlich kamen die Ärzte zu dem Ergebnis, dass ich vollständig von meiner Kopfverletzung genesen war, und ich wurde entlassen. Aufgrund meiner besonderen

Problematik beschloss ich, Psychiater zu werden. Ich studierte in Oxford Medizin und machte hier in London im St Bartholomew's Hospital meinen Facharzt für Psychiatrie. Das Barts liegt in einer Gegend, die Anfang des neunzehnten Jahrhunderts Leichenhändler-Viertel genannt wurde. Bis 1832 war es nämlich verboten, Leichen zu sezieren, und bis dahin mussten sich die Anatomen ihre Forschungsobjekte illegal besorgen. Jedenfalls, wenn es einen Ort gibt, an dem unsere Gabe der reinste Fluch ist, dann dieser. Es wimmelt dort nur so von Geistern, und sie sind keine besonders angenehmen Erscheinungen. Trotzdem habe ich meine Ausbildung im Barts abgeschlossen und ging anschließend in den Strafvollzug, wo ich mit jugendlichen Straftätern gearbeitet habe. Ich mochte die Arbeit. Ich hatte mit jungen Menschen zu tun, die sich missverstanden fühlten und sehr wütend waren. In einem Gefängnis kann man viel über das Böse lernen. Über Angst. Darüber, was mit Menschen passiert, die bereits in jungen Jahren ausgegrenzt und eingesperrt werden. Und – das wird euch sicher nicht überraschen – ich stieß auf vier Jugendliche, die ebenfalls die Gabe hatten.«

Stephen kämpfte gegen die Wirkung des Insulins an, konnte sich jedoch nicht mehr aufrecht halten und ließ sich erschöpft auf die Treppenstufen sinken. Auch Callum kämpfte, versuchte, sich nicht von den Worten Newmans beeinflussen zu lassen … aber ich spürte deutlich, dass sie etwas in ihm auslösten.

»Eines Tages sprach mich schließlich ein Mann auf der Straße an, und fragte mich, ob ich meine Fähigkeiten nicht in den Dienst einer guten Sache stellen wolle. Ich habe nie erfahren, wer er war. Wahrscheinlich irgendein hohes Tier vom MI5. Wie sich herausstellte, hatte man in den Patientenakten von psychiatrischen Einrichtungen nach dem Auftreten ganz bestimmter Wahnvorstellungen gesucht – dem Sehen von Geistern nach einer Nahtoderfahrung. Eine wirklich hervorragende Methode der Mitarbeiter-Rekrutierung.

Ich wurde in ein kleines Büro nach Whitehall gebracht, wo man mich über die Arbeit der Shades aufklärte. Sie hatten sich eingehend über mich informiert und hielten mich bestens geeignet für den Job. Mein gesamtes Profil, einschließlich meiner Erfahrung im Jugendstrafvollzug, entsprach in jeder Hinsicht ihren Anforderungen. Und sie konnten mir im Gegenzug etwas bieten, wonach ich mich seit meinem Unfall gesehnt hatte – eine Waffe. Etwas, womit ich mich vor dem, was ich sah, schützen konnte. Sie gaben mir ein Stück Kontrolle über mein Leben zurück. Der Tag, an dem ich ein Shade wurde, war der glücklichste seit ich mit achtzehn den Unfall hatte. Euch ist es bestimmt ganz ähnlich ergangen.

Natürlich war mir klar, dass wir im Grunde so etwas wie die Müllmänner der Nation waren. Wir säuberten U-Bahn-Stationen oder alte Häuser von Geistern, aber das war mir egal. Ich war einfach nur glücklich. Bis irgendwann mein Ehrgeiz wieder durchkam. Ich war der einzige Akademiker im Team. Bei meinen Kollegen handelte es sich ausschließlich um ehemalige Polizisten. Ich dagegen war Arzt. Ein Wissenschaftler.

Damals war die Insulinschocktherapie eine gängige Behandlungsform bei Schizophrenie. Die Patienten wurden über Wochen hinweg regelmäßig mit Insulinschocks behandelt, die Dosis wurde von Mal zu Mal erhöht, bis sie schließlich täglich in ein diabetisches Koma versetzt wurden, aus dem man sie erst nach ungefähr einer Stunde wieder herausholte. Kein besonders angenehmer Vorgang für die Patienten und die Ergebnisse waren umstritten. Aber ich sah noch eine andere Möglichkeit, diese Therapieform nutzbringend anzuwenden. Ich entwickelte eine Versuchsreihe, in der die verschiedenen Areale des Gehirns ausgetestet wurden, um herauszufinden, in welchem Bereich sich die Gabe entwickelt. Dazu war es allerdings notwendig, die Bedingungen, die zur Erlangung der Gabe führen, künstlich nachzustellen. Im Klartext – der Körper musste in einen todesähnlichen Zustand versetzt werden. Und genau das geschieht während der Insulinschocktherapie. Die Parapsychologie stand immer in dem Ruf, eine Pseudowissenschaft zu sein, und ich hatte als erster Mensch auf der Welt die Chance, sie als anerkannten wissenschaftlichen Forschungszweig zu etablieren, genauer gesagt, einen ganz neuen ins Leben zu rufen: die paranormale Neuropsychiatrie.

Meine Stellung bei den Shades verschaffte mir eine beinahe uneingeschränkte Handlungsvollmacht, davon abgesehen, hatte ich mir bereits einen Namen als Psychiater gemacht. Meine Idee war ganz einfach. Ich wollte die Versuchsreihe mit den vier jungen Leuten durchführen, die ich noch aus meiner Zeit als praktizierender Arzt in der Strafvollzugsanstalt kannte und von denen ich wusste, dass sie die Gabe hatten. Ich sagte ihnen lediglich, dass ich gern eine neue Therapieform mit ihnen ausprobieren wollte. An Insulin zu kommen ist kein Problem, genauso wenig, wie jemanden in ein diabetisches Koma zu versetzen. Es birgt zwar gewisse Risiken, hinterlässt jedoch keine bleibenden Schäden, wenn man vorsichtig ist. Und schließlich würde ich die Versuche an jungen Straftätern vornehmen, also mit Menschen, die ohnehin als unverbesserlich abgestempelt und ausgegrenzt waren. Zwei Jahre arbeitete ich an dem Projekt, versetzte jeden meiner Versuchsteilnehmer ungefähr ein Dutzend Mal ins Koma und führte außerdem medizinische und psychologische Tests mit ihnen durch.« Newman hielt einen Moment lang nachdenklich inne, bevor er fortfuhr.

»Niemand wusste damals etwas davon. Ich wollte damit erst an die Öffentlichkeit treten, wenn ich eindeutige Ergebnisse vorweisen konnte. In dem Fall wären mir mit Sicherheit ein ordentliches Labor und ausreichend Mittel zur Verfügung gestellt worden, um meine Forschung fortzuführen. Herauszufinden, wodurch sich die Fähigkeit, Tote zu sehen, entwickelt – das wäre von unschätzbarem Wert gewesen. Ich ging also wie gehabt weiter meiner Arbeit bei den Shades nach, vertrieb Geister aus Gebäuden, brachte Züge wieder zum Laufen, das Übliche eben. Aber in meiner Freizeit folgte ich meiner wahren Berufung. Ich hatte gerade eine fünfte Versuchsperson ausfindig gemacht, ein junges Mädchen, und mit ihrer Therapie begonnen. Ich weiß bis heute nicht, was schiefgelaufen ist. Ich habe sie ins Koma versetzt und sie kam nicht zurück. So etwas lässt sich schlecht verheimlichen und am Ende flog ich auf. Mir war ein schrecklicher Fehler unterlaufen, und trotzdem hätte man mir für das, was ich bis dahin geleistet hatte, danken sollen. Aber so war es nicht, im Gegenteil.«

Ich hatte keinen Zweifel daran, dass Newman uns die Wahrheit erzählte. Er war vielleicht ein niederträchtiger Mörder, aber er war ehrlich. Zumindest noch.

»Ein Geheimdienstmitarbeiter kann jedoch nicht einfach so gefeuert oder vor Gericht gestellt werden. Nein ... die ganze Sache musste absolut vertraulich behandelt werden und so leise wie möglich vonstatten gehen. Man warf mich aus der Einsatzzentrale hier in der U-Bahn-Station, enthob mich sämtlicher Befugnisse und nahm mir meinen Terminus ab. Ich bin damals hier runtergekommen, um mit meinen Kollegen zu sprechen und sie zu bitten, mir einen Terminus zu geben. Ich brauchte ihn. Ich ertrug den Gedanken nicht, wieder so schutzlos zu sein wie früher. Die Waffe hatte ich mitgenommen, um ... um meine Kollegen dazu zu bringen, Vernunft anzunehmen und mir einen Terminus zu geben. Aber sie weigerten sich. Sie kapierten einfach nicht, worum es ging. Wahrscheinlich haben sie nicht damit gerechnet, dass ich wirklich schießen würde ...«

»Callum ...« Stephens Stimme wurde immer schwächer.

»Du kannst ihn sterben lassen«, sagte Newman, »oder ihn jetzt sofort retten.«

»Ich will sie sehen«, sagte Callum. »Die Spritze. Zeigen Sie sie mir.«

Newmann schüttelte bedauernd den Kopf. »Erst wenn jeder von euch seinen Terminus auf den Boden legt und ihn zu mir rüberschiebt.«

»Und woher wissen wir, dass Sie uns nicht reinlegen?«
»Ihr kennt meine Geschichte und wisst jetzt, warum ich getötet habe. Ihr wisst, worum es mir geht. Ich will nicht, dass er stirbt. Im Gegenteil, ich will die, die die Gabe haben, beschützen. Ich will nur einfach auch mich selbst schützen. Es gibt absolut keinen Grund, warum wir nicht alle wieder heil hier rauskommen sollten.«

Dann sah er mich an.

»Aurora«, sagte er. »Dein Mut ist wirklich bewundernswert. Obwohl du nicht zu dieser Sondereinheit gehörst, hast du trotzdem dein Leben riskiert, um andere zu retten. Ich verspreche dir – wenn du den Terminus auf den Boden legst und ihn zu mir rüberschiebst, halte ich mein Wort.«

Stephen ließ den Kopf sinken. Wahrscheinlich wusste er, was ich tun würde, und konnte es nicht mit ansehen. Ich dagegen konnte nicht mit ansehen, wie er starb. Langsam legte ich den Terminus auf den schmutzigen Boden und kickte ihn mit dem Fuß zu Newman rüber.

Jetzt lastete die Verantwortung ganz allein auf Callums Schultern. Er sah genauso elend aus wie Stephen. Nervös verlagerte er sein Gewicht von einem Fuß auf den anderen, als wolle er jeden Moment zum Angriff übergehen. Sein Körper war dazu bereit, sein Verstand nicht.

»Und jetzt du, mein Junge«, sagte Newman.

»Halt verdammt noch mal deine Scheißklappe! Ich bin nicht dein *Junge!*«

Newman breitete die Arme aus und machte sich selbst damit

zur perfekten Zielscheibe. »Es ist deine Entscheidung«, sagte er. »Ich füge mich meinem Schicksal. Wenn du damit leben kannst, den Tod deines Freundes auf dem Gewissen zu haben, nehme ich es auf mich, hier und jetzt mein Ende zu finden. Es war für alle Beteiligten ein fairer Kampf.«

Stephen war nicht mehr in der Lage, irgendetwas zu sagen. Er lehnte zusammengesunken und mit halb geschlossenen Augen an der Wand. Callum wippte auf den Zehenspitzen auf und ab. Er würde es tun, da war ich mir sicher.

Und dann ließ er den Terminus einfach fallen.

»Schieb ihn her.«

Callum kickte ihn mit einem perfekten Innenseitstoß zu Newman hinüber. Noch nie hatte ich jemanden gesehen, der innerlich so zerrissen wirkte wie er. Er rieb sich mit den Händen übers Gesicht und ließ sie dann erschöpft fallen.

»Und jetzt geben Sie uns die Spritze«, sagte er.

»Sobald ich den dritten Terminus habe«, entgegnete Newman.

Er schien wie ausgewechselt. Sein Blick funkelte und er verströmte eine pulsierende Energie – als wäre er plötzlich wieder zum Leben erwacht.

»Der dritte Terminus ist nicht hier«, sagte Callum.

»Lügner!«

Es war ein durchdringender, durch die alte Station hallender Schrei.

»Er ist nicht hier«, wiederholte Callum. »Aber wenn Sie Stephen retten, bringe ich Sie an den Ort, an dem er ist.«

»Oh nein.« Newman fing an, unruhig auf und ab zu gehen. »Er wird sterben, verstehst du? Er wird sterben, und du ganz allein bist dafür verantwortlich!«

Newman schrie die imaginäre dritte Person an, von der er immer noch glaubte, sie würde sich irgendwo im Dunkeln auf der Treppe oder in den Tunnelschächten verstecken. Dann schnappte er sich die beiden Termini, die vor ihm auf dem Boden lagen, und rannte suchend hin und her. Stephen würde umsonst sterben, es sei denn ...

Es sei denn, jemand könnte Newman überzeugen. Jemand, dem er vertrauen konnte. Jemand, der keine Bedrohung für ihn darstellte. Jemand, mit dem er bereits gesprochen hatte. Jemand wie ich.

»Ich bringe Sie hin«, sagte ich.

35

Von der untersten Treppenstufe drang ein erstickter Laut. Stephen hatte bei meinen Worten leise aufgestöhnt. Newman blieb stehen und starrte mich mit wildem Blick an. Schließlich ging er zu dem Ticketschalter zurück und schmetterte die beiden Termini zu Boden, dann hob er sie wieder auf, brach die billigen Gehäuse auseinander, als wären es Plastikostereier, riss die Drähte mit den Diamanten heraus, nahm die Steine an sich und ließ die kaputten leeren Handys achtlos fallen. Nachdem das erledigt war, griff er sich das Messer von der Schaltertheke, durchquerte mit langen Schritten den Raum und blieb dicht vor mir stehen.

»Wehe du versuchst, mich reinzulegen«, zischte er und grub mir die Messerspitze unter das Kinn.

»Das tu ich nicht«, stieß ich zwischen zusammengebissenen Zähnen hervor. Newman drückte fester zu und zwang mich so, den Mund zu schließen. Ich spürte, wie die Messerspitze ein kleines Loch in die dünne

Haut unter meinem Kinn bohrte, und roch den fauligen Geruch, der von Newman ausging und mir in der Nase brannte. Er schien sich kaum noch unter Kontrolle zu haben.

Mir das Messer an die Kehle haltend, zerrte er mich an den Haaren zu einem der Ticketschalter. »Fass da rein.« Er zeigte mit dem Messer auf die Bretter, mit denen das alte Schalterfenster verriegelt war.

Die Bretter gaben nach, als ich dagegendrückte, sodass ich die Hand durch die Öffnung schieben konnte. In diesem Häuschen hatten sich wahrscheinlich schon Generationen von Ratten oder Mäusen ihr Nest eingerichtet, ich hatte nämlich das Gefühl neben Schmutz und Spinnweben und alten Bleistiften vor allem getrocknete Nagetierköttel zu ertasten. Bis meine Fingerspitzen schließlich auf etwas stießen, das sich wie ein schmales Behältnis aus Plastik anfühlte. Vorsichtig zog ich es durch die Öffnung und klappte es auf. Darin lag fein säuberlich eine bereits fertig aufgezogene Spritze.

»Nimm den Verschluss ab und gib sie ihm«, sagte Newman.

»Wohin?«

»In den Oberarm.«

Ich ging zu Stephen hinüber, der den Kopf hob und mich mit schweißüberströmtem Gesicht ansah.

»Tu's nicht, Rory.« Seine Stimme war kaum mehr als ein Flüstern. »Lass nicht zu, dass er ihn bekommt.«

Ich zog die Kappe von der Nadelspitze und setzte sie auf seinem Oberarm an. Jemandem durch die Kleidung hindurch eine Spritze zu verabreichen war jedoch nicht so einfach. Ich musste ihm die Kanüle hart ins Fleisch stoßen, damit sie tief genug eindringen konnte.

»Tut mir leid«, murmelte ich.

Auch der kleine Plastikkolben ließ sich nur schwer herunterdrücken, aber irgendwann hatte ich es geschafft und Stephen die Flüssigkeit injiziert. Was auch immer in der Spritze gewesen war, befand sich jetzt in seinem Körper. Als ich die Spritze wieder herauszog, nahm Newman mich in den Würgegriff und hielt mir erneut das Messer an die Kehle.

»Du bleibst, wo du bist, und rührst dich nicht von der Stelle«, befahl er Callum. »Sollte ich auch nur den leisesten Verdacht haben, dass du uns folgst, schlitze ich sie auf.«

Ich war zwar schon einmal mit dem Ripper alleine gewesen, aber da hatte ich keinerlei körperlichen Kontakt zu ihm gehabt. Jos Berührungen waren wie eine sanfte Brise. Dieser Geist dagegen schien die Kraft eines Hurrikans zu besitzen. Oder zumindest die eines ausgewachsenen Sturms, der Bäume entwurzeln oder Häuser abdecken konnte. Er zerrte mich rückwärts die Stufen hoch, bis wir die Wendeltreppe erreicht hatten, und stieß mich dann unsanft vor sich her.

»Wenn ich meinen Terminus nicht bekomme, wirst du dir wünschen, du wärst nie geboren worden«, sagte er. »Deine Freundin mit den langen Haaren, die ich damals am Fenster gesehen hab? Der Junge mit den Locken? Man wird wochenlang damit beschäftigt sein, ihr Blut von den Wänden zu schrubben. Und für dich werde ich mir noch etwas viel Schlimmeres ausdenken. Hast du das kapiert?«

»Ja.« Mir liefen die Tränen übers Gesicht. Ich fuhr mir mit dem Handrücken über die Augen und zwang mich, die Stufen hochzugehen. Jedes Mal, wenn ich stolperte, spürte ich, wie sich die Messerspitze in meinen Rücken bohrte. Als wir in dem Versorgungsraum im Keller des Gebäudes angekommen waren, schlug Newman die Tür hinter uns zu und verriegelte sie. Zumindest dieser Fluchtweg war für Callum und Stephen verschlossen. Auf dem Weg zum Fahrstuhl ließ er mich schließlich los, damit ich allein gehen konnte. Er wusste, dass ich seine Drohung ernst nahm und niemals das Leben meiner Freunde aufs Spiel setzen würde.

»Wo ist er?«, zischte er, als wir im Aufzug standen.

»In Wexford«, sagte ich.

Auf den Straßen draußen herrschte eine gespenstische Ruhe. Keine Autos. Keine Sirenen. Keine Menschen. Als wären der Ripper und ich die Einzigen, die sich in die Nacht hinauswagten. Wir schlugen den Weg Richtung Themse ein. Das Regis House lag in der Nähe der Flusses und die King William Street führte geradewegs zur London Bridge. Newman lief bis zur Mitte der Brücke. Ich folgte ihm, obwohl ich am liebsten davongerannt und nie wieder stehen geblieben wäre.

Die von Gebäuden und Sehenswürdigkeiten gesäumte Themse war hell erleuchtet. Dies war das Herz von London, und heute Nacht brannten alle Lichter.

»Hypnos.« Newman hielt einen der Diamanten in die Höhe. »Er hat einen leicht gräulichen Einschluss.«

Zum Vergleich hielt er den anderen Stein hoch.

»Und hier haben wir Thanatos. Er hat eine ganz ähnliche Färbung, allerdings mit einem leicht grünlichen Einschlag, den man nur sieht, wenn man ganz genau hinschaut. Persephones Makel dagegen tendiert eindeutig ins Bläuliche.

Ich konnte die Diamanten kaum erkennen. Es ging ein ziemlich heftiger Wind, außerdem hatte ich zu große Angst, um mich auf solche Feinheiten konzentrieren zu können.

»Jeder Stein hat eine etwas andere Wirkung«, erklärte er. »Hypnos ist der, mit dem die Wirkung am schnellsten erreicht wird. Thanatos ist ein bisschen langsamer, aber nicht viel. Und Persephone, der Stein, den wir uns jetzt holen werden ...«

Er legte die beiden Diamanten in seine Handfläche und schloss die Faust darum.

»... hat früher mir gehört. Sie ist äußerst effektiv. Deswegen mochte ich sie immer am liebsten. Und der Name ist einfach wunderschön. Persephone. Die Göttin der Unterwelt. Sie wurde in die Hölle entführt und wieder daraus befreit.«

Newman schüttelte die Diamanten in seiner Faust wie Spielwürfel, dann holte er weit aus und warf sie in den Fluss.

»Da war es nur noch einer. Und den hole ich mir jetzt, Aurora. Los, komm.« Und damit drehte er sich um und ging denselben Weg zurück, den wir gerade gekommen waren.

East London ist ein sehr alter Stadtteil und besteht aus einem unübersichtlichen Labyrinth enger Straßen und schmaler verwinkelter Gassen, aber Newman schien sich hier auszukennen, er bewegte sich schnell und zielstrebig vorwärts. Wir durchquerten das Londoner Bankenviertel, vorbei an enttäuschten

Partygängern, die bisher alle vergeblich auf die letzte Leiche gewartet hatten, und bahnten uns einen Weg durch die Menschentrauben. Ein lebender und ein toter Mensch. Niemandem fiel im Dunkeln das Messer auf, das neben mir durch die Straßen schwebte. Und falls doch, hielt man es sicher für eine Sinnestäuschung oder eine Lichtspiegelung. Oder für das Resultat von zu viel Bier.

Ich musste beinahe rennen, um mit Newman Schritt zu halten. Währenddessen überschlugen sich meine Gedanken. Callum würde bestimmt versuchen, uns zu folgen, aber dazu musste er erst einmal aus dem U-Bahn-Schacht herauskommen, und anschließend würde er mit Sicherheit dafür sorgen, dass man sich um Stephen kümmerte. Auf seine Hilfe konnte ich vorerst also nicht zählen. Boo war bestimmt immer noch in höchster Alarmbereitschaft und Jo lag höchstwahrscheinlich irgendwo im Wohnheim auf der Lauer. Aber Boo saß in einem Rollstuhl. Ich war im Begriff, den Ripper nach Wexford zu führen, und der einzige Mensch, der es mit ihm aufnehmen könnte, war an einen Rollstuhl gefesselt.

Und doch hatte ich keine andere Wahl, als weiter einen Fuß vor den anderen zu setzen und Newman zu folgen.

Als wir in Wexford ankamen, brannte in einigen Fenstern noch Licht. Von dem riesigen Polizeiaufgebot, das am Abend hier geherrscht hatte, war nichts mehr zu sehen. Ein einsamer Streifenwagen parkte vor dem Internat, aber ich konnte nirgends einen Polizisten entdecken. Dafür marschierten auf dem Nachhauseweg von der Mahnwache immer noch jede Menge Leute über den Platz.

»Wo ist der Terminus?«, fragte Newman.

»Im Wohnheim.«

»Wo genau dort?«

»Jemand hat ihn bei sich. Ich kann ihn schnell holen gehen und ihn Ihnen bringen.«

»Ich denke, wir gehen ihn lieber zusammen holen.«

Ich hielt meine Schlüsselkarte an das Lesegerät am Eingang, ein leises Piepsen ertönte und die Tür ging auf. Im Gemeinschaftsraum saßen nur noch zwei Mädchen. Charlotte, schlafend im Sessel neben der Tür. Und Boo.

»Hallo, Rory«, sagte Charlotte, die genau in dem Moment aufwachte, gähnend. »Kannst du nicht schlafen?«

Boos Blick heftete sich auf Newman.

»Sieh an«, sagte Newman. »Das Mädchen von neulich Abend. Sie ist also die Dritte im Bunde?«

Blitzschnell zückte Boo ihren Terminus und richtete ihn auf Newman. Er hielt das Messer so an meinen Hals, dass sie es sehen konnte. Seine Spitze bohrte sich in meine Haut.

»Die anderen sind am Leben, jedenfalls noch«, sagte er. »Frag Aurora. Ich habe mein Wort gehalten. Im Gegenzug bekomme ich deinen Terminus. Du legst ihn jetzt auf den Boden, oder Aurora muss als Erste dran glauben. Dann knöpfe ich mir die im Sessel vor und anschließend dich.«

Charlotte blickte stirnrunzelnd zu Boo rüber. »Alles in Ordnung mit dir?«

Boo hielt das Handy hoch, ihre Finger schwebten über der Eins und der Neun.

Der Druck des Messers erhöhte sich. Ich spürte, wie mir etwas warm und feucht den Hals hinunterlief.

»Du sitzt in einem Rollstuhl«, sagte Newmann. »Du hast keine andere Wahl.«

Boo zögerte einen Moment lang, dann ließ sie den Terminus zu Boden gleiten.

»Du hast gerade dein Handy fallen lassen«, sagte Charlotte. »Stimmt irgendetwas nicht mit dir?«

»Sei still, Charlotte«, zischte Boo, ohne Newman und mich aus den Augen zu lassen.

Charlotte richtete sich im Sessel auf und musterte uns verwirrt. Wie sollte sie auch verstehen, warum ich mich nicht von der Stelle rührte und Boo ihr Handy fallen gelassen hatte. Sie stand auf, um es aufzuheben. Als sie sich danach bückte, schnellte Newman vor, packte die Lampe auf dem Beistelltisch und zog sie Charlotte über den Kopf. Sie stieß einen überraschten Schrei aus, worauf er erneut zuschlug und sie regungslos liegen blieb. Behutsam nahm er ihr den Terminus aus der Hand.

»Sie haben, was Sie wollten«, sagte ich. »Ich habe mein Wort auch gehalten.«

»Das hast du«, erwiderte er.

Ich hatte keine Ahnung, was als Nächstes passieren würde. Newman schien es selbst nicht so genau zu wissen. Er starrte den Terminus an, als könne er es nicht fassen, ihn endlich in den Händen zu halten. Blut sickerte aus einer klaffenden Wunde an

Charlottes Kopf. Es war unmöglich zu sagen, ob sie noch lebte. Newmans Blick war mittlerweile auf den Fernseher gerichtet. Fasziniert schaute er sich die Bilder von den Streifenwagen an, die die Straßen nach ihm durchkämmten.

»Ich fürchte, wir haben ein kleines Problem«, sagte er. »Unsere Vereinbarung lautete, dass ich den Terminus bekomme und Stephen im Gegenzug am Leben bleibt. Das habe ich eingehalten. Allerdings gibt es da noch dieses großartige Projekt, das ich angefangen habe und unbedingt zu einem Abschluss bringen möchte. Saucy Jack muss sein Werk vollenden.«

»Aber ...«

»Aurora«, unterbrach er mich geduldig. »Man erwartet von mir, dass die Show weitergeht. Ich möchte die Menschen dort draußen ungern enttäuschen. Und wenn du ehrlich bist, dann ist dir das die ganze Zeit klar gewesen. Du bist nicht vor mir davongelaufen, sondern hast dich mir gestellt. Du hast gewusst, dass wir die Sache zu Ende bringen müssen.«

Ich hätte wütend, entsetzt, verzweifelt sein müssen, aber er hatte recht. Ich hatte es gewusst, auch wenn ich mir darüber nicht klar gewesen war. Bevor ich nach England gekommen war, hatte ich immer wieder das unbestimmte Gefühl gehabt, dass irgendetwas hier auf mich warten würde. Vielleicht war es von vornherein so bestimmt gewesen, dass wir uns begegnen, eine Begegnung, die unter keinem guten Stern stand. Der Mörder und sein Opfer, verbunden durch das Schicksal. Vielleicht hatte ich es aber auch einfach nur satt, vor ihm davonzulaufen und das Messer an meiner Kehle zu spüren.

»Warum?«, fragte Boo.

»Ganz einfach«, entgegnete Newman. »Weil ich es kann.«

»Aber was bezwecken Sie damit?«

Newman deutete auf den Fernseher. »Diese Geschichte lebt von der Fantasie und Vorstellungskraft der Menschen. Ich habe mir Jack the Ripper aus einem ganz bestimmten Grund ausgesucht. Angst. Jack the Ripper ist eine der am meisten gefürchteten Persönlichkeiten in der Geschichte. Schaut euch die Leute doch nur an. Sie sind geradezu besessen von ihm. Es ist über hundert Jahre her, und trotzdem versucht man immer noch herauszufinden, wer er ist. Er steht für alle jene, vor denen man im Dunkeln Angst hat. Für jeden Killer, der nie gefasst werden konnte. Er ist der, der scheinbar ohne Motiv tötet. Dabei hat er sogar verhältnismäßig wenig Menschen auf dem Gewissen. Aber ich kann euch sagen, worin seine Faszination besteht. Es ist sein Name. Den er sich noch nicht einmal selbst ausgedacht hat. Eine Zeitung hat ihm den Namen verpasst, als sie einen gefälschten Bekennerbrief veröffentlichte.«

»Der Name des *Stars*«, sagte ich.

Er nickte und lächelte zufrieden. »Kluges Mädchen. Der Name, den *The Star* ihm gegeben hat. Das ehemalige Londoner Abendblatt. *The Star* nannte die Bedrohung *Jack the Ripper*. Heutzutage gibt es natürlich sehr viel effektivere Möglichkeiten, Nachrichten zu verbreiten – Nachrichten, die im Sekundentakt aktualisiert werden. Und ich bin die Story. Ich bin der *Star*. Ich bin *Jack the Ripper*. Ich habe die Kontrolle.«

Bis zu diesem Moment hatte ich eigentlich nicht den Eindruck gehabt, dass Newman verrückt war. Aber jetzt bröckelte seine Fassade und darunter kam eine rohe und grausame Energie zum Vorschein. Er hatte bekommen, was er wollte, und es gab nichts mehr, wovor er sich fürchten musste.

Er würde mich töten.

Mein Blickfeld verengte sich und mir rauschte das Blut in den Ohren. Ich sah nur noch ihn. Mit einer fast nachlässigen Bewegung schlitzte er die Polsterlehne einer der Sessel auf.

»Werden Sie dann wenigstens aus Wexford verschwinden?«, fragte ich.

»Das ist eine durchaus berechtigte Frage.« Er zuckte unschlüssig die Achseln.

»Rory!« Boo wollte mit ihrem Rollstuhl auf mich zufahren, aber ich hielt sie mit einer Handbewegung zurück.

Ich sah Newman an. »Nicht hier. Bitte. Nicht vor ihr.«

»Wo dann?«

»Im Waschraum am Ende des Flurs.« Ich sprach die Worte so beiläufig aus, als würden wir uns über das Wetter unterhalten.

»Ein Ort, so gut wie jeder andere«, sagte er und deutete zur Tür. »Bitte, nach dir.«

Ich sah keinen Sinn darin, Boo Auf Wiedersehen zu sagen. Ich nickte nur, verließ das Zimmer und ging den Flur entlang. Newman blieb direkt hinter mir. Ich konnte ihn zwar nicht hören, aber spüren. Wie ferngesteuert öffnete ich die Tür zum Waschraum und trat hinein. Er folgte mir und schloss hinter uns ab.

Er stach in dem Moment zu, als ich mich zu ihm umdrehte.

Es passierte so schnell, dass ich noch nicht einmal mitbekam, wo genau das Messer mich verletzt hatte. Mein Pyjamaoberteil sog sich mit Blut voll, aber ich spürte absolut nichts. Ich starrte nur wie betäubt auf den immer größer werdenden Blutfleck hinunter. Seltsamerweise fühlte ich keinen Schmerz.

Plötzlich breitete sich eine Eiseskälte in meinem Körper aus und meine Beine fingen an zu zittern. Ich stützte mich an der Wand ab und sackte entlang der Fliesen langsam zu Boden. Jetzt konnte ich erst recht das viele Blut sehen, mit dem meine Sachen besudelt waren, und ich wandte den Blick ab, um es mir nie wieder anzuschauen. Stattdessen konzentrierte ich mich auf Newman, auf den gleichgültigen und zugleich interessierten Ausdruck auf seinem Gesicht.

»Ich werde dir jetzt etwas erzählen.« Er tippte die Messerspitze gegen den Rand des Waschbeckens. »Wegen dir habe ich meinen Plan geändert. Eigentlich hatte ich vor, die Shades aus der Reserve zu locken und herauszufinden, wer zu ihnen gehört. Aber dann bist du mir begegnet. Und dank dir wurde alles so viel einfacher. Du warst die perfekte Zielscheibe. Jemand, dem ich mich mitteilen konnte, der alle Aufmerksamkeit der Shades auf sich zog. Dafür möchte ich dich belohnen. Als ich starb, hatte ich einen Terminus in der Hand und hielt seine Tasten gedrückt. Es gibt zwar keinen Beweis für diese These, aber ich vermute, dass ich dadurch zu dem wurde, was ich jetzt bin. Ich bin nicht einfach nur zurückgekommen – ich bin wie Phönix aus der Asche gestiegen und sehr viel stärker zurückgekehrt. Und ich war der Einzige aus der alten U-Bahn-Station, der wiedergekommen ist. Es hat mich schon immer interessiert, ob es da ein Zusammenhang gibt. Ich habe dir das Messer in den Bauch gestochen, sodass du langsam verbluten wirst. Hätte ich dir die Kehle durchgeschnitten, hättest du innerhalb kürzester Zeit das Bewusstsein verloren und wärst jetzt tot. Ich habe außerdem bewusst darauf geachtet, keine Hauptader zu treffen. Ein wirklich präzise ausgeführter Schnitt.«

Er wich an die gegenüberliegende Wand zurück, legte den Terminus auf den Boden und schob ihn mir rüber.

»Nur zu«, sagte er. »Heb ihn auf und halte solange du kannst die Tasten gedrückt.«

Ich nahm die Hände von meinem Unterleib und griff nach dem Terminus. Ich versuchte die Eins und die Neun zu finden, aber vor meinen Augen tanzten dunkle Punkte und meine Finger waren glitschig. Vielleicht schaffte ich es, aufzustehen. Ich beschloss, es zu versuchen. Doch meine blutüberströmten Hände fanden auf den glatten Fliesen keinen Halt, ich rutschte immer wieder aus. Und plötzlich war auch der Schmerz da, den ich anfangs gar nicht gespürt hatte, der mir aber jetzt mit jeder noch so kleinen Bewegung umso heftiger zusetzte.

»Das würde ich an deiner Stelle lieber nicht tun«, kommentierte Newman meine verzweifelten Versuche, mich aufzurichten. »Es verstärkt lediglich die Blutung. Bleib einfach ganz ruhig da sitzen und halte die Tasten gedrückt. Das ist deine einzige Chance, Aurora. Finden wir heraus, ob das Experiment glückt und wir einen Geist aus dir machen können.«

Irgendetwas stimmte nicht mit der Tür. Sie schien sich zu bewegen, so als würde sie immer größer und größer werden und nach innen wachsen ...

Wahrscheinlich halluzinierte ich.

Ich kniff die Augen zu und öffnete sie wieder. Nein, die Tür wuchs tatsächlich nach innen und warf jetzt seltsame Blasen. Dann wurden die Blasen zu etwas, das ich kannte. Ein Kopf mit einem Hut. Ein Knie, dann ein Bein, ein Fuß, ein Gesicht. Es war Jo, die sich entschlossen durch die Tür kämpfte.

Selbst Newman wirkte verblüfft – eine Frau, die in einem englischen Army-Kostüm aus dem Zeiten Weltkrieg durch die geschlossene Tür kam, war vermutlich so ziemlich das Letzte, womit er gerechnet hatte.

»Wie zum Teufel haben Sie das geschafft?«, fragte er. »Ich hätte Jahre gebraucht, um durch so eine Tür zu kommen.«

»Erfahrung«, antwortete Jo. »Und Willenskraft. Es ist jedoch alles andere als ein Vergnügen.«

Newman war weiter von mir entfernt als Jo. Sobald sie in dem kleinen Waschraum stand, eilte sie zu mir und nahm mir den Terminus aus der Hand.

»Ich glaube, das hier haben Sie einer Freundin von mir weggenommen«, sagte sie und hielt den Terminus hoch. »Wie ich außerdem hörte, haben Sie sie vor ein Auto gestoßen.«

Newman wich in Richtung der Toilettenkabinen zurück. Er versuchte, ruhig zu bleiben, rang aber sichtlich um Fassung.

»Wer sind Sie?«, sagte er.

»Oberfeldwebel Josephine Bell, Mitglied des Frauenhilfstrupps der Royal Air Force.«

Er deutete auf den Terminus. »Seien Sie vorsichtig damit. Ihnen ist vermutlich nicht klar, wozu er in der Lage ist.«

»Oh, mir ist durchaus klar, wozu er in der Lage ist«, entgegnete Jo.

Eine Sekunde später stand sie direkt vor Newman – in einer einzigen, fließenden Bewegung, zu der kein lebender Mensch fähig gewesen wäre. Ich erinnere mich an ein gleißendes Licht. Mitten im Waschraum schien plötzlich ein Tornado zu wüten und die Kabinentür flog auf. Der Boden unter mir begann zu beben, ein seltsam tosendes Geräusch setzte ein, nur um gleich darauf von lautem Klirren übertönt zu werden, als die Spiegel über den Waschbecken in tausend Scherben zersprangen. Eine riesige Wolke aus Glasstaub schien in der Luft zu schweben, bevor sie auf die Fliesen niederregnete. Ein seltsam süßlicher, verbrannter Geruch stieg mir in die Nase. Dann erlosch das Licht und ich war allein.

36

In ihrem »Haus der heilenden Engel« liest meine Cousine Diane in der Aura der Menschen. Sie sagt, dass die Aura sozusagen der Engel ist, der hinter einem schwebt und seine schützende Hand über einen hält, und dass man an seiner Farbe erkennen kann, um was für einen Engel es sich handelt. Blaue Engel stehen für starke Emotionen. Rote Engel für Liebe. Gelbe Engel für Gesundheit. Grüne Engel für Familie und Zuhause.

Die Engel, auf die man jedoch besonders achten muss, sind die, die weiß leuchten. Sie stehen auf ihrer Tabelle ganz oben. Ein weiß leuchtender Engel bedeutet, das etwas Einschneidendes bevorsteht. Immer wenn Cousine Diane einen weißen Engel hinter jemandem sieht, durchforstet sie anschließend die Zeitungen nach Unfällen und Todesanzeigen.

»Weißes Licht«, sagt sie dann und tippt mit dem Finger auf den Zeitungsartikel. »Ich habe weißes Licht gesehen, und du weißt ja, was das heißt.«

Es heißt, dass kurz darauf jemand vor einen Bus läuft oder in einen alten Abwassergraben fällt und stirbt.

Und im Moment sah ich überall weißes Licht, hell leuchtendes, allumfassendes weißes Licht.

»Scheiße«, sagte ich.

Das Licht verblasste ein wenig. Ich war also nicht tot. Zumindest war ich mir dessen ziemlich sicher. Es war natürlich auch möglich, dass ich tot war und es bloß nicht wusste. Schließlich hatte ich keine Ahnung, wie es sich anfühlte, tot zu sein.

»Bin ich tot?«, fragte ich laut.

Ich bekam keine Antwort, bis auf das leise Piepen irgendeiner Maschine und ein paar murmelnden Stimmen. Langsam gewann meine Umgebung wieder an Konturen. Dort, wo ich zuvor nur wabernde Kleckse gesehen hatte, waren jetzt Ecken und Kanten. Ich lag in einem Bett. Einem Bett mit einem Gitter, weißen Laken und einer hellblauen Decke. An der Wand gegenüber war ein kleiner schwenkbarer Fernseher montiert. Aus meinem Arm kam ein Schlauch heraus. Vor dem Fenster hing ein zur Seite gezogener grüner Vorhang, der den Blick auf einen grauen Himmel freigab.

Der Sichtschutz neben meinem Bett wurde zur Seite geschoben und eine Krankenschwester mit kurzen blonden Haaren trat an mein Bett.

»Ich dachte, ich hätte dich sprechen hören«, sagte sie.

»Ich fühle mich so merkwürdig«, sagte ich.

»Das kommt durch das Pethidin«, antwortete sie.

»Das was?«

»Ein Medikament gegen die Schmerzen, es macht einen benommen und schläfrig.«

Sie griff nach dem über mir hängenden Infusionsbeutel, den ich jetzt erst bemerkte, und überprüfte seinen Inhalt. Anschließend kontrollierte sie das Pflaster, mit dem der Venenkatheter an meinem Arm befestigt war. Als sie sich über mich beugte, fiel mir eine silberne Uhr auf, die an der Vorderseite ihres Schwesternkittels befestigt war. Es war keine gewöhnliche Uhr, sondern sie sah wie eine Spezialanfertigung aus und hatte etwas von einer Medaille. Medaillen, wie sie an Revers von Uniformen steckten. Uniformen, wie Jo eine trug.

Jo ...

Plötzlich kehrte die Erinnerung zurück. An das, was im Waschraum geschehen war, auf dem Weg nach Wexford ... Es lag alles wie in weiter Ferne, so als wäre es jemand anderem zugestoßen. Trotzdem liefen mir Tränen über die Wangen. Dabei wollte ich gar nicht weinen. Die Krankenschwester tupfte mir sanft das Gesicht ab und gab mir durch einen Strohhalm etwas Wasser zu trinken.

»So ist es gut«, sagte sie, nachdem ich einen tiefen Schluck genommen hatte. »Du musst nicht weinen. Das Schlimmste hast du überstanden. Aber du solltest dich auf keinen Fall aufregen, die Nähte sind nämlich noch ganz frisch.«

Das Wasser hatte eine beruhigende Wirkung.

»Du hast eine harte Nacht hinter dir«, sagte sie. »Draußen ist jemand von der Polizei, der gern mit dir sprechen würde. Natürlich nur, wenn du dich dazu in der Lage fühlst.«

»Schicken Sie ihn rein«, sagte ich.

Kurz nachdem sie gegangen war, stand Stephen in der Tür. Er sah ziemlich mitgenommen und gar nicht wie ein Polizeibeamter aus. Die Uniformjacke, der Pullover, der Helm, der schwere Gürtel, die Krawatte, nichts davon trug er mehr. Sein gestärktes weißes Hemd war jetzt dreckverschmiert, völlig zerknittert und durchgeschwitzt. Und er war unendlich blass, noch blasser als sonst, und seine Haut schimmerte bläulichgrau. Und dann wusste ich es wieder. Stück für Stück kehrte alles zurück. Die U-Bahn-Station. Die Spritze. Stephen auf dem Boden. Er hatte dem Tod ins Auge geblickt, und das sah man ihm an.

Er trat an mein Bett und musterte mich besorgt. »Wir wurden in dasselbe Krankenhaus gebracht«, sagte er leise. »Das Messer ist zum Glück nicht bis in die Bauchhöhle vorgedrungen. Du hast bestimmt schlimme Schmerzen, aber du wirst wieder auf die Beine kommen.«

»Im Moment spüre ich noch nichts«, sagte ich. »Ich fühle mich eher so, als würde ich unter Drogen stehen. Die Medikamente, die sie mir gegeben haben, müssen ziemlich stark sein.«

»Rory, ich ...« Stephens Stimme klang angespannt. »Ich will dich in deinem Zustand auf keinen Fall unter Druck setzen ... aber sie sind unterwegs.«

»Wer?«

Kaum hatte ich die Frage gestellt, pochte es energisch an die Tür und ein Mann betrat das Zimmer. Er hatte ein jungenhaftes Gesicht, das in seltsamem Kontrast zu seinen grauen Haaren stand, und war dezent, aber teuer gekleidet: schwarzer Mantel, blaues Hemd, schwarze Hose. Er sah aus wie ein Banker oder einer dieser erfolgreichen Geschäftsmänner, die in dem Hochglanzmagazin abgebildet gewesen waren, das ich im Flugzeug gelesen hatte. Ein gut situierter, höflich wirkender Mann, den man sofort wieder vergessen hätte, wären die grauen Haare nicht gewesen. Hinter ihm kam ein zweiter Mann ins Zimmer, er war etwas älter und trug einen braunen Anzug.

Der Grauhaarige schloss leise die Tür und stellte sich mit dem Rücken zum Fenster an mein Bett, sodass er sowohl Stephen als auch mich im Blick hatte.

»Mein Name ist Thorpe, ich arbeite für den Geheimdienst Ihrer Majestät. Mein Kollege arbeitet für die Regierung der Vereinigten Staaten. Bitte verzeihen Sie unser Eindringen. Wie wir gehört haben, haben Sie beide eine schlimme Nacht hinter sich.«

Der Amerikaner, der uns nicht mit Namen vorgestellt worden war, verschränkte die Arme vor der Brust.

»Was hat das zu bedeuten?«, fragte ich Stephen.

»Ist schon okay«, sagte er.

»Es gibt da noch einige Punkte, die abschließend geklärt werden müssten«, fuhr Thorpe fort. »Wir benötigen Gewissheit darüber, ob wir den Fall endgültig zu den Akten legen können.«

Ich spürte, wie alle Augen, einschließlich Stephens, auf mir ruhten.

»Miss Deveaux, können Sie zweifelsfrei bestätigen, dass der … dass die Person, die allgemein als der Ripper bezeichnet wird, nicht mehr unter uns weilt?«

»Er ist weg.«

»Sind Sie sicher?«

»Ganz sicher«, sagte ich. »Ich habe gesehen, wie es passiert ist. Jo hat den Terminus genommen und ...«

»Und?«

Ich sah Stephen an.

»Sie sind beide weg«

»Beide?«, hakte Thorpe nach.

»Da war noch ein anderer ... eine Frau, die mit uns zusammengearbeitet hat.«

»Eine von *ihnen?*«

Ich hasste ihn allein schon für den Tonfall, in dem er die Frage stellte.

»Die Bedrohung wurde eliminiert«, sagte Stephen mit fester Stimme.

Thorpe musterte uns beide einen Moment lang. Noch bis vor Kurzem hätte mir jemand wie er eine Heidenangst eingejagt. Aber jetzt war er für mich nichts weiter als ein Mann aus Fleisch und Blut in einem Anzug.

»Es ist äußerst wichtig, dass Sie verstehen ...« – Thorpe beugte sich über mich, sodass ich seinen pfefferminzbonbongeschwängerten Atem riechen konnte – »... welche ernsten Konsequenzen es für Sie hätte, wenn Sie mit irgendjemandem über das sprechen würden, was heute Nacht geschehen ist. Kurz gesagt – Sie dürfen zu niemandem auch nur ein Wort darüber verlieren. Weder zu Ihrer Familie, noch zu Freunden, einem geistigen Beistand oder einem Therapeuten. Besonders

Letzteres könnte sich extrem nachteilig für Sie auswirken, da Ihre Darstellung als wahnhafte Störung interpretiert werden würde. Darüber hinaus unterliegt dieser Fall einer Behörde, die an das Geheimhaltungsgesetz gebunden ist. Sie sind also schon von Rechts wegen verpflichtet, darüber Stillschweigen zu bewahren. Wir halten es für das Beste, wenn Sie bis zur endgültigen Klärung in Großbritannien bleiben. Sollten Sie sich anschließend dazu entschließen, in die Vereinigten Staaten zurückzukehren, bleiben Sie aufgrund der besonderen Beziehung unserer beiden Nationen weiterhin an das Gesetz der Geheimhaltung gebunden.«

Thorpe blickte zu dem Mann in dem braunen Anzug hinüber, der bestätigend nickte.

»Niemandem wird es nützen, wenn Sie darüber sprechen«, fuhr Thorpe nun etwas sanfter fort. »Am besten, Sie kehren nach Wexford zurück und machen einfach so weiter wie bisher.«

Der Mann im braunen Anzug zog ein Handy aus der Tasche und verließ noch während er darauf herumtippte den Raum.

»Constable Dene ...«, Thorpe richtete sich auf, »wir bleiben selbstverständlich in Verbindung. Ihre Vorgesetzten sind außerordentlich zufrieden mit Ihrem Einsatz. Im Namen der Regierung Ihrer Majestät möchte ich Ihnen unseren tiefen Dank aussprechen. Ihnen beiden.«

Er vergeudete keine weitere Zeit mit irgendwelchen Abschiedsfloskeln, sondern verschwand genauso schnell, wie er gekommen war.

»Was war das?«, fragte ich.

Stephen zog sich einen Stuhl ans Bett und setzte sich. »Sagen wir es mal so – die Aufräumarbeiten sind bereits in vollem Gang. Jetzt muss eine glaubhafte Geschichte für die Öffentlichkeit her, damit die Panikmache ein Ende hat. Und dazu müssen die losen Enden der Geschichte irgendwie miteinander verknüpft werden.«

»Und ich werde keinem Menschen jemals davon erzählen dürfen?«

»So lautet die oberste Regel in unserem Job ... Wir dürfen mit niemandem darüber sprechen. Es würde einfach zu verrückt klingen.«

Merkwürdigerweise gab ausgerechnet das mir den Rest. Plötzlich drohten mich all die Ängste, die ich in den letzten Tagen und Stunden ausgestanden hatte, zu überwältigen und mir entfuhr ein ersticktes Schluchzen. Stephen sprang erschrocken von seinem Stuhl auf und blieb dann hilflos vor meinem Bett stehen. Ich brach in Tränen aus und weinte und weinte und konnte gar nicht mehr damit aufhören.

»Schsch ... « Er legte mir behutsam eine Hand auf den Arm und drückte ihn sanft. »Es ist vorbei. Alles wird gut.«

Die Krankenschwester zog besorgt den Vorhang zur Seite. »Alles in Ordnung?«

»Können Sie ihr vielleicht etwas zur Beruhigung geben?«, fragte Stephen.

»Sind Sie fertig mit der Befragung?«

Er nickte.

Sie warf einen Blick auf das Patientenblatt am Fußende meines Betts. »Das letzte Mal hat sie etwas vor vier Stunden bekommen. In Ordnung, warten Sie kurz.«

Die Krankenschwester verschwand und kehrte kurz darauf mit einer Spritze zurück, deren Inhalt sie in meinen Katheter injizierte. Einen Augenblick später spürte ich, wie etwas Kühles in meine Venen floss. Ich trank ein bisschen Wasser durch den Strohhalm, verschluckte mich und musste ein paarmal husten, bevor ich es schaffte, wie ein normaler Mensch zu trinken.

»Sie ist ziemlich übel zugerichtet worden«, sagte die Schwester leise. »Wer auch immer das getan hat, ich hoffe, Sie kriegen ihn.«

»Das haben wir bereits«, entgegnete Stephen.

Ein paar Minuten nachdem die Schwester wieder gegangen war, merkte ich, wie ich langsam ruhiger und meine Augen immer schwerer wurden. Immer noch liefen mir Tränen übers Gesicht, aber ich weinte nur noch lautlos. Stephen ließ seine Hand auf meinem Arm liegen.

Die Zimmertür öffnete sich erneut, und ich dachte, es wäre noch einmal die Schwester, dann hörte ich jedoch, wie Callum Stephen begrüßte und ihn fragte, ob alles in Ordnung sei. Ich schaffte es, mich aus dem wattigen Dämmerzustand zu kämpfen, den das Beruhigungsmittel ausgelöst hatte, und sah, wie Callum Boo im Rollstuhl hereinschob. Sobald sie im Zimmer waren, griff Boo selbst in die Räder und kam an mein Bett gefahren. Ihre Augen waren gerötet und ihr Gesicht mit Wimperntusche verschmiert. Sie griff nach meiner Hand.

»Ich hätte nicht gedacht, dass du jemals wieder lebend da rauskommst«, sagte sie leise.

»Überraschung.« Ich versuchte zu lächeln.

»Nachdem sie dich aus der Toilette gebracht haben, bin ich reingegangen und hab die Spiegel und das Fenster gesehen. Und überall hing dieser Geruch in der Luft. Jo …«

»Es tut mir leid«, flüsterte ich.

»Ich hab ihr gesagt, wo du bist.« Sie schaffte es nur mit Mühe, ihre Stimme ruhig zu halten. »Ich hab gesehen, wie sie durch die Tür ging. Na ja, du weißt ja, wie sie ist … wie sie war.«

Boo rannen die Tränen über die Wangen. Wir schwiegen einen Moment lang, während wir in Gedanken bei Jo waren. Callum legte Boo eine Hand auf die Schulter. Ich hatte das Gefühl, dass es ihm sehr zu schaffen machte, die Sache als Einziger unverletzt überstanden zu haben. Stephen konnte sich kaum auf den Beinen halten, Boo saß im Rollstuhl und ich war an ein Krankenhausbett gefesselt. Trotzdem litt er von uns allen vielleicht am meisten.

»Wir haben den Terminus gefunden«, sagte er schließlich. »Boo hat ihn an sich genommen, bevor er als Beweisstück eingetütet werden konnte. Aber er funktioniert nicht mehr. An der Batterie liegt es nicht, das habe ich schon überprüft. Es muss irgendetwas damit passiert sein.«

Er griff in seine Hosentasche und holte einen Diamanten heraus. Sein Inneres schimmerte seltsam rauchig, wie bei einer durchgebrannten Glühbirne.

»Ein Terminus weniger«, sagte Callum. »Arme Persephone.«

»Wo sind eigentlich die anderen beiden?« Stephen rieb sich die Augen. »Gott, die habe ich völlig vergessen ...«

Ich auch. Das Schlimmste wussten sie noch gar nicht.

»Er hat sie in den Fluss geworfen«, sagte ich. Zwei winzige Diamanten irgendwo auf dem Grund der Themse. Ein winziger Diamant, der mit Rauch gefüllt war.

»Das war's dann also für uns«, sagte Callum leise.

»Unsinn«, rief Boo und lehnte sich so heftig in ihren Stuhl zurück, dass er ein Stück nach hinten rollte und fast gegen die Wand gekracht wäre, wenn Callum ihn nicht rechtzeitig festgehalten hätte.

»Ohne Terminus keine Shades.«

»Die Shades gab es schon vor dem Terminus, also wird es sie auch danach geben«, sagte Stephen. »Der Ripper ist tot, aber wir sind immer noch hier.«

Das Beruhigungsmittel zeigte erneut seine Wirkung und machte mir das Denken schwer, diesmal war es jedoch, als würde sich eine warme, weiche Decke auf mich legen. Alles um mich herum verlangsamte sich und die Konturen verwischten wieder. Die Schläuche wurden zu einer Verlängerung meines Armes, das Bett zu einem Teil meines Körpers. Aber ich glaube, es lag nicht an den Medikamenten, dass ich das Gefühl hatte, dass Stephen diesmal auch mich meinte, als er von »wir« gesprochen hatte.

37

Als ich wieder aufwachte, war es helllichter Tag. Ich fühlte mich wie gerädert und mein Bauch juckte.

»Du hast versucht, an deiner Naht zu kratzen«, sagte eine Stimme neben meinem Bett. Die Stimme hatte einen amerikanischen Akzent und war sehr vertraut.

Ich schlug die Augen auf. Stephen, Callum und Boo waren verschwunden. Stattdessen war meine Mutter da.

»Du hast versucht, an deiner Naht zu kratzen«, wiederholte sie sanft. Sie hielt meine Hand in ihrer.

»Wo sind die anderen?«, fragte ich. »Waren sie noch da, als du gekommen bist?«

»Welche anderen? Nein, Liebes. Außer uns ist niemand hier. Wir haben den ersten Zug genommen und sind seit heute Morgen bei dir.«

»Wie spät ist es?«

»Fast zwei Uhr nachmittags.«

Mein Bauch juckte immer noch wie verrückt. Das Bedürfnis mich zu kratzen war übermächtig, aber meine Mutter hielt weiter meine Hand fest.

»Dad besorgt gerade Kaffee«, sagte sie. »Keine Sorge, Schatz. Er ist hier. Wir sind jetzt bei dir.«

Mom klang so ... nach Südstaaten. So sanft. So fehl am Platz. Das hier war ein englisches Krankenhaus. Sie wirkte in dieser Umgebung wie ein Fremdkörper.

Eine Minute später kam mein Vater mit zwei dampfenden Tassen herein. Er trug seine ausgebeulte Lieblingsjeans und sein Tulane-Sweatshirt. Dad ging nie in seinem Tulane-Sweatshirt vor die Tür. Die beiden sahen aus, als wären sie mitten in der Nacht hektisch in das geschlüpft, was ihnen als Erstes in die Finger gekommen war.

»Heißer Tee.« Er hielt die Tassen hoch und zog eine Grimasse.

Ich musste lächeln. Wir waren eingefleischte Eisteetrinker. Wir hatten zu Hause ständig Witze darüber gerissen, wie sehr uns davor graute, den Tee in England heiß zu trinken, noch dazu mit Milch. Das war einfach nicht unser Ding. Bei uns gab es zu jedem Essen Eistee. Ein nie versiegender Strom aus Eistee, sogar zum Frühstück, obwohl ich wusste, dass sich davon die Zähne verfärben, bis sie so gelblich sind wie alte Laken, die zu lange im Schrank gelegen haben. Außerdem trank ich meinen Eistee gern extrem süß, was noch mehr Minuspunkte auf dem Zahnpflegekonto bedeutete. Eistee, meine Eltern ...

»Dad«, sagte ich.

Er stellte die Tassen ab und kam zu mir ans Bett. Der Blick

mit dem er und Mom mich ansahen, war voller Sorge. Sie wirkten traurig und mitgenommen. Ich weiß nicht, warum, aber das Einzige, woran ich denken konnte, war, dass es genau das sein muss, was jemand auf seiner eigenen Totenfeier sieht, wenn er in seinem Sarg steckt. Man kann nichts anderes tun, als dazuliegen, während sich Menschen über einen beugen und trauern. Die Vorstellung war nur schwer zu ertragen und mit einem Mal kehrten meine Erinnerungen zurück und stürzten immer schneller und schneller auf mich ein. Es gab noch ein paar Dinge, die ich wissen musste.

»Ich würde gern Nachrichten schauen, geht das?«, fragte ich.

Ich glaube, meine Mutter war nicht besonders begeistert von der Idee, aber sie drehte den Fernseher in meine Richtung und zog die Fernbedienung aus der Halterung neben meinem Bett. In den Nachrichten ging es, wie nicht anders zu erwarten, nur um ein Thema: den Ripper. Die im unteren Bildschirmrand eingeblendeten Worte waren im Grunde alles, was ich wissen musste: **Ripper stirbt in der Themse.** Der Rest der Story war nicht weiter kompliziert. Polizei verfolgt Verdächtigen ... Verdächtiger wird in der Nähe von Wexford gesichtet, nur ein paar Straßen von dem Tatort entfernt, wo im Jahr 1888 Mary Kelly ermordet wurde. Man hatte bereits vermutet, dass die Schule, auf deren Gelände schon der vierte Mord verübt worden war, auch als Schauplatz für den fünften und letzten Mord dienen sollte. Polizei schreitet ein, als der Verdächtige versucht, in eines der Wohnheime einzudringen ... Verdächtiger ergreift die

Flucht ... Verdächtiger springt in die Themse ... Leiche von Tauchern aus dem Fluss geborgen ... Erste Beweise bestätigen, dass Verdächtiger in alle Morde verwickelt war ... Sein Name wurde noch nicht veröffentlicht ... Polizei bestätigt, dass der Schrecken ein Ende hat.

»Die Polizei hat das, was dir zugestoßen ist, nicht an die Presse weitergegeben«, erklärte mein Vater. »Um dich zu schützen.«

Es war genau so, wie Stephen es gesagt hatte – der Öffentlichkeit wurde eine Geschichte aufgetischt, mit der die Menschen klarkommen würden. Man hatte sogar eine echte Leiche in den Fluss geworfen, die von der Polizei herausgefischt werden konnte. Ich schaute mir die Aufnahmen von den Tauchern an, die den Toten aus dem Wasser bargen.

Ich schaltete den Fernseher aus und meine Mutter drehte ihn wieder zur Seite.

»Rory«, sie strich mir die Haare aus der Stirn, »egal, was passiert ist, jetzt bist du in Sicherheit. Wir stehen das mit dir gemeinsam durch. Willst du vielleicht mit uns darüber sprechen?«

Fast hätte ich gelacht.

Stattdessen sagte ich: »Es war so, wie es in den Nachrichten berichtet wurde.«

Diese Antwort würde mir eine kleine Verschnaufpause verschaffen, nicht für immer, aber so lange, bis ich mich wieder ein bisschen erholt hatte. Ich ließ meine Augenlider ein wenig flattern und gab mir Mühe, besonders müde auszusehen, um meine Eltern abzulenken.

»Die Ärzte wollen dich noch ein paar Stunden hier behalten«, sagte mein Vater. »Wir haben für heute Nacht ein Zimmer in einem Hotel gebucht, wo du dich noch ein bisschen ausruhen kannst, bevor wir morgen alle zusammen nach Bristol fahren. Unser Haus wird dir gefallen.«

»Bristol?«

»Rory, nach allem was geschehen ist, kannst du unmöglich hierbleiben.«

»Aber es ist vorbei«, sagte ich.

»Wir möchten dich bei uns haben. Wir können nicht …« Meine Mutter schüttelte entschieden den Kopf und mein Vater nickte zustimmend. Nonverbale Kommunikation. Geschlossene mentale Frontlinie. Das sah nicht gut aus.

»Nur fürs Erste«, fuhr Mom behutsam fort. »Und falls du nach Hause möchtest … das lässt sich einrichten. Wir müssen nicht unbedingt in England bleiben.«

»Ich möchte hierbleiben.«

Diesmal warfen sie sich nur einen kurzen Blick zu. Wenn ihre nonverbale Kommunikation dieses Stadium erreicht hatte, dann meinten sie es wirklich ernst und ließen nicht mehr mit sich reden. Ich würde mit ihnen nach Bristol gehen. Keine weitere Diskussion. Auf keinen Fall würden sie mich jetzt aus den Augen lassen, nicht nachdem mir in Wexford der Bauch aufgeschlitzt worden war. Ich würde eine ganze Weile unter aufmerksamer Beobachtung stehen, und sollte ich mich wegen dieser ganzen schrecklichen Sache auch nur ansatzweise seltsam verhalten, würden wir ganz schnell in einem Flugzeug nach New

Orleans sitzen, wo ich mich gleich nach der Landung in einer therapeutischen Praxis wiederfinden würde.

Was so ziemlich das Letzte war, was ich im Moment wollte. England war mein neues Zuhause. Es war der Ort, wo die Shades waren, wo ich nicht verrückt war. Aber im Moment konnte ich nicht darüber nachdenken, es war alles viel zu kompliziert.

»Kann ich noch mal etwas gegen die Schmerzen haben?«, fragte ich. »Es tut ziemlich weh.«

Meine Mutter eilte davon und kam mit einer Schwester zurück, die mir über meinen Venenkatheter eine weitere Spritze verabreichte. Das würde die letzte sein, sagte sie. Man würde mir später, wenn ich aus dem Krankenhaus entlassen wurde, Schmerztabletten mitgeben.

Den Nachmittag über schlief ich entweder oder schaute mit meinen Eltern fern. Es wurde immer noch viel über den Ripper berichtet, aber bei einigen Sendern war man mittlerweile wohl zu dem Schluss gekommen, dass es vertretbar war, zu Themen zurückzukehren, die nichts mit dem Ripper zu tun hatten. Das normale Leben hielt wieder Einzug im nachmittäglichen Fernsehalltag – trashige Talkshows, Wiederholungen alter Serien, englische Daily Soaps, die ich nicht verstand, und jede Menge langweilige Autoversicherungs- und zweideutige Würstchen-Werbespots.

Kurz nach vier bekam ich erneut Besuch. Ich hatte gewusst, dass sie irgendwann nach mir schauen würden. Was ich nicht wusste, war, was ich ihnen sagen sollte. Ihre Version von der Wirklichkeit und meine klafften ziemlich weit auseinander. Nachdem sich Jazza und Jerome mit vollendeter, aber ein bisschen steifer englischer Höflichkeit meinen Eltern vorgestellt hatten, kamen sie an mein Bett und lächelten unsicher. Sie wussten offensichtlich ebenfalls nicht, was sie sagen sollten.

»Wie geht es dir?«, fragte Jazza.

»Ich würde mich am liebsten ständig kratzen und bin irgendwie total high.«

»Könnte schlimmer sein«, versuchte Jerome zu scherzen.

Meine Eltern räusperten sich, fragten, ob irgendjemand gern einen Tee oder Kaffee hätte und entschuldigten sich dann. Offensichtlich hatten sie gespürt, dass meine Freunde sich gern ein paar Minuten mit mir allein unterhalten würden. Aber auch nachdem sie verschwunden waren, herrschte noch einen Moment lang verlegenes Schweigen.

»Ich muss mich bei dir entschuldigen«, sagte Jazza schließlich.

»Wofür?«, fragte ich überrascht.

»Dafür dass ich … also … ich … ich habe dir zwar geglaubt, aber …«

Sie verstummte kurz und versuchte es dann noch mal.

»Als du damals in der Mordnacht diesen Mann gesehen hast und ich nicht, habe ich eine Weile geglaubt, dass du dir das bloß ausgedacht hast. Sogar gestern Abend, als du in der Schule Polizeischutz bekommen hast, habe ich noch an deiner Geschichte gezweifelt. Dabei warst du die ganze Zeit eine wichtige Zeugin und dann hätte er es auch noch beinahe geschafft, dich … Es tut mir so leid. Ich werde nie wieder … Es tut mir wirklich unendlich leid, Rory.«

Einen Moment lang war ich versucht, ihnen alles zu erzählen, von Anfang bis Ende. Aber ich konnte es nicht. Mr Thorpe hatte recht. Ich würde niemals darüber sprechen können.

»Ist schon okay«, sagte ich. »Ich hätte an deiner Stelle dasselbe gedacht.«

»Es findet immer noch kein Unterricht statt«, sagte Jerome. »Aber wir mussten in der Schule bleiben, bis die Presseleute endlich verschwunden waren. Es ist wie im Zirkus. Wexford als Schauplatz des letzten Ripper-Angriffs ...«

»Charlotte«, unterbrach ich ihn, als mir plötzlich siedendheiß einfiel, dass ich mich noch gar nicht nach ihr erkundigt hatte. Ich hatte sie schlicht vergessen. »Wie geht es ihr?«

»Sie musste genäht werden«, antwortete Jerome. »Ansonsten ist sie noch mal mit einem Schrecken davongekommen.«

Jazza schnaubte leise. »Sie führt sich auf, als wäre sie mindestens so schwer verletzt wie du.«

Charlotte war von einem unsichtbaren Mann mit einer Lampe niedergeschlagen worden. Da durfte sie sich ruhig ein bisschen aufführen.

»Du bist jetzt berühmt«, sagte Jerome. »Wenn du nach Wexford zurückkommst ...«

Mein Gesichtsausdruck ließ ihn verstummen.

»Du kommst gar nicht zurück, oder?«, fragte er. »Sie nehmen dich von der Schule, hab ich recht?«

»Ist Bristol eine nette Stadt?«, sagte ich.

Jerome atmete erleichtert aus. »Besser als Louisiana. Ich dachte schon, ihr würdet in die Staaten zurückfliegen. Bristol kann man wenigstens mit dem Zug erreichen.«

Jazza, die ganz still geworden war, nahm meine Hand. Sie musste nichts sagen. Ich wusste auch so, was sie dachte. Es würde nicht dasselbe sein, aber ich war nicht länger in Gefahr. Wir konnten uns alle wieder sicher fühlen. Wir hatten den Ripper überlebt, wir würden auch mit allem anderen klarkommen.

»Wisst ihr, was mich ein bisschen ärgert?«, seufzte Jazza nach einer Weile. »Dass ich nicht gesehen habe, wie sie eins mit der Lampe übergebraten bekommen hat.«

38

Wie ich schon erzählt habe, besitzt mein Onkel Will acht Gefriertruhen, von denen sieben in einem eigenen Zimmer im zweiten Stock stehen. Es war eine ziemliche Plackerei, die Dinger die Treppe hochzuschleppen, und ich glaube, er musste anschließend einen Statiker kommen lassen, um zu prüfen, ob das Stockwerk noch stabil genug war. Er hortet alle möglichen Vorräte in diesen Gefrierschränken. Berge von Fleisch, Gemüse und Fertiggerichten, Milch, Butter und Joghurt, in Plastikdosen abgefüllte Erdnussbutter, getrocknete Bohnen und sogar Batterien, weil er mal irgendwo gelesen hat, dass sie so länger halten.

Ich habe keine Ahnung, ob man Erdnussbutter oder Batterien wirklich im Gefrierschrank aufbewahren sollte, weiß aber, dass ich keine Lust hätte, drei Jahre alte, gefrorene Milch zu trinken. Trotzdem kann ich Onkel Will verstehen. Er hat mindestens ein Dutzend ausgewachsene Hurrikans überstanden. Hurrikan Katrina hat sein Haus zerstört und ihn fast das Leben gekostet. Mit knapper Not entkam er auf einer aufblasbaren Rettungsinsel durch ein Fenster nach draußen, wo er schließlich von einem Hubschrauber geborgen wurde. Seinen Hund hat er in der Überschwemmung verloren. Danach hat er sich in unserer Nähe ein Haus gekauft und sich die Gefriertruhen angeschafft.

Bei einem Hurrikan fällt meistens der Strom aus, und da stellt sich natürlich die berechtigte Frage, was er dann mit seinen insgesamt acht Gefrierschränken voller verderblicher Lebensmittel anstellt. Aber darum geht es nicht. Ich weiß nicht, was er erlebt hat, als das Wasser um ihn herum immer höher stieg, doch ganz gleich, was es war, es hat in ihm das dringende Bedürfnis ausgelöst, sich acht Gefrierschränke zuzulegen. Es gibt Dinge im Leben, die sind so schlimm, dass man niemandem irgendetwas erklären muss, wenn man sie überstanden hat.

Darüber dachte ich nach, als das schwarze Taxi über den kopfsteingepflasterten kleinen Platz von Wexford holperte und vor dem Wohnheim zum Stehen kam. Ich hätte es meinen Eltern überlassen können, nach oben zu gehen und meine Sachen zu packen, genauso wie ich aus London hätte abreisen können, ohne noch einmal hierherzukommen. Aber das hätte sich falsch angefühlt. Ich würde selbst nach oben gehen. Ich würde meine Sachen selbst packen. Ich würde mich diesem Ort stellen und allem, was hier passiert war. Vielleicht würde ich neugierig angestarrt werden, aber das war mir egal.

Ich stieg aus und blickte mich um. Lediglich zwei Schüler, die gerade auf dem Weg zum Speisesaal waren, schauten kurz zu mir rüber. Jetzt um sieben Uhr morgens an einem Samstag waren die meisten Fenster in Hawthorne noch dunkel. Zwei einsame Übertragungswagen standen noch an der Straße, aber das Team war bereits dabei, die Ausrüstung zusammenzupacken. Die Show war zu Ende.

Claudia öffnete die Eingangstür, als wir die Stufen hochgingen. Ich würde Wexford so verlassen, wie ich es bei meiner Ankunft vor zehn Wochen vorgefunden hatte – mit Claudia in der Tür, die auf mich wartete.

»Aurora.« Ihr Stimme klang ungewöhnlich sanft, was in ihrem Fall bedeutete, dass sie in einer Tonlage sprach, die andere Menschen benutzten, um Befehle in schlecht funktionierende Drive-in-Gegensprechanlagen zu bellen. »Wie geht es dir?«

»Gut, danke.«

Sie stellte sich meinen Eltern mit dem für sie typischen kräftigen Handschlag vor, mit dem sie einem Häschen mühelos das Genick brechen konnte. (Wobei ich fairerweise dazu sagen muss, dass ich noch nie gesehen hatte, wie Claudia einem Häschen das Genick bricht.)

Claudia war vollständig über die Situation informiert worden, verlor jedoch zum Glück kein Wort darüber.

»Deine Kartons stehen oben bereit«, sagte sie. »Wenn du möchtest, helfe ich dir gern beim Packen.«

»Vielen Dank, aber ich glaube, das mache ich lieber allein«, antwortete ich.

»Selbstverständlich.« Sie nickte zustimmend. »Mr und Mrs Deveaux, darf ich Sie vielleicht solange in mein Büro bitten?

Dann könnten wir eine schöne Tasse Tee trinken, uns ein bisschen unterhalten. Aurora, lass dir alle Zeit der Welt. Wir sind hier, falls du uns brauchst.«

»Und vergiss nicht, dass du dich weder bücken noch schwer heben darfst«, fügte meine Mutter hinzu.

Das Krankenhaus hatte mir genaue Anweisungen mitgegeben, was ich in den nächsten Tagen während des Heilungsprozesses tun durfte und was nicht. Ich selbst hatte die Wunde noch gar nicht gesehen, da sie unter einem dicken großen Verband und jeder Menge Pflastern verborgen war. Ich wusste nur, dass die nicht allzu tiefe Fleischwunde, die mit etlichen Stichen hatte genäht werden müssen, der Größe des Verbandes nach zu urteilen fast fünfzig Zentimeter lang war. Außerdem hatte man mich darauf vorbereitet, dass ich eine ziemlich üble Narbe davontragen würde, die unter meinem linken Rippenbogen begann und sich bis zu meiner rechten Hüfte zog. Ich hatte den Ripper überlebt und diese Wunde davongetragen. Ich war ein lebender T-Shirt-Slogan.

Das Wohnheim wirkte seltsam leer. Nur das Pfeifen der Heizungsrohre war zu hören, der Wind draußen vor den Fenstern und ab und zu ein knarzendes Möbelstück. Vielleicht wirkte es bloß deshalb so leer, weil ich abreiste. Ich gehörte nicht länger hierher. Der vertraute Duft unseres Flurs stieg mir in die Nase – eine Mischung aus Shampoo und Duschgel und dem leicht metallischen Geruch der Geschirrspülmaschine, die in der kleinen Teeküche stand. Ich berührte jede einzelne Tür auf dem Weg zu unserem Zimmer.

Die Kartons, von denen Claudia gesprochen hatte, stapelten sich auf meiner Seite des Zimmers. Ein paar lehnten am Schrank, aber die meisten lagen auf meinem Bett. Wie es aussah, hatte Jazza schon mit dem Packen angefangen. Auf meinem Schreibtisch stand ein angefangener Karton mit meinen Büchern und daneben war noch ein zweiter, in dem meine fein säuberlich zusammengelegten Schuluniformblusen und -röcke waren.

Ich war nicht hier, um schwere Sachen zu packen, sondern wollte bloß ein paar persönliche Dinge und Klamotten für die nächsten Tage mitnehmen. Ich beschloss, es so schnell wie möglich hinter mich zu bringen. Eine Handvoll Unterwäsche aus der obersten Kommodenschublade, meine beiden Lieblings-BHs, zwei Jogginghosen und T-Shirts, meinen Schmuck und meine Wexford-Krawatte. Nicht dass ich sie noch brauchen würde, aber von meinem Krawatten-Faible abgesehen, wollte ich sie als Erinnerung an meine Zeit hier behalten. Ich verstaute die Sachen in einer kleinen Reisetasche. Die restlichen Dinge aus meinem Wexford-Leben würden später nachkommen – die Bücher, die ich noch nicht zu Ende gelesen hatte, die Aufkleber und Etiketten, die ich nie benutzt hatte, die Laken, Decken und die Schuluniform.

Als Letztes nahm ich den Schmollmund-Aschenbecher aus dem Regal und legte ihn gemeinsam mit ein paar Mardi-Gras-Perlenketten auf Jazzas Bett. Dann nahm ich meine Tasche, ging aus unserem Zimmer und schloss leise die Tür hinter mir.

Ein allerletztes Mal ging ich in Hawthorne die Treppe hinunter. Auf der letzten Stufe blieb ich zögernd stehen. Mein Blick wanderte zu den Zetteln am Schwarzen Brett und zu den erst kürzlich aufgefüllten Brieffächern. Claudias Stimme drang gut hörbar durch ihre geschlossene Bürotür. Sie informierte meine Eltern gerade umfassend über die Möglichkeiten, in Bristol Hockey zu spielen.

»... selbstverständlich erst, wenn ihre Wunde verheilt ist, aber die Schutzkleidung hält wirklich enorm viel ab ...«

Ich nahm die letzte Stufe und schlug den Weg zum Waschraum ein. Ich hätte einfach gehen und diesen Ort nie wieder betreten können, aber irgendetwas zog mich wie magisch dorthin. Ich ließ meine Hand an der Wand entlanggleiten, ging am Gemeinschaftsraum vorbei, an den Arbeitszimmern ...

Die Tür zum Waschraum existierte nicht mehr. Den verbogenen Türscharnieren nach zu urteilen, war sie völlig zertrümmert worden. Die Spiegel waren ebenfalls weg, es hingen nur noch die Metallrücken an der Wand. Über den Boden verlief ein ungefähr anderthalb Meter langer Riss, der an manchen Stellen fast fünf Zentimeter breit war. Er zog sich zackenförmig von der Mitte des Raumes bis zur Toilettenkabine und hatte jede einzelne Fliese auf seinem Weg zerbrochen. Ich folgte ihm langsam, bis zu der Stelle, wo er unter der Tür verschwand, und stieß die Tür auf.

Eine Frau stand dort.

Vielleicht lag es an den Nachwirkungen der Schmerztabletten, aber ich schrie weder laut auf noch fuhr ich erschrocken zusammen. Ich war noch nicht einmal überrascht.

Die Frau war alt. Nicht an Jahren – ich schätzte sie auf ungefähr zwanzig, vielleicht auch dreißig, es war schwer zu sagen –, nein, sie schien vielmehr aus einer anderen Zeit zu kommen. Sie trug eine Art Hemdbluse aus grobem Stoff, einen schweren bodenlangen rostbraunen Rock und darüber eine fleckige gelbe Schürze. Ihre Haare waren so dunkel wie meine und mit einem Tuch aus dem Gesicht gebunden, das von einer Narbe entstellt war. Aber es lag nicht nur an ihrer Kleidung, warum ich das Gefühl hatte, dass sie aus einer anderen Zeit stammte, sondern an dem seltsamen Licht, das sie umgab, als würde sie in einem feinen Dunstschleier stehen.

»Hallo«, sagte ich.

Ihre Augen weiteten sich vor Schreck und sie wich in die Kabine zurück, wo sie sich zwischen Wand und Toilette drückte.

»Ich tue Ihnen nichts«, sagte ich sanft.

Die Frau presste ihre Hände gegen die Fliesenwand. Sie waren rau und gerötet, mit kleinen Schnitten und seltsamen grünen und schwarzen Flecken übersät.

»Sie müssen keine Angst haben«, versuchte ich es noch einmal. »Es ist alles in Ordnung. Sie sind hier sicher. Ich heiße Rory und wie heißen Sie?«

Sie schien mich verstanden zu haben, denn sie hörte auf, die Hände in die Fliesen zu krallen und setzte zu einer Erwiderung an. Aber es kam nur ein langsamer Zischlaut heraus. Es war kein wütender Zischlaut. Mir kam es eher so vor, als hätte sie ihre Stimme schon eine Weile nicht mehr benutzt.

»Wissen Sie, wo Sie sind?«, fragte ich. »Sind Sie von hier?«

Sie deutete auf den Riss im Boden, aber selbst diese kleine Geste schien ihr schreckliche Qualen zu bereiten. Sie fing an zu weinen … bei ihr klang es mehr wie ein Stöhnen und als würde ganz langsam die Luft aus einem Fahrradreifen entweichen.

»Aurora?«, rief Claudia. »Bist du da unten?«

Ich hatte absolut keine Ahnung, was ich jetzt tun sollte. Die Frau war offensichtlich in großer Not, also machte ich das, was ich schon bei Boo gesehen hatte – ich streckte eine Hand nach ihr aus, um ihr beruhigend über den Arm zu streichen, bevor Claudia in den Waschraum kam.

»Schon gut«, sagte ich leise. »Es ist alles in Ordnung.«

In dem Moment, in dem ich sie berührte, gab es ein seltsames Knistern, und ich spürte, wie etwas durch meinen Arm hindurchfuhr, als hätte ich einen elektrischen Schlag bekommen. Ich konnte ihn nicht mehr bewegen, spürte nur immer noch diese statische Energie durch mich hindurchfließen, die mich erstarren ließ. Plötzlich hatte ich das Gefühl zu fallen, so als säße ich in einem Fahrstuhl, der haltlos in die Tiefe stürzt. Die Frau setzte erneut zum Sprechen an, doch bevor sie etwas sagen konnte, ertönte ein tosendes Geräusch wie bei einem Wirbelsturm.

Und plötzlich war alles in Licht getaucht – in ein gleißend helles und alle Sinne durchdringendes Licht, das uns beide verschluckte. Einen Moment später erlosch das Licht wieder, ich taumelte zurück, stolperte aus der geöffneten Kabinentür und stützte mich keuchend an der Wand ab.

»Rory!« Diesmal war es die Stimme meiner Mutter. Sie

klang alarmiert. Claudia sagte ebenfalls irgendetwas. Heftig blinzelnd schaute ich mich um, konnte meine Umgebung aber zuerst nur schemenhaft wahrnehmen: die Kabinentür, das Fenster, das Muster der Fliesen. Und da war wieder dieser Geruch – süßlich und leicht verbrannt. Der unverwechselbare Duft eines verschiedenen Geistes. Als meine Augen sich wieder an das Tageslicht gewöhnt hatten, sah ich, dass die Frau verschwunden war. Ich blickte zu der Stelle, wo sie gestanden hatte, dann auf meine Hand.

»Rory?«, rief meine Mutter. »Was war das für ein Geräusch? Was ist passiert?«

Das war eine Frage, die ich mir noch nicht einmal selbst stellen wollte.

Danksagung

Die Idee zu diesem Buch kam mir an einem besonders heißen Sommertag in London. Ich ließ alles stehen und liegen und fing sofort an, wie eine Besessene zu schreiben. Ich redete von nichts anderem mehr und schleppte meine Freunde immer wieder ins Londoner East End, durch dunkle Gassen, um mir dort Mauern, Häuserfassaden und Gehwege anzuschauen. Ich brachte sie dazu, sich gemeinsam mit mir stundenlang Videos von Londoner U-Bahn-Schächten anzusehen, die während der Fahrt aus einer Fahrerkabine heraus aufgenommen worden waren. (»Hey, schau dir das an! Ein fünfundvierzigminütiges Video von einer Fahrt durch die Tunnelschächte der Northern Line, ist das nicht toll? Setz dich doch und nimm dir einen Keks.«) Ich bin vom Wohlwollen der folgenden Menschen abhängig gewesen und ihnen auf verschiedenste Weise zu Dank verpflichtet.

Meiner Agentin und Freundin Kate Schafer-Testerman – ohne Kate gäbe es mich praktisch gar nicht. Du hast meine E-Mails zu diesem Buch gelesen und beantwortet, während du in den Wehen lagst, und als ich dich gefragt habe, warum du E-Mails beantwortest, während du in den Wehen liegst, hast du geantwortet, dass du gerade auf die nächste Folge von *Buffy* wartetest und dir langweilig sei. Das werde ich nie vergessen.

Meiner Lektorin Jennifer Besser, die von Anfang an an dieses Buch geglaubt hat – die Bezeichnung »Gute Fee« trifft es hier wohl ziemlich auf den Punkt.

Shauna Fa, die mir immer hilfreich zur Seite gestanden hat, und natürlich allen Mitarbeitern des Penguin Verlages für ihre Unterstützung.

Meinen Freunden Scott Westerfeld, Justine Larbalestier, Robin Wasserman, Holly Black, Cassie Clare, Sarah Rees Brennan, John Green, Libba Bray, Ally Carter … die Entwürfe gelesen, komplizierte Handlungsstränge mit mir gelöst und mich überredet haben, nicht zu springen. (Nicht dass ich jemals vorgehabt hatte zu springen, aber manchmal bin ich wie eine Katze, die sich plötzlich an hohen, gefährlichen Orten wiederfindet.) Ihr alle seid sehr weise und leidensfähig, und ich kann mich glücklich schätzen, euch zu kennen. Glaubt mir, ich weiß genau, wovon ich spreche.

Andy Friel, Chelsea Hunt und Rebecca Leach, die sich als Erstleser zur Verfügung gestellt haben.

Mary Johnson (Krankenschwester, Computerfreak und meine Mutter in Personalunion), die mich in medizinischen Fragen beraten und geduldig meine Anrufe ertragen hat, die meist mit Sätzen wie »Also, wenn ich jemandem den Kopf absäge, dann …« begannen.

Jason und Paula, die mir, während das alles entstand, erlaubt haben, sie zu trauen, und sogar damit einverstanden waren, dass ich während der Zeremonie einen zwanzigseitigen Würfel werfe, um über ihr Eheglück zu entscheiden.

Und ein ganz besonderer Dank an alle meine Online-Freunde, die sich jeden Tag mein wirres Geplapper angehört haben. Ohne euch alle wäre ich nicht da, wo ich heute bin. Ich wäre sicher *irgendwo*, aber bestimmt nicht dort, wo ich eigentlich hinwollte.

Quellen

The Smiths
»Panic«
aus dem Album: »Panic«
Label: Rough Trade Records, 1986

Morrissey
»The Last of the Famous International Playboys«
aus dem Album: »Bona Drag«
Label: HMV (UK), 1989

A.G. Howard
Dark Wonderland – Herzkönigin

400 Seiten, ISBN 978-3-570-16319-1

Alyssa kann Blumen und Insekten flüstern hören, eine Gabe, die schon ihre Mutter um den Verstand brachte. Denn sie sind die Nachfahrinnen von Alice Liddell - besser bekannt als Alice im Wunderland. Als sich der Zustand ihrer Mutter verschlechtert, kann Alyssa ihr Erbe nicht mehr leugnen, sie muss jenen Fluch brechen, den Alice damals verschuldet hat. Durch einen Riss im Spiegel gelangt sie in das Reich, das so viel finsterer ist, als sie es aus den Büchern kennt, und zieht dabei ihren besten Freund und geheime Liebe Jeb mit sich. Auf der anderen Seite erwartet sie jedoch schon der zwielichtige und verführerische Morpheus, der sie auf ihrer Suche leitet.
Aber wem kann sie wirklich trauen?

www.cbt-buecher.de

Lauren Kate
Teardrop

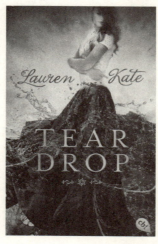

528 Seiten, ISBN 978-3-570-16277-4

„Vergieße nie eine einzige Träne!" Dieses Versprechen musste Eureka ihrer Mutter geben und siebzehn Jahre lang hat sie sich daran gehalten. Selbst als ihre Mutter bei einem Autounfall starb. Doch dann trifft sie Ander, einen attraktiven und äußerst mysteriösen Jungen. Er bringt sie so durcheinander, dass sie eine Träne vergießt - und Ander fängt sie mit seiner Fingerspitze auf. Auch er scheint zu wissen, dass Eureka nicht weinen darf. Doch was ist ihr großes Geheimnis? Warum wissen alle anderen davon, nur sie nicht? Und warum verhält sich ihr bester Freund, Brooks, plötzlich so aggressiv ihr gegenüber? Waren sie nicht kurz davon, ein Paar zu werden? Wem kann Eureka noch vertrauen?

www.cbt-buecher.de